BIBLIOTHÈQUE ANGLO-SAXONNE

DÉRIVE DES ÂMES
ET DES CONTINENTS

Shubhangi SWARUP

DÉRIVE DES ÂMES ET DES CONTINENTS

Traduit de l'anglais (Inde)
par Céline Schwaller

Éditions Métailié
20, rue des Grands Augustins, 75006 Paris
www.editions-metailie.com
2020

Retrouvez-nous sur les réseaux sociaux.

ISBN : 979-10-226- 1024-7
ISSN : 1248-6485

À mes parents, Sunanda et Govind,
à la valeur des mots et à la sagesse du silence

ÎLES

Le silence sur une île tropicale est le bruit incessant de l'eau. Les vagues, comme le son de votre propre souffle, ne vous quittent jamais. Depuis maintenant quinze jours, le gargouillis et le tonnerre des nuages noient le bruit du ressac. Les pluies tambourinent sur le toit et dérapent sur la corniche, se perdant en éclaboussures. Elles frémissent, fouettent, martèlent et glissent. Le soleil est mort, vous dit-on.

En germe dans les sons se trouve un silence élémentaire. Le calme de la brume et la tranquillité de la glace.

Les jeunes mariés Girija Prasad et Chanda Devi se sont résignés à leur sort – des étrangers dans une chambre humide de désir et inondée de rêves naissants. Et Girija Prasad rêve furieusement ces jours-ci. Car les pluies sont propices aux fantasmes, une vérité non scientifique.

Une nuit, lorsque le déluge s'interrompt subitement, il se réveille. Ses oreilles se sont accoutumées à cette cacophonie tropicale comme une épouse à un compagnon qui ronfle. S'éveillant d'un rêve érotique, il se demande ce qui s'est passé. Qui a quitté la pièce ?

Depuis son grand lit deux places il regarde le matelas sommaire de Chanda Devi posé à même le sol, sur lequel elle dort tournée vers la fenêtre ouverte et non vers lui. Émoustillé, il contemple les courbes de sa silhouette dans l'obscurité. Quand ils avaient fait sept fois le tour du feu sacré, lors de leur cérémonie de mariage, s'unissant ainsi pour plusieurs vies, elle avait suivi docilement ses pas, fermement convaincue que la destinée les avait à nouveau réunis dans un nouvel avatar. Pourtant dans cet avatar, il devrait une fois encore trouver une place dans son cœur.

– En attendant, l'informa-t-elle la première nuit, je ferai mon lit sur le sol.

Elle est parfaitement réveillée, bouleversée par les cris accusateurs qui viennent de l'autre côté. C'est le fantôme d'une chèvre. Le fantôme s'est échappé d'innombrables royaumes pour venir errer sur leur toit. Et à présent ses sabots fébriles sont descendus se poster sous la fenêtre ouverte, emplissant la chambre et la conscience de Chanda Devi d'un sentiment de culpabilité.

– Tu l'entends ? demande-t-elle. Elle sent ses yeux posés sur son dos.

– Quoi donc ?

– La chèvre qui bêle dehors.

Son érection désespérée se flétrit. Il est désormais attentif à Chanda Devi et au problème qu'elle soulève.

– Il n'y a pas de chèvre qui rôde dans notre maison, rétorque-t-il, exaspéré.

Elle se redresse. Les bêlements sont à présent plus forts, comme pour lui dire de transmettre à son rêveur de mari : "Tu m'as pris mon existence terrestre, mais tu ne peux me prendre ma vie dans l'au-delà, espèce de carnivore dépravé !"

– Elle est juste devant la fenêtre, lui dit-elle.

– Est-ce qu'elle te fait peur ?

– Non.

– Es-tu menacée par cette chèvre ?

– Non.

– Alors tu pourrais peut-être l'ignorer et te rendormir.

Il voulait dire "devrais" et non "pourrais", mais il n'a pas le courage d'être sévère. Sa femme, il s'en est aperçu, ne réagit pas bien à la dialectique ni à la contrainte. En fait, elle ne réagit pas bien à la plupart des choses. Si seulement elle était moins jolie, c'est lui qui aurait pu l'ignorer et se rendormir.

– Comment peux-tu dormir ? demande-t-elle. Tu as égorgé cette innocente créature, haché sa chair, tu l'as fait frire avec des oignons et de l'ail, et après tu l'as mangée. Et tu as laissé son âme tourmentée hanter notre maison !

Si l'âme de tous les différents animaux qu'il avait consommés revenait le hanter, sa maison serait un mélange de zoo et d'étable, ne leur laissant aucune place pour circuler, et encore moins pour dormir. Mais, de nature conciliante, Girija Prasad ne peut dire une chose pareille. Après deux mois de mariage, il s'est résigné à l'imagination féconde de sa femme. C'est un acte d'espérance délibéré que d'attribuer son attitude à son imagination et non à quelque maladie mentale. Pour l'amour de ses enfants à naître et en prévision des décennies qu'ils devront passer ensemble, il annonce :

– Si ça peut t'aider à dormir, j'arrêterai de manger de la viande.

C'est ainsi qu'à sa propre surprise et à celle de sa femme, Girija Prasad le carnivore devient végétarien. Afin de gagner quelques heures de repos, il renonce définitivement aux œufs brouillés, à l'agneau biryani et aux steaks de bœuf.

Aux premières lueurs de l'aube, elle quitte son lit. Elle se rend dans la cuisine pour préparer un petit-déjeuner élaboré. Il y a une vie nouvelle dans ses gestes et un sourire tapi dans son silence. Maintenant que cette boucherie a cessé, il est temps d'agiter un drapeau blanc sous la forme d'aloo parathas. Deux heures plus tard, elle les lui sert et demande :

– Tu les trouves comment ?

Girija Prasad ne peut s'empêcher de se sentir désarçonné, et pour toutes sortes de mauvaises raisons. Le soleil a fini par percer. Sa femme, qui lui a préparé le petit-déjeuner pour la première fois, s'est montrée assez audacieuse pour lui poser une serviette sur les genoux, lui effleurant les épaules, répandant son souffle chaud sur sa peau. Il aspire au réconfort de la graisse mélangée à la chair, mais ne le trouve pas dans son assiette.

– Tu les trouves comment ? lui demande-t-elle à nouveau.

– Qui ça ? répond-il, désorienté.

– Les parathas.

– Parfaits.

Elle sourit et lui sert une seconde tasse de thé.

Chanda Devi, la clairvoyante. Elle compatit avec les fantômes et apprécie la compagnie laconique des arbres. Elle les sent, les désirs inexprimés de son mari. Mais elle sait qu'il fait bien de renoncer à la viande. Le royaume de la chair est aussi éphémère qu'incertain, surtout comparé au royaume des plantes. Chanda Devi a tout vu, même les rivières de sang qui s'écouleront un jour de son corps. Cela la rend obstinée, de savoir cela. Cela fait d'elle une épouse exigeante.

Quand Girija Prasad partit pour Oxford, c'était la première fois qu'il quittait seul le domicile familial d'Allahabad. Après un voyage de quatre jours en voitures à cheval, en ferries et en train, lorsqu'il prit enfin place à bord du navire qui l'emmènerait en Angleterre, il avait abandonné des pots de pickles, des ghee parathas capables de survivre à des êtres humains, des images de dieux divers et des photos de famille, dont un portrait de sa mère qu'il avait peint lui-même.

Alors qu'il était soulagé d'avoir laissé les dieux derrière lui – en particulier Rama, le fils obéissant qui avait quitté sa femme sans raison valable, et le baba des berges du fleuve qui n'était pas un dieu, juste un homme sénile et affamé –, se débarrasser du portrait de sa mère lui avait semblé impossible sans fondre en larmes. Mais il lui aurait été tout aussi impossible de contempler son visage, à des océans d'elle. Afin de surmonter la séparation, il lui faudrait commencer une vie nouvelle. Une vie radicalement différente, dont la seule perspective lui donnait des hémorroïdes. Perdu dans un océan infini, il se réfugia à l'intérieur d'une coquille de silence. Des larmes mort-nées se manifestaient à la manière d'une crise de constipation persistante. Grand connaisseur du règne végétal, Girija Prasad transportait des kilos de téguments de psyllium à cet effet. Il avait également du tulsi séché, du margousier, du gingembre, du curcuma en poudre, de l'écorce de cannelle et du poivre moulu pour traiter d'autres affections physiques. À son arrivée à Douvres, les douaniers le prirent pour un trafiquant d'épices.

Une journée après son arrivée au Blimey College, à Oxford, Girija Prasad Varma devint Vama, ainsi baptisé par les professeurs peu habitués aux noms hindous. Le tout premier soir, il goûta de l'alcool pour la première fois et brisa également l'interdit vieux de plusieurs générations empêchant de consommer des choses "jhootha" ou contaminées par la bouche de quelqu'un d'autre. Lorsque la colossale chope de bière circula parmi les étudiants de première année, il se retrouva face à deux options : embrasser pleinement cette culture ou croupir pour toujours à la croisée des chemins. Il n'y avait ni portraits ni divinités sur son bureau pour lui faire la morale. Le lendemain matin, il allait manger des œufs pour la première fois. Tâtant le globe jaune salé du bout de sa fourchette, le regardant trembloter, il allait bientôt prendre goût à la façon dont la vie pouvait s'avérer complexe et imprévisible.

Girija Prasad Varma, premier étudiant indien du Commonwealth, rentra chez lui au bout de cinq ans avec une thèse de doctorat qu'il avait conclue par deux mots écrits dans sa langue maternelle : Jai Hind. "Victoire à la nation indienne", c'est ainsi qu'il traduisit ces mots pour son directeur de thèse. Sur l'ordre du jeune Premier ministre indien, on lui confia la tâche de créer le Service national des forêts au cours de la première année de l'Indépendance, en 1948.

La plupart des conversations parmi les buveuses de thé d'Allahabad impliquaient des liens farfelus avec l'illustre diplômé. Mais pourquoi choisir d'être posté dans les îles Andaman, se demandaient les amies de sa mère, un endroit connu uniquement pour ses combattants de la liberté exilés et ses tribus qui vivaient nues ? La rumeur disait qu'il n'y avait pas une seule vache sur l'île et que les gens devaient se résoudre à boire leur thé sans lait.

Chanda Devi, l'une de ces buveuses de thé, qui avait remporté la médaille d'or en mathématiques et en sanskrit, se sentit soulagée. Ses médailles l'entravaient autant qu'une ceinture de chasteté. Seul un homme plus qualifié oserait épouser une femme intelligente. Si elle avait eu le choix, elle aurait épousé un arbre. Elle détestait autant les hommes que les femmes, les mangeurs de viande encore plus, les mangeurs de bœuf par-dessus tout. Mais en 1948, même les misanthropes devaient se marier, ne serait-ce que pour accroître la population de leur clan.

La tâche de les réunir fut laissée au baba voûté et affamé assis sur les berges du Sangam – le point de confluence du Gange, de la Yamuna et de la mythique Saraswati. Les berges sablonneuses étaient en permanence bondées d'adeptes qui gémissaient, chantaient et priaient bruyamment, au point que les grenouilles des environs croyaient que c'était la saison des amours toute l'année.

Voilée d'un ghoonghat, la mère de Girija Prasad alla voir le baba et lui offrit des bananes ainsi qu'une guirlande de soucis jaune soleil. Elle lui toucha les pieds et le flot de ses tourments se déversa. Son fils était exceptionnellement intelligent, exceptionnellement qualifié, avec un avenir exceptionnellement brillant. Il était aussi exceptionnellement beau. Il avait hérité des traits de sa mère et pris uniquement le menton de son père. Un adepte qui écoutait leur conversation demanda :

– Alors, quel est le problème de votre fils, behenji ?

– Je n'arrive pas à lui trouver une épouse digne de lui !

– Mais quel est le problème ? demanda le baba à son tour.

La mère de Girija Prasad était sur le point de répéter son propos. Mais lorsqu'elle vit le baba sourire, elle se ravisa. Les saints avaient l'habitude de parler par énigmes et par phrases inachevées. Il mangea la moitié d'une banane en silence, prit la guirlande de fleurs et la lança en l'air. Celle-ci tournoya plusieurs fois et atterrit sur les épaules d'une Chanda Devi perplexe perdue dans ses hymnes. Et c'est ainsi que le mariage entre l'homme qui étudiait les arbres et la femme qui leur parlait fut fixé.

– Mais baba… – Ce fut au tour du père de Chanda Devi de protester. – Ma fille ne parle pas anglais, et elle est strictement végétarienne. Et cet homme que vous avez choisi, il a obtenu un doctorat portant sur les noms anglais des plantes et… et… j'ai entendu dire qu'il avait mangé du bœuf!

Le baba pela une autre banane.

– Mon enfant, tu ne vois que le présent, dit-il en tendant la peau de banane au père en guise d'arme pour affronter les vérités métaphysiques.

À vrai dire, ce furent les îles qui les réunirent. Chanda Devi rêvait d'échapper à une famille étouffante pour rejoindre la compagnie des arbres. Pour Girija Prasad, ce fut un peu plus compliqué.

Si les îles avaient donné leur nom à la mer d'Andaman qui les entourait, leur complaisance s'arrêtait là. Ici, les poules se comportaient comme des pigeons, nichant dans les manguiers. Les papillons se laissaient bercer par le vent et tombaient doucement comme des feuilles d'automne. Des crocodiles ascétiques méditaient sur les berges des mangroves. Dans les Andaman, certaines espèces n'avaient pas de nom. Pendant très longtemps, personne n'avait pu coloniser ces îles, car les fourrés impénétrables recelaient plus que des trésors d'histoire naturelle. Ils cachaient des tribus abandonnées après la première migration des populations du littoral vers l'autre côté de l'océan Indien. Des peuples qui préféraient lire dans les pensées aux faux-fuyants du langage et n'étaient vêtus que d'une colère primitive. Qui ne possédaient que des arcs et des flèches pour repousser la syphilis de la civilisation. Leur monde était une île géante qui tenait debout grâce à de gigantesques lianes, pas à la gravité.

Dans ce chapelet d'îles, Girija Prasad espérait vivre la vie dont il rêvait: une vie de solitude. Célibataire intrépide et pur produit universitaire, il s'adressait à toutes les femmes comme à une sœur, une belle-sœur ou une tante. Il ne voyait pas que le charme de la forêt vierge n'était pas seulement celui d'un territoire inexploré. C'était aussi le charme de l'accomplissement. Ici, son monde connut un véritable séisme. Les secousses se propagèrent dans son corps lors d'une excursion en forêt lorsqu'il vit un arbre qui était en réalité deux arbres entremêlés. Un figuier des pagodes s'était enroulé autour du tronc d'un padouk d'Andaman de presque vingt mètres de haut. Pour la première fois, il voyait deux vrais arbres pousser en position de coït, cachant le ciel dans leur étreinte. Des orchidées parasites avaient trouvé des prises dans cet enchevêtrement. Une tumeur cancéreuse logée tout en haut du tronc interrompit le fil de ses pensées avec son visage presque humain, l'amenant à croire que les arbres aussi le dévisageaient. Des racines apparentes semblables à des griffes rampaient sur le sol, évoquant des pythons au corps pâle. Il les sentait avancer lentement vers lui et s'arrêter au niveau de ses orteils. Debout devant ces arbres, Girija Prasad avait l'impression d'être une fourmi tournant en rond, tentée par l'impossible.

De sorte que plus tard, quand sa mère se mit en tête de lui trouver une épouse, il ne s'y opposa pas. La science lui avait appris que toute création exigeait l'investissement d'un mâle et d'une femelle. Et les îles le séduisirent par leur beauté.

Un mois après le début de la mousson, les quatre murs et le toit supposés garder le couple au sec sont réduits à un simple geste symbolique, une pensée chaleureuse abandonnée par les Britanniques. Car les pluies ont inondé jusqu'au tréfonds de leur être. Un mur invisible a cédé, les emplissant de curiosités et de préoccupations d'un autre temps.

La première fois que Girija Prasad était venu ici, il était arrivé en croyant à des semi-vérités telles qu'“aucun homme n'est une île”. Il lui avait fallu un an pour comprendre qu'aucune île n'était une île non plus. Celles-ci faisaient partie d'un modèle géologique plus vaste qui reliait toutes les terres et tous les océans du monde. À moins d'un kilomètre de chez lui, il avait trouvé une plante vivante qui jusque-là n'avait été vue qu'à l'état de fossile à Madagascar et en Afrique centrale.

Le jour qui marquerait par la suite la fin du déluge et de ses rendez-vous galants avec le bifteck, Girija Prasad passa ses heures de bureau à faire des recherches sur l'ancêtre de tous les continents : la Pangée. Un supercontinent, une entité unique qui avait volé en éclats pour former tous les morceaux de terre existants – une explication possible à la présence de cette plante près de sa maison étant donné que le sous-continent indien s'était détaché de l'Afrique pour aller percuter l'Asie. Il avait étudié la carte du monde étalée devant lui. "Un puzzle impossible", avait-il dit à haute voix.

Cette nuit-là, ses efforts de la journée avaient été récompensés dans ses rêves. Le ventre de l'Amérique latine dormait confortablement dans le giron de l'Afrique de l'Ouest. Les pièces du puzzle s'imbriquaient si parfaitement que la Pangée prit vie. Ce qui pendant la journée avait ressemblé à des pièces éparses qui se détachaient puis dérivaient ressemblait maintenant à un être vivant. Girija Prasad était subjugué de la voir écarter les bras, de l'Alaska à l'Extrême-Orient russe, de la voir lever la tête et se dresser sur la pointe des pieds, d'un pôle à l'autre. La Pangée, qui s'épanouissait avec la grâce d'une ballerine. Cela l'excita. Mais lorsque le déluge prit subitement fin, il se réveilla. Condamné à ruminer la moitié d'un rêve, il se demanda pourquoi les continents s'étaient éloignés les uns des autres au départ. De l'eau s'était infiltrée dans des fissures, un ruisseau minuscule s'était transformé en torrent, les torrents s'étaient changés en rivières. Et puis il n'y avait plus eu moyen de revenir en arrière.

Du jour au lendemain, les rivières révélèrent des failles que seuls des océans pouvaient remplir. Il est dans la nature de l'eau d'absorber le vide, déchiqueté par des crevasses, des pics et autres symétries irrégulières. Seul un idiot considérerait les rives des continents, les bancs de sable et les étendues arides comme les extrémités de la surface ininterrompue de l'eau. Au mieux, ce sont des pauses et des interruptions. Ou des bavardages sans intérêt. Les îles sont des bavardages sans intérêt dans un océan méditatif.

Il jeta un coup d'œil depuis son grand lit double et regarda la silhouette de sa femme. Il se demanda ce que pensaient les continents. Peut-être que la Pangée rêvait qu'elle était un million d'îles. Peut-être que ce million d'îles rêvait désormais de former un tout. Comme ces marins accoutrés de façon ridicule et envoyés en expédition par des reines fantasques, les continents avaient peut-être découvert que la fin d'un monde était le début d'un autre.

Quelle importance, se dit-il. Même si nous avions les réponses, nous nous sentirions tout aussi seuls. Comme l'île sur laquelle il vivait, il était trop loin dans l'océan pour dévier de sa trajectoire. Dieu seul pouvait l'aider à supporter la solitude créée par leurs lits séparés. L'espace d'un bref instant, l'athée voulut croire en dieu.

Élevé dans la foi hindoue, Girija Prasad ne considérait pas l'athéisme comme un acte de rébellion. Il ne faisait qu'étendre son système de croyances, comme la Pangée étendait ses bras. Tous les langoureux voyages en bateau qu'il avait effectués entre l'Angleterre et l'Inde, Calcutta et Port Blair, l'avaient transformé. "Quand on se tient sur le pont d'un navire et qu'on médite sur le bleu-vert de l'océan, c'est presque comme si on contemplait l'infini", écrivit-il un jour à son frère. "Seul face à l'infini, ce n'est pas tes croyances mais ce que tu as rejeté qui te tracasse."

Ils ne se rapprocheraient pas davantage cette nuit-là. Aux antipodes dans leurs croyances, dieu était l'isthme précaire qui les reliait.

Et, à ce moment précis, le diable était une chèvre.

– Tu l'entends, demanda-t-elle, le bêlement ?

Et Girija Prasad sentit retomber son érection, la quatre-vingt-dix-neuvième au cours de leurs deux premiers mois de mariage.

Ce n'est pas que Girija Prasad ait tenu le compte de toutes ses érections perdues, mais ce phénomène était rapidement devenu un symbole de nervosité et d'amour non consommé, de même que les roses sont une célébration de l'amour en soi, une façon d'annoncer cette chose invisible et intime que deux personnes partagent.

Adulte, Girija Prasad n'avait jamais vécu avec une femme et il pouvait seulement imaginer les bouleversements engendrés par le fait d'avoir une épouse. Il avait vidé la moitié de son armoire, lui laissant les étagères du haut et les cintres. Mais après avoir observé les épouses des autres officiels, il s'était dit que sa femme aurait peut-être un sari différent pour chaque occasion, avec des bracelets et des sandales assortis. Il avait donc fait fabriquer une nouvelle armoire en teck de Birmanie. Enivré par la beauté d'un visage qu'il n'avait pas encore vu, il avait fait installer un miroir en pied sur la porte de l'armoire. Se posait également la question des rideaux. Il n'en avait pas. L'intimité était un problème féminin et, surtout, Girija Prasad n'avait pas de voisins de qui se cacher. De sorte qu'il accrocha ses lungis, seules pièces de tissu convenables en sa possession, devant les fenêtres.

Avant d'entamer le périlleux voyage plein d'espoir que la plupart des animaux entreprennent afin de trouver un partenaire, il pensait déjà à elle. Même s'il avait préparé son repaire en vue de sa venue, comment pouvait-il lui témoigner sa gratitude ? Shakespeare et les romantiques lui avaient enseigné que les femmes aimaient les roses, ou du moins leur être comparées. Il avait donc commandé une caisse des plus beaux rosiers qu'il ait jamais vus, que l'on trouvait sur les lointaines collines bleues de Kalimpong. Un mois plus tard, lorsque les rosiers étaient arrivés au terme d'un laborieux voyage qui leur avait fait franchir des cols de montagne et des mers, un seul avait survécu. En ouvrant la caisse, Girija Prasad s'était retrouvé face aux jeunes tiges emmêlées et aux bourgeons fanés de ce qui aurait dû être de gigantesques rosiers fuchsia. Il avait interprété cela comme un signe – un mauvais présage. Il était bien décidé à prendre soin du seul plant ayant survécu. Il le garderait dans son bureau afin de le protéger du soleil implacable – seuls les doux rayons du levant et du couchant l'illumineraient – et utiliserait un goutte-à-goutte pour l'arroser. Une étude récente parue dans *The Oxford Journal of Applied Aesthetics* prouvait que les plantes appréciaient la musique classique occidentale, en particulier Mozart, de sorte qu'il avait traîné son gramophone jusqu'à son bureau, alimentant le symbole de son amour en permanence afin de le ramener à la vie.

Lorsqu'il était revenu avec sa femme, Girija Prasad avait été transporté de joie en voyant une rose solitaire se balancer au gré du vent, lui retournant son regard dans un dégradé de rose. Enfin, le bungalow était vraiment assez bien pour son épouse.

Communément connue dans les îles sous le nom de Bungalow Goodenough, autrement dit le Bungalow Pas Mal, la résidence de Girija Prasad avait été construite dans les années 1930 pour accueillir Lord Goodenough lors d'un de ses voyages. Comme c'était le cas pour la plupart des dignitaires de passage, personne ne savait réellement quel était le but de ses excursions dans les coins reculés de l'Empire, surtout dans une future colonie pénitentiaire telle que les îles Andaman. Après des décennies de tentatives avortées et de changements de sites, la prison et son quartier général avaient enfin été achevés. Deux ouvriers sur trois, en majorité des prisonniers, allaient mourir pendant sa construction – tués par des flèches tribales, des morsures de scolopendres, des attaques de crocodiles, par pendaison, torture, ou emportés par le bon vieux mal du pays –, et les autres allaient périr à l'intérieur de ses murs de pierre. Leur mort ne serait pas une grosse perte pour l'Empire.

L'isolement de l'archipel allait stimuler l'imagination des colons et ceux-ci se mettraient à créer des méthodes de torture élaborées, dédiant des îles entières à des méthodes spécifiques. Il inciterait également Lord Goodenough à ne pas se contenter d'inspecter la maçonnerie et de danser avec les autochtones. Un désir secret le pousserait à aller visiter les dernières acquisitions du Raj. Le désir de nommer. Son propre nom l'avait obligé à développer très tôt son sens de l'humour, et il avait attendu toute sa vie pour l'utiliser aux dépens de créatures, de choses et de terres innocentes. Depuis le confort maussade de son manoir ancestral, le Lord surveillait de près ce qui se passait dans l'océan Indien, parsemé d'îles tarabiscotées. Intuitivement, les îles formaient la trame idéale pour pratiquer l'art de la nomenclature. Tôt ou tard, leur isolement extrême finirait par rendre les espèces endémiques, exigeant un nom unique. Les seules exceptions à la règle étaient les Britanniques eux-mêmes. Ils avaient enfreint la plupart des lois de la nature en quittant leur île pour se multiplier sur d'autres sans perdre aucune de leurs caractéristiques originelles – seulement la boule.

Lord Goodenough pensait que des noms convenables devaient marier les langues, à la façon dont la colonisation forçait des cultures différentes à s'unir. Lorsqu'il accosta dans une baie encore inconnue alors qu'il prenait son petit-déjeuner à bord d'un luxueux navire, il la baptisa Breakfast Bay – la Baie du Petit-déjeuner – et, les points d'amarrage environnants, il les appela Marmeladeganj, Baconabad et Crumpetpur.

Le Lord passa une semaine dans la maison où vivait aujourd'hui Girija Prasad. Elle avait été construite spécialement pour sa venue. Bâtie sur un impressionnant sommet, elle se trouvait à un carrefour très fréquenté par les tribus qui allaient d'ouest en est, jusqu'à ce que des prisonniers politiques soient forcés de raser les fourrés au son menaçant de coups de feu tirés en l'air. Le bungalow avait été construit sur des pilotis afin de résister aux pluies diluviennes et aux tremblements de terre. Un machan, ces plates-formes surélevées destinées à la chasse, avait également été installé, trois étages au-dessus du sol. C'est depuis cette hauteur fantastique qu'il aperçut ce que l'histoire l'accuserait d'avoir espionné.

Dans ses jumelles, il repéra un groupe d'indigènes nus avec des seins et des fesses sensiblement plus gros que chez tous les autres groupes répertoriés. Distrait par leurs énormes atouts, il ne remarqua pas qu'ils possédaient tous un pouce supplémentaire. Lord Goodenough passa des semaines à leur chercher un nom idéal, un nom simple mais qui refléterait malgré tout la splendeur de ces fesses et de ces seins.

Le nom lui vint finalement beaucoup plus tard, pendant le voyage de retour, alors qu'il était assis dans la salle à manger du navire, en train de couper son bacon en six parts égales – un rituel matinal qu'il trouvait thérapeutique dans l'ennui des hautes mers. Prisonnier qu'il était de sa volonté puérile de jouer à dieu, ce nom le rapprocha de sa rencontre avec lui. Et c'est ainsi que la tribu la plus dangereuse de l'île et dont les membres étaient dotés de six doigts fut baptisée les Divins Nangas, ou les Nus Divins comme on le traduisit plus tard dans les dictionnaires.

Cinq ans après la venue de Lord Goodenough dans les Andaman, un tremblement de terre allait se moquer de toutes leurs constructions coloniales, fendant en deux l'île sur laquelle se trouvait le quartier général britannique. Le Bungalow Goodenough, lui aussi, allait s'effondrer et le machan glisser sur la montagne comme s'il avait été construit sur une peau de banane. Ce séisme était un signe avant-coureur de catastrophes plus grandes, la Seconde Guerre mondiale en particulier.

Pendant la guerre, les îles Andaman allaient être les premières à affirmer leur indépendance face aux Britanniques, tout cela pour être reprises par les Japonais. Alors que les Blancs mangeaient avec des fourchettes, des couteaux et des cuillères, les petites personnes utilisaient seulement deux baguettes. Cette simplicité intellectuelle se reflétait dans leurs méthodes de torture. Pourquoi enchaîner quelqu'un quand on pouvait lui tordre les jambes et les bras jusqu'à les casser ? Pourquoi pendre quelqu'un quand on pouvait le décapiter d'un efficace coup d'épée ? Et pourquoi forcer les indigènes à leur céder leurs récoltes quand on pouvait les noyer en plein océan, afin de mettre fin à la pénurie alimentaire ?

Tandis que les Britanniques voyaient le bungalow détruit comme un paquet de cartes disséminées sur la pelouse, les Japonais y virent une opportunité. Tel un tricheur professionnel distribuant une nouvelle donne, ils rebâtirent la maison et en firent leur quartier général, construisant des bunkers sur les versants alentour. Ils allaient introduire dans l'île l'escargot géant, animal originaire de Malaisie et importante source de protéines. Quand les navires britanniques encerclèrent les îles pour leur couper les vivres, l'escargot deviendrait leur sauveur, un en-cas tout prêt qui ne nécessitait même pas l'ajout de sel. Dix ans plus tard, les bunkers décrépits seraient tout ce qui resterait des mangeurs d'escargots. Le nombre de ces gastéropodes allait fortement augmenter, ce qui les classerait parmi les nuisibles de jardin les plus destructeurs, juste après le cerf aboyeur introduit comme gibier par les Britanniques.

Lorsque les choses tournèrent en faveur des Forces alliées, Lord Goodenough créa un nouveau comité à la Chambre des Lords afin de ramener les îles au bercail. Mais la joie d'avoir remporté la Seconde Guerre mondiale fut d'aussi courte durée qu'un lever de soleil. Car le soleil s'était couché sur l'Empire britannique. Les îles Andaman faisaient désormais partie d'une Inde indépendante. Il ne put s'empêcher de se sentir trahi. Malgré sa position d'aristocrate influent au sein du plus grand pouvoir colonial que le monde eût jamais vu, il ne pouvait retourner à l'endroit qui l'avait rapproché de dieu.

Prise entre les mangeurs d'escargots affamés et les sahibs battant en retraite, l'île demeura une zone inhabitée pendant presque deux ans. À cette époque, quatre jeunes Karens ivres – une communauté que les Britanniques avaient fait venir de Birmanie comme main-d'œuvre agricole – se déclarèrent chefs suprêmes de l'île et firent du Bungalow Goodenough leur palais. Ils passaient leurs soirées sur la véranda, à gribouiller des moustaches sur le portrait du roi George qui ornait les roupies britanniques et à fabriquer des drapeaux avec des nappes. Il s'écoulait des heures tandis qu'ils débattaient sur le symbole national des îles libres. Serait-ce la féroce scolopendre géante, ou le gentil martinet qui construisait son nid avec sa propre salive ? En 1948, le Service des forêts serait le seul avant-poste de la nouvelle nation dans les îles, semblable à un drapeau effiloché flottant sur une perfide cime enneigée.

Lorsque Girija Prasad décida de s'installer dans le Bungalow Goodenough sans rien savoir de tout cela, il le fit pour la même raison que les Divins Nangas, les Britanniques, les Japonais et les Karens. Depuis ce sommet, on pouvoir voir le soleil scintiller sur une mer étonnamment bleue. Cela vous donnait l'impression d'être le roi du monde.

Et tandis que Girija Prasad envisageait d'amener sa future femme ici, Lord Goodenough envisageait de reprendre la route. Il planifia alors un voyage à travers les îles du Pacifique. Tandis que le couple passait son premier mois de mariage dans un cocon au milieu d'un cyclone déchaîné, le Lord reprit son voyage vers dieu. Alors qu'il visitait le Pacifique, il comprit que tous les noms, qu'ils soient uniques ou nouveaux, étaient finalement les synonymes d'une vérité universelle et pourtant insaisissable. La nature de la vie, la lutte pour la survie, tout cela demeurait semblable, quel que soit le nombre de doigts que possédait une créature.

Peu après, il mourut.

Elle rendait nerveux tous ceux qui, indifféremment morts ou vivants, considéraient le bungalow comme leur foyer. De même que le célibataire Girija Prasad, l'endroit tremblait sur ses pilotis. La présence de Chanda Devi troublait les fantômes des combattants de la liberté, les mangeurs d'escargots éternellement affamés, et Lord Goodenough en personne, lequel faisait la navette entre le Pacifique, les Andaman et son manoir ancestral, à la poursuite de courants chauds.

Leur vie en tant que fantômes avait été une libération, jusqu'à ce que le regard clairvoyant de Chanda Devi leur rappelle leur apparence loqueteuse et leurs manières frustes.

– Il est impoli d'entrer dans la chambre d'une dame, précisa le Lord à un prisonnier pendjabi qui avait l'habitude de se prélasser sur les lits comme un chien. Et vous, trouvez-vous un nouvel uniforme, ordonna-t-il au soldat japonais. J'en déduis que vous êtes mort dans une explosion qui a déchiqueté votre cervelle et vos vêtements, mais la dame sera choquée si elle voit un homme nu rôder dans son jardin, surtout un homme aux proportions aussi minuscules.

Mais l'homme ne comprenait pas l'anglais. Alors Lord Goodenough prit la liberté de lui enrouler lui-même le drapeau britannique autour de la taille.

Le soldat fut désorienté. Ensuite, il lui en fut reconnaissant.

C'est seulement à l'heure du dîner qu'ils sont obligés de s'asseoir l'un en face de l'autre. Car Chanda Devi est à court de plats à servir et doit se forcer à ne pas bouger. C'est un art que le bungalow a maîtrisé. Il a traversé des tempêtes, des tremblements de terre et des guerres simplement en ne bougeant pas de son sommet en tête d'épingle qui surplombe l'océan. Rester dans le jardin, à regarder un soleil couleur d'hibiscus se coucher sur un archipel vert émeraude met le couple mal à l'aise. Cela force l'un et l'autre à nager dans le monde solitaire des pensées, des préoccupations et des visions. Pourtant, ils ne se sentent pas seuls.

– Tout est ici pour une bonne raison, dit-il pour tenter de rompre le sortilège, en montrant le jardin. La citronnelle avec laquelle tu as préparé le thé, poursuit-il en en buvant une petite gorgée, je l'ai plantée pour retenir la terre meuble sur le versant, afin d'empêcher les crues soudaines pendant les pluies.

Elle sourit. Il est encouragé.

– Le citron aussi… poursuit-il. Attacher de l'importance aux citrons, c'est attacher de l'importance à la sagesse de toute création. Dans la jungle, tu peux en presser sur les sangsues qui se sont fixées sur toi et elles se recroquevillent instantanément. Tu peux en presser sur des piqûres et des blessures comme antiseptique. Et quand tu es déshydraté, rien ne te requinque plus qu'un citron entier, surtout le zeste.

Elle rougit à présent. Ses joues sont rose fuchsia, comme le rosier qui se trouve devant eux. Il est perplexe. Comment ce discours sur la citronnelle et les citrons peut-il transformer cette femme versatile en jeune mariée timide ? Un silence gêné s'installe, si bien qu'il insiste.

– J'ai planté tout ce qui pousse dans ce jardin moi-même. Tout est là pour une bonne raison.

– Merci, bafouille-t-elle. Ces roses sont magnifiques. Sans ta persévérance, elles n'auraient pas survécu.

C'est à son tour de rougir.

C'est seulement beaucoup plus tard, alors qu'il s'emploie à passer le temps dans son bureau, qu'il se demande : comment l'a-t-elle su ? Elle était arrivée après la résurrection du rosier.

Les jours donnent naissance à un ciel nouveau, hébergeant à la fois le soleil et la pluie. Sous l'éclat vif de la fin de matinée, un faible crachin mouille inlassablement les îles, semant des champignons et de la moisissure partout où il tombe, sur l'écorce comme sur la peau. C'est une de ces journées où l'on se surprend à lever les yeux, espérant apercevoir un arc-en-ciel. L'air est lourd, et le cœur plus lourd encore.

Quand le soleil éblouissant et les gouttes de pluie coulent comme du sable coloré dans le même sablier, ce phénomène est appelé "l'heure du mariage". Selon les folklores, en fonction de la longitude, de la latitude, des rêves, du tempérament et des habitudes alimentaires de ceux qui le décrivent, toutes sortes de créatures se voient forcées de convoler en justes noces – renards, escargots, singes, corbeaux, léopards, hyènes, ours, le diable aussi parfois. Car l'enfer, comme tout le reste, est construit par les rares individus menant une vie domestique. Les célibataires font peut-être tourner le monde, mais ce sont les couples qui en assurent la stabilité.

Sur les îles, l'heure du soleil et de la pluie appartient à quelqu'un d'autre. Loin des unions folkloriques, elle appartient aux scolopendres géantes. Des créatures de trente centimètres de long dotées de griffes capables d'arracher des hommes à la réalité, de les ramener à cet instant où ils quittaient le ventre de leur mère, hurlant comme des nouveau-nés. Les scolopendres ne cherchent pas à se mettre en ménage, encore moins avec des humains. Les insulaires le savent, car ils se sont fait mordre.

Émergeant de leurs sombres tanières souterraines, tout ce que cherchent ces invertébrés est à lézarder au soleil et à se repaître des nuées d'insectes qui dansent après les premières pluies. Mais les êtres humains, obsédés par les unions mythiques, ne peuvent comprendre un désir aussi ordinaire. Quand quelqu'un s'approche trop près d'elles, la peur les pousse à mordre. Et le schisme se creuse. Humains : mordus un jour, prudents toujours. Scolopendres : prudentes un jour, mordent toujours.

Girija Prasad est assis sur les marches de sa véranda, s'attachant à faire prendre le soleil à ses orteils. Souvent, les chargés de mission trouvent de la moisissure entre leurs doigts de pied lorsqu'ils retirent les bottes qu'ils portent dans la jungle. C'est là son pire cauchemar. Universitaire convaincu, il craint de se transformer lui-même en spécimen. Mais, ce matin, ce rituel est une excuse pour rester assis dehors et regarder sa femme, qui travaille dans le jardin.

Chanda Devi se trouve dans le potager, où elle cueille le menu du jour sous le crachin. Elle est la grâce et l'équilibre incarnés. Accroupie, son centre de gravité semble être son voluptueux derrière suspendu en l'air, de façon précaire et sans que rien ne le maintienne. Elle tient un parapluie entre son épaule et sa joue, utilisant ses deux mains pour se faufiler entre les plantes.

Elle cueille des tomates avec la même concentration que lorsqu'elle se brosse les cheveux, lui sert ses repas et foule les versants non pavés des îles. Cela le rend nerveux. Il doute de la force de sa propre main lorsqu'il la lui tend. Il met en question la virilité de son appétit lorsqu'il ne parvient pas à terminer le cinquième roti, ces petits pains indiens ronds et sans levain, qu'elle met dans son assiette.

Alors qu'il la regarde, l'image de tous ses désirs semble recevoir un coup. Soudain, Chanda Devi est étendue sur le sol. Sa femme est tombée dans la boue. Elle se protège avec son parapluie et tente de repousser quelque chose avec ses mains.

Il se précipite vers elle, pieds nus. Il a peur qu'elle ait vu une scolopendre ou, pire encore, qu'elle se soit fait mordre.

– Où est-elle ? crie-t-il. N'aie pas peur, je vais la tuer !

– Tuer quoi ? lui demande-t-elle, perplexe. Elle n'a pas besoin de la main qu'il lui tend pour se relever et ôter la boue humide de ses coudes.

– La scolopendre !

– Où ça ?

– Où est-ce qu'elle t'a mordue ? demande-t-il, impatient de la ramener à l'intérieur du bungalow pour presser un citron sur la blessure avant qu'elle ne s'évanouisse sous l'effet de la douleur.

– Mais je ne me suis pas fait mordre.

Elle se remet à cueillir des tomates, imperturbable. Pourquoi faut-il toujours qu'il parle de tuer quelque chose, se demande-t-elle.

Il reste cloué sur place, interloqué. Elle avait vraiment l'air d'avoir un problème quand elle était tombée. Il n'a pas pu imaginer la scène, car il ne l'avait pas lâchée des yeux. Il retourne sur la véranda, troublé. Il renonce à l'idée de faire prendre le soleil à ses orteils et retourne à l'intérieur. Le navire arrivé ce matin lui a apporté du courrier important – un magazine contenant la carte de l'hypothétique Pangée, une apparition qu'il a hâte de voir.

Mais le maître de l'illusion, le service postal indien, lui a réservé un de ses tours. Assis devant sa table en padouk d'Andaman, il s'aperçoit que toutes les pages de la revue sont collées ensemble, présentant une texture semblable à de l'écorce. Il prend la revue et la renifle pour tenter d'identifier le coupable. Quelqu'un, semble-t-il, a renversé du lait sur son colis. Une boîte de lait concentré, pour être précis. Sur une île privée de lait comme celle-ci, de telles boîtes valent leur pesant d'or. Intraitable et armé d'un coupe-papier, Girija Prasad tente de séparer les pages l'une après l'autre, une tâche laborieuse et délicate qui risque de lui prendre toute la matinée.

Même dans le monde inexplicable de sa femme, ce qui s'est passé dehors n'a aucun sens. Peut-être est-elle trop embarrassée pour lui montrer l'endroit où elle s'est fait mordre. Peut-être était-ce juste un insecte, pas une scolopendre. Ou alors le traumatisme de cueillir les légumes, d'assassiner ce qui pourrait un jour devenir des plantes et des arbres, l'affecte parfois. Il n'y a pas de quoi se tourmenter, se dit-il. La plupart des femmes sont hypersensibles, ce qui fait de son épouse une digne représentante de son espèce.

Plus il observe l'espèce féminine de loin, plus cette hypothèse gagne en crédibilité. Lors de son adolescence à Allahabad, Girija Prasad remarquait systématiquement les moments où le public pleurait le plus lors des représentations du *Ramayana* de Tulsidas. Les hommes étaient obligés de déguiser leurs larmes en éternuements et autres inconforts, tandis que les femmes se voyaient encouragées à transformer les leurs en démonstrations de foi théâtrales, même s'il n'avait jamais vraiment compris les moments choisis pour cela. Alors qu'il paraissait sensé de se sentir bouleversé quand Sita retrouvait son mari le seigneur Rama après son galant enlèvement par Ravana, le démon à dix têtes, ou lorsqu'elle était bannie du royaume par ce même mari juste pour prouver un argument sans importance à une blanchisseuse, rien ne pouvait expliquer le moment choisi pour leurs plus violents sanglots. C'était après que le livre avait été fermé et le récit terminé pour la journée. Les femmes pleuraient sans rime ni raison.

Dehors, Chanda Devi est soulagée d'être à nouveau seule. Elle l'avait échappé belle. Elle s'était servie de son parapluie pour repousser le fantôme émacié enveloppé dans un drapeau qui la suivait dans tout le potager, lui montrant les escargots et se livrant à des jeux de mimes ridicules. Utilisant des brindilles en guise de baguettes, il lui faisait signe de casser la coquille et d'en extirper pour lui la chair tendre, se frottant le ventre avec insistance. La mort, avait espéré le soldat, le sauverait de la faim qui le tenaillait depuis une semaine. Au lieu de cela, elle le traque dans l'au-delà. Alors qu'il est entouré d'escargots bien gras, le soldat japonais ne peut briser une seule coquille ni en sortir la chair avec ses membres sans force et ses ongles cassants comme du verre. Il implore Mme Varma de lui venir en aide. De même que le mutin pendjabi, assis sur la table à côté de son mari, insiste sur son droit à se faire servir les malpuas chauds en premier, avant le "traître qui s'habille et parle comme les Britanniques".

Ce n'est pas elle qui est folle. L'endroit où son mari l'a amenée est un asile de fous. Mais elle a peur de lui exposer son problème. Les hommes ne sont pas à l'aise quand leur femme échange avec d'autres hommes, surtout avec des étrangers nus et désespérés.

Le temps que Chanda Devi met à cueillir, laver, émincer, cuisiner et servir les légumes pour le déjeuner, accompagnés de rotis tout juste préparés, est le temps que met Girija Prasad à décoller toutes les pages de la revue les unes des autres et à affronter la nouvelle hypothèse de son existence : sous l'influence du lait et des vents chargés de sel, la Pangée s'est transformée en une énorme tache multicolore qui ressemble à des organes génitaux féminins.

Chanda Devi sait qu'elle le distrait. Cela est évident à la façon dont il s'agite en sa présence, dont il remue fébrilement la jambe. Elle sait qu'elle le rend nerveux. Elle le sent à sa sueur, car elle renifle son linge chaque jour. Ses chaussettes ont l'odeur des sabots d'un animal. Ses chemises dégagent une lourde fragrance de terre, semblable à celle de feuilles, d'herbe et de fruits écrasés dans la terre sombre par le passage des animaux, des pluies et du vent. Même dans ses odeurs, elle ne décèle aucun répit. Malgré les nuits agréablement fraîches, les draps du lit exhalent un mélange de sueur nerveuse et d'humidité tropicale.

À ce mélange s'ajoute aujourd'hui une nouvelle senteur létale émanant d'une unique goutte de mangue qui a coulé sur sa manche hier soir. Un navire venu du continent avait apporté spécialement pour Chanda Devi une caisse des meilleures mangues, que son mari avait commandées à l'autre bout de l'Inde, dans les terres rouges de la côte ouest. Au mois de juin, la nation entière croule sous les mangues, de l'extrême pointe sud aux abords des plaines. Et Girija Prasad a hâte de goûter la variété royale, surtout depuis qu'elle a été rebaptisée. Anciennement appelées mangues Alphonso en l'honneur d'un général portugais, les représentants nouvellement élus de la nation libre les ont rebaptisées mangues Shivaji d'après le héros régional qui avait vaillamment repoussé les envahisseurs. Chanda Devi est touchée. Elle lave et essuie les fruits puis les dispose dans des bols en verre, comme une décoration de table.

Elle le regarde mettre une serviette autour de son cou à la manière d'un bavoir, remonter ses manches et découper la mangue à l'aide d'un couteau et d'une fourchette, la taillant en cubes avec dextérité. Pourtant, une goutte égarée coule le long de sa fourchette jusqu'à son petit doigt puis jusqu'à sa manche. Si cela n'avait tenu qu'à elle, Chanda Devi aurait coupé la queue avec les dents, retiré la peau avec les doigts et mordu dans le fruit nu, tout cela sans tacher son sari. Mais, en présence de son mari, elle se sent gênée, de sorte qu'elle prend les cubes qu'il a coupés.

– La dernière fois que j'en ai mangé, elles s'appelaient Alphonso. Maintenant c'est Shivaji, dit-il. Qui aurait cru que même les mangues changeraient d'identité après l'Indépendance.

Rompue aux formulations directes de la littérature sanskrite, Chanda Devi n'a pas conscience de l'obsession anglaise qui considère les traits d'esprit comme l'ultime expression de l'intellect. Elle prend la remarque de son mari au sérieux.

– Nous sommes les enfants de la terre, mais elles en sont les fruits, dit-elle. Elles sont plus sensibles. Changements de gouvernement, affronts à leur foi, tout cela les affecte profondément, encore plus que les locustes ou les vers. – Elle perçoit sa surprise. – Quand je mange des légumes, des fruits et des légumineuses hindous, je ne me sens pas aussi mal, poursuit-elle. Contrairement aux végétaux musulmans ou chrétiens qui n'ont qu'une seule vie.

– Mais tous les êtres doivent mourir, indépendamment de leurs croyances religieuses, répond Girija Prasad. Les mangues musulmanes peuvent espérer la résurrection le jour du Jugement dernier, tout comme les mangues chrétiennes peuvent attendre le ciel avec impatience. Dans tous les discours théologiques, l'homme peut seulement spéculer, jamais juger. Seul le sujet de l'étude – le tout-puissant sans genre ni forme – possède ce privilège.

En prenant la défense des mangues musulmanes, Girija Prasad plaide pour sa cause, en particulier pour les habitudes alimentaires qu'il a été forcé d'abandonner.

Bien qu'elle reste parfaitement calme, un raz-de-marée émotionnel a frappé Chanda Devi, et l'empêche de refaire surface. Son mari ne voit peut-être pas les fantômes assis à côté de lui, il ne se rappelle peut-être pas les autres fois où ils ont partagé une mangue dans leurs différentes vies, mais lui aussi voit des choses qu'elle ne voit pas.

Plus tard dans la journée, quand son mari la laisse seule avec les fantômes du Bungalow Goodenough, Chanda Devi ferme la porte de leur chambre pour plus d'intimité. Vieux jeu à leur façon, les fantômes n'entreront jamais dans une pièce quand la porte est fermée, pas plus qu'ils n'y jetteront un regard indiscret quand les rideaux sont tirés.

Seule, elle récupère la peau de la mangue que son mari a si soigneusement pelée une demi-heure plus tôt. Elle lui rappelle la chair orange vif qu'ils ont partagée, les idées qu'ils ont échangées. Elle caresse la peau du bout des doigts, la frottant et la sentant tour à tour. Fibreuse et humide à l'intérieur, lisse, brillante et parfumée à l'extérieur. “Est-ce à cela que ressemble la peau humaine?” se demande-t-elle.

Lorsqu'elle avait huit ans, Chanda Devi demanda un jour à sa mère : "Maman, comment on fait les bébés ?" Sa mère devint toute rouge. Elle réprimanda sa fille et lui dit de ne plus jamais poser cette question, surtout pas à son père.

Perdue et seule face à ses inquiétudes, la mère de Chanda Devi alla consulter le baba des berges du fleuve pour lui demander conseil. À l'époque, il passait pour être encore jeune, car il avait à peine cent deux ans.

– Baba, dit-elle après lui avoir offert des fruits et des fleurs, ma petite fille me pose des questions choquantes. L'autre jour… Comment puis-je vous dire cela ? Je me sens gênée à la simple idée de répéter sa question. – Elle ajusta son sari pour couvrir ses cheveux et se retourna pour s'assurer que personne n'écoutait leur conversation. – Comment on fait les enfants, m'a-t-elle demandé. En tant que mère, je ne peux pas lui faire faux bond. Mais qui l'épousera, baba, si elle continue à poser des questions pareilles ?

Le baba était occupé à disposer les fleurs et les fruits par ordre de grandeur. Un souci s'avéra plus gros qu'une pomme. Cela le fit sourire.

– Beti, répondit-il, c'est le Kaliyuga, l'âge du mal et de l'immoralité. Tout ce que les hommes et les femmes ont à faire pour faire des enfants, c'est se tenir la main, tel est le pouvoir aveuglant de Kama ! Le temps viendra – ses yeux s'agrandirent et sa voix vibra sous la puissance de la prophétie – où les garçons et les filles se tiendront la main avant le mariage. Ils tiendront la main de nombreux garçons et filles à la vue de tous. Devant tout le monde !

Même si cela n'allégea pas vraiment sa détresse, la mère de Chanda Devi retourna dire à ses enfants de ne jamais, jamais tenir la main de quelqu'un du sexe opposé avant le mariage.

Épuisée par la tâche d'élever six enfants, elle avait été secrètement soulagée par les paroles du baba. Ce qui l'avait le plus secouée dans la question de sa fille était sa propre ignorance. Elle-même ne savait pas comment on faisait les bébés. Mais à présent, il y avait de l'espoir. Elle évitait de tenir la main de son mari, surtout lorsqu'il s'allongeait sur elle.

Bien que beaucoup de choses aient changé dans la vie de Chanda Devi depuis qu'elle avait posé cette question à sa mère, elle n'a toujours pas trouvé la réponse. Il ne suffit pas de se tenir la main, soupçonne-t-elle après trois mois de mariage. Sinon, pourquoi son corps entier se couvrirait-il de chair de poule en présence de son mari, et pas seulement la peau de ses mains ?

Quant à son mari, scientifique accompli, ce qui le travaille est la question plus vaste, et ne faisant l'objet d'aucune recherche, concernant le moment propice. Bien qu'il n'existe aucune preuve suggérant que les *Homo sapiens* aient une saison des amours, il n'y a pas non plus de preuves suffisantes pour suggérer sa non-existence. Ce manque de clarté sur le sujet le met dans l'embarras. Le climat tropical renforce cette ambiguïté. Même les tigres, avec leurs rituels nuptiaux parfaitement définis qui débutent par les rugissements de la tigresse destinés à attirer l'attention du mâle et se terminent parfois par des coups de patte au partenaire, trouvent la chaleur tropicale perturbante. Une étude a montré que, dans les régions tempérées, le *Panthera tigris* était en chaleur de façon saisonnière mais que, en climat tropical, il s'accouplait toute l'année.

Si seulement les êtres humains avaient des chaleurs comme les autres mammifères, adoptant une attitude, des couleurs ou des sons spécifiques pour signifier leur disponibilité, Girija Prasad n'aurait pas à passer ses journées à se tourner les pouces, en pontifiant sur la théologie et les mangues.

Dans la vie sociale atrocement limitée des îles, la présence de Mme Varma a provoqué une tempête. Elle est un sujet prisé de spéculation dans les soirées, au grand soulagement des officiels et de leurs épouses. Avant son arrivée, le plus gros scandale des îles avait éclaté lorsque le chien du secrétaire du service postal s'était enfui pour poursuivre la bâtarde du médecin. Le secrétaire avait accusé le docteur d'attirer son beau labrador en vue d'obtenir un autre animal de compagnie, et le médecin avait rétorqué en l'accusant de torturer son chien, car sinon pourquoi s'enfuirait-il ? Si salace qu'ait pu être toute cette histoire, avec ses péripéties de fugue amoureuse, de torture, de courrier et de confrontation, combien de temps pouvait-elle alimenter leurs potins du soir ?

Mme Varma est une bénédiction dans leurs vies pleines d'ennui. Elle les laisse perplexes. Elle n'est peut-être pas allée à Oxford comme son mari, mais à leurs yeux, elle est beaucoup plus instruite. Elle a étudié le sanskrit, la langue des dieux, et c'est une experte en textes sacrés hindous. Ses prouesses divines, disent-ils, sont telles qu'elle est capable de calculer la position astrologique des planètes tout en faisant ses courses au marché. Un jour, elle a même attrapé un vendeur ambulant qui lui avait fait payer deux paisa de trop. "La lune dans la maison du Cancer rend les gens vulnérables, l'avait-on entendue dire, mais cela ne signifie pas que vous pouvez les arnaquer." Son aura quasi religieuse en incite certains à s'incliner devant elle et à s'exclamer : "La déesse, elle est arrivée !" Mais ils ont peur qu'elle les chasse comme des chiens.

La présence du couple dans les soirées mondaines est marquée par leur entrée théâtrale, côte à côte. Elle ne le quitte pas lorsqu'il se joint à un groupe d'hommes pour discuter de sujets sérieux tels que l'inflation affectant les rations subventionnées de l'île ou la météo. Pas plus qu'il ne la quitte lorsqu'elle échange des astuces culinaires avec les dames. En fait, il a toujours quelque chose d'utile à ajouter, comme le nom scientifique de l'herbe dont elles parlent et comment la cultiver au mieux.

Si Girija Prasad est accusé de présenter des traits féminins parce qu'il suggère des ingrédients alternatifs pour les recettes, sa femme est soupçonnée d'être un homme en vertu de ses connaissances. Leurs bizarreries se complètent. Si seulement ils pouvaient jeter un œil chez les Varma pour voir comment se porte un mariage entre égaux dans un monde d'inégalités. Pour le moment, ils doivent se contenter de les observer de loin et de se demander : Quand ils mangent, est-ce qu'elle le sert avant de s'asseoir, ou sont-ils assez culottés pour se servir eux-mêmes ? Qui décide du menu ? Il se murmure que Girija Prasad est devenu végétarien pour faire plaisir à sa femme. Même si c'est lui qui poste les lettres adressées à leurs familles, est-ce Chanda Devi qui les écrit ? Qu'en est-il de ces rideaux qu'ils ont récemment accrochés ? Est-ce pour cacher ce que la très prochaine Constitution indienne qualifiera "d'actes sexuels contre nature" ? Issus de générations étroitement liées aux missionnaires, il leur paraît impossible d'imaginer des rapports sexuels entre égaux.

La vie d'un couple d'égaux sous les latitudes du désir et les longitudes de l'appréhension reste encore un phénomène rare, non documenté – comme une baleine accouchant dans l'Antarctique ou des éléphants blancs s'accouplant en Asie du Sud.

Girija Prasad et Chanda Devi ont tous les deux rapidement compris que l'expression "tomber amoureux" était un euphémisme. Une idylle n'est pas aussi simple qu'un plongeon dans l'eau fraîche par une chaude après-midi, pas plus qu'elle n'est instinctive comme le fait d'apprendre à marcher. Ce n'est pas une mine de superlatifs comme la poésie sanskrite ni le "doux chagrin" dont parlaient les romantiques.

La lutte d'un couple d'égaux ne se limite pas au sujet de l'ethnographie. Elle est multidisciplinaire. L'intimité et la distance opèrent à la manière de la marée : haute durant la journée, culminant aux moments des repas. La lune est une tasse de thé, elle les hisse au zénith de leur interaction. Les nuits sont arides. Une terre vierge sépare leurs lits.

La communication chez les oiseaux repose principalement sur des sons inintelligibles et l'inclinaison de la tête, le déploiement du plumage, et des actes tels que les danses ou les vols en formation. C'est aussi le cas des échanges entre les Varma. Il s'éclaircit la gorge pour annoncer son entrée dans une pièce. Comme il ne formule aucune exigence, elle a appris à lire ses désirs dans ses gestes. Lorsqu'il regarde l'horizon d'un œil vide, c'est qu'il a envie d'un thé. S'il est affamé, son ventre émet des grognements semblables à ceux des bébés animaux. S'il a des rides sur le front et les sourcils légèrement froncés, c'est qu'il est plongé dans ses réflexions. Sa tête tombe en avant lorsqu'il est fatigué. Elle s'incline sur le côté lorsqu'il a sommeil. S'il s'assoit ou se tient bien droit, c'est que son attention est focalisée sur ce qui l'entoure, étudiant peut-être l'appel d'un oiseau, un changement de vent, ou une odeur de chlorophylle plus prononcée. Un scientifique étudiant l'environnement ressemble beaucoup à un animal sur le qui-vive, à l'affût de proies et de prédateurs potentiels. De longs séjours aux toilettes impliquent que le repas qu'elle a préparé était trop épicé pour sa constitution délicate. Bien qu'elle ne l'ait jamais vu dessiner, il revient souvent du travail avec un liseré de plomb sous les ongles et des copeaux de crayons sur ses vêtements. C'est l'équivalent d'un homme qui rentre chez lui de bonne humeur en sifflotant tout bas.

Chanda Devi, a découvert son mari, est une étude complexe qui requiert les compétences combinées d'un botaniste, d'un ornithologue et d'un astronome. Elle évolue dans son sari de coton, pareille à des feuilles bruissant dans la brise. Son souffle est aussi imperceptible que celui d'un arbre, aspirant tout l'air de la pièce pour l'exhaler à nouveau, parfumé. Tel un oiseau, elle a un regard pénétrant, ne cille pas. En un simple hochement de tête, il passe des yeux bleu métallique d'une mouche posée sur son poignet au tronc d'un padouk d'Andaman tombant quelque part sur l'archipel ou à un banc de dauphins qui entre dans la baie. Bien qu'elle soit assise dans la même pièce, Girija Prasad la soupçonne souvent de se trouver à des constellations de là. Dans ce temps et cet univers différents, il se demande si elle se sent seule. Mais il garde espoir. Un jour, lui aussi voyagera à travers le temps pour atteindre le fond du regard de Chanda Devi.

Il n'y a pas une seule ligne droite dans son être, un paysage sinueux. Au bureau, il tente de capturer son image dans les marges de ses dossiers. Ses courbes, ses yeux, la division d'une précision géométrique des plis de son sari qui partent en éventail depuis son nombril, tout est impossible à rendre. C'est dans l'exercice implacable consistant à tailler, dessiner, gommer et retravailler que Girija Prasad ressent quelque chose qu'aucun sonnet ni aucune ode ne peut exprimer.

Seuls les morts peuvent compatir à la détresse du couple. Depuis l'arrivée de Chanda Devi pendant le mois des scolopendres, la saison de la mousson, les fantômes du Bungalow Goodenough sont sensibles à leurs problèmes. Comme les invertébrés, l'un et l'autre redoutent que leurs désirs soient mal interprétés.

Il est difficile pour les fantômes de rester assis sans rien faire. Si les Varma étaient en Inde du Nord, leur pays natal, au lieu des Andaman, prétend le mutin pendjabi, Chanda Devi serait déjà enceinte. Il met les manières affectées de Girija Prasad sur le compte de son éducation britannique, surtout ses vêtements qui rappellent l'ère du Raj. Telle une belle-mère inquiète, le mutin conseille à Chanda Devi de servir à son mari du lait chaud avec des amandes au moment du coucher afin de renforcer sa libido.

Lord Goodenough a étudié l'amour sous ses formes extrêmes, avec la sagesse rétrospective accessible aux seuls fantômes. Parmi les peuples isolés des îles du Pacifique, il était tombé sur un rituel cannibale dans lequel l'amant en deuil consommait le cœur de l'être aimé disparu – l'acte d'union ultime. Mais avec son propre cœur, le Lord avait fait preuve d'une retenue toute victorienne. Il admirait sa muse – son beau-frère – de loin. Il se contentait de caresser la gravure d'une urne grecque du bout des doigts : l'image d'un homme barbu d'un certain âge en train de pénétrer un jeune adolescent. Si seulement il pouvait, il dirait à la jeune Mme Varma que lorsque certains hommes sont amoureux, ils doutent d'eux-mêmes. Ils ont peur de ne pas être à la hauteur.

Quant au soldat japonais, il préfère former un tunnel avec sa main et le pénétrer avec son doigt pour attirer l'attention de Chanda Devi. Il ne cherche pas à être obscène. Il lui montre simplement comment on fait.

Mais la peur réussit là où les désirs ne s'aventurent pas, ainsi que les habitants du Bungalow Goodenough ne vont pas tarder à le découvrir.

Chanda Devi est assise sous un palmier, cherchant son mari des yeux parmi les convives. Il se retourne de temps en temps et lui adresse un hochement de tête. Tous les officiels et leur famille se sont réunis sur la plage de Sir Mowgli pour un pique-nique dominical. Les hommes se contentent de patauger dans les vagues au lieu de nager. Les enfants, qui veulent sans cesse ramasser des coquillages, en sortent les mollusques et se proclament nouveaux rois de la conque. Les femmes bavardent comme des perroquets en suivant le déplacement de l'ombre. Comme elles aimeraient elles aussi pouvoir s'abandonner et batifoler dans les vagues, regarder leurs orteils à travers l'eau transparente.

Mais une petite chose les en empêche : elles préféreraient se noyer sous le poids de la honte plutôt que de ressortir avec des vêtements mouillés.

Mal à l'aise en société, Girija Prasad essaie en vain de s'extraire de la foule. Il a envie d'aller nager avec le masque et le tuba qu'il s'était achetés en Angleterre, mais ce matériel suscite des commentaires partout où il va. Quelques-uns de ses collègues l'appellent même Jules Varma.

Si seulement elle pouvait le rejoindre – car elle aussi est une excellente nageuse. Assise sur une plage remplie de femmes qui seraient incapables de flotter même si leur vie en dépendait, Chanda Devi considère son aptitude comme une bénédiction de la déesse en personne. Elle a grandi près d'une rivière capricieuse, et son grand-père avait insisté pour que tous les enfants apprennent à nager. Lui-même avait été conçu dans une maison que la rivière finirait par engloutir, et il était venu au monde pendant les crues saisonnières, à moitié sous l'eau. Chaque année, donc, il obligeait tous les membres de la famille, jeunes et vieux, hommes et femmes, à plonger d'un bateau pour aller visiter le temple du clan qui se trouvait désormais au fond de l'eau. S'ils ne le faisaient pas, la rivière dévierait à nouveau de son cours. Chanda Devi prenait son rôle au sérieux. Elle plongeait plus profond que les autres, prenant appui sur le dôme du temple pour descendre jusqu'à la porte et s'accrocher à la cloche, ondoyant comme une algue.

Bercée par la brise et les bavardages incompréhensibles, Chanda Devi ferme les yeux. Girija Prasad a déserté le pique-nique pour aller nager jusqu'aux coraux. En pensée, elle nage à ses côtés. Elle sent des picotements sur sa peau au contact frais de l'océan tandis que le soleil lui réchauffe le dos. Dans sa rêverie, elle s'enfonce dans le monde des coraux au-dessus duquel nage son mari. Et pendant qu'il nage au-dessus des monts de corail, Girija Prasad est à nouveau célibataire. À l'écart du monde, rien ne l'empêche de suivre les tortues au dos étoilé jusqu'au bout de l'horizon, des poissons lui grignotant les orteils.

Sur le rivage, Chanda Devi est brusquement tirée de sa rêverie. Une vague de frayeur balaie sa transe, la tirant par les cheveux. Une prémonition a fait surface, telle une créature préhistorique émergeant des abysses. Chanda Devi ne met pas longtemps à deviner que Girija Prasad n'est pas seul dans l'eau.

Parmi les coraux, Girija Prasad se retourne pour identifier la cause des vaguelettes qui approchent. Il est enchanté de voir Chanda Devi le tirer par la jambe. Il est impressionné par ses mouvements et son courage de nager en sari. Mais elle le tire avec une telle insistance qu'il est forcé de la suivre. Chanda Devi, comprend-il, n'est pas là pour nager avec lui mais pour le ramener vers le rivage. Alors qu'ils se mettent à marcher dans l'eau peu profonde, elle lui crie par-dessus les vagues : "Nous devons rentrer immédiatement." Le reste des participants au pique-nique sont choqués de la voir dans son sari mouillé, mais Girija Prasad ne le remarque même pas. Il ne voit que la panique de sa femme.

– Est-ce que quelqu'un a fait ou dit quelque chose qui t'a fâchée ?

– Non.

Que faudrait-il pour que tu me fasses confiance, a-t-il envie de demander. Au lieu de quoi il dit :

– Tu peux me faire confiance. Je suis ton mari.

– Je suis ta femme, réplique-t-elle. Toi aussi, tu peux me faire confiance. Nous devons quitter cet endroit tout de suite, c'est tout ce que je sais.

Il s'est résigné à la futilité de la questionner, car lorsqu'elle choisit de se murer dans le silence, elle seule peut décider d'en sortir. Girija Prasad tend son matériel de plongée au chef des opérations d'abattage pour le lui faire essayer. Pour sa femme et lui, le pique-nique est terminé.

Pendant le long trajet retour, Chanda Devi est assise au bord de son siège, agrippée à la poignée de la portière, prête à l'ouvrir et à sauter hors de la voiture à tout moment. Agitée, frissonnante, souffrant dans la cage de ses os. Girija

Prasad est troublé. Il a envie de s'arrêter, de la regarder dans les yeux, de lui tenir les mains et de la convaincre que ce qui a pu l'alarmer est passé, qu'elle est maintenant avec lui. Comme la distance entre leurs lits, la terreur qu'il voit dans ses yeux lui transperce le cœur.

De retour au Bungalow Goodenough, Girija Prasad regarde Chanda Devi travailler dans le potager, sans rien cueillir de particulier – ou peut-être tout et n'importe quoi –, pour éviter sa compagnie.

Un moment plus tard, un garde forestier leur apporte la nouvelle : peu après leur départ, un crocodile sorti d'une mangrove voisine a emporté le chef des opérations d'abattage, le tenant dans sa gueule. Intrigué par la visibilité qu'offrait le masque de plongée, l'homme s'était dangereusement aventuré près d'une crique à l'extrémité de la plage.

Girija Prasad chausse aussitôt ses bottes, charge son fusil et part sans un mot. La terreur qu'il a vue dans les yeux de sa femme s'est infiltrée dans les siens.

La première fois que Girija Prasad avait pris le bateau pour se rendre dans les îles, il avait amené avec lui huit éléphants qu'il avait personnellement choisis à Bihar dans une foire aux bestiaux. À Calcutta, on les avait conduits comme du bétail sur la passerelle menant au pont du navire. Mais à Port Blair, on avait dû les descendre à terre à l'aide d'une grue car la jetée n'était pas assez solide. Planant au-dessus du port, la grue avait cédé et le premier éléphant avait plongé dans les profondeurs bleu d'encre. Girija Prasad n'avait rien pu faire pour sauver l'éléphant qui se noyait. Jusqu'à son dernier jour, il n'oubliera jamais l'expression du mastodonte, pas plus qu'il n'oubliera les yeux apeurés du crocodile qu'il croisera en recherchant son collègue.

Les lampes électriques et les torches du groupe de recherche embrasent l'obscurité, terrifiant l'animal de plus de trois mètres cinquante de long venu chercher refuge au milieu des palétuviers. Aveuglé par la lumière, le crocodile se cache derrière le corps, mais il ne l'abandonne pas.

Accroupi à la barre du canot, Girija Prasad croise le regard de l'animal.

Avec une jambe, le bassin et l'abdomen en moins, le corps paraît à peine humain et ressemble encore moins à son collègue. Cela terrifie les hommes à bord du bateau encore plus que le crocodile. Ils décident de revenir le lendemain matin avec des harpons et des pièges.

Il arrive chez lui aux heures indéfinissables de la nuit, et la trouve assise dans l'obscurité de la véranda, en train de contempler le ciel. Les pluies ont passé une couche de mousse sur les marches. Girija Prasad glisse mais garde l'équilibre. Secoué, il s'assoit sur l'escalier. Des moustiques noir et blanc se régalent de sa peau et bourdonnent près de ses oreilles, donnant le ton aux idées qui se bousculent dans sa tête. La lune exceptionnellement basse perce la nuit, le regardant dans les yeux.

Il ne s'était jamais senti aussi nauséeux, et il avait vomi dans le jusant dès que le canot avait atteint la rive. La puanteur des entrailles humaines, la vue d'un intestin traînant dans l'eau à la manière d'une corde non arrimée avaient suffi à lui faire monter aux lèvres à la fois les aliments qu'il n'avait pas digérés et les mauvais souvenirs. Quand l'éléphant avait sombré dans le port, il n'avait même pas refait surface une seule fois, comme s'il avait cédé tous ses instincts à l'océan. Quant au crocodile, Girija Prasad avait vu de la peur dans ses yeux, alors même que l'animal voyait de la peur dans les siens.

– Je t'en prie, ne tuez pas le crocodile, dit Chanda Devi en brisant le silence. On ne peut pas punir des êtres parce qu'ils agissent selon leur nature alors que c'est nous les intrus.

Girija Prasad tente de se remémorer le dernier véritable souvenir qu'il garde de l'homme désormais mort, mais il ne trouve rien. Pas de dernier mot, pas d'impression durable hormis un banal geste de remerciement lorsqu'il lui avait prêté son matériel de plongée. Rien n'a de sens. Le bonheur absolu d'une nage langoureuse, la panique dans les yeux de sa femme à propos d'une chose qui n'était pas encore arrivée, le corps déchiqueté d'un collègue qui avait trouvé la mort en allant nager, un crocodile mangeur d'hommes.

– Sais-tu aussi comment nous allons mourir ? demande-t-il à Chanda Devi.

Cette nuit-là, Chanda Devi tire les rideaux et se glisse dans le grand lit double de son mari.

Girija Prasad est déçu par toutes les connaissances qu'il a passé sa jeunesse à rassembler et à conserver comme une fourmi se préparant pour un long hiver de réflexion. La science, comme il le sait, n'a pas de place pour les prémonitions. La proclamation de Darwin – "la loi du plus fort" – l'a trahi. Si cet homme était allé dans les Andaman au lieu des Galápagos, aurait-il eu une vision différente des choses ? Une vision dans laquelle le sacrifice était aussi crucial que la survie ? Si Chanda Devi avait été capable de sentir le danger dans l'eau, pourquoi avait-elle risqué sa propre vie ?

Girija Prasad est déterminé à créer sa propre carte de l'archipel. C'est un portrait tracé avec la même application qu'il met à dessiner sa femme. C'est son lien avec les souvenirs, les curiosités et les émotions que le paysage évoque. La carte ressemble peut-être à celle des Andaman, mais elle est tout autant le portrait de l'artiste.

La feuille de papier vierge étalée sur sa table est l'océan Indien. La pointe de son crayon est une force de la nature, sculptant des îles à partir du néant. Un triangle équilatéral représente le mont Harriet, le plus haut sommet d'Andaman du Sud. Une crique la sépare d'Andaman du centre. Girija Prasad est certain que ce pic est le point culminant de l'île, car il a assisté à de nombreux couchers de soleil ici et rien d'autre ne s'élève pour lui boucher la vue. À côté du triangle, il trace un minuscule cercle rempli de hachures violettes et orange. Dans l'histoire personnelle de Girija Prasad, le mont Harriet sera toujours le lieu des couchers de soleil. Il avait lu quelque chose sur cet obscur sommet lorsqu'il était étudiant. C'était l'endroit où Lord Mayo, alors vice-roi des Indes, avait été assassiné.

Le coucher de soleil sur le mont Harriet était décrit dans un langage si évocateur dans un magazine de Noël que cela avait intrigué Lord Mayo. Il en avait mentalement pris note. Lors d'un séjour dans les îles où il devait inspecter la tristement célèbre colonie pénitentiaire appelée Kala Pani, les Eaux sombres, il avait fait un détour pour son thé du soir. "Ah, c'est vraiment magnifique. C'est la chose la plus belle que j'aie jamais vue", s'était-il exclamé en voyant le ciel devenir pourpre, doré et violet. Il regrettait que Lady Mayo n'ait pas été avec lui pour profiter de ce rare coucher de soleil. Lorsqu'il était mort deux heures plus tard, poignardé par un détenu caché dans les buissons, il avait quitté ce monde encore préoccupé par ce spectacle. C'était vraiment dommage : il n'avait pas les mots pour décrire ce qu'il avait vu.

Seul un autre Lord aurait pu compatir à la détresse de Lord Mayo. Ses voyages avaient montré à Goodenough qu'inventer de nouveaux noms ne résolvait pas totalement les difficultés d'expression de la langue anglaise. Sa langue maternelle, soupçonnait-il, était incapable d'exprimer les complexités latentes contenues dans un simple mot. Elle ne pouvait pas, par exemple, décrire la neige comme le faisaient les Esquimaux avec une douzaine de synonymes. Elle ne voyait pas la diversité qui tombait avec chaque flocon. La langue anglaise ne connaissait pas non plus de pluies telles qu'en voyaient les habitants du détroit de Malacca. Leur mot pour désigner le paradis voulait dire "pluie sublime", et l'enfer était "la pluie qui noie". Toute la vie était une oscillation entre les deux. Aucun mot – certainement pas l'anodin "amour" – ne pouvait décrire cette force toute-puissante et dévorante que Lord Goodenough avait rencontrée dans le Pacifique. Le rituel consistant à manger le cœur de l'être aimé n'était pas du simple cannibalisme.

De la même façon, ce n'était pas de la solitude que l'on éprouvait sur le mont Harriet. En présence d'un soleil violet, la nature de la solitude proprement dite semblait se dilater pour englober tout ce qui se trouvait sur l'île, toutes les formes de vie, les montagnes, les rivières, les lagons, les plages, les forêts, même l'énorme rocher qui regardait depuis le sommet du mont Harriet l'abîme de la forêt tropicale. C'était la solitude d'un archipel. Coupé de toutes les terres par un océan plus grand que n'importe quel continent. S'étendant sous un ciel plus grand que tous les océans et tous les continents réunis.

Aussi vaste que l'univers, la solitude devenait les méditations de cet univers.

Girija Prasad et Chanda Devi sont assis sur le rocher saillant au sommet du mont Harriet et sont transformés en un couple d'oiseaux, cachés de l'océan par les plus hautes branches des arbres les plus grands. Tout ce qu'ils entendent est le babillage des autres oiseaux et le fracas des vagues. C'est une impression particulière. D'être assis en hauteur et dans un brouillard qui rappelle l'Himalaya. Et pourtant, d'être bercé par le bruit des vagues.

– S'il n'y avait pas le souffle des vagues, dit Chanda Devi, j'aurais l'impression de passer une soirée en montagne.

– C'est peut être bien le cas, répond Girija Prasad. J'ai lu un article universitaire qui prétend que les îles volcaniques d'Indonésie et de la mer d'Andaman sont le prolongement de l'Himalaya. Nous sommes assis, pour ainsi dire, au sommet de montagnes qui s'élèvent depuis le fond océanique. J'ai du mal à le croire, même si c'est plausible.

Elle lui sourit. Il lui rend son sourire.

La lumière du soleil filtre à travers les branches et tombe sur Chanda Devi, créant des motifs géographiques sur sa peau. Sur son bras, il repère une crête montagneuse. Sur ses pieds, une rivière. Sa gorge, une cascade tumultueuse créée par ses cheveux. Bientôt, le soleil se déplacera vers l'ouest, noyant toutes les rivières, les crêtes, les montagnes et les cascades de son corps dans l'obscurité. La soirée arrivera à son terme. La seule façon de la retrouver sera de suivre le parcours du soleil, de revivre sans cesse son coucher dans les topographies de différentes longitudes et latitudes, dans les steppes mongoles, les cols venteux de l'Hindou Kouch, les dunes de sable du Kalahari, les îles crétoises, la Forêt noire allemande et les fjords norvégiens. Au moment où Girija Prasad arrive dans les Hautes Terres d'Écosse, il est distrait par un souvenir. Dans l'humidité des tropiques, il rêve de neige.

– Tu as déjà vu la neige ? lui demande-t-il.

– Non. Ça ressemble à quoi ?

Il est impossible de décrire la neige en étant assis dans les Andaman. La cacophonie de la mousson couvre la chute silencieuse des flocons. L'esprit de Girija Prasad est retourné à une promenade solitaire qu'il avait faite dans un parc couvert de neige, lorsqu'il était étudiant à Oxford. Une couche blanche d'une infinie douceur avait transformé l'ordinaire en rêve. Rien, ni le lac, ni le ciel, ni même le soleil, ne demeurait intact. De la glace s'accrochait comme de la mousse aux arbres nus. De la neige pesait sur les feuilles qui subsistaient, ses pas retombaient lourdement dans la poudreuse. L'air vif lui éraflait les narines et lui irritait la gorge. Perché sur le plus haut sommet de l'archipel, cloué à mi-chemin entre l'équateur et le tropique du Cancer, Girija Prasad aspire à l'impossible. Il aspire à un coucher de soleil semblable sur un paysage enneigé.

– Je ne peux pas te décrire la neige, lui dit-il. Nous autres créatures tropicales sommes incapables d'en saisir la beauté, même par le biais de notre imagination. Mais je peux te montrer le soleil qui se couche sur la neige. Nous pourrions aller au Cachemire en hiver.

– Ces îles, dit-elle. Nous n'aurons peut-être jamais envie d'en partir.

– Dans ce cas, dans une autre vie.

Bien que la théorie de la réincarnation soit, pour Girija Prasad, une cible facile, il doit admettre qu'elle possède un attrait lyrique : elle pourrait lui permettre de contempler un autre coucher de soleil dans un autre endroit avec sa femme.

Elle rougit. Lui aussi. Girija Prasad lui prend la main. Chanda Devi glisse ses doigts entre les siens.

Toute l'île se réveille pour l'occasion. Les oiseaux, les insectes, les arbres, les vagues et le soleil couchant jouent tous leur partition dans une symphonie plus vaste, orchestrée par leurs doigts en communion.

L'histoire d'amour de Girija Prasad avec la neige aurait pu être longue et profondément satisfaisante s'il n'avait pas fait preuve d'un intérêt académique pour la forêt tropicale. Sentant que sa présence serait éphémère dans sa vie, il profitait de chaque occasion pour observer sa fragile existence et son tempérament délicat, jusqu'à ce que ses doigts s'engourdissent et que des glaçons se forment sur ses cils.

Ce soir-là, obsédé par le souvenir de la neige, Girija Prasad a du mal à s'endormir. Il passe des heures au lit à extraire toute la neige de sa mémoire pour la déposer sur l'île où il dort. Dans sa rêverie, la terre verdoyante est aveuglée par les chutes de neige.

Les frondaisons s'inclinent, répandant des flocons sur la terre tropicale collante. Les insectes sont devenus des fossiles piégés dans la glace. Incapables de la percer, les vers de terre, les scolopendres et les serpents sont forcés d'hiberner. Les crocodiles au sang froid ont du mal à se déplacer sur les criques gelées, glissant de côté comme des crabes. Étouffés par le froid, les coucous entonnent des chants enroués. Girija Prasad est tenté de peindre les perroquets et les martins-pêcheurs aux couleurs vives en blanc éclatant, car les jours de neige le monde entier est blanc. Le ciel nocturne luit sous son reflet. La lune et les étoiles pâlissent par comparaison. Encouragés par l'expansion des étendues gelées, les pigeons s'aventurent sur les étangs et les cours d'eau, pondant leurs œufs où bon leur semble. La forêt tropicale se ratatine. Les feuilles et les fruits se flétrissent instantanément. La plage est une mosaïque de glace, de sable et de neige. Les vagues turquoise fracassent des blocs de glace sur le rivage. Les tribus qui vivent nues se voient forcées de se réfugier dans la chaleur des grottes et des feux. Dans leur refus de désacraliser leurs corps avec des vêtements se trouve une croyance obstinée. La neige fondra aussi mystérieusement qu'elle est apparue. Rien, pas même les rêveries d'un insomniaque, ne dure bien longtemps dans ces îles.

La propre maison de Girija Prasad, le Bungalow Goodenough, ressemble à un chalet dans les Alpes. Il repose confortablement sur ses pilotis au-dessus d'un lit de neige. Une cheminée de fortune réchauffe les fougères et les fleurs en pot. Pour une fois, l'eau qui s'écoule des gouttières reste suspendue en l'air, réduisant le crépitement de la mousson au lent goutte-à-goutte de la glace qui fond. Son lit demeure le seul endroit chaud de l'île. Girija Prasad entreprend de recouvrir de neige sa femme endormie. Sa peau vire au rose, se hérisse de chair de poule. Son nombril s'enfonce dans son ventre tandis que sa poitrine se soulève sous le choc.

Quand Chanda Devi se réveille le lendemain matin, elle a mal à la gorge et le nez bouché. Elle est fâchée contre son mari.

– La prochaine fois que tu rêves de neige, lui dit-elle, rêve aussi d'une couverture.

Neuf ans après la nuit où Girija Prasad est resté éveillé pour parer de neige les îles et sa femme, il se retrouvera à s'enfoncer de nouveau dans cette magie blanche, cette fois-ci en tant que père. Marchant avec sa fille sur une plage, il lui tiendra la main pour l'empêcher de se précipiter dans les vagues, car elle est aussi imprévisible que sa mère.

– Papa, tu m'as trouvée où ? lui demandera-t-elle, légèrement fâchée qu'il la tienne par la main. Pourquoi est-ce que tu m'as ramenée à la maison ?

Pour l'apaiser, Girija Prasad tissera une histoire à partir des braises du crépuscule.

– C'était sur une plage exactement comme celle-ci, par une soirée exactement comme celle-ci, quand ta mère et moi avons trouvé une bouteille vide, à moitié enfouie dans le sable. Quand nous l'avons ouverte, nous avons trouvé un mot à l'intérieur : *Mettez tous les ingrédients de vos rêves dans cette bouteille et secouez vigoureusement.* C'est ce que nous avons fait. En utilisant un prisme, j'ai piégé la lumière du soleil dans la bouteille. Je l'ai fermée avec un bouchon et je l'ai secouée vigoureusement pendant des heures. Puis ta mère l'a ouverte. Elle a pris une grande inspiration et soufflé dedans. Ça a été ton premier souffle.

Pour les ingrédients, Girija Prasad concoctera une liste fantastique afin de freiner l'imagination vagabonde de sa fille : des sables dorés des dunes du Rajasthan et des sables blancs de l'île Havelock ; des petits morceaux de nid de martinet et des pétales d'une rose couleur fuchsia ; un bout d'écorce du plus vieux padouk des îles ; de la cendre bénie par le baba du fleuve ; une dent de crocodile, un cil d'éléphant ; et des gouttes de pluie de la mousson mélangées avec de la neige de l'Himalaya.

À la fin de l'histoire, le père et la fille marcheront en silence. L'effort qu'elle fera pour digérer cette histoire sera palpable. Il sentira les pensées de sa fille courir dans tous les sens, se jeter dans l'écume du ressac, s'enfoncer dans les sables irréguliers, se perdre parmi les rochers qui marquent le début de la jungle.

– Quelle est la différence entre de la neige fondue et des gouttes de pluie ? demandera-t-elle. Papa, ça ressemble à quoi, la neige ?

Si Chanda Devi est capable de voir les fantômes, de transformer son mari amateur de bœuf en végétarien et de prédire les attaques de crocodile, elle est assurément capable de parler à dieu, pensent les insulaires. La rumeur veut que Girija Prasad soit marié à une femme-déesse qui commande aux crocodiles et aux éléphants tout comme elle commande à son époux.

Les gens viennent déposer des fruits et des guirlandes de fleurs devant sa porte à titre d'offrandes. Une belle-mère amène sa belle-fille enceinte. Après la déception d'avoir eu huit petites-filles, elle implore Chanda Devi d'utiliser ses pouvoirs divins afin de lui donner un "kul deepak", un garçon porte-flambeau pour sauver sa lignée.

Chanda Devi examine la vieille femme du menton aux orteils et d'une oreille à l'autre.

– Ce n'est pas moi qui suis enceinte, a envie de dire la belle-mère, ce n'est pas moi le problème.

Mais elle n'en fait rien. Personne ne peut courir le risque de mettre les personnes divines en colère.

– La Devi vous a bénie de ses neuf avatars, dit Chanda Devi. Si vous maltraitez un seul d'entre eux, sa colère ne connaîtra aucune limite.

– Mais pourquoi mon fils doit-il travailler pour nourrir une famille dépourvue de fils, en particulier cette grosse vache enceinte ?

– Vous pourrez réfléchir à la réponse dans votre prochaine vie, lorsque vous renaîtrez sous la forme d'un ver de terre. Tous les vers de terre sont des eunuques. Mâle, femelle, cela ne fait aucune différence dans leur vie. C'est pour cela que la déesse transforme tous ceux qui torturent les femmes en vers de terre dans leur vie suivante.

Ce soir-là, c'est pour une fois la belle-mère qui prépare le dîner. Elle sert elle-même toutes ses petites-filles et leur lave les pieds en guise de pénitence. Elle implore leur pardon. Elle a décidé de faire cela quand, en descendant de la véranda de Chanda Devi, elle a trouvé un ver de terre sur les pantoufles qu'elle avait laissées dehors, ratatiné et noirci par le soleil.

Le Service des forêts vient aussi trouver Chanda Devi pour soigner un éléphant qui a piétiné deux mahouts en trois semaines. Bien que cet éléphant soit un véritable fou furieux, il est plus facile de remplacer des mahouts qu'un animal productif. Aux prises avec un pachyderme psychotique, les subalternes de Girija Prasad se tournent vers sa femme pour lui demander conseil.

– Je ne parle qu'aux esprits libres, déclare Chanda Devi avant d'ôter les chaînes de l'éléphant, effrayant encore plus les bons fonctionnaires. – Elle passe l'après-midi à lui caresser la trompe et le ventre, à lui donner des bananes et des seaux d'eau. En partant, elle leur dit que le premier mahout s'était saoulé à l'alcool local, et que le second avait écrasé une bidi sur la jambe de l'éléphant. – S'il y a une prochaine fois, vos chaînes ne pourront pas l'arrêter.

Désormais, plus personne ne boit ni ne fume au travail. Girija Prasad rit, incrédule, en voyant ce nouvel état de choses. Sa femme a réussi ce que lui n'a pu faire en un an.

Chanda Devi trouve son emploi du temps plus chargé que celui de son mari. Le matin elle apaise l'âme des hommes qui se sont noyés sur la plage de Mollycoddle. L'après-midi elle inaugure un magasin de mithai. Et au milieu de tout cela, elle est interpellée par la requête la plus grave de toutes.

Les administrateurs des îles craignent que les fantômes errants des officiers britanniques, des généraux, des bourreaux et des hommes d'Église – en bref, tous les méchants du feuilleton de la colonisation – n'aient jeté des sorts malveillants sur leur projet de construire une nation nouvelle. C'est pour cela que tout va mal : des dossiers sont mystérieusement égarés et de mauvaises décisions sont mises en œuvre malgré la compétence indiscutable des officiels (des hommes ayant du mal à travailler plus de deux heures d'affilée sans faire un somme). Ils veulent qu'elle vienne sur l'île de Ross, l'ancien quartier général britannique, pour enchaîner les fantômes envieux, lanceurs de sorts, mangeurs de gâteaux et fumeurs de cigares à cette île en train de sombrer.

La vie au Bungalow Goodenough a appris à Chanda Devi l'art d'ignorer les fantômes de toutes les nationalités, tout comme Girija Prasad a appris à ignorer l'attitude excentrique de son épouse. Mais elle ne peut refuser la requête des administrateurs. Cela risquerait de jeter une ombre sur son patriotisme.

L'île de Ross était une île minuscule remplie de piscines, de bassins, de boulangeries, de salles de cinéma projetant des films muets, de salles de bal et d'églises. Elle possédait même un marché où les memsahibs pouvaient acheter des fruits locaux en même temps que du Marmite et des scones frais.

Comme la plupart des projets idéaux, celui-ci aussi est tombé à l'eau. Le tremblement de terre qui avait détruit le bungalow d'inspection de Lord Goodenough à Port Blair avait également fendu l'île de Ross en deux. À la manière d'un iceberg, la plus grande partie de l'île avait sombré, faisant basculer le reste dans l'oubli. Lorsque les Japonais l'avaient bombardée pendant la Seconde Guerre mondiale, c'était pour le simple plaisir de parvenir à viser précisément un grain de poussière, car l'endroit était déjà dévasté.

C'est sur ce grain de poussière bombardé que Chanda Devi se confronte à des fantômes parmi les plus pâles de sa vie, qui vaquent librement à leurs rituels quotidiens. Contrairement aux fantômes envahissants du Bungalow Goodenough, ceux d'ici sont trop fiers pour tenir compte de sa présence, lui offrant le luxe de les observer, les yeux écarquillés, pendant des heures. Ce n'est pas du passage du temps qu'ils attestent, mais de l'exact opposé. Ils répètent leur routine depuis des décennies, défiant des événements tels que la mort et l'indépendance de l'Inde. Ils ont même appris à ignorer les fantômes du présent – les vivants.

Un couple richement vêtu attire son regard. La femme, en robe de velours et gants de dentelle, tient une ombrelle d'une main et le bras de son mari de l'autre. L'homme est paré de ses plus beaux atours, qu'il complète par une moustache gominée. "Par cette chaleur !" s'exclame Chanda Devi. Le couple monte un escalier en colimaçon, glissant d'un niveau à l'autre avec une aisance due à plusieurs vies de pratique. Mais l'escalier ne mène nulle part. Il s'est rompu en même temps que l'île. Le banquet pour lequel le couple s'est apprêté gît désormais au fond de l'océan. Chanda Devi reste bouche bée en voyant le couple se jeter de la falaise et descendre en flottant jusqu'à la mer, telles des feuilles portées par la brise. Elle les voit revenir à la nage jusqu'au rivage et sortir avec des vêtements aussi secs que leurs expressions.

Dans le jardin, à côté du lac miniature, Chanda Devi voit un homme ôter de la poussière imaginaire d'une chaise. Puis il monte dessus et accroche un nœud coulant à une branche d'arbre. Il glisse sa tête dans le nœud et renverse la chaise d'un coup de pied. Chanda Devi a beau savoir que c'est un fantôme, la vue de son corps qui se balance au bout de la corde lui fait remonter un frisson le long de l'échine. Peu à peu, les paupières de l'homme se relâchent, sa bouche se referme et les rides disparaissent de son front. Au bout d'un moment, il retire sa tête du nœud coulant et tombe comme un singe maladroit. Il se relève, époussette son pantalon et redresse la chaise. Il essuie à nouveau le siège, accroche une nouvelle fois la corde et se pend encore. Mourir, semble-t-il, est pour certains un passe-temps.

Tandis que d'autres âmes sont parties vers de nouvelles identités et de nouveaux continents, celles-ci s'accrochent à des rituels et à des instants comme des enfants s'accrochent à leur sucette. Ils avaient connu la futilité du changement.

Les vies pouvaient changer, mais leurs préoccupations demeuraient les mêmes.

D'aucuns ont découvert la solitude d'une centaine de vies en une seule.

Lorsqu'elle rentre chez elle, Chanda Devi s'inspecte dans le miroir. Elle tire la peau sous ses yeux du bout des doigts. Le rose visqueux qui les entoure est réconfortant. Elle se pince vigoureusement. Elle est soulagée de voir que cela laisse des marques rouges. Ce sont autant de signes de vie.

Plus tard dans la soirée, Girija Prasad rêve de paons de la taille d'une autruche en train de courir dans un désert de sable et d'or quand, soudain, d'énormes mains sortent du ciel et en attrapent un. Il se réveille, alarmé, et s'aperçoit que Chanda Devi le serre de toutes ses forces dans son sommeil. Il reste éveillé, essayant de déchiffrer les tressaillements de son visage. Il se demande ce qu'elles peuvent être, ces visions que ses paupières retiennent.

Chanda Devi vit dans un tableau, et chaque jour l'artiste ajoute un peu plus de blanc à son teint. Le rythme dans son ventre est nouveau pour elle. Il suit les battements de cœur du père. Comme lui, il aspire à quelque chose de plus lourd et de plus consistant que les végétaux dont Chanda Devi se nourrit. Croissant sans cesse, exigeant sans cesse. Elle ne parvient pas à garder le rythme. Elle peut seulement regarder le fantôme japonais en haillons et compatir. Elle a faim en permanence.

Il n'y a qu'un médecin à Port Blair, un vieux monsieur anglais qui a survécu à la Seconde Guerre mondiale et à l'Indépendance, et qui a continué de vivre ici pour une raison très simple: il était le seul médecin des îles. Sur son insistance, les Japonais avaient assaini une partie de la prison cellulaire pour la transformer en hôpital de fortune. Sur son insistance, le Service des forêts fait venir un vétérinaire depuis le continent, car il ne peut s'occuper à la fois des humains et des éléphants.

Le médecin donne un nom à la pâleur de Chanda Devi : l'anémie.

– L'eau des îles réduit le taux de fer dans le sang, dit-il à son mari. C'est pour cela que la plupart des femmes et des enfants ont péri sur l'île de Ross, et même une partie des hommes. Ils sont morts d'une mystérieuse maladie appelée "mort par la pâleur", raccourcie plus tard en "mort pâle" pour les télégrammes. Il s'agissait tout bonnement de l'anémie.

– Ma femme n'a pas souffert d'anémie jusqu'ici. Elle a joui d'une parfaite santé depuis son arrivée.

– La grossesse l'a rendue vulnérable.

La pâleur force Chanda Devi à se tenir à l'accoudoir lorsqu'elle se lève. Elle a souvent des vertiges. Girija Prasad ne la laisse plus cuisiner et l'aide à se laver. Il a peur de la laisser seule, si bien qu'il travaille depuis chez lui.

Même s'il devrait être fou de joie, il a peur. La seule personne chez qui il peut chercher de l'assurance est celle pour laquelle il est le plus inquiet.

– Qu'est-ce que tu vois quand tu t'évanouis ? demande-t-il à Chanda Devi.

– Je vois du rouge. Du rouge chair. Quand tu fermes les yeux sous un soleil trop vif, tu as l'impression que tes paupières sont en feu. Je vois quelque chose de semblable.

Le médecin lui suggère de manger de la viande rouge et de la soupe au poulet, mais même Girija Prasad n'envisage pas cette solution. Au lieu de cela, il ramasse des tomates, des épinards et des betteraves pour lui préparer des jus frais deux fois par jour. Il lui donne une pleine cuillère de graines de sésame. Il n'y a rien dans la nature que la nature elle-même ne puisse guérir, pense-t-il.

Arrivée à son quatrième mois, elle est moins pâle, observe Girija Prasad qui tient un graphique quotidien de son teint, de ses vertiges, de ses nausées, de son poids et de ses humeurs. Elle parvient à s'accroupir sur les toilettes à l'indienne sans s'évanouir, mais elle est toujours d'humeur sombre.

– Ce teint te va bien, tente-t-il pour lui remonter le moral. Je pourrais demander à la déesse de le préserver ainsi, mais j'ai peur de ne pas être exaucé. Mon passé de carnivore ne doit pas être bien vu par les divinités hindoues.

Chanda Devi sourit. Il dit cela en plaisantant, mais il le dit quand même. Son mari, elle le voit, est en proie à l'angoisse. Il a envie de prier, mais il n'a pas la foi.

Elle est assise dans le fauteuil en bambou, les jambes légèrement écartées pour laisser de l'espace à son ventre. Elle a beau être bien calée, le dos contre le coussin et les coudes sur les accoudoirs, rien n'arrête ses vertiges. L'attraction terrestre est plus forte que jamais. Elle l'oblige à tout laisser de côté et à s'allonger jusqu'à ce qu'elle perde conscience. Elle a commencé à faire un cauchemar singulier : des racines lui poussent tandis qu'elle est assise dans le jardin, et elle est incapable de s'extraire du sol.

Elle a envie de répondre au compliment de Girija Prasad. Elle a envie d'être suffisamment spirituelle pour faire naître un sourire sur son visage et la foi dans son cœur. Mais les mots ont fui ses pensées, comme l'énergie qui saigne de son ventre pour couler sur le sol. Toujours assise, elle sombre plus profondément. Ses yeux s'emplissent de larmes malgré son sourire.

Girija Prasad tire de sa poche un mouchoir, repassé et blanchi. Il se penche et essuie les larmes de sa femme. Il la regarde à nouveau. Ses yeux sont déjà humides. Il les essuie une nouvelle fois. Cette fois, les larmes sont assez grosses pour laisser une tache mouillée sur le tissu. Il utilise un autre coin. Il essuie les larmes de sa femme avec tous les coins de son mouchoir jusqu'à ce qu'il n'en reste plus et que ses cils soient secs et raides comme de la paille. Il attend. Il observe. C'est seulement quand Chanda Devi a recouvré son calme qu'il plie son mouchoir en trois et le range dans sa poche. Il quitte la pièce pour aller ramasser les légumes destinés à son verre de jus du soir.

Arracher une betterave entière sans abîmer les plantes qui poussent autour ni casser la tige est toujours une gageure. On doit utiliser une houe pour déterrer la racine avant d'employer la force. Jardinier patient et méticuleux,

Girija Prasad est absorbé par sa tâche. Pourtant, il ne parvient pas à réfréner l'aversion qu'il éprouve pour l'incertitude qui l'envahit ce soir. Chercher la solitude pour finalement y découvrir la valeur de la compagnie. Semer des graines uniquement pour déraciner. Le but de la vie, ainsi que Girija Prasad l'avait supposé très tôt, était d'avoir un but. Mais s'il ne peut se montrer confiant dans son rôle d'époux, comment le sera-t-il en tant que père ?

Alors même qu'il la touche du doigt, la paternité lui paraît encore aussi lointaine, floue et inaccessible que la lune par un soir de début d'hiver. Elle existe à des années-lumière dans un espace cosmique auquel les livres, le monde universitaire et l'histoire naturelle n'ont pas accès, seulement des traits grossiers tracés au fusain.

Girija Prasad a commencé à dessiner des arbres imaginaires. Leurs troncs ont la finesse d'un tour de taille, avec des renflements au niveau des nœuds. Leurs branches aussi délicates que des doigts humains partent dans toutes les directions, certaines rejoignant la terre pour germer à nouveau, d'autres domptant les nuages. On trouve toutes sortes de fleurs et de fruits sur un seul arbre, des jonquilles et fleurs de lotus aux orchidées, des pommes et pastèques aux humbles noix de coco. Tout est possible, car rien n'est impossible.

Quand Girija Prasad prend son fils dans ses bras, il n'arrive pas à discerner ses traits. La tête est la partie la plus grosse, suivie d'un ventre légèrement gonflé. Les yeux sont des fentes, cousues ensemble. Quant aux mains et aux pieds, ils sont minuscules. Girija Prasad a vu des sépales plus gros sur des fleurs. Les deux pieds tiennent dans sa main.

Son fils est un raisin pâle et ratatiné avec la peau d'un être âgé. Un être si vieux qu'il est difficile de déterminer s'il est au début ou à la fin de sa vie. Girija Prasad tient la minuscule main de son fils dans la sienne.

Il était seul avec Chanda Devi quand elle avait perdu les eaux, à cinq mois et demi de grossesse. Il avait paniqué en voyant une tache de sang sur le matelas. La tache s'était élargie devant ses yeux. Puis avait formé une flaque. Bientôt, le lit avait été imbibé de sang. Il avait soulevé sa femme pour la plonger dans une baignoire d'eau tiède. Il ne lui avait pas lâché la main, même après l'arrivée du médecin. Quand tout avait été terminé, lorsqu'il n'y avait plus eu de doute sur le fait que leur rêve fragile s'était envolé, il l'avait laissée aux bons soins du docteur. Il avait jeté les draps et le matelas. Il avait frotté le sang qui s'était infiltré pour tacher le sommier en bois. Il l'avait recouchée dans un lit propre. Lorsqu'elle avait fermé les yeux pour entrer dans un monde où elle s'aventurait seule, Girija Prasad avait pris l'enfant et l'avait bercé.

Il tient la main de son fils. Il compte ses doigts et ses orteils. Tous les vingt. Il semble s'être magnifiquement développé.

– Les fausses couches sont fréquentes. Aussi fréquentes que les naissances dans ces îles, lui dit le médecin. Mais la perte de sang, si elle n'est pas compensée, risque d'affaiblir encore votre épouse.

Girija Prasad prépare des jus de légumes pour sa femme, comme n'importe quel autre jour. Il l'abandonne, à demi consciente, pour monter en voiture au sommet du mont Harriet, son fils sur les genoux. Il craint qu'une fois Chanda Devi réveillée, il ne soit obligé de faire subir à son enfant une crémation hindoue traditionnelle. Étant son père, c'est à lui que reviendra d'enflammer son corps fragile.

Seul, il se sert de ses mains pour creuser un petit trou à côté du rocher où ils se sont tenu la main pour la première fois. Il enterre son fils dans un ventre de terre meuble et humide – le genre de trou dans lequel on s'évertue à planter des graines. Il dépose sur lui une couverture de terre.

Mais il ne parvient pas à se résoudre à recouvrir son visage. Et s'il ouvrait les yeux et poussait un cri, s'étouffant avec la terre ?

La chemise de Girija Prasad est trempée de larmes. Des larmes versées pour tous les êtres et toutes les choses qu'il a aimés et qu'il aimera.

Après la fausse couche de sa femme, Girija Prasad ne retourne pas au bureau. Au lieu de cela, il apporte sa table de travail dans sa chambre. Chanda Devi n'a pas encore recouvré ses forces. Ses cheveux tombent comme des feuilles d'automne. Se laver suffit à l'épuiser. Elle perd et reprend conscience, trébuchant dans des ombres à la fois tentantes et intimidantes.

Même les fantômes sont inquiets pour sa santé. Lord Goodenough, telle une belle-mère anglaise assise à son chevet, l'évente lors des après-midi étouffants, la protège des moustiques. "L'abstinence est recommandée" est le seul conseil qu'il parvient à trouver.

Le fantôme du révolutionnaire pendjabi s'attèle à servir de beau-père à Girija Prasad, indifférent à son indifférence envers les fantômes.

– Seuls quatre de mes sept enfants ont survécu, le sermonne le fantôme. Les autres n'ont pas atteint l'âge adulte. L'un s'est fait piquer par un scorpion quand il était tout petit, un autre est mort de fortes fièvres. Ma fille préférée s'est perdue pendant le pèlerinage de la Kumbh Mela. J'ai prié dieu pour qu'il prenne ma mère et me rende ma fille. Mais il n'a pas exaucé mes prières, alors j'ai cessé d'aller à ce pèlerinage. Il y a plus de gens qui s'y perdent que de gens qui y rencontrent dieu.

Concentré sur le dossier qu'il est en train de lire, Girija Prasad n'a rien à dire.

– Mon garçon, je sais que tu soutiens les Britanniques. Regarde-toi, tu es habillé comme un gardien de prison. Mais, au fond de toi, tu es indien. Écoute tes ancêtres. En tant qu'homme, tu ne peux pas renoncer. La seule façon d'assurer ta succession est de continuer à produire des enfants. Si une épouse se fatigue, trouves-en une autre. Ne reste pas assis sur tes bijoux de famille, astique-les et sers-t'en !

La pièce est oppressante. Girija Prasad se lève pour ouvrir les fenêtres. Il remarque que Chanda Devi est réveillée et s'assoit à côté d'elle. Même dans son état de faiblesse, elle voit que son mari est aussi fragile qu'une poupée de porcelaine parcourue de fissures. Parfois, lorsqu'il lit le journal, ses doigts tremblent dans le silence de ses souffles lourds. Souvent, elle voit une tache humide sur son oreiller le matin.

Elle joue avec les doigts de son mari. Sa peau est douce, ses doigts potelés comme ceux d'un enfant. Elle se demande si son fils avait les mêmes, mais elle ne se souvient pas de ses mains.

– À qui est-ce qu'il ressemblait ? demande-t-elle à Girija Prasad.

– À toi, répond-il.

Girija Prasad utilise son mouchoir pour sécher les larmes de sa femme. Il ne retourne pas au travail du reste de la journée.

Ce soir-là, Chanda Devi fait un effort pour s'habiller. Elle troque sa chemise de nuit pour un sari et se coiffe avec de l'huile de jasmin. Elle entre dans la cuisine pour la première fois depuis deux mois. Ils partagent un thé en silence. Lorsqu'ils ont terminé, ils en arrivent tous les deux à la même conclusion. Ni l'un ni l'autre ne s'en sortira seul.

Un mois plus tard, Girija Prasad emmène sa femme lors d'un voyage officiel. Le couple prend le bateau depuis chez lui en Andaman du Sud pour se rendre sur un groupe d'îles voisin, Andaman du centre. C'est là que l'Inde indépendante construira sa première ville à partir de rien, apportant le développement dans la jungle. Si les Britanniques étaient parvenus à faire construire aux Birmans des villages miteux sur ces îles, le nouveau gouvernement est assurément capable d'y bâtir une ville.

L'idée est simple, mais le plan l'est encore plus. Le gouvernement indien a loué la jungle alentour riche en bois à un homme d'affaires de Calcutta, lui donnant le droit de l'exploiter sans condition. La seule chose qu'il exige en retour est la construction d'une commune. Comme tous les grands visionnaires, l'homme d'affaires obèse donne à cette cité sylvicole le nom de sa muse, sa femme encore plus obèse, Savitri. Il la baptise Savitri Nagar.

Girija Prasad et Chanda Devi doivent passer une journée entière à longer le rivage sur son bateau officiel, l'*Ocean Whore*. Ils doivent traverser des courants turbulents là où Division Creek, la Crique de la Division, rejoint la mer, et éviter toute rencontre avec les tribus de la mer des Mourants, pour atteindre Savitri Nagar, le seul port d'Andaman du centre.

L'*Ocean Whore* est un bateau robuste et compact comprenant un salon, une chambre, un bureau, une cuisine, de l'espace pour le capitaine et des ponts laqués depuis lesquels admirer les poissons volants, les dauphins et les tortues. C'est le quartier général de Girija Prasad lorsqu'il est en mer. Quand il s'agit d'explorer des colonies éloignées et désolées, l'*Ocean Whore* est le seul endroit où il peut tenir des réunions accompagnées de thé au lait – l'élément fondamental de tous les bureaux du gouvernement.

Bien qu'ils doivent arriver à Savitri Nagar le lendemain matin, Girija Prasad a du mal à rester couché. Les vagues le font tourner et virer dans son lit, lui rappelant une perte qu'il n'a de toute façon jamais oubliée. Il renonce à dormir et décide de terminer sa correspondance.

Il s'assoit à ce qui lui sert de bureau lorsqu'il est en mer, attendant que les mots se forment.

"Mon frère respecté, commence-t-il. Je t'écris pour t'annoncer une terrible nouvelle." Ou est-ce de l'injustice ? Est-ce tragique ? "Ton neveu est mort-né lors du cinquième mois de grossesse de ta babhi. Elle est à présent très faible, ce n'est plus la femme dynamique dont tu te souviens peut-être."

Girija Prasad ne parvient pas à aller plus loin. Ses larmes ont transformé sa lettre en papier buvard. Il froisse donc la feuille et recommence sur une nouvelle.

"Mon cher frère, écrit-il. J'ai enterré ton neveu dans un jardin. Si mon esprit a peut-être accepté sa mort, mon imagination est encore aux prises avec les cauchemars. Je reste éveillé dans mon lit, effrayé. Et s'il avait ouvert les yeux après que je l'ai recouvert de terre ? Et si ses poumons avaient décidé de fonctionner douze heures plus tard, mais s'étaient étouffés avec la terre ? Et si je l'avais enterré vivant ? Ai-je été responsable de sa mort ?"

Girija Prasad se met à gémir. Tenir le rôle de l'homme de la maison est un acte qui l'a brisé. Il hoquète, il sanglote, il ravale ses sanglots. Il n'arrive pas à s'arrêter de pleurer. Il n'a pas envie d'essuyer ses larmes. Alors qu'il froisse la lettre et la jette sur le sol, il aperçoit l'ombre de Chanda Devi. Elle se tient sur le seuil, l'aube derrière elle.

Bien qu'elle l'ait déjà vu pleurer, elle a toujours fait mine de ne rien remarquer. Comme tous les hommes respectables, Girija Prasad n'est pas supposé pleurer – ni en public ni en privé. Il est censé retenir ses larmes. Il sort son mouchoir pour s'essuyer le visage, le cou, la nuque. Il s'éclaircit la gorge.

– Je n'arrivais pas à dormir. Alors j'ai essayé de finir ma correspondance. Je crois que le courrier ne part de Savitri Nagar que les lundis, deux heures après notre arrivée.

Chanda Devi hoche la tête. Son mari, comme tous les fantômes qui vivent avec eux, est au plus bas. Il est inutile de raisonner avec des personnes dans cet état. Elle a eu l'occasion de le vérifier maintes fois.

Pour les Britanniques, une crique sépare Andaman du Sud d'Andaman du centre. Par conséquent, ils l'ont baptisée Division Creek. Son bras le plus long, horizontal, est appelé Long Division Creek, et le plus court qui bifurque vers le sud, Short Division Creek.

S'ils avaient vécu nus, uniquement vêtus des couleurs de la terre, interagissant avec leur environnement de la même façon qu'ils interagissaient avec leurs amants, ils auraient su qu'Andaman du centre est un monde distinct d'Andaman du Sud. La crique, tel un serpent sinueux, se contente de dormir entre les deux.

La terre d'Andaman du centre est l'une des meilleures de l'océan Indien. C'est une terre éclairée. Elle est indifférente au cycle de la vie et de la mort. Lorsque des arbres ou des plantes sont satisfaits de l'existence qu'ils ont menée sur l'île, ils tombent volontiers, perdant leurs feuilles pour nourrir les nouvelles pousses. L'air est léger, il ne connaît ni les regrets ni la solitude. Ici, les poules volent aussi haut que les corbeaux sur le continent. Elles font leurs nids sur les branches des manguiers. Certaines rivalisent même avec les aigles, gloussant de désespoir de ne pouvoir voler plus haut, plus vite. Facilement troublées, elles pondent en plein vol ou perchées sur des branches. Ici, les poules sont des oiseaux ambitieux, pas de la simple volaille.

Le royaume voisin de l'Indonésie est une civilisation qui prospère et se nourrit au pied de ses imposants et irascibles souverains : les volcans. Même un grondement ordinaire force les insulaires à se plier à leurs volontés et à leurs caprices. En Andaman du centre, cependant, la fureur des volcans est réduite à un gémissement. Ils sont tapis dans la jungle, éclipsés par les fourmilières et les buissons. La destinée les a traités injustement. Tandis que leurs cousins règnent en dieux, instillant la peur, la foi et tout ce qui se trouve entre les deux, ceux-ci seraient presque mignons. Ce sont des bébés volcans, pas plus hauts que trois pommes – preuve que même le créateur se désintéresse de ses tâches en cours de route.

Pendant très longtemps, les îles Andaman avaient marqué les limites de l'Empire. Quand les Britanniques étaient arrivés, on ne pouvait s'attendre à ce qu'ils travaillent avec les indigènes – ceux-ci ne parlaient pas (encore) anglais et les départements d'anthropologie en Angleterre ne proposaient pas (encore) de cours enseignant les obscures langues du littoral indien. Mais comme pour un kleptomane laissé sans surveillance dans une bijouterie, l'envie de s'emparer des choses fut trop forte pour y résister.

Bientôt, des affiches fleurirent dans tous les coins du Raj, faisant de la publicité pour des terres attribuées gratuitement à toute communauté qui voudrait bien se présenter. Un pasteur entreprenant, un Karen de Birmanie, releva le défi. Étouffé par la hiérarchie d'une religion organisée, aspirant à ce qu'on le laisse en paix avec sa paroisse, il sauta sur l'occasion. L'establishment fut impressionné. "Il y a des gens non civilisés qui vivent dans ces îles, dit un officier. Nous espérons que le pasteur verra cela comme l'occasion d'accroître son troupeau."

Au lieu de sauver leurs âmes, le pasteur condamna les tribus à une ultime annihilation aux mains des nouveaux colons, les Indiens, en les nommant la Race mourante. La première fois qu'il aperçut la tribu locale, ce fut, de façon ironique, sous la forme de cadavres flottant sur des chaloupes avec toutes leurs possessions. Il s'agissait d'un rituel, comprit-il bientôt, consistant à laisser les vieux et les blessés mourir dans des embarcations avec des réserves limitées de nourriture. Il nomma donc la mer environnante la mer des Mourants à titre d'avertissement sans équivoque pour ceux qui voudraient s'y aventurer.

Si le pasteur avait été un aristocrate dans un empire colonial, peut-être aurait-il lui-même mit les voiles vers d'autres horizons afin de perfectionner son talent naturel pour la nomenclature, mais il ne l'était pas. À l'abri du regard scrutateur de l'Église, il utilisa plutôt sa créativité pour innover en termes de croyances. Au cours des quatre premiers mois ayant suivi leur migration, la moitié de ses fidèles avait disparu, épuisée par les efforts nécessaires pour abattre les arbres, construire des huttes, chasser et faire des enfants.

Afin de leur remonter le moral, il créa une nouvelle doctrine mentionnée dans une bible secrète possédée de lui seul.

– Ton âme ne périt pas, répétait-il chaque fois que quelqu'un se faisait tuer ou dévorer par un animal. Elle continue de vivre dans celui qui t'a dévoré.

C'est ainsi qu'un villageois karen en vint à avoir un requin pour beau-frère. C'était également ainsi que les créatures malfaisantes devenaient bienveillantes, croyait le pasteur. En leur donnant des membres de la famille à manger, elles devenaient à leur tour des membres de la famille. C'est de cette façon qu'un fermier devint le père d'une scolopendre. Même lorsqu'une femme, qui avait cru reconnaître sa mère dans un crocodile, se fit dévorer par l'animal alors qu'elle était allée lui porter des offrandes, la foi que la communauté avait en son pasteur ne fléchit pas. Et c'est ainsi qu'un vieil homme en arriva à avoir ce même crocodile pour femme et pour fille, et qu'un homme plus jeune l'eut pour épouse et pour belle-mère.

– La maladie est un produit de l'inquiétude, déclarait le pasteur au cours des funérailles quand quelqu'un était mort d'une maladie. Cette pauvre âme s'inquiétait tellement pour la construction de ce village que cela a fini par l'emporter. Que son sacrifice ne soit pas vain.

Les villages furent construits, mais deux villageois sur trois périrent durant leur construction. Tout comme les prisonniers qui avaient trouvé la mort en bâtissant la prison cellulaire dans le Sud.

Il faudrait cinq ans aux Karens pour achever leurs villages de fortune. À la fin, le pasteur serait tellement épuisé qu'il ne prendrait même pas la peine de leur trouver un nom correct. Deux des villages continueraient d'utiliser le nom de leur site, Rotten Eggs (Œufs pourris) et Spit Nest (Nid de bave). Pour le troisième et dernier village, le pasteur décida de faire une inauguration à laquelle personne ne vint à part sa femme et ses enfants.

– Les invités ne sont pas venus, soupira-t-il en fendant la noix de coco traditionnelle pour baptiser le site. Son désarroi resta. Le village s'appellerait comme ça, The Guests Never Came.

Des mois après que la paroisse se fut installée et eut commencé à profiter du luxe d'une vie de village normal, la femme du pasteur décida de lui dire ses quatre vérités alors qu'ils étaient couchés dehors dans des hamacs, entourés d'étoiles et de moustiques.

– Tu es un homme obstiné, dit-elle. Tu as vu mourir tes paroissiens mais tu n'es pas retourné en Birmanie.

– Je suis un homme amoureux.

– Tu es un idiot. Un idiot têtu.

Le lendemain, le pasteur emmena sa femme se promener sur un sentier qui serpentait sous une canopée inextricable de feuilles et de branches, où même le soleil ne parvenait pas à imposer sa volonté. Entre les chants des oiseaux qui jacassaient et leurs pas qui écrasaient les feuilles, la femme du pasteur entendait un autre bruit.

Elle entendait des gouttes de pluie légères tomber au-dessus d'elle sur le dédale de feuilles, pourtant l'eau n'allait pas plus bas, et il ne pleuvait pas sur l'île. Le ciel était entièrement bleu.

– Comment est-ce possible, demanda-t-elle à son mari. Est-ce que mes oreilles me jouent des tours ?

– Cet endroit est magique, répondit le pasteur en l'attirant contre lui.

Parmi les villageois, le sentier devint connu sous le nom de Sentier de la Pluie éternelle.

Lorsque Girija Prasad arrive à Savitri Nagar, il découvre que cet endroit n'existe pas. Ou alors Savitri Nagar est la seule ville indienne qui se résume à un hangar, une pension, un bureau de poste et une route unique la reliant à trois villages – et qui malgré tout inspire au Premier ministre une fierté capable de lui faire monter les larmes aux yeux. Cet endroit provoque peut-être la colère de Girija Prasad, mais Andaman du centre lui a aussi donné des raisons d'être soulagé.

L'air local réussit à Chanda Devi. Elle est désormais moins pâle. Jamais auparavant elle n'avait vu des poules voler plus haut que des corbeaux, ni des éléphants danser sur deux jambes comme ils le font au cirque. Elle n'avait jamais vu un homme parler à une scolopendre avec une tendresse paternelle. Les papayes ont ici le goût de sapotilles, et les lotus le parfum des magnolias. Chanda Devi elle-même dégage une odeur différente. Les notes florales de sa transpiration sont englouties par les senteurs de terre qu'exhale son mari. Ceci est une continuelle cause d'excitation, en particulier quand elle aperçoit du coin de l'œil des éléphants ou des chiens en train de s'accoupler.

Comme n'importe quel homme fier d'être amoureux, Girija Prasad veut présenter son épouse à ses amis les plus chers, ceux qui l'emplissent de tendresse et de curiosité, qui l'incitent à consacrer une de ses vies à comprendre leur comportement.

Il commence par les trente et une grottes cachées dans une falaise, lesquelles abritent des colonies de martinets qui construisent leurs nids avec leur propre salive. Dans le monde clos de l'archipel, leurs colonies lui évoquent des métropoles animées : bruyantes, sales, bâties par la sueur, le labeur et la bave de ses habitants. Tout cela pour que des humains sans scrupules viennent subrepticement les spolier et profiter d'elles. Les nids des martinets sont des ingrédients convoités dans les soupes orientales. C'est ce qui mènera ces oiseaux à leur extinction.

Girija Prasad emmène aussi Chanda Devi se promener sur le sentier de la jungle aujourd'hui connu sous le nom de Sentier de la Pluie éternelle, un chemin où le bruit constant des gouttes de pluie est capable de vous faire battre le cœur au rythme effréné des vents de la mousson.

– Dis-moi que cela aussi est une illusion, demande Chanda Devi. Dis-moi que le mouvement des terres et des continents laisse derrière lui des souvenirs de gouttes de pluie, même quand les pluies sont parties plus loin.

Girija Prasad rit, même s'il est secrètement impressionné. L'idée que les pluies puissent se transformer en fossiles, qu'il existe des pluies que l'on peut seulement entendre mais pas voir, est intéressante. Elle mérite qu'on en rêve.

– Je suis désolé de te décevoir, réplique-t-il. La réponse ne réside pas dans la dérive des continents, mais dans son contraire. Quelque chose d'humble et d'ordinaire. Le son que tu prends pour celui d'une pluie légère est le bruit de millier de chenilles en train de manger et de déféquer en même temps, de minuscules gouttes d'excréments qui tombent sur les feuilles en dessous.

Il lui montre une feuille tombée à titre de preuve. Celle-ci est perforée de trous si petits qu'ils ressemblent à des pores et couverte de minuscules taches noires. Ils rient.

Le couple traverse des fourrés qu'aucun chemin ne coupe pour atteindre une étendue de volcans de boue miniatures cachés parmi des arbres et des fourmilières.

– S'ils avaient été plus grands, ils auraient pu créer des îles à eux, lui dit Girija Prasad. Tels qu'ils sont, ils me font remonter le temps. Ils me donnent l'impression d'être puissant et gigantesque. Comme un dinosaure.

Il entreprend de marteler le sol comme s'il en était un, regardant à l'intérieur des cratères qui crachent des bulles et de la boue. Il est le *T. Andamanus*, la créature la plus puissante à avoir foulé ces îles, avec une queue si longue qu'elle pouvait en relier deux à marée basse. Ses dents resteront dans la préhistoire comme des scies si puissantes qu'elles étaient capables de casser le tronc d'un padouk d'Andaman d'un seul coup. Car, malgré toute sa force, cet animal est herbivore. En tant qu'unique herbivore féroce de son époque, le *T. Andamanus* demeure un mystère pour les paléontologues. Comment pourraient-ils savoir que l'évolution des reptiles, pas seulement des humains, dépend tout autant de leur partenaire que du climat et des ressources.

Girija Prasad regarde autour de lui mais Chanda Devi a disparu. Il finit par la retrouver dans la jungle environnante, fascinée par l'image d'un palmier en train de flétrir.

– Cette variété de palmier est connue pour ne fleurir qu'une seule fois dans sa vie, après quoi il meurt. Ces feuilles jaunissantes montrent que le processus de la mort a débuté, lui explique-t-il.

Chanda Devi est troublée.

– Pourquoi ? demande-t-elle.

– Certaines plantes ont évolué de façon à ce qu'au lieu de dépenser une énergie excessive pour produire une multitude de graines avec une chance de survie limitée, elles ne se reproduisent qu'une seule fois – mais en s'assurant que les graines ont une chance de survie maximale.

– Qui sommes-nous pour nous donner la mort? Comment pouvons-nous faire une chose pareille ?

– L'intelligence occidentale, si elle étudiait cela d'un point de vue anthropomorphique, appellerait cela du suicide. Mais tu sais mieux que moi que, dans notre culture, les âmes évoluées quittent volontiers leur corps lorsqu'elles pratiquent le samadhi. Je ne suis pas une autorité en matière de moralité ou de spiritualisme. Mais dans le monde des plantes, reprend Girija Prasad en observant une pause pour réfléchir, on ne peut parler de l'un ou de l'autre. Ce palmier a détourné toutes ses enzymes de croissance et ses apports nutritionnels vers ses graines. Cela pompe la vie de l'arbre lorsqu'il fleurit. Ce n'est rien d'autre que ça. On ne peut pas juger le monde naturel à l'aune des lois humaines.

La nuit de Girija Prasad est ponctuée de rêves. Ils commencent tôt, quand ses ronflements sont si forts qu'ils pénètrent son sommeil. Les lueurs discrètes qui marquent le début d'un jour nouveau l'emportent au commencement des temps.

Il est un reptile préhistorique errant dans un paysage brûlant et desséché. Il cherche quelque chose, mais en vain. Las de l'herbe et des palmes décolorées, il cherche de la chair. De la chair vivante, succulente. Et puis il en voit. Une chèvre à l'ombre d'un arbre singulier.

Le temps que Girija Prasad reprenne ses esprits, il est trop tard. Excité par son rêve, il a mordu le bras de Chanda Devi qui était posé sur sa poitrine. Elle ouvre les yeux, alarmée.

Même si elle ne dormait pas, cette violence improbable l'a effrayée.

– Désolé ! Désolé ! s'exclame-t-il. Je rêvais et je me suis laissé emporter.

Elle n'a pas du tout dormi. Sa rencontre fortuite avec le palmier l'a perturbée. Cet être éthéré se flétrissait, pourtant Chanda Devi n'avait senti aucune douleur ni aucune tristesse lorsqu'elle avait caressé son écorce. L'arbre avait répondu à son inquiétude. Il lui avait parlé.

– Sais-tu pourquoi tu parles aux arbres ?

Chanda Devi l'ignorait.

– Non.

– Nous sommes pareils. Tu fais partie des nôtres.

– Et lui ?

– Non. Mais tu l'as aimé dans de nombreuses vies. Certains esprits comblent le fossé qui existe entre les différents mondes par le truchement de l'amour. C'est ce qui nous lie tous.

Rêveur incessant et incohérent, Girija Prasad a classifié tous les états de rêve qu'il a expérimentés. Ceux qui se produisent pendant le sommeil profond peuvent être gratifiants, emplissant son être passif de surprises et de mystères. Lors d'un sommeil plus léger, les rêves peuvent être manipulés. Perméables aux influences ambiantes, ils ne sont pas suffisamment authentiques. Mais ce dont il fait l'expérience à son retour d'Andaman du centre, à bord de l'*Ocean Whore*, n'est pas du tout un rêve. S'il le devait, Girija Prasad qualifierait cela de vision.

Il est réveillé par une nuit de clair de lune quand un vieil homme entre dans sa cabine. Par le hublot, il l'a vu descendre sur le pont depuis une haute vague, comme si l'océan était une langue de terre. En dépit de son agilité, il est voûté et marche d'un pas mal assuré – il aurait bien besoin d'une canne. Mais chaque pas a un but et une destination : Girija Prasad lui-même. L'homme s'assoit sur le lit à côté de lui. Il dégage une aura de calme, presque de béatitude. En sa présence, Girija Prasad ressent la même chose. Il n'a pas envie de s'interroger sur ce qui se passe, car depuis la fausse couche de sa femme il a oublié à quoi ressemblait la paix. Le vieil homme tend le bras et caresse doucement le front de Girija Prasad de ses mains froides et ridées. L'étincelle dans ses yeux est un signe de vie, pas une lueur spectrale. Girija Prasad sombre dans un sommeil profond, sans rêve.

Girija Prasad a envie d'en parler à Chanda Devi, l'experte en visions. Mais il se retient. Il ne parvient pas à trouver les bons mots ni le bon moment. Il ignore tout de l'autre monde, où celui-ci se termine et où cet autre commence, ni si l'un repose étroitement sur l'autre à la manière des couches de peau. Mais il en perçoit rapidement le caractère sacré. Les visions n'apparaissent qu'à ceux à qui elles sont destinées.

Une semaine après leur retour, Girija Prasad se rend au mont Harriet pour poser une dalle de pierre sur la tombe de son fils. Il y est écrit: "Devi Prasad Varma 1951." Si ç'avait été une fille, ils avaient décidé de l'appeler Devi. Et si ç'avait été un garçon, il se serait prénommé Devi Prasad. C'est seulement après des mois de réflexion insoutenable que Girija Prasad a décidé de ne pas mettre d'épitaphe. Une pierre tombale vierge est ce qui décrit le mieux une vie qui aurait pu être, mais qui n'a pas été.

Chanda Devi rencontra Mary lors d'un de leurs voyages à Savitri Nagar. La première fois qu'elle vit la jeune Karen, la fille était assise à l'entrée d'un camp d'éléphants, en train de peler une mangue encore verte. Il n'était pas courant de voir des filles en robe longue dans cette partie du pays, car si les Karens étaient chrétiens, ils avaient conservé la chemise et le longyi birmans traditionnels. Sa robe avait plus de trous reprisés que de boutons, et ceux-ci étaient écaillés. Elle avait des taches de sang sur les pieds, sans doute parce qu'elle marchait pieds nus sur des chemins infestés de sangsues. Chanda Devi trouva cela étrange. Ces îles étaient loin d'être développées, mais elle n'avait encore jamais vu de pauvres ici.

Lors de la dernière journée qu'elle passa à Savitri Nagar, le pasteur vint à la pension avec Mary.

– Elle a à peine vingt ans et sa vie est finie, dit-il à Chanda Devi. Son mari, un ouvrier venu de Birmanie, était mort dans un accident. Le pasteur avait payé l'enterrement et ramené leur fils de huit mois à Rangoon, car comment Mary aurait-elle pu s'occuper d'un enfant toute seule, alors qu'elle-même était encore une enfant ? Les parents de Mary l'avaient reniée, comme tout le reste du village, car elle s'était enfuie pour se marier avec un étranger bouddhiste. Mais le pasteur l'avait prise en pitié. Après tout, elle était le premier enfant à être né dans les colonies. Il ne pouvait pas abandonner une enfant qu'il avait lui-même baptisée.

Chanda Devi comprit ce que sous-entendait le pasteur.

– J'en parlerai à mon mari, dit-elle en les raccompagnant à la porte. Elle avait peur que le pasteur, un homme bavard, ne lui dévore toute sa matinée.

Ce soir-là, Girija Prasad mit en doute la décision de sa femme de garder la jeune fille.

– Elle a autant besoin de nous que nous avons besoin d'elle, répondit Chanda Devi.

– Non seulement elle est chrétienne, mais sa famille vient de Birmanie. Je peux affirmer avec certitude que cette fille n'est pas végétarienne, lui dit-il. En tant que maître de maison, Girija Prasad se sentait trahi. Même les domestiques suscitaient plus de compassion que lui.

Mary partit à bord de l'*Ocean Whore* avec eux. Personne, pas même le pasteur, ne vint lui dire au revoir. À Port Blair, Chanda Devi l'emmena au marché à la première heure. À compter de maintenant, Mary porterait un longyi et une chemise, comme toutes les autres Birmanes, car Chanda Devi ne pouvait risquer de la laisser se promener jambes nues dans le Bungalow Goodenough, surtout avec son régiment de fantômes masculins en rut. Après avoir acheté tout le nécessaire, elle lui offrit des confiseries venant du magasin de mithai qu'elle avait inauguré.

– Tu as besoin d'autre chose ? demanda Chanda Devi à Mary, qui ne comprenait qu'un hindi basique.

La fille secoua la tête. Malgré les chappals en cuir, les plaies qu'elle avait sur les pieds saignaient toujours. Elle avait des coups de soleil. Ses coudes et ses joues pelaient comme un serpent qui mue.

– Tu es chrétienne ou bouddhiste ?

Mary hocha la tête, confuse, puis eut un sourire penaud.

– Tu crois en dieu ?

Mary avait les larmes aux yeux. Elle les couvrit avec ses mains, tandis que son sourire s'élargissait.

Ce soir-là, Chanda Devi demanda à Girija Prasad de rapporter une bible en anglais pour Mary.

– Pourquoi ? demanda-t-il.

– Elle est allée jusqu'en cinquième année de primaire, et elle lit et parle l'anglais.

– Est-ce qu'elle en veut une ?

Girija Prasad était désormais capable de reconnaître quelles idées venaient de sa femme.

– Elle a perdu tout et tout le monde trop tôt, répondit Chanda Devi. Sans dieu, il n'y a aucun but à la perte d'un être cher. Elle a besoin de la foi pour prendre un nouveau départ.

– Mais la foi n'est pas l'apanage des gens pieux. Un virus n'a pas besoin de Jésus-Christ pour comprendre la valeur de l'adaptation et de la survie.

Chanda Devi interrompit un moment son rangement incessant, le rituel monotone qui annonçait l'heure du coucher. Elle le regarda dans le miroir de la coiffeuse.

– Nous sommes des êtres humains, pas des virus. Un virus ne pleurera pas la perte d'un enfant ou la mort d'un époux. Un virus ne remettra pas en cause le tournant que la vie a pris en te privant des gens qui étaient ta raison de vivre.

Elle s'assit sur le tabouret et se mit à pleurer.

Girija Prasad posa son livre et se dirigea vers son armoire pour y prendre son mouchoir.

Mary s'installa dans le cellier avec une seule instruction de la part de sa maîtresse :

– Pas de viande, pas de rats, pas d'inconnus.

Du jour au lendemain, elle épousa le rythme quotidien de la maison, aussi silencieuse dans son travail qu'elle l'était lorsqu'elle dormait.

Elle suit sa maîtresse comme une ombre, imitant sa routine et ses préoccupations, arrachant constamment les mauvaises herbes du jardin, bourrant des graines de margousier séchées dans tous les coins de la maison, essuyant l'humidité de manière obsessionnelle. Quand Chanda Devi s'assoit pour méditer, Mary s'installe avec sa bible. Quand Chanda Devi traite les problèmes pour lesquels les gens viennent la voir, Mary reste debout dans un coin à l'observer. Elle ne laisse jamais sa maîtresse toute seule, et Chanda Devi doit l'envoyer faire des courses pour profiter d'un moment d'intimité. Mary devient tellement en phase avec sa maîtresse que leurs cycles menstruels se synchronisent. Comme une ombre, Mary a la forme d'un humain et fait tout ce que font les humains. Pourtant elle ne montre aucun signe de vie. Son front ne porte aucune ride du passé ni aucune inquiétude pour l'avenir. Son expression change rarement. De même que son comportement.

Quand Chanda Devi entre dans le cellier un après-midi, Mary dort sur le sol, la tête appuyée contre le mur. Elle remarque des taches humides sur sa chemise. Les larmes lui montent aux yeux. Ses seins aussi avaient coulé pendant des mois après sa fausse couche.

Après vingt-trois mois et dix jours de mariage, les Varma sont ensemble depuis suffisamment longtemps pour connaître l'une des interactions les plus sacrées qui soient entre un homme et une femme. Elle est devenue une épouse acariâtre et lui, un mari dépassé par les événements.

– Mary, ne te laisse jamais abuser par le mariage, dit Chanda Devi un soir, assise à la table du dîner, alors que Mary leur sert des rotis. Les hommes ne peuvent être mariés qu'à leur travail.

Contrairement aux hommes d'expérience qui parviennent à trouver un certain lyrisme et une certaine philosophie dans les reproches de leur femme, Girija Prasad est troublé. Il est vrai qu'il est préoccupé par des pépinières de teck ces derniers temps. C'est son idée à lui, après tout, d'introduire des essences étrangères pour les planter dans la terre extraordinaire de l'archipel. S'il réussit, il sera un génie commercial. Et puis il y a toujours le casse-tête que représente Savitri Nagar – ou sa non-existence. L'homme d'affaires rusé a commencé d'exporter des allumettes de l'île mais a misérablement échoué dans sa promesse. Étant le représentant du gouvernement le plus aguerri des Andaman, Girija Prasad se voit dans l'obligation d'agir. Mais pas tout de suite. Ce soir, il doit se concentrer sur la déesse protectrice de toutes ses préoccupations, sa femme.

Au lit, il tente de l'enlacer, mais elle se tourne de l'autre côté.

– Ce rosier que tu as fait venir de Kalimpong, lui dit-elle, les yeux rivés sur le mur plutôt que sur son visage, une des feuilles a attrapé un champignon.

– Il a deux ans, comment est-ce possible ? S'il y avait été sensible, ce champignon aurait anéanti la plante quand elle n'était qu'une pousse.

Chanda Devi n'a pas de réponse. Ces derniers temps, les îles semblent l'épuiser.

– Tu es réveillée ? demande-t-il.

– Non, répond-elle.

– Ça fait déjà deux ans ?

– Comment le saurais-je ? C'est toi qui as fait venir cette plante et tu me demandes son âge.

– Ça fait vraiment deux ans qu'on est mariés ?

– Comment ça ?

– J'ai l'impression que ça fait plus que ça.

– J'ai l'impression que ça fait moins.

Conséquence directe des reproches que lui adresse sa femme, Girija Prasad emmène Chanda Devi pique-niquer à Long Division Creek, un filet d'eau qui serpente à travers la jungle à l'endroit où elle est le plus dense pour se jeter dans l'océan aux deux extrémités.

Des palétuviers scrutent les ondulations de l'eau, abritant du soleil des communautés de poissons. La marée basse laisse à l'air libre des racines plus grosses que leurs troncs, équipées de centaines de pieds et de dizaines d'orteils qui empiètent sur la crique. C'est à cet endroit que prospèrent les gobies, marchant sur des moignons en guise de pattes, traînant leur corps de poisson, abandonnant un trou dans le sable pour un autre, comme nos ancêtres amphibiens le faisaient jadis.

Le territoire des gobies est aussi l'endroit où méditent les crocodiles. Ascètes des temps immémoriaux, ils ont vu l'évolution se dérouler sous leurs yeux. Ils ont vu déambuler des dieux profitant du fruit de leur création avant de la céder. Ils ont vu les ammonites apparaître puis disparaître, leur chair tendre se fondre dans la roche alors même que leurs coquilles durcissaient pour se transformer en fossiles. Ils ont vu les terres et les océans changer de place, parfois de façon obsessionnelle, comme dans un jeu de chaises musicales. “L’évolution”, aimeraient-ils dire aux gobies, si seulement ceux-ci voulaient bien écouter, “n’est qu’une question de temps.”

Sur les berges de la crique, l’eau salée a rongé le calcaire, créant des passages dont personne ne sait où ils se terminent. La roche a pris l’apparence de l’eau, figée en rides et en courants. Les grottes de calcaire sont un musée vivant de stalactites et de stalagmites qui cherchent à se rejoindre.

Lors d’une excursion matinale, alors qu’ils explorent des grottes, Chanda Devi discerne la silhouette de Shiva, une chaîne de montagnes et un marteau dans la texture étrange des parois intérieures. Girija Prasad ne voit rien. Rien ici ne peut ressembler au monde extérieur, car ces grottes sont les narines du géant qui a créé ces îles et qui est maintenant endormi. C’est un aperçu de l’esprit du créateur à l’œuvre.

Un couinement de douleur surgit de l’obscurité de la grotte. Girija Prasad s’accroche instinctivement à sa femme. Chanda Devi lui prend la lampe torche des mains et en cherche l’origine. La lumière tombe sur un chiot dont la peau du crâne est déchirée, révélant la chair, le sang et les os, sans doute réfugié dans la grotte pour fuir ce qui l’avait attaqué.

Le couple regarde le petit être blessé ramper vers l’entrée de la grotte, laquelle se réduit maintenant à un lointain carré de soleil. Chanda Devi est tout à coup hors d’haleine. Elle se sent piégée. Elle tombe à genoux et vomit.

Girija Prasad ignorait que sa femme souffrait de claustrophobie. Après une sieste prolongée à la pension, il a l’intention de se racheter auprès d’elle. Une soirée sur l’île aux Perroquets les attend. Girija Prasad prévoit de ramer lui-même, ne laissant que les oiseaux s’immiscer dans leur intimité.

Quand il est l'heure de monter dans le bateau, Chanda Devi se cramponne à sa main comme si sa vie en dépendait, pas seulement son équilibre. Cela semble être une journée où elle ne peut rien faire sans s'accrocher à lui. Dans les premiers temps de leur mariage, ce geste était la plus grande démonstration d'affection entre eux. Girija Prasad en prend note. Sur sa carte, il marquera l'île aux Perroquets comme "l'endroit où nous nous sommes tenu la main le plus longtemps". Car ces souvenirs, soupçonne-t-il, feront la joie de vieillir ensemble. Se rappeler mutuellement des choses depuis longtemps oubliées et rire.

En vérité, ce n'est pas vraiment une île, juste un gros rocher habité par des perroquets. Cinq mille vingt-deux, à en croire leur guide karen local. Le courant diminue progressivement, balançant le bateau à un rythme aussi léger qu'un souffle. Il parvient également à détendre sa femme, qui a retiré sa barrette, ses bijoux et ses pantoufles pour s'asseoir confortablement. Dans l'intimité de la crique, elle laisse la brise jouer avec ses cheveux. Bien qu'il ait observé chaque centimètre de sa peau, chaque mèche de ses cheveux et chaque courbe qui relie une partie de son corps à une autre, la vue de son pied nu dépassant de sous son sari, inconscient de sa beauté, est fascinante. En dépit de la chaleur ou de l'humidité, Chanda Devi a cette capacité unique à conserver des extrémités parfaitement fraîches. Ses pieds et ses mains sont rafraîchissants, comme les vagues de l'océan.

Girija Prasad ressent une profonde envie de lâcher les rames, de passer de l'autre côté pour prendre tendrement d'abord les pieds puis les mains de sa femme. Sans rames, il leur faudrait des heures pour rejoindre le monde civilisé, s'ils y parvenaient tout court. Mais il est embarrassé. La journée a été stressante et éprouvante pour lui, et il pue la sueur. En outre, bien qu'ils soient seuls, ce sont les années 1950 et ce n'est pas seulement la société qui impose une certaine distance physique entre les hommes et les femmes. Elle est créée par les hommes et les femmes eux-mêmes.

L'affection est le privilège exclusif des figurines de pierre que l'on trouve dans les temples et les grottes.

Au-dessus de l'île aux Perroquets, une lune rouge a commencé à se lever. De part et d'autre de la crique se dressent des arbres assez grands pour relier la lune et l'eau. Caché dans la jungle, un perroquet lâche un cri puissant pour marquer la fin de la journée. Il ordonne à la lune de poursuivre son ascension, au soleil de continuer sa descente, et à tous les perroquets de la jungle de rentrer. Une poignée de perroquets s'interpellent depuis les deux côtés de la crique. Ils se joignent à un cercle de plus en plus important. Le nombre de perroquets présents sur l'île a augmenté en quelques minutes.

Girija Prasad est marié avec Chanda Devi depuis bientôt deux ans. Sa mère lui envoie une lettre chaque mois, les pressant de venir s'installer plus près de chez elle. Chanda Devi aspire à la maternité. Les supérieurs de Girija exigent des bénéfices, et ses subalternes de meilleures affectations. Les éléphants qui travaillent sur les chantiers forestiers sont épuisés, et les jeunes tecks de la pépinière souffrent de malnutrition. Pourtant, il parvient à qualifier cela d'état de contentement. Pendant trop longtemps, il avait joué avec l'athéisme, rejetant la religion sur des principes scientifiques. À cet instant précis, ses raisons sont claires. C'est seulement lorsqu'on vit un instant dans son intégralité – comme un monde à part entière, doté d'une forme et d'un axe uniques, d'un soleil et d'une lune, de lois et de philosophies –, seulement quand on affronte toutes les possibilités de cet instant avec contentement, c'est alors seulement que l'on n'a plus aucune raison de prier. Comme les perroquets, il est heureux de simplement rentrer chez lui chaque jour.

Ce n'est pas un manque de courage qui l'empêche de tendre la main vers sa femme, mais la gratitude qu'il éprouve pour cet instant rempli de désir et de satisfaction. Chanda Devi se penche pour lui dire quelque chose, mais ses mots se perdent dans la cacophonie des oiseaux.

– Ma femme, dit-il, tu rivalises avec les cinq mille et quelques perroquets qui résident sur cette île. Tu dois parler plus fort.

– Je suis enceinte, répète-t-elle.

Troublé par les oiseaux et par les mots de sa femme, il demande :

– Comment tu le sais ?

Même s'il se rend compte que c'est là une question idiote. Parmi le peu de choses qu'il sait sur elle, il y a le fait qu'elle sache déjà les choses.

– Ça fait moins d'un mois.

Les perroquets en vol se sont séparés en deux grands groupes, ressemblant à un yin et un yang se poursuivant dans le ciel.

– Dans ce cas nous irons nous installer à Calcutta, décrète-t-il. Je vais porter plainte contre l'homme d'affaires et j'en découdrai au nom du Service des forêts devant la Haute Cour.

– Pourquoi ?

– Il avait promis de construire une commune en échange des droits d'exploitation exclusifs. Tout ce que je vois, c'est un hangar en tôle et une route.

– Mais pourquoi est-ce qu'on doit aller s'installer à Calcutta ?

– Il te faut la meilleure aide médicale que ce pays puisse offrir, pas un médecin anglais à la retraite qui soigne aussi les éléphants. Je demanderai à ma mère de rester avec nous. Tu ne peux pas souffrir comme la dernière fois.

– Personne ne peut changer le destin.

– Je ne peux pas débattre avec toi à propos de métaphysique. Ça dépasse mes capacités intellectuelles. Mais ce qui t'est arrivé était ma faute. J'aurais dû savoir que les grossesses pouvaient être compliquées sur une île dépourvue d'infrastructures si ce n'est de prisons et de colonies pénitentiaires. Tu sais où notre enfant aurait vu le jour, si les choses s'étaient déroulées comme prévu ?

Chanda Devi s'était imaginée accoucher chez eux.

– J'avais l'intention de faire assainir une des cellules de la prison cellulaire pour la transformer en une clinique de fortune. Comme tu es sensible aux fantômes, j'en avais choisi une dans laquelle personne n'était mort. Le prisonnier était un poète qui avait réussi à retourner sur le continent. Ça s'était bien terminé pour lui, pour ainsi dire, de sorte qu'il n'avait aucune raison de revenir hanter sa cellule.

C'est à présent marée haute. Le bateau oscille comme une balançoire. Devant eux, les perroquets fondent sur l'île par vagues successives. C'est seulement lorsqu'une vague se pose sur les branches qu'une autre descend. Au moment où Girija Prasad reprend les rames, il ne reste plus un seul perroquet dans le ciel.

À la jetée, Girija Prasad met pied à terre le premier. Il prend sa femme par la main et la tient par la taille de l'autre lorsqu'elle descend du bateau.

De nombreuses années plus tard, dix pour être précis, il se trouvera au même endroit, à la même heure de la soirée, cette fois-ci avec sa fille, assez légère pour être portée du bateau à la berge. C'est encore le territoire des gobies et il en sera ainsi pour les siècles à venir. Comme son père, la fillette sait différencier les têtards, les gobies et les salamandres, jouant avec l'idée de l'évolution comme s'il s'agissait d'un conte de fées.

– Papa, lui demande-t-elle alors qu'il la dépose sur le sol, après des centaines de générations, est-ce que les gobies évolueront en grenouilles ou en poissons ? Est-ce qu'ils vivront dans l'eau ou sur terre ? Dans quel sens ils vont ?

– Mon enfant, je ne peux prédire l'avenir.

– Pourquoi ?

Si seulement il pouvait.

En 1942, cinq ans avant que l'Inde n'obtienne son indépendance, le Poète à lunettes entra dans la prison cellulaire de Port Blair. Parmi les détenus, ceci fut un motif de réjouissance. Ils cherchaient la rédemption dans sa proximité, comme les voleurs crucifiés aux côtés de Jésus-Christ. Car c'était le jeune homme qui avait déployé le drapeau de la liberté à l'intérieur du Parlement britannique.

– Les criminels les plus dangereux sont ceux qui incitent les autres à commettre des crimes pendant qu'eux-mêmes se contentent de regarder, avait proclamé le juge. Le Poète n'avait pas d'arme à feu, pas de bâton ni de bombe. Pourtant il avait menacé de faire chuter l'Empire avec ses idées. Il avait écrit les slogans et les paroles les plus populaires du mouvement.

En entendant cette tirade, le Poète avait ri. Le juge avait noté sa réaction. Chacun de ses verdicts était une œuvre d'art dédiée à la cause de la justice – le texte, la prestation, la solennité travaillée. Comme tous les artistes, il était peu sûr de lui. La perruque le mettait mal à l'aise.

Au début, le Poète avait passé son temps à méditer. Il avait banni tous ses souvenirs et, avec eux, la nostalgie d'un monde qui les lui avait offerts. Aussi aiguisée que le fil d'un couteau, sa volonté était tranchante comme un rasoir et redoutable. Sous la menace de ce couteau, il tenait la folie à distance.

Il s'emmitoufla dans la réalité de la prison cellulaire. Mais tout ce qu'il voyait était de l'injustice. Des détenus forcés à labourer à la place des bœufs, des détenus en grève de la faim qui mouraient après avoir été nourris de force, des fers qui consistaient en une unique tige métallique qui reliait le cou aux pieds, empêchant la personne de faire quoi que ce soit à part rester debout. Le Poète débordait d'inspiration, car rien ne l'inspirait plus que l'injustice. Mais sans crayon et sans papier, il était impuissant. Il n'avait même pas accès à de la craie et à une ardoise – ordres de la cour.

Il avait trahi ses compatriotes en se faisant arrêter. Il avait abandonné ses parents dans leurs vieux jours. Il avait déçu les chiens de sa rue en quête de rotis rassis. Beaucoup avaient été punis pour l'avoir soutenu, et il avait trahi tous leurs sacrifices. Quand le juge l'avait qualifié d'esprit le plus dangereux de l'Inde britannique, il avait ri de la flatterie. Et à présent, trois mois et demi après sa condamnation, il avait même trahi le juge.

Mais, surtout, le révolutionnaire s'était trahi lui-même. La folie qu'il avait tenue à distance pendant la journée avait commencé à s'insinuer dans sa cellule la nuit. Au cours d'une grève de la faim qui avait duré cinq jours, un nouveau phénomène s'était manifesté. Qu'il ait les yeux ouverts ou fermés, des visions lucides se matérialisaient devant lui. Les constellations descendaient en tourbillonnant depuis les ténèbres absolues de l'espace dans les cieux crépusculaires. Le Poète avait vu la rivière d'étoiles s'engouffrer dans le couloir de la prison, faisant fondre les chaînes et les fers par son éclat. Il avait vu les constellations se repenser pour s'adapter au vide intérieur. Les étoiles vivaient et respiraient en lui. Elles remplaçaient les cellules à l'intérieur comme à l'extérieur. Car c'était lui qu'elles cherchaient.

Il avait assisté à sa naissance sous forme de glace, alors qu'il se trouvait sur une des lunes de Saturne, fasciné par les blizzards. Il avait cligné de ses paupières aux cils gelés en voyant le monde à travers ses yeux. Tel un nouveau-né qui perçoit tout ce qui l'entoure comme un être unique, elle considérait les étoiles et les orbites comme ses propres membres. Il avait suivi son voyage sur Terre, tapie dans les nervures d'un météore. Il l'avait vue grandir pour devenir l'océan le plus impressionnant que la planète verrait jamais. Debout sur les bords d'un atoll, des vagues transparentes le frappaient à intervalles réguliers, lui trempant les mollets, lui mouillant les cuisses et la taille tandis qu'il s'enfonçait dans les eaux plus profondes, jusqu'à être entièrement immergé dans son histoire. Elle hébergeait la vie en son sein, des parasites dévoués au blasphème de l'évolution – une séparation incessante, qui jamais ne retrouverait l'unité.

Lorsqu'il se réveilla, la chaleur étouffante de sa cellule fit fondre sa vision en larmes. Il pleura, entouré d'odeurs inconnues. Du sang relevé d'une pointe d'épices, d'écorce d'orange mélangée à de la sueur. L'insoutenable odeur de la solitude.

Un soir, lors d'une de ses rondes habituelles, le Gardien vit un gribouillis dans la poussière entourant les fers. Apparemment, un prisonnier avait utilisé un objet pointu qu'il avait maintenu entre ses orteils pour griffonner des mots en sanskrit. Le Gardien avait passé dix ans en Inde au service de Sa Majesté. Ses talents linguistiques lui avaient permis de maîtriser l'hindi, compétence qu'il utilisait pour contrôler la correspondance et le matériel de propagande à l'intérieur de la prison. Le sanskrit était un passe-temps, en particulier l'étude des écritures et des textes. Stupéfait par son amour pour cette langue ancienne, le Gardien se demandait s'il était possible que, dans une vie antérieure, il ait été un érudit en sanskrit sur les berges du Gange.

Étant en charge de la prison, il était à la fois inquiet et intrigué. Caché parmi les détenus se trouvait un expert en poésie. Cette nuit-là, le poème prendrait vie dans ses rêves. Lui aussi s'éveillerait en larmes.

Bien réveillé, le Gardien quitterait son bungalow pour aller se promener dans l'obscurité sans lune, troublé par le bruit des vagues et les senteurs tropicales, bouleversé par la vision d'un océan plus scintillant que les étoiles. Il terminerait devant la cellule du Poète un peu avant l'aube. Il resterait là, à observer le mouvement fébrile derrière ses paupières. Le lendemain matin, le Gardien chercherait à nouveau le Poète alors que celui-ci taillait les géraniums bordant la potence.

– Nous l'appelons la Téthys, dirait-il. Cet océan mythique.

Et c'est ainsi que naquit entre eux un lien à vie, tous deux désirant se dévouer à la recherche de la poésie. Un matin, on ordonna au Poète d'abandonner ses corvées pour aller immédiatement se présenter au Gardien. Il trouva celui-ci dans son jardin, avachi dans un fauteuil en rotin, débraillé et pieds nus, ne portant qu'un short kaki. Griffonné avec une brindille sur un lit de fleurs, il y avait un des vers du Poète, retravaillé pour être plus fluide.

Le Gardien s'abonna à des revues scientifiques, partageant les dernières avancées avec le Poète. Ce n'étaient pas les fossiles qui le laissaient perplexe, mais les noms.

– Accepter les périodes silurienne et ordovicienne, c'est accepter l'autorité de l'Empire, remarqua le Poète. Qui gouverne le temps ? Pourquoi le méridien traverse-t-il l'Angleterre et évite-t-il ses colonies ?

Il avait choisi d'appeler l'océan Kshirsagar, l'"Océan de Lait", inspiré par la mythologie hindoue.

Si le Gardien n'était pas d'accord, il comprenait la difficulté pratique d'employer des noms gallois hautains dans un ouvrage destiné aux Indiens de souche. Ils étaient imprononçables. Il passa donc du temps sur le problème. L'intérêt humain pour la préhistoire se limitait à quelques ères et périodes. Quant aux noms, le Gardien n'eut pas à chercher plus loin que les îles. Il prit les noms des cinq premières tribus auxquelles il pensa et remplaça les noms gallois avec.

Au fil du temps, le poème se transforma en épopée, dotée d'une structure et d'une mythologie propres.

Pour le Poète, le Kshirsagar n'était pas juste un océan. C'était le cosmos entier, avec une géographie qui ne ressemblait à aucune de celles que l'on pouvait trouver dans les écritures orientales ou occidentales. Dans ses confins, le cosmos était un océan composé de divers royaumes.

Tout en haut se trouvait le Sagar Natraj, ou royaume de la pieuvre. Dans sa danse éthérée, une pieuvre géante faite d'énergies subtiles tenait en équilibre les différents corps célestes, îles et mers sur chacun de ses tentacules. Le soleil était l'esprit de la pieuvre, nourrissant de son éclat toutes les formes de vie et tous les éléments. C'était aussi le royaume de l'existence. Au plus profond de l'océan se dressait un pic de glace, épargné par la lumière et par le temps. Le Poète l'appela Sagar Meru. Pour les hindous, les bouddhistes et les jaïns, le mont Meru était le centre physique et métaphysique de l'univers. Il était le point le plus haut, dépassant les mesures et l'entendement humains.

– Pas le plus bas ! s'exclama le Gardien, dérouté par son choix.

Le Poète le regarda avec tendresse. Un regard suffit.

– Dans l'océan cosmique, le plus bas est le plus haut et le plus haut est le plus bas, dit le Gardien en répondant à sa propre question.

C'étaient des temps incertains, qui s'échelonnaient entre deux guerres mondiales. L'idée qui avait valu au révolutionnaire sa condamnation à vie s'était répandue à la manière d'une épidémie. Des rapports sur les tortures et l'exploitation qui avaient lieu au sein de la prison cellulaire fuitèrent jusqu'au continent. Sous la pression, un comité fut dépêché pour enquêter. Comme le comité ne put prouver l'inexactitude de ces déclarations, il recommanda ce qui lui parut être la meilleure solution – relâcher quelques prisonniers pour détourner l'attention. Dans un acte de bonté, le Gardien mit le nom du Poète au sommet de la liste. "Après cinq ans passés à l'isolement, disait le Gardien, cité dans le rapport du comité, ce monsieur est au bord de la folie. Il parle tout seul en permanence et griffonne en charabia sur le sol. Un tel esprit n'est plus dangereux. Il est dérangé."

Après sa mort sur le continent, le Poète assista à sa propre cérémonie funéraire, debout dans un coin et les bras croisés, puis décida de retourner dans les îles. Il était temps pour lui d'aller voir sa cellule en tant qu'esprit libre. Le Gardien, lui aussi, avait décidé de rester en esprit dans les îles. Peu après le départ du Poète, un détenu trop zélé l'avait poussé du toit alors qu'il surveillait des travaux de réparation.

Libéré des entraves des convenances, les deux hommes s'étreignirent pour la première fois. Tant de choses avaient changé depuis leur dernière rencontre. Tout d'abord, ils étaient morts. L'Angleterre avait gagné la Seconde Guerre mondiale mais perdu ses colonies.

– Je n'ai pas été étonné par le bain de sang, dit le Gardien à propos de la partition de l'Inde. N'importe qui aurait pu l'anticiper.

– Je n'ai pas été surpris par l'assassinat de Gandhi, dit le Poète.

Ils passeraient leur temps à se promener sur les sentiers de la jungle envahis par la végétation et les plages, allant là où leur cœur les menait. Et maintenant que la mort leur en accordait le temps, le Gardien avait une proposition littéraire : il voulait traduire l'œuvre du Poète en anglais.

– Quel intérêt peuvent avoir pour ce monde les poèmes d'un homme mort ? demanda le Poète.

– Aucun. C'est pour cela que je peux les traduire librement.

Avant de quitter les îles, Chanda Devi a une requête. Elle veut voir le coucher de soleil depuis le mont Harriet. Girija Prasad aurait le temps de la conduire là-bas mais il ne trouve pas la volonté d'oublier ses problèmes et de tenir en place. Il a prévu et anticipé la plupart des complications qui pourraient survenir pendant le voyage. Sa mère et son frère les attendent à Calcutta. Pourtant, il est nerveux.

Si seulement on pouvait démonter le Bungalow Goodenough et le remonter ailleurs comme la tente d'un nomade tibétain, les Varma le feraient. Au lieu de quoi ils doivent déchirer chaque souvenir, tailler dans chaque émotion que le bungalow avait fait naître afin de chercher ce lambeau utile mais incomplet avec lequel ils pourront décorer leur futur logis. Et quid de tous les rêves qui restent à rêver ? Qui tiendra les fantômes au courant des changements extérieurs ? Qui arrosera le rosier ?

Sur les neuf valises qu'ils emporteront avec eux, une seule appartient à Girija Prasad, deux à Chanda Devi, et Mary n'a qu'un petit baluchon. Le reste appartient aux îles. Des flacons d'herbes séchées et pulvérisées, des coraux fossilisés, la tumeur complexe d'un padouk d'Andaman, une réplique miniature de l'*Ocean Whore*, une vitrine contenant des papillons locaux montés et encadrés, une carte inachevée des îles. Certaines demeurent à demi esquissées, disparaissant de façon abrupte dans l'océan. Il y a aussi un éclat de silex et une coquille de noix de coco appartenant aux Divins Nangas, un vase français cassé trouvé sur l'île de Ross et une urne remplie de la terre provenant de la tombe de leur fils sur le mont Harriet.

C'est leur dernière nuit à Port Blair. Dans l'obscurité, Girija Prasad estime l'état de veille de sa femme grâce à la distance qui les sépare. Lorsqu'elle dort profondément, elle est toujours attirée par son bras, le repoussant au bord du lit par ses désirs.

– Je peux te poser une question idiote ? demande-t-il.

– Tu peux.

– C'est quoi, un fantôme ? Je n'en ai jamais vu, et je n'ai jamais vraiment compris non plus leur généalogie. C'est peut-être pour ça que je ne suis pas enclin à croire en leur existence.

Chanda Devi sourit. Les obsessions étranges de son mari et son langage encore plus étrange le rendent d'autant plus attachant.

– Ce sont des gens comme toi et moi. Mais ils appartiennent au passé. Ils portent des vêtements d'un autre temps. Leur mode de vie est démodé.

– Pourquoi tous les cadavres ne se transforment-ils pas en fantômes ?

– La mort… – Chanda Devi réfléchit à ce mot tandis qu'entrent en piste les cigales, les grenouilles et les mouches. – Les fantômes ne vivent pas là où ils sont morts. Ils retournent à l'endroit où ils se sont sentis le plus vivants. Ils se sont battus, ils ont vécu et ont tellement aimé le temps qu'ils ont passé ici qu'ils ne peuvent renoncer à cet endroit.

– Tu veux dire que nous devenons des fantômes au cours de notre vie ?

– Certains d'entre nous.

– Quel est l'endroit le plus hanté que tu aies visité ?

– Ici. Les îles. L'île de Ross.

– Pourquoi est-ce que je ne peux pas voir les fantômes ?

“Estime-toi heureux de ne pas voir les fantômes qui sont assis à côté de toi quand tu manges, de ne pas voir la mort quand elle te regarde en face”, a envie de dire Chanda Devi à son mari. Mais elle dit seulement :

– C'est une chance pour toi.

Un silence larvaire précède l'aube. C'est une pause délibérée, une réflexion remplie d'espoir et d'angoisse. Dehors, cachés parmi les gloussements et les sifflements, les croassements et les jacassements, s'élèvent les chants des disparus. L'épopée de l'évolution, racontée par des bardes depuis longtemps partis. Ô, abandonner cette coquille labyrinthique et changer de peau. Être nu et vulnérable. Libre de nager, de courir et de voler sans inhibition. Disparaître sans laisser de trace pour réapparaître sous la forme d'un chant nuptial, à la façon dont le soleil se couche à l'ouest et se lève à l'est... Leurs histoires et leurs chants sont-ils audibles pour les vivants ? se demandent-ils. Reconnaissent-ils leur héritage dans les fossiles ?

Indifférent aux symphonies de la nuit, Girija Prasad dit :

– Je reviendrai peut-être dans cette maison sous forme de fantôme. Peut-être qu'alors, j'entendrai celui de la chèvre qui t'a tourmentée toutes ces nuits.

Elle rit.

– D'ici là, la chèvre sera partie et moi aussi. Pourquoi me ferais-tu attendre dans une autre vie ?

Le ciel est exceptionnellement clair. Un ciel d'azur ensoleillé lacé de volutes blanches semblables à une calligraphie indéchiffrable. La mer, elle aussi, est exceptionnellement calme. Un linceul scintillant étendu sur le tombeau de la terre. La brise s'est rafraîchie en traversant des pluies torrentielles quelque part au-dessus de la mer d'Andaman, incitant les papillons à voleter à plusieurs kilomètres au large tels des oiseaux migrateurs. Un pêcheur solitaire est surpris de se retrouver en compagnie de papillons d'un blanc ivoire. Et tout jeunes, en plus : leur corps est couvert de poils de chenille. L'un d'eux s'est endormi sur son genou. Le pêcheur s'attarde après avoir remonté ses filets. La compagnie insignifiante de quelques insectes suffit à le faire sourire.

Quelques instants plus tard, quand il tombe à l'eau, ce sourire est encore figé sur son visage. Le courant est diabolique. Il broie son corps comme un énorme rocher. Il l'aspire à la surface aussi rapidement qu'il l'entraîne à nouveau vers le fond, provoquant une explosion d'air dans ses oreilles. Il ne sait pas ce qui a agité l'eau aussi violemment, renversant son bateau tel un galet. Mais il est soulagé de prendre une autre goulée d'air. Sa dernière, avant que la coque ne lui heurte la tête et ne lui fende le crâne.

Une demi-heure plus tard, les papillons flottent comme des feuilles mortes à la surface de l'eau. Le corps du pêcheur remonte et s'enfonce par intervalles. Bien que cela n'ait en réalité pris qu'une minute. Une minute, pour que le plancher océanique s'effondre et se relève à la manière d'un phénix.

Personne dans les îles ne se rappelle comment la terre a bougé – une minute pendant laquelle les fantômes de la terre et de l'océan ont cédé à leur querelle. Sous la pression de la terre, l'océan s'est enfoncé un peu plus pour ressurgir avec deux fois plus de puissance. Dans la vie d'une planète, c'est un instant rare que celui où un conflit se déclenche au niveau de sa croûte – la coquille qui protège son existence – et laisse tout son être secoué. Le tremblement de terre de 1954 reste le deuxième séisme le plus important enregistré depuis l'invention du sismographe. Du point de vue scientifique, il a donné lieu à la plus longue formation de failles jamais observée. Les chercheurs attribuent à cet événement des secousses ressenties dans des régions aussi éloignées que la Sibérie ainsi que plusieurs autres tremblements de terre et tsunamis.

Ceux qui ont survécu sont à jamais prisonniers de cette minute, une minute de vide absolu. Ce n'est pas la présence d'esprit qui leur a fait défaut. Il ne s'agit pas non plus d'une perte de mémoire. C'est un manque d'imagination. Personne n'aurait pu imaginer que le socle solide qui maintenait les îles, l'océan, les récifs, les forêts, les rivières, serait déchiré en moins d'une minute. Des siècles de vie sauvage et de civilisation allaient s'effondrer dans des nuages de poussière, aussi vulnérables qu'une fourmilière sur le chemin d'un éléphant possédé.

À certains endroits, des falaises se sont effondrées dans l'océan, tels des icebergs se détachant des pôles. Les fenêtres ont tremblé jusqu'au golfe Persique. Au Tibet, les grues ont abandonné leurs sites d'alimentation pour voler sans but dans le ciel. En Indonésie, les volcans ont craché de la fumée, ordonnant à ceux qui cultivaient leurs versants de s'agenouiller pour prier. Sur les plages, les bateaux se sont décomposés dans l'eau comme s'ils étaient en papier. Les macaques, les oiseaux, les daims, les éléphants, les chiens se sont unis dans une vague de bruit. La voix humaine est passé inaperçue.

En une minute, le plancher océanique avait bondi, envoyant voler des couches de sédiments, de corail et de sable dans les airs. Les îles avaient basculé de quelques mètres, noyant forêts et terres agricoles. Des rizières, qui n'avaient pas été moissonnées, deviendraient les futurs terrains de jeu des lamantins, des dauphins, des crocodiles et des raies. Personne n'allumerait plus jamais la torche dans le phare qui se dressait à la pointe de l'archipel, car l'océan avait pris possession de son entrée. Les enfants nés après la catastrophe prendraient les histoires de leurs parents et les mythes ancestraux pour des contes à dormir debout nés de l'imagination de fous – ces mêmes fous qui avaient construit un phare dans un mètre et demi d'eau et allaient pêcher sur la terre ferme. Le fossé entre les générations se transformerait en un gouffre séparant des personnes qui habitent des cartes différentes.

Pour la plupart de ceux qui périrent, la dernière image qu'ils emportèrent fut celle d'un ciel d'été, témoin indifférent. Aussi indifférent au mouvement des continents qu'il l'était à la vue du corps d'un pêcheur flottant dans l'eau, entouré de papillons.

Au travail, à Calcutta, Girija Prasad se terre derrière une forteresse de dossiers, perdu dans un essai sur la paléo-Téthys, un hypothétique océan contemporain de la Pangée. Les déplacements centrifuges des continents, prétend l'auteur suisse, en ont bloqué les courants et tourbillons océaniques, conduisant à sa disparition.

Que ce soit l'influence de sa femme, ou le pressentiment d'un père, Girija Prasad commence à se demander si les éléments n'auraient pas eux aussi une âme. S'inquiètent-ils également de ce qu'ils légueront ? Leurs fantômes hanteront-ils la terre, comme les sahibs de l'île de Ross ? Si un être humain ne peut être réduit à un simple assemblage d'os et de sang, comment un océan peut-il être réduit à son espace géographique, à l'élément liquide ou à la forme qu'il prend ? La vie est plus que la somme de ses souffles et de ses tremblements.

Il est tellement plongé dans ses pensées qu'il lui faut un moment pour s'apercevoir que le séisme est réel. Girija Prasad se précipite vers son appartement au moment où les secousses s'arrêtent. Il déverrouille la porte et trouve une maison vide. Il regarde dans toutes les pièces et panique. Il descend d'abord dans le jardin partagé, puis remonte sur la terrasse. Il la trouve en nage, en train de sangloter. Il la serre contre lui jusqu'à ce qu'elle se calme. Il lui sèche les joues et la soutient pour descendre les marches. Il la fait asseoir dans un fauteuil et se rend à la cuisine. Il renifle l'air pour voir si du gaz ne s'est pas échappé de la bonbonne, puis met de l'eau à bouillir. Il fait un tour pour constater les dégâts. Le service à thé que Mary avait mis à sécher sur la table s'est brisé en tombant. Dans leur chambre, l'armoire et le lit se sont déplacés de quelques centimètres. Deux seaux, remplis d'eau à ras bord, se sont renversés dans la salle de bains. C'est tout.

Il est soulagé. Il sert à sa femme du tchaï avec des chips de banane et s'assoit en face d'elle sur le canapé. Il remarque qu'un des papillons est tombé de son épingle dans le cadre en teck intitulé “Papillons de Nicobar”. Il gît prostré en bas du cadre, redevenu cadavre.

– Qu'est-ce que tu faisais sur la terrasse ? lui demande-t-il en déboutonnant ses manchettes.

– Je savais qu'il se passait quelque chose. J'ai senti la tension monter du sol alors que j'étais dans le jardin. Je savais que ça n'allait pas se calmer facilement. Alors je me suis précipitée là-haut. Je me suis souvenue de ce que tu m'avais dit quand des secousses frappaient les îles – de faire attention aux arbres, aux murs et aux objets qui tombent.

Girija Prasad se rafraîchit en restant en maillot de corps pendant qu'il boit son thé. Même si elle ne lui ment pas, son nez rose et ses yeux gonflés lui disent ce qu'elle lui cache. Chanda Devi, semble-t-il, pleure depuis un moment. Son angoisse date d'avant le tremblement de terre. Elle vient de plus loin. Elle est enceinte de sept mois. Comme la dernière fois, elle semble s'être perdue dans un dédale de mélancolie.

– Si tu pleures autant, dit-il, notre enfant sera le plus grognon de tout le quartier.

Elle caresse son ventre tendu. Elle avait senti très tôt que ce serait une fille. Maintenant elle découvre sa nature.

– Tu as de l'entraînement, depuis le temps que tu sèches mes larmes.

– Si elle est aussi imprévisible que sa mère, l'entraînement ne suffira pas.

Son mari, il trouve toujours des moyens de la faire sourire.

Girija Prasad réunit toutes les informations qu'il peut trouver, rassemble les pièces du séisme dans sa tête. Pour la première fois depuis la Seconde Guerre mondiale, des hélicoptères et des avions sont envoyés dans les îles. L'ensemble des réseaux téléphoniques et électriques est perturbé. Il y a des questions qu'il ne peut poser sans paraître frivole. Car qui irait voir dans quel état se trouvent un bungalow vide et un rosier face à une telle dévastation ? Qui satisferait sa curiosité en allant vérifier si les volcans lilliputiens crachent plus que de simples bulles ?

Quand Girija Prasad avait quitté les Andaman, il n'avait pas pris le temps de se retourner, même s'il se tenait sur le pont du navire. Il appréhendait le voyage à venir, veillant sans cesse sur Chanda Devi. Si seulement il avait pu voir ce qui allait se produire. La vieille jetée allait glisser dans le port et couler. Comme l'éléphant qu'il avait amené du continent en ferry, elle serait trop grosse pour être sauvée. Une nouvelle jetée serait construite à sa place. La route sinueuse qui montait depuis le port jusqu'aux terrains montagneux, grimpant jusqu'au sommet pour s'étendre dans toutes les directions, serait endommagée en tant d'endroits que le gouvernement serait forcé de repartir de zéro, de construire une route toute neuve sur le squelette de l'ancienne.

Il cherche des témoignages, des adjectifs capables d'une façon ou d'une autre d'atténuer l'horreur en l'exprimant. Il n'en trouve aucun. Sa vie sur l'archipel lui avait donné des clés, mais pas de réponses. Dans les îles, la mort était soudaine – aussi soudaine qu'elle était certaine. Pareille à un crocodile nageant dans la mangrove ou à un soleil violet sombrant dans l'oubli.

Deux mois après le tremblement de terre qui a frappé les Andaman, Devi voit le jour à des centaines de kilomètres de l'épicentre. Girija Prasad tient le petit paquet soigneusement langé dans ses bras tandis que sa mère se fait recoudre. Devi regarde son père avec des yeux noirs tout neufs. Il desserre un peu ses langes pour regarder ses membres. Elle porte la main à son visage, fascinée par la vue de ses doigts. Ceux-ci sont mus par une vie propre qui surprend à la fois le père et la fille.

Girija Prasad est tellement envoûté par les mains et les yeux de son bébé, l'infinie merveille contenue dans le nombril d'un nouveau-né noué comme un ballon de baudruche, qu'il ne remarque pas que la vie reflue rapidement des yeux de Chanda Devi. Mary le sent, et commence à frictionner vigoureusement les mains et les pieds de sa maîtresse, avant même que le médecin ne puisse diagnostiquer l'hémorragie interne. Lorsqu'il s'en aperçoit, le processus est devenu irréversible.

Chanda Devi parle à peine, cligne à peine des yeux. Elle quitte le monde les yeux ouverts, méditant sur l'image d'un père et d'une fille accrochés l'un à l'autre. Si seulement Girija Prasad avait reconnu les signes avant-coureurs. Si seulement il avait plongé son regard dans les yeux de Chanda Devi. Si profondément qu'il aurait pu voir ce qu'elle voyait.

Étant son mari, c'est à lui qu'il revient d'allumer le bûcher funéraire, un lit de rondins sur lequel elle dort dans ses habits de mariée. C'est une chance pour elle, lui dit le pandit, d'être morte alors qu'elle était mariée et non veuve.

Même après que les flammes eurent dévoré sa chair, Girija Prasad persiste à nier ce qui s'est passé. Le morceau de cheville semblable à de la porcelaine qui refuse de brûler lui rappelle le pied nu de sa femme dans le bateau près de l'île aux Perroquets. Au contraire, elle est plus vivante que jamais.

L'incrédulité, s'avère-t-il, est une croyance d'un genre à part. C'est une rivière qui va à l'encontre des courants dominants du temps et de la vérité pour faire le voyage inverse. Elle rassemble tous les mystères de l'océan et les ramène à leurs origines glacées. Devenue glacier, elle relève le menton pour regarder dieu qui se cache derrière les brumes du ciel.

Quel intérêt de croire en dieu si même lui ne peut vous rendre le monde tel que vous le vénériez ?

Le tremblement de terre laisse derrière lui une fissure béante à l'endroit où se dresse le Bungalow Goodenough, serpentant à travers le jardin et le terrain sous les pilotis tel un cours d'eau saisonnier. La végétation omniprésente s'installe à l'intérieur, cachant tout ce que la fissure aurait pu révéler, la transformant en un habitat durable pour les limaces, les scolopendres, les escargots, les serpents et les visiteurs occasionnels – poules, cochons et canards.

Le bungalow lui-même survit en s'inclinant pour s'aligner avec l'axe de la terre. Le squelette d'un rosier se dresse bien droit, tentant de conserver sa dignité alors que seuls demeurent des moignons là où des roses fleurissaient jadis.

Dès le premier anniversaire de sa fille, Girija Prasad se dispute avec sa mère pour retourner dans les îles. Seule Mary, domestique loyale, a le droit de les accompagner pour servir de nounou à Devi. Personne d'autre. Car il n'y avait personne d'autre quand Girija Prasad et Chanda Devi vivaient là-bas. Pourquoi falsifierait-il les souvenirs ? Comme tous les fantômes, Girija Prasad aspire à retrouver l'endroit où il s'est senti le plus vivant.

En voyant la décrépitude qui s'est abattue sur le Bungalow Goodenough, Mary fait acte d'autorité. Ils ne peuvent pas vivre ici. En tant que domestique, elle sait qu'elle n'a pas le privilège d'exprimer son avis, mais son maître est, comme la maison, en équilibre précaire au-dessus d'un gouffre.

En geste d'adieu, Girija Prasad laisse une pile de livres et de journaux neufs sur la véranda. Quelqu'un se doit de tenir ses habitants informés. Girija Prasad a envie de croire aux fantômes, mais cela ne lui vient pas naturellement.

Sur la suggestion de Mary, ils s'installent dans la pension du mont Harriet.

Les Britanniques qui avaient construit ce bâtiment s'étaient vus affectés par une forme particulière de nostalgie. Ils avaient fait bâtir des maisons d'été dans les stations d'altitude de l'Himalaya pour se rappeler la campagne anglaise. Mais lorsqu'ils avaient fait construire une pension dans les Andaman, c'était en souvenir de l'Himalaya. Avec des tas de portes-fenêtres qui donnaient sur des machans, dominant la jungle en contrebas. Tout ce qui leur manquait, c'étaient des tigres à chasser, et le rêve du Raj britannique aurait été complet. Au lieu de quoi ils avaient dû se contenter de retirer les sangsues de leurs bottes. Une fois à la retraite, lorsqu'ils se promenaient dans des parcs chez eux en Angleterre, regardant les cygnes glisser sur l'eau, s'émerveillant des différentes couleurs et fleurs qu'apportait chaque saison, c'étaient des fleurs de soucis qu'ils cherchaient et des sangsues qu'ils avaient peur de trouver dans leurs chaussettes. La nostalgie, semblait-il, était un être à la mémoire courte. Elle aspirait à des choses qui s'estompaient rapidement, mais rarement au passé lointain. Vivre dans le passé lointain – le neurologue allemand Alzheimer le prouverait – était un signe de sénilité précoce.

Par rapport au Bungalow Goodenough, le mont Harriet se trouve de l'autre côté de la baie, et un court trajet en ferry sépare les deux rives. La mer a empiété sur des terrains que la plus haute des marées, avant le séisme, n'avait jamais pu atteindre, obligeant les fermiers à abandonner leurs rizières. Les toits des bunkers construits par les Japonais pendant la Seconde Guerre mondiale se sont effondrés. Mais la pension, ode à la nostalgie, demeure intacte.

Girija Prasad s'y installe avec une résolution. C'est là qu'il assistera au dernier coucher de soleil de sa vie. Car c'est là que sa femme et lui s'étaient tenu la main pour la première fois, s'abandonnant à cette étoile qui sombrait.

Dans leur nouvelle maison, Mary s'attelle à remettre les choses en place, tout en s'occupant du nouveau-né et en veillant sur son père. Les rideaux et les draps qu'elle a apportés de Calcutta sont tous bleu indigo, créant un vif contraste avec les intérieurs vert et jaune de l'ancienne maison. S'ils ne repartent pas de zéro, ils risquent de ne pas s'en sortir.

La vie a montré à Mary que le chagrin est comme l'eau. Une fois qu'il s'infiltre dans une fissure, il n'y a aucun moyen de l'en drainer. Mais la routine, quotidienne et monotone, peut l'empêcher de rendre les journées plus difficiles. Le dîner de Girija Prasad est toujours servi à dix-huit heures trente et Devi est propre et prête à vingt heures. Mary n'a jamais plus d'un quart d'heure de retard sur son planning, car même une demi-heure de perdue est du temps solidifié en chagrin.

Dans la maison du mont Harriet, Mary devient le centre de gravité. Elle est la raison pour laquelle les choses bougent ou restent à leur place. Girija Prasad et Devi éprouvent pour elle une profonde forme de gratitude et d'amour – ils considèrent sa présence comme allant de soi.

Quand, à l'âge de quatre ans, Devi se met à uriner dans le massif de fleurs au lieu des toilettes, c'est Mary qui se précipite dehors pour la disputer, alors que Girija Prasad se trouve à deux pas de là. “Ça fait de l'engrais”, marmonne-t-il d'un ton d'excuse, même quand sa fille rapporte à la maison un serpent mort. “De l'engrais”, c'est ce qu'il dira à nouveau quand Devi se soulagera un soir sur une plage à la vue de tous. Elle a alors six ans. Pour le monde, c'est une petite fille. Pour lui, un bébé.

À huit ans, Devi n'a absolument aucune inhibition. Quand elle mange des fruits, elle retire sa robe pour éviter les taches. Elle nage nue dans la mer et monte les éléphants à cru. Elle a les cheveux d'un brun roussi et la peau d'un rose squameux. Tous les soirs, Mary lui passe de l'aloe vera sur la peau et de l'huile dans les cheveux. C'est sa façon de tenir le compte des écorchures et des blessures quotidiennes de Devi. Mary sait quand la fillette manque l'école pour aller explorer les sentiers et les ruines de la jungle, finissant à la plage. Quand Devi est dehors, Mary enlève une brique descellée du mur de la cuisine qui fait face à l'entrée pour la surveiller. Quand elle joue dans le jardin, Mary s'assoit sur la véranda sous prétexte d'émincer des légumes.

Un après-midi, le jardinier attrape une vingtaine de limaces avec l'intention de les éliminer. Devi le suit jusqu'à son lieu d'exécution, dans les fourrés. Elle est captivée par la vue des limaces qui se montent les unes sur les autres, cherchant désespérément à atteindre le haut du panier. Au lieu de quoi elles sont saisies par une main impitoyable, indifférente au fait d'écraser des créatures sans défense entre deux pierres. Devi ne remarque pas que les mains s'éloignent du panier pour s'aventurer sous sa robe et lui caresser les cuisses et les fesses.

Plus tard dans l'après-midi, le jardinier s'arrête net en entrant dans la cuisine, cloué sur place par le regard glacial de Mary, la raison d'être du couteau qu'elle tient à la main transformée par l'expression de son regard.

– Si quelqu'un la touche, je le taille en pièces, lui dit-elle. Vous savez que je le ferai.

Le jardinier ne revient plus jamais travailler.

C'est seulement par hasard que Devi découvre la vérité à propos de Mary. En feuilletant les pages du carnet de voyage d'un Anglais, elle tombe sur des photos d'Ajanta et Ellora, des grottes bouddhistes vieilles de deux mille ans. Mary est une statue taillée dans la roche de ces grottes. Comme elle, les statues ont des yeux orientaux et des os fins. L'artiste leur a peint une peau éclatante et des vêtements aux couleurs passées. Malgré les centaines d'années et les difficultés qu'elles ont traversées, leur expression demeure sereine, leurs mouvements fluides. Les ancêtres de Mary, en conclut Devi, sont les habitants de ces grottes qui ont sculpté ces dieux à leur image.

Pour son neuvième anniversaire, Girija Prasad emmène Devi faire une randonnée dans les plaines de sel d'Andaman du centre. C'est un rite initiatique, une leçon transmise de génération en génération. D'aussi loin qu'elle se souvienne, il n'a jamais raté l'occasion de la sensibiliser à l'impact du tremblement de terre. Ce qui se produit toutes les quelques centaines d'années s'est produit hier et peut à nouveau se produire demain.

Les coquilles incrustées dans les falaises témoignent de la violence qui crée également des montagnes aussi imposantes que l'Himalaya. Le sort d'espèces entières, pas seulement de civilisations, peut changer avec le cours d'une rivière et les marées d'un océan. Le phare que l'on doit atteindre à la nage avait été construit sur la terre ferme. Maintenant, c'est une aire de pique-nique pour les lamantins et les tortues attirés par les algues qui l'entourent. Les plaines de sel, elles aussi, faisaient jadis partie de l'océan.

La plus grande ambition de Girija Prasad, semble-t-il, est de rassembler des données sur le passé dans toute son immensité, de remonter jusqu'à ses racines en partant du présent insaisissable pour atteindre la préhistoire restée non étudiée. L'étendue de son ambition l'oblige à vivre dans le passé. Sans cela, comme tous les fantômes naïfs, Girija Prasad serait pris dans les sables mouvants d'un instant particulier.

– Papa, lui demande Devi alors qu'ils rejoignent les plaines de sel par un chemin à travers la jungle, pourquoi est-ce qu'on doit étudier les tremblements de terre ? Pourquoi est-ce qu'on ne peut pas écouter la radio ou aller au cinéma ?

Girija Prasad a illustré la rupture de la Pangée, son voyage pour former les continents actuels, et il en a fait un flip-book pour Devi. Chaque continent est rempli de ses propres personnages remarquables. Il sait que la dérive des continents est une notion difficile à saisir pour un enfant, et c'est bien compréhensible. Même les scientifiques les plus distingués bataillent pour la concevoir. Car le monde, comme Girija Prasad l'a compris en grandissant, est un mensonge. Ce qu'il idolâtrait comme étant de la terre ferme – permanente et immuable – semble être de nature opposée. Les pôles qui ont guidé les navires et les marins à travers les millénaires sont enclins au vagabondage.

– Tu ne les trouves pas dignes d'intérêt, mon enfant ?

– J'ai dit à une fille de ma classe que les îles étaient des montagnes et que tous les continents étaient des îles. Elle ne m'a pas crue, alors j'ai dit que c'était ce que mon papa avait dit. Elle a dit ton papa est fou, il est devenu fou parce que ta mère est morte. Je ne l'ai pas crue. Alors elle a dit que c'était ce qu'avait dit sa maman.

Il est perplexe.

– Tu sais pourquoi les îles sont une chaîne de montagnes et que tous les continents sont en réalité des îles, lui dit-il.

– Je le sais, répond-elle. Mais c'est vrai que tu es fou ?

Il leur a fallu deux heures pour faire le trajet et ils sont presque arrivés. Au prochain virage, ils commenceront à apercevoir les plaines de sel. Mais il ne modifiera pas son allure mesurée et déterminée. Il doit persévérer pour son enfant.

– Quand ton amie emploie le mot fou, dit-il, qu'est-ce qu'elle veut dire au juste ? Est-ce qu'elle parle d'une forme de névrose, comme l'anxiété ou l'hypochondrie ? Ou d'une psychose, comme la schizophrénie ? Ou s'agit-il d'un trouble dégénératif, comme Alzheimer ? Un esprit scientifique est toujours précis. Il n'utilise pas les termes et les concepts de façon approximative. Il recherche la vérité, à tout prix.

Devi affiche un large sourire. Elle est fière de son père – une personne intelligente, scientifique, exactement comme elle. Preuve suffisante que c'est son amie et sa mère qui sont folles, pas eux.

Au loin, les plaines de sel étincellent comme de la neige au soleil. Émergeant d'un océan bleu turquoise, c'est à cela que les régions polaires doivent ressembler, imaginent le père et l'enfant. Blanc immaculé et bleu profond, vierge du vert et du brun des tropiques.

Avant le séisme, les plaines de sel faisaient partie d'une baie où l'on disait que les poissons volants entraînaient des filets de pêche entiers en pondant leurs œufs. L'eau était ici si sereine que même les papillons étaient tentés de s'aventurer au large.

Devi termine le trajet en courant, traverse la brousse et continue dans les plaines pour atteindre la partie la plus étincelante. C'est l'entrée du royaume du soleil. Chaque pas sans but est ici un crépitement, réduisant en poudre la croûte blanche. Devi la goûte. Celle-ci est plus salée que le sel. Elle creuse avec ses doigts dans la couche blanche et friable pour atteindre une couche d'argile grasse et sombre en dessous. Elle enfonce son pouce dedans. Celui-ci laisse une empreinte bien nette.

Cuite par le soleil brûlant, l'empreinte de son pouce demeurera là, intacte et cachée. Jusqu'à ce qu'une grue se pose juste dessus neuf ans plus tard, et que cet endroit commence à attirer des tribus d'oiseaux migrateurs en quête d'un lieu sûr où se reposer, se ravitailler et se raconter ce qu'ils ont vu au cours de leurs voyages.

Mais pour le moment, Devi et son père sont les seuls visiteurs des plaines de sel. Alors qu'elle fouille le sol, ses doigts rencontrent quelque chose de solide. Elle gratte le sel et l'argile pour le récupérer. C'est une branche, aussi longue que ses deux bras mis bout à bout. Elle bataille pour la soulever, se penche en arrière tel quelque dieu ancien bataillant avec son bâton et le pouvoir qui l'accompagne. Elle pique le sol avec, espérant qu'une source jaillira au milieu de ce désert. Toutes les religions ont besoin de miracles, et elle recherche la sienne. Au lieu de cela, elle découvre de la chair pâle. Des créatures des grands fonds semblables à des crevettes, aveugles et incolores, rejetées par le tremblement de terre, racornies et pourtant intactes dans leur tombeau de sel. Dans le monde de Devi, cette découverte est plus importante qu'une source au milieu d'un désert. Elle aimerait avoir plus de mains, ou à défaut un seau, pour remporter ces trésors avec elle. Elle se débat avec la branche, un cadeau pour son père. Elle regarde autour d'elle, ne le voit nulle part. Elle se fige.

– Papa, appelle-t-elle. Il n'y a pas de réponse.

Dans la mer d'Andaman, chaque île est une personne et chaque personne est une île. Les secousses et les séismes sont fréquents, pressés d'exiger leur quota de terre et de chair. Tout ici, y compris la mer, appartient à l'océan et sera réclamé le moment venu. Il existe une possibilité pour que le père de Devi ait disparu, comme la mer, la laissant seule sur cette plaine de sel.

– Papa ! hurle-t-elle.

Une minuscule tache noire lui fait signe sur l'horizon de sel étincelant. Le soleil lui joue peut-être des tours, car la silhouette ressemble à celle d'un homme voûté par l'âge. Mue par un besoin urgent de se jeter dans ses bras, elle abandonne les créatures marines ratatinées et se précipite vers lui. Dans ses bras, elle se met à pleurer.

– Ne me laisse pas, papa, ne me laisse pas.

Il la serre contre lui et essuie ses larmes.

– Mon enfant, dit-il. Je ne t'ai pas quittée des yeux. Tu as passé un grand moment à creuser. Qu'as-tu trouvé ?

– Il faut que tu viennes avec moi, papa. J'ai trouvé un tas de choses ! s'exclame-t-elle, les yeux agrandis par l'émerveillement. – Ses larmes cessent aussi rapidement qu'elles sont montées. – J'ai trouvé une branche pour toi. Tous les dieux ont besoin d'un bâton. J'ai trouvé des crevettes mortes. Et, papa – un monstre connu sous le nom d'excitation dévore ses mots –, je sais quoi faire des morts dans notre religion. Les relâcher dans la mer !

Dans le rituel du coucher du père et de la fille, la religion n'est qu'une excuse de plus pour inventer des histoires. Un soir, quand Devi a interrogé Girija Prasad à propos de dieu, il a proposé une alternative. Et s'ils inventaient leur propre religion, avec leurs dieux et leurs mythes à eux? De cette façon, ils ne pourraient s'en prendre à personne d'autre qu'à eux-mêmes.

Girija Prasad hoche la tête, espérant dire quelque chose. Ce qui le surprend, ce n'est pas le sérieux avec lequel sa fille prend leurs inventions, mais sa sagesse émotionnelle. Devi a compris l'aversion de son père pour la crémation ou l'enfouissement des corps, car ce qu'on fait au corps est ce qui arrive à son propre cœur. Quand Girija Prasad est revenu dans les îles, il a dispersé les cendres de sa femme dans l'océan depuis tous les coins possibles, bien décidé à ne jamais repartir.

La tragédie de Girija Prasad n'est pas passée inaperçue sur le continent. Malgré les dix ans qui se sont écoulés, cela demeure un sujet de conversation privilégié, un récit édifiant, une mise en garde contre les effets nocifs de la consommation de bœuf. Les gens disent qu'il a perdu l'esprit quand il a perdu sa femme, et qu'il ne peut à présent plus faire face au monde civilisé. "La pauvre enfant, soupirent des parents éloignés devant une tasse de thé, elle va grandir au milieu de tribus d'indigènes et va finir par en épouser un." Les parents de Chanda Devi s'intéressent suffisamment à leur petite-fille pour demander de ses nouvelles par courrier. S'ils montrent plus d'empressement, ils craignent que le père ne leur confie l'enfant pour se remarier.

À la mort de sa propre mère, le dernier pont qui reliait Girija Prasad au continent est rompu. Son frère est la seule personne à venir leur rendre visite, inquiet pour son fantôme de frère qui lui avait appris à faire du vélo quand il était petit et lui montrait les limaces et les escargots qui traversaient la route pour l'empêcher de les écraser. Chaque visite ne fait qu'empirer ses craintes.

Il se souvient de Girija Prasad comme d'un homme dévoué à la cause du code vestimentaire, portant une tenue différente pour le petit-déjeuner, le dîner, le bureau, la jungle, le golf et les dimanches. Mais, à présent, ses vêtements sont enroulés autour de lui comme ces fils usés que les gens attachent autour des banyans pour demander des bénédictions. Il abandonne tout espoir concernant son frère lorsqu'il le trouve en train de parcourir les journaux du matin avec ses lunettes de lecture à l'envers.

Quant à sa nièce, cet ange chérubin qu'il a tenu dans ses bras à sa naissance, elle s'est transformée en Mowgli. Ses cheveux bruns sont emmêlés et sa peau est couverte de coups de soleil. Pour manger, elle s'assoit en tailleur sur la table au lieu de prendre une chaise. Elle passe ses matinées à éviter l'école et les vêtements. Comme son père, elle griffonne dans les marges des rapports de recherche.

L'oncle de Devi a fait en sorte qu'elle soit admise dans une pension à Nainital, une ville située sur les contreforts de l'Himalaya. La principale, une Anglaise, était une camarade de promotion de Girija Prasad à Oxford et veut bien faire des concessions pour cette enfant privée de sa mère.

– C'est vraiment nécessaire ? demande Girija Prasad.

– Tu es allé à Oxford. Tu as pu lire de la poésie anglaise. Mais ta fille, elle pense que "les bois sont charmants, sombres et profonds" est une ode au padouk d'Andaman que tu as écrite, pas un poème de Robert Frost.

Girija Prasad lâche un rire affectueux.

– Elle a une façon unique de percevoir les choses.

– Même si c'est le cas, j'ai bien peur qu'elle ne quitte jamais les îles si elle ne part pas maintenant. Comment suivra-t-elle des études supérieures ? Qui l'épousera ? Si Chanda Bhabhi était en vie...

Il ne termine pas sa phrase.

Le silence de Girija Prasad trahit sa résignation.

– Pourquoi est-ce que tu ne viens pas avec elle ? demande son frère.

– Si je quitte les îles, je ne saurai jamais pourquoi je suis venu ici au départ.

Girija Prasad ne sait pas que les conseils incessants sont la façon dont les parents montrent leur inquiétude. Il ne sait pas que le temps qui reste avant le départ de Devi devrait être occupé à lui faire confectionner des vêtements, réparer des chaussures, à coller des étiquettes, faire et refaire ses bagages. Car la meilleure façon d'ignorer le moment de la séparation est de nier le silence qui le précède.

Il préfère prendre son bateau pour se rendre dans des criques et des baies abritées. – Le monde sous-marin est une carte occulte du monde qui existe au-dessus de l'eau, lui dit-il souvent. Le fait d'habiter uniquement sur la terre ferme limite notre entendement. Dans l'eau, tous les milieux et les formes de vie, tous les cycles de la nature et les émotions que l'on trouve sur terre sont démultipliés.

Nager est pour lui ce qui se rapproche le plus de la prière. Les maux et les peines disparaissent. Rien ne peut nous accabler, pas même les regrets et les peurs. Il peut y avoir des moments de tension en compagnie des crocodiles, des requins et des raies manta, mais la peur dans l'eau est une expérience différente de la peur sur terre. C'est une forme profonde d'effroi mêlé de respect.

Girija Prasad et Devi ont identifié des étendues de corail, de rochers et d'algues qui leur rappellent des continents et des animaux. Dans la topographie du monde du dessous, l'Italie est une cicatrice sur une carapace de tortue, et l'Antarctique un banc de sable qui émerge à marée basse.

Ils regardent le soleil se lever sur l'Antarctique, au large de la côte d'Andaman du centre, et le soleil se coucher sur la mer Morte, nom qu'ils ont donné aux plaines de sel. Une piste tracée par les éléphants relie les deux extrémités de la journée – la dernière que Devi passera dans les îles. Elle a envie de suivre un éléphant pendant les trajets qu'il effectue entre la scierie et le site forestier. Les ouvriers disent à Devi que sa mère était une voyante qui avait sauvé ce même animal de la folie. En suivant ses pas, caressant sa trompe et s'accrochant à ses oreilles pour grimper sur son dos, Devi cherche des signes de reconnaissance dans ses yeux.

Arrivé l'après-midi, la chaleur les a vidés. Girija Prasad voit l'étincelle liquide s'évaporer des yeux de Devi, sa bouche béant de soif. Mais ils n'ont plus d'eau, même plus de citrons. Il attend que l'éléphant passe devant et s'arrête à côté d'une empreinte qu'il a laissée derrière lui. Il faut un moment pour que cela fonctionne. L'empreinte profonde recèle de l'eau claire, remontée de la terre molle et humide. Pendant une fraction de seconde, Devi voit le reflet de son père et le sien dans l'eau. Cela la fait sourire. Son monde tient si confortablement dans une empreinte d'éléphant. Comme les îles, ce n'est rien de plus qu'un reflet éphémère dans l'océan du temps.

Épuisée par la journée et effrayée par la perspective de son départ, Devi demande à son père :

– Est-ce que tu es en colère contre moi parce que je tue des insectes et que j'ai cassé la poupée en porcelaine de la vitrine ?

– Non, répond-il. J'ai l'air en colère ?

– Tu m'envoies tellement loin.

Il caresse les cheveux de sa fille et l'embrasse sur le front. Contrairement à ses parents, Devi a les cheveux très bouclés. Juste pour leur rappeler qu'elle est plus que leur synthèse.

– Je suis un scientifique vieillissant. Les îles sont assez grandes pour mes recherches, mais trop petites pour contenir la curiosité d'une jeune scientifique prometteuse comme toi. Tu dois partir afin de pouvoir revenir m'enseigner les dernières découvertes et théories… Tu dois voir la neige de tes propres yeux.

Girija Prasad lui parle comme les adultes parlent aux enfants, pas comme un scientifique à un autre. Devi ne le pousse pas dans ses retranchements. Même la science a ses limites. Bien que l'on puisse prédire des modèles de séparation en étudiant le passé, le véritable moment est toujours bouleversant.

Avec son premier pas sur le continent, la vie de Devi change de façon irrévocable. La vue d'une terre aussi infinie et chaotique est accablante. Assise près de la fenêtre d'un train pendant trois journées entières, elle s'aperçoit que le paysage est rarement interrompu par des rivières ou des lacs. Si Devi ne savait pas autant de choses, elle serait tentée de croire que les trois quarts de la planète sont formés de terre. Mais elle sait des tas de choses. Elle sait qu'il existe des îles comme les siennes, ondulantes, fragmentées et entourées par l'océan. Elles recèlent de plus grandes vérités que les continents.

Quand son car quitte la gare pour grimper dans les montagnes, Devi sent son ventre se nouer. On ne voit pas le bas des contreforts dont on est parti. Habituée à affronter le néant qui s'étend sur l'océan, rayonnant d'un bout à l'autre de l'horizon, elle n'a jamais affronté ce même néant depuis de telles hauteurs. Elle se sent nauséeuse.

Dans le dortoir, les élèves marquent rapidement leur territoire avec des portraits de famille, des photos d'animaux domestiques et autres articles de nostalgie transportables, tels que des jouets et des cartes de vœux. Devi n'a rien. À part le coquillage que son père lui a donné, son sac ne contient rien de sentimental. Il a insisté pour qu'elle laisse les trésors qu'elle avait ramassés sur l'île de Ross, le morceau de corail qu'elle avait cassé lors d'une exposition dans un musée ou son album de plumes, de feuilles et de fleurs, même le portrait sépia de ses parents. De tels bagages accablent l'âme, croit-il.

– Et ta famille ? demande l'occupante curieuse du lit voisin. – Devi lui parle de Girija Prasad et de Mary. – C'est ta mère ? veut savoir la fille.

– Non.

– Où est ta mère ?

Devi ne sait pas trop comment répondre à cette question. Sa mère est une urne de cendres dispersées depuis tous les coins des Andaman. Son père a mis plus d'un an pour se rendre à toutes les extrémités de l'archipel. Théoriquement, c'est là que se trouve sa mère, ou qu'elle se trouvait la dernière fois qu'on a entendu parler d'elle.

Plus tard dans la soirée, elle entend des murmures parcourir le dortoir, tel un tourbillon qui altère les courants. Toutes les rumeurs rivalisent jusqu'à ce qu'une fille ait le courage d'affronter Devi.

– Est-ce que ta mère s'est enfuie ? Ou est-ce que c'est la bonne, ta mère ?

La réponse de Devi est succincte : une claque sur la joue de la fille.

Lors de sa première semaine d'école, Devi gifle deux élèves à plusieurs reprises parce qu'elles l'ont traitée d'orpheline. Elle a beau être maigrichonne, personne ne riposte. C'est à cause de ses yeux pénétrants. Les yeux de sa mère. Ils sont capables de stopper net un animal et de soumettre les humains. Devi est surnommée la "Peau-Rouge". Non seulement elle a la peau brûlée par le soleil, mais son attitude est aussi fruste que celle des tribus qui vivent nues sur son île. D'aucuns affirment que le père de Devi est un chef de tribu qui a tellement d'épouses que personne ne sait laquelle est sa mère.

Un jour, quand elle entre dans le réfectoire pour le déjeuner, un groupe d'élèves plus âgées assises non loin de là provoquent son hostilité.

– Hé, fillette, tu vas toutes nous gifler si on te traite de Peau-Rouge ? crie l'une d'elles.

Elles n'obtiennent aucune réponse.

– Tu vas nous gifler si on te traite d'orpheline ?

– On se fiche pas mal de se prendre une gifle de la part d'une première année, intervient une troisième. Ça vaut mieux que de se prendre des coups de canne par les professeurs.

Toute la tablée éclate de rire.

Quelques jours plus tard, alors que la pause déjeuner précède un après-midi en cour de récréation, Devi manque un cours pour se glisser dans le réfectoire. Elle verse une demi-bouteille de ketchup sur le côté du banc caché par la table. Lorsqu'elles s'en aperçoivent, il est trop tard. Les élèves de dernière année sortent dans la cour avec ce qui ressemble à des taches de sang sur l'arrière de leur jupe.

Devi est imperméable à la discipline. Pour elle, les coups de canne ou les heures de colle ne sont pas des punitions. Dans les moments de douleur, elle s'échappe dans les îles. Elle s'accroche au coquillage que lui a offert son père, une conque naturellement polie. Celui-ci remplit son être du bruit lointain du ressac, faisant des montagnes la plus haute et la plus puissante de toutes les vagues. Les branches dénudées ressemblent à du bois flotté, et chaque larme porte en elle le sel de l'océan.

C'est seulement quand la mousson se réduit à un tonnerre lointain et que l'automne se retire des arbres que les secousses du changement arrivent pour dévier le cours de sa vie. Devi se réveille en saignant du nez par un matin de novembre glacial, une journée marquant l'entrée brutale dans l'hiver. En se rendant au lavabo, elle sent un mouvement dans l'air. Bizarre, se dit-elle en regardant par la fenêtre. Quelque chose qui refuse de s'identifier.

– Qui es-tu ? demande-t-elle.

Des grains de sel boursoufflés emplissent l'air. Ils défient la gravité, flottant de plus en plus haut au lieu de tomber. Ils défient la force d'attraction en gagnant en puissance et en taille. Lorsqu'ils atterrissent sur le sol ou sur la fenêtre, ils disparaissent. La suite de la journée voit tomber un mélange de grêle, de neige et d'eau sous toutes les formes qui existent entre les deux. Pour Devi, la neige ressemblera toujours à des particules de poussière, à des grains de pollen, de sel ou de sable, ou à des morceaux de nuage – quelque chose que l'on ne peut concevoir que par analogies. Pour un animal tropical bercé par les pluies querelleuses et le soulèvement incessant des vagues, elle ressemble à un linceul, couvrant les terres de silence.

Bientôt, les ennemies deviennent camarades de jeu. Les élèves se tiennent par la main pour éviter de glisser, même quand elles font exprès de déraper. Certaines avalent des grêlons et en proposent aux autres comme si elles distribuaient des bonbons.

Ce soir-là, Devi voit la neige renvoyer de la lumière sur les arbres, les murs de la cour, les réverbères, même la lune et le ciel vide. Elle comprend ce que son père voulait dire quand il parlait du rayonnement de la terre. Tout comme les lucioles et le plancton génèrent de la lumière, la terre, elle aussi, baigne dans sa propre clarté. Son père appelle cela la géoluminescence. "Le plancher océanique porte de la lumière tout au fond de lui, et la neige aussi", lui avait-il dit.

Le lendemain, un puissant soleil force le gel à se réfugier à l'ombre des arbres et aux abords de l'enceinte de l'école. Tandis que le givre remplace la rosée sur l'herbe, Devi a hâte d'être en hiver.

Sa première neige est une vision qu'elle gardera toute sa vie, comme la conque en spirale. Sa simple présence dans ses souvenirs teintera de tendresse tous les instants qui l'ont précédée, et tous les instants à venir.

Girija Prasad abandonne le rocking-chair pour un fauteuil fixe après avoir compris que la terre est aussi agitée et fantasque qu'un vieil homme sénile. Le sol qu'il prenait pour acquis est une croûte superficielle flottant à la surface d'un intérieur fluide.

À chaque nouvelle découverte des années 1960, les scientifiques ont du mal à s'adapter. Même si un submersible atteste de la formation de terres nouvelles se déversant des failles situées en plein océan, cela paraît toujours impossible. Le noyau de la terre demeure un mystère et, avec lui, les raisons qui nous poussent tous à errer, dériver, sombrer et émerger. Ce sont quelques fêlés, pas les humbles, qui hériteront de la terre. Ce sont les lignes de faille, pas les continents rigides, les pôles magnétiques ni les vastes océans qui la maintiennent en un seul morceau. Pour chaque centimètre de nouvelle terre créé quelque part sur une crête, un centimètre de terre plus ancien s'enfonce dans une fissure. Les fissures équilibrent tout.

Quand Girija Prasad applique les nouvelles théories géologiques radicales aux îles, les conclusions sont évidentes. La géologie des îles est une histoire de conflit. Les îles Andaman font partie d'une zone de subduction, comme l'Indonésie au sud-est et la Birmanie, le Népal, l'Himalaya et le Karakorum au nord. C'est là que la plaque indienne plonge sous la plaque asiatique. C'est probablement pour cela que les îles sont le lieu le plus hanté que Chanda Devi a visité. Comme les continents, la vie refuse de céder. Les gens continuent de vivre sous forme de fantômes, rejetant la mort comme un détail poétique dont seuls les plus sentimentaux se préoccupent.

Girija Prasad est assis dans son fauteuil les yeux grand ouverts. La veille au soir, il est tombé par hasard sur un article intitulé “Fluctuation de la force gravitationnelle dans les zones de subduction : une spéculation”. Bien qu'il manque de bases scientifiques solides, la recherche préliminaire posait trop de questions pour qu'on l'ignore. Girija Prasad n'a pas dormi de la nuit. Chanda Devi l'a tenu éveillé.

Au cours des premiers mois de leur mariage, Chanda Devi n'avait pas déclaré ouvertement, ni même confié secrètement à Girija Prasad, qu'elle pouvait parler aux arbres. Elle s'était contentée de le faire. Lorsqu'ils partaient se promener ensemble, elle s'arrêtait souvent à côté d'un arbre, tantôt riant, tantôt surprise ou gardant une expression solennelle. Cela l'intriguait. La possibilité d'un botaniste communiquant avec un arbre était aussi palpitante que la possibilité d'un prêtre bavardant avec dieu.

Lors d'une brève randonnée, quand Chanda Devi s'arrêta pour saluer un vieux banyan, Girija Prasad lui demanda quelle était l'opinion de l'arbre, s'il en avait une, à propos de ses projets et ses thèses concernant l'exploitation forestière. Une à une, il expliqua ses ambitions et ses idées favorites, et l'arbre répondit par l'intermédiaire de sa femme. Le banyan trouva sensées la plupart de ses actions et de ses connaissances, mais il se montra hostile à son rêve d'introduire le teck, une essence étrangère, dans les îles. Le teck était le bois le plus rentable du monde. Si Girija Prasad parvenait à en faire pousser dans les Andaman, qui offraient un sol et un climat idéals à sa croissance, le Service des forêts serait riche.

Mais le banyan prophétisa que le teck s'avérerait vulnérable à des moisissures contre lesquelles la flore locale était immunisée. Girija Prasad trouva ses opinions ridicules. Il retourna à sa serre et testa toutes les formes locales de moisissures sur de jeunes tecks. Les arbrisseaux restèrent en bonne santé. Si le teck était considéré comme le bois le plus résistant du monde, exporté pour fabriquer des traverses de chemins de fer en Alaska et des machans au Congo, ce n'était pas pour rien. Il était résistant aux infections. S'appuyant sur la science, Girija Prasad persisterait et commanderait quatre cents jeunes tecks de Birmanie pour mettre son idée en pratique. Au grand soulagement du scientifique, l'expérience serait un succès.

Ce n'est que cinq ans plus tard, alors que Devi avait trois ans et que les jeunes tecks étaient entrés dans leur adolescence, qu'une mystérieuse maladie ravagerait le lot entier, transformant les feuilles en mosaïque et l'écorce en éclats d'obus sur une période de quinze jours. Le coupable s'avérerait être une moisissure que l'on n'avait pas encore découverte. Girija Prasad resterait, bien malgré lui, dans les annales de la botanique comme son découvreur.

Avec l'aide de Chanda Devi, le rosier fuchsia lui avait également parlé. Étant une tendre pousse déracinée de ses collines bleues natales, elle avait renoncé à vivre, suffoquant et souffrant de malnutrition dans une caisse en bois. Mais lorsqu'elle était arrivée dans les îles et que la caisse avait été ouverte, c'est le visage inquiet de Girija Prasad que la petite pousse avait vu en premier. Et il avait su la transformer en arbrisseau avec la ténacité de Mère Nature. Les roses fleurissaient pour lui.

Il était accablé.

– Comment se fait-il que tu puisses parler aux plantes ? Et pas moi ? demanda-t-il à sa femme.

– Sur le plan spirituel, je suis des leurs.

– Mais tu parles aussi aux fantômes.

Chanda Devi rit.

– Les plantes sont les esprits les plus sensibles du tissu de la création. Elles relient la terre à l'eau et à l'air, et elles relient les différents mondes entre eux. Elles rendent la vie possible. C'est pour ça qu'elles sont capables de voir, de sentir et d'entendre plus que les autres formes de vie, en particulier les humains.

– Mais toi aussi tu es humaine.

– Qui penses-tu avoir épousé au juste ?

Girija Prasad, lui-même scientifique et observateur passionné de la nature, ne parvenait pas à comprendre. Chanda Devi défiait tout ce qu'il avait appris.

– Qui suis-je ? lui demanda-t-il.

– Je ne peux pas te le dire.

– Mais tu es ma femme. Ça ne serait pas vraiment tricher si tu me donnais un indice.

– Nous sommes des âmes sœurs depuis plusieurs vies maintenant. Mais dans chaque vie, notre quête de l'amour et notre combat pour trouver un but sont nouveaux. C'est pour ça que j'ai fait mon lit sur le sol pendant toutes ces nuits. Tu devais gagner une place dans mon cœur.

– C'est pour ça que je préfère la physique à la métaphysique, soupira-t-il. Personne ne parle par énigmes, seulement par équations.

– Je n'ai pas le temps de réfléchir à la physique pour le moment, dit Chanda Devi en se levant des marches de la véranda. Le dal est sur le feu, et si je ne m'en occupe pas, il va brûler à cause de la forte gravité qui s'exerce aujourd'hui. Ça fait bouillir l'eau dès qu'on allume la cuisinière.

– La gravité ? demanda-t-il, espérant avoir mal entendu.

– Les îles sont tellement imprévisibles. La gravité change sans arrêt. L'autre jour, quand nous avons senti les secousses, tu te rappelles ?

– Oui, quand un tremblement de terre a frappé la Papouasie.

– Oui, oui. Cet après-midi-là, ça a gâché mon dal. Il m'a fallu presque une demi-heure pour faire chauffer l'eau – et après il a brûlé, d'un seul coup !

Girija Prasad était un explorateur doté d'une curiosité suffisamment vaste et profonde pour engloutir le monde entier si on lui en avait donné l'occasion. Il avait passé sa jeunesse à randonner dans les Alpes et l'Himalaya, à nager dans la Méditerranée et espérer passer ses doigts dans les sables d'Arabie quand son navire traversait le canal de Suez.

Mais les îles avaient été son premier amour. Avec seulement huit éléphants, deux malles remplies de livres et de matériel à offrir en guise de dot, il les pressa de céder à sa curiosité. Elles refusèrent.

Il finit par passer à autre chose, consumé par sa femme. À l'intérieur de son enveloppe se trouvait un univers radicalement différent et pourtant lié au sien. Son regard n'était pas celui d'un autre monde. Il était cet autre monde.

À cinquante ans à peine, Girija Prasad se retrouve à nouveau seul. Il courtise les îles pour qu'elles se soumettent à sa curiosité une fois encore. Pour qu'elles lui révèlent le mystère de la gravité, qu'elles lui disent comment tout s'est formé, et si, à ce moment-là, lui-même avait été créé comme un pic solitaire.

Avec toutes les nouvelles routes et voies de navigation, Girija Prasad passe son temps à conduire, marcher et nager sans but à travers les îles. La prison cellulaire est désormais un sujet de moqueries et l'île de Ross est en ruine. Les rizières et les baraquements ont empiété sur la jungle. Les chemins de terre sont des routes de ciment. Il y a des magasins. Il y a des étrangers. Il y a des ordures. Cela le blesse de voir les îles souffrir ainsi. Girija Prasad – passant d'une journée à une autre comme s'il sautait de branche en branche dans un arbre – est peut-être passé à autre chose, mais seulement pour se trouver confronté à la plus grande ironie de la vie : ce que l'on considérait comme des amours défuntes s'avéraient être les liaisons les plus longues de sa vie.

Au cours de toutes ses explorations, les îles lui retournent son regard chargé d'attente. “Où étais-tu pendant toutes ces années ?” semblent-elles lui dire. Derrière le ton accusateur se trouve un attachement tenace, car les îles n'ont jamais quitté Girija Prasad, et lui-même n'a jamais vraiment quitté les îles.

Sur l'île de Ross, même si les fantômes levaient le nez en l'air et feignaient d'être indifférents à la présence de

Chanda Devi, ce n'était qu'en apparence. De sorte qu'en voyant Girija Prasad revenir tout seul, ils furent alarmés.

Après avoir rassemblé toutes les pièces de la tragédie, ils se réunirent afin de prier pour Chanda Devi dans l'église sans toit.

– Son décès, dit le prêtre, marque la fin d'une époque. Les fantômes vivent tant que vivent les clairvoyants.

Le fantôme d'un apothicaire compatit à la peine de Girija Prasad. Sa propre tombe gisait, brisée, dans le cimetière, à côté de celle de sa femme et de son enfant. Alors qu'il avait passé toute sa vie d'adulte à préparer des médicaments, lorsqu'il avait été question de la vie de sa femme et de leur petite fille de trois mois, il n'avait rien pu faire. L'eau de l'île de Ross était un poison pour les gens fragiles. Elle lui avait pris sa jeune famille en une seule année. Au grand désespoir de l'apothicaire, même la mort n'avait pu les réunir. L'âme de sa femme et de sa fille était partie vers d'autres vies, tandis que la sienne était restée sur l'île de Ross. C'est lui qui avait appris la tragédie des Varma et en avait informé les autres, de la même façon que Girija Prasad avait deviné l'histoire de l'apothicaire en lisant les inscriptions sur les pierres tombales.

Vingt ans ont passé et l'apothicaire a gardé l'habitude de suivre Girija Prasad. Un soir, il marche derrière lui, s'arrêtant quand il s'arrête. Girija Prasad se retourne et s'avance dans sa direction. Il marche avec une telle détermination que l'apothicaire se demande s'il le voit. Serait-il possible qu'un scientifique pleurant un amour perdu ait inventé un moyen de voir les fantômes ?

Ils se tiennent tous les deux face à face. Girija Prasad plonge son regard dans les yeux décolorés de l'apothicaire. Celui-ci sent la vie s'étendre jusqu'à lui. Il sent quelque chose de mouillé et de chaud sur ses pieds. Il se trouve, s'aperçoit-il, entre un arbre et un homme en train de se soulager.

Lors d'une longue marche solitaire, Girija Prasad est surpris de trouver les vers d'un poème griffonné sur le sable meuble à l'endroit où le ressac se brise. Quelqu'un médite sur une poésie. On peut lire, écrite en cursives archaïques, l'épopée de l'océan. Ce sont les vers à demi effacés par l'eau et les trous remplis de sable qui interpellent son imagination, l'emportant dans leur tourbillon.

Il cherche le Poète. Il parcourt toute la plage, même le chemin au niveau de la courbe. Il escalade la falaise à l'autre extrémité et scrute l'horizon. Il réfléchit à tout cela – à l'océan, au ciel, au poème.

Bénis sont ceux qui pleurent,
Car son sel coule dans leurs larmes.
L'océan continue de vivre dans leurs contes
Tandis qu'ils errent dans le flux et le reflux de ses vagues

Girija Prasad n'a pas pleuré depuis la mort de sa femme. Il faut peut-être des années, sinon des décennies, pour que les larmes viennent. Un jour, elles viendront forcément. L'océan lui montera aux yeux.

Mary quitte la maison du mont Harriet quand elle reçoit une lettre de Rangoon la pressant de revenir. Son fils, le bébé qu'elle a abandonné vingt-trois ans plus tôt, a retrouvé sa trace.

– Tu n'as pas de famille, Mary, remarque Girija Prasad lorsqu'elle le lui annonce. Il a peur que Mary, elle aussi, ait sombré dans le passé – comme lui.

– L'avenir de Devi se trouve sur le continent, lui dit Mary. Dès qu'elle aura terminé ses études, trouvez-lui un mari.

– Et ton avenir à toi ?

Elle détourne les yeux. Elle se met à essuyer la vaisselle mise à sécher sur la table. Elle a poursuivi le rituel élaboré consistant à mettre le couvert à chaque repas. C'est sa façon à elle de le faire sortir de son bureau, en lui rappelant l'existence pratique des fourchettes et des cuillères.

– J'ai eu un fils, dit-elle. J'ai eu un fils pendant toutes ces années et aujourd'hui, j'ai à nouveau un fils. Il est étudiant, mais le dictateur l'a mis en prison… Comme les détenus de la prison cellulaire… Il ne sait pas s'il sera libéré un jour.

Il l'aide à débarrasser la table avant de retourner à ses heures solitaires. Perdu au milieu des étagères de livres, il se demande ce que Chanda Devi, cette femme compatissante, aurait fait à sa place.

Plus tard dans la journée, Girija Prasad tend une bourse à Mary.

– Il y a suffisamment d'argent là-dedans pour payer ton voyage, dit-il. Il y a aussi une paire de boucles d'oreilles et un collier ayant appartenu à ta maîtresse. Vends les boucles d'oreilles en arrivant là-bas. Emploie un avocat pour défendre ton fils. Si l'État de droit n'existe pas, prie. Vends le collier à la libération de ton fils. Paie un passeur pour le faire sortir de Birmanie, et toi avec. Le pays est en train de vivre une période de violence. La chaloupe qui va en Birmanie passe au large. Ne mange pas avant et suce un citron si tu as le mal de mer.

Quand arrive le moment de partir, Girija Prasad l'accompagne jusqu'au portail. Mary se penche pour toucher les pieds de son maître. Il lui caresse le front en retour.

– Merci, dit-il.

– Merci, répond-elle.

Vivre seul, après le départ de Mary, se révèle plus facile qu'il ne le pensait. La maison du mont Harriet n'est pas tombée en ruine, mais elle a désormais un petit air décrépit.

Maintenant qu'il est seul, les vêtements sont devenus inutiles. Girija Prasad comprend la sagesse tribale cachée derrière la nudité. Les tenues élaborées, et la culture qui les engendre grâce à des notions élaborées de décence, sont un paradis pour les imbéciles, pas un paradis tropical. Il a également commencé à se laver et à se soulager dans la nature, nourrissant le sol de sa gratitude. L'heure du thé, cependant, demeure sacro-sainte. Le thé doit toujours être pris sur la véranda, servi dans une théière en céramique et accompagné de biscuits, car les gâteaux sont difficiles à se procurer dans cette partie du monde.

Il a complètement cessé de lire des livres. Il se contente désormais de les feuilleter, sentant palpiter les pages entre ses doigts. Artiste fervent depuis l'enfance, Girija Prasad était trop timide pour se livrer à son art en public. Maintenant qu'il est seul, il fait des croquis là où son cœur le mène, laissant derrière lui un sillage de copeaux de crayon et de papier froissé. Il a peur que le visage ne disparaisse de sa mémoire s'il ne médite pas dessus chaque jour.

Ses yeux sont impossibles à rendre sur le papier. Chanda Devi avait quitté le monde les yeux ouverts, et il avait refusé de laisser un pandit ou un membre de la famille les lui fermer de force. Son regard demeure concentré, inflexible, pour l'éternité. Parfois, le père croise à nouveau le regard de la mère dans les yeux de leur fille.

Chaque portrait est une découverte. C'est un fossile, extrait du gravier des souvenirs et des préoccupations. Toute création, est-il tenté d'extrapoler, est une forme de découverte de soi. Le visage qu'il recherche ne peut être extirpé du canevas de l'histoire naturelle. Née d'une imagination antérieure à l'éclatement de la vie en animaux, plantes et moisissures, Chanda Devi est impossible à représenter. Elle appartient à un temps où la vie pouvait communier avec toutes ses formes possibles, car la vie formait alors un tout.

Il s'est soumis au cours de la nature – le chemin traverse son cœur, littéralement. Une nuit, il est réveillé par une étrange démangeaison sur la poitrine. C'est une scolopendre, de trente centimètres de long, qui lui rampe dessus. Il retient son souffle. Le mouvement de sa centaine de pattes est semblable à celui d'une vague qui se brise, quand l'écume se déploie d'un bout à l'autre du rivage.

Insecte pris dans la toile de sa propre création, Girija Prasad avait souffert toute sa vie. Solitaire de cœur, il redoutait la solitude. À présent, nu et seul, Girija Prasad trébuche sur une frontière invisible. Une frontière qui ne sépare pas ce monde-ci des autres, mais qui au contraire les englobe tous.

Sur le mont Harriet, Girija Prasad ressent la solitude d'un archipel.

Devi est bouleversée en voyant l'état dans lequel se trouve son père. Contrairement aux autres adolescents qui se rebellent en quittant le domicile de leurs parents, elle le fait en menaçant de revenir.

Elle est rentrée, à la mi-trimestre. Et maintenant qu'elle est à la maison, le père et la fille retournent à leurs anciennes explorations, suivant les éléphants et flottant sur leur mer Morte. Mais Devi ne s'enfonce dans l'eau que jusqu'à la taille. Elle a cessé de nager après un incident survenu lors d'un pique-nique quelques mois plus tôt. Un dimanche, elle était allée à une cascade avec ses amis. Confiante, c'est elle qui avait nagé le plus loin. Les autres l'avalent suivie. Personne n'avait vu le tourbillon sous la chute d'eau. Soudain, elle avait senti une main s'agripper à son pied. Dans sa panique, celle-ci l'entraînait vers le fond. Plus Devi luttait, plus elle coulait. Elle avait agité les jambes jusqu'à ce que la main la lâche.

Girija Prasad emmène sa fille faire de longues balades en voiture, pas seulement à pied. Il l'emmène voir sa récente découverte – une niche surplombant des eaux vert jade, apaisantes et transparentes comme dans un aquarium. Ils restent tous les deux sur la falaise, regardant alternativement le ciel limpide au-dessus d'eux et la mer encore plus limpide en dessous.

– Saute avec moi, dit-il en lui tendant la main.

– Avec mes vêtements ?

À dix-neuf ans, on ne peut plus s'attendre à ce que Devi se baigne nue.

– Mon enfant, les vêtements sèchent au soleil. C'est une réalité.

Devi hésite. Elle ne s'en sent pas capable. Girija Prasad la prend par la main. Il lui fait signe de faire un pas en avant. Avant que les larmes aient le temps de couler, elle a touché l'eau. Elle n'a pas besoin de nager. La main de son père la remonte à la surface, l'entraîne vers les rochers.

Pendant le long trajet humide du retour, elle se met à parler.

– Quand j'étais en train de me noyer, je retenais ma respiration. Mes oreilles auraient pu exploser tellement mon cœur cognait.

– Quand tu étais dans le ventre de ta mère, je collais mon oreille contre sa peau tendue pour entendre ton cœur. Il battait si fort que, même moi, je craignais que mes oreilles explosent.

– J'avais peur, dit-elle. J'avais les yeux ouverts, mais je ne voyais que du noir. Tout ce que j'entendais, c'était mon cœur… Mon camarade… tu crois que je l'ai tué ?

– Non. Tu as beau être une bonne nageuse, tu n'as pas été formée à sauver des personnes qui se noient.

Devi garde le silence. Le soleil a commencé à baisser.

– Papa, demande-t-elle à nouveau, est-ce que maman est morte à cause de moi ?

Girija Prasad est en colère contre les professeurs de Devi. L'enseignement doit vraiment être de mauvaise qualité, leur attitude envers les élèves vraiment dure, si ceux-ci rentrent chez eux avec des questions pareilles. Il est en colère contre Mary de les avoir quittés. Il est en colère contre lui-même, car il ne parvient pas à trouver de réponse.

La route passe à travers la jungle. En guise de mots, tout ce qu'il trouve, ce sont des arbres, imposants, anciens, impénétrables dans la lumière déclinante.

– C'était il y a longtemps, avant que tu sois conçue, dit-il enfin. Nous nous promenions dans la jungle qui entoure les volcans lilliputiens d'Andaman du centre. J'ai trouvé ta mère en train de caresser le tronc d'un palmier. C'était un *Corypha macropoda* au dernier stade de sa vie. Une fois qu'il a fleuri, il meurt. Elle m'a demandé pourquoi. C'est comme ça que les arbres ont évolué, lui ai-je expliqué. Certains ont cessé de produire des centaines de graines avec une chance de survie limitée pour ne fleurir qu'une seule fois, mais en leur donnant le meilleur d'eux-mêmes, ils s'assurent que leurs graines vont survivre... Maintenant je comprends pourquoi elle m'avait posé cette question. Ta mère voulait que je connaisse la réponse. En tant qu'être humain, je ne peux voir au-delà de la vie et de la mort. Mais en tant que botaniste, je vois qu'on peut comprendre le fait de limiter les cycles de vie individuels. La nature est un continuum. C'est comme ça qu'elle prospère.

Girija Prasad a envie d'ajouter quelque chose. Mais il en est incapable. Sa vie entière, semble-t-il, se résume à des bonds d'un monde à un autre, d'une journée à une autre, d'un paysage à un autre. Elle est fragmentée et incohérente, comme les îles. Avec le temps, il a appris à tirer du sens, parfois même de la foi, de l'océan de vide qui l'entoure.

Devi comprend. Elle-même a grandi au bord de cet océan, s'aventurant dans son immensité et ses profondeurs, pour cette même quête.

Elle retourne à l'université à la fin des vacances.

À l'université, Devi préfère étudier les fleurs et les nouvelles sensations qu'engendre la jeunesse plutôt que les livres. Elle se regarde souvent dans le miroir et évite le soleil de l'après-midi. Un an plus tard, lors de sa visite annuelle au mont Harriet, Devi place chaque nuit un hibiscus, impeccablement conservé, sous son oreiller. Son père lui en demande la raison.

– C'est un ami qui me l'a donné, dit-elle.

– Comment s'appelle-t-il ?

– Vishnu.

– Il vient d'où ?

– Des montagnes. À la frontière du Sikkim et du Népal.

Plus tard ce soir-là, Girija Prasad réfléchit à cette fleur, cet hibiscus. Les pétales desséchés ne tarderont pas à tomber en poussière. Dans un climat humide comme celui-ci, il ne restera plus que la tige lorsque Devi repartira. Et ce garçon qui collectionne les choses éphémères ? L'attendra-t-il, ou ses sentiments se flétriront-ils, comme les éphémères qu'il offre ?

– Pourquoi est-ce que tu n'inviterais pas Vishnu à venir boire le thé au mont Harriet un de ces jours ? demande-t-il à sa fille le lendemain matin au petit-déjeuner.

– Il habite à six jours d'ici, répond-elle. Trois jours de bateau, deux jours de train, plus une journée de route pour monter.

Sentant son hésitation, il dit :

– Tu as fait tes études dans les montagnes. Tu aimes la neige.

– Les îles, c'est chez nous.

Girija Prasad garde le silence.

– Papa, toi et tes arbres ne parviendrez pas à me convaincre cette fois-ci.

Mais les fleurs réussissent là où les arbres échouent. Devi craque en sentant le parfum d'un magnolia, un que Vishnu a déterré de son jardin et conservé pour le replanter. Il veut le lui faire sentir sur la plante vivante. Il veut que leur amour grandisse.

Après avoir obtenu leur diplôme, Devi et Vishnu viennent dans les îles pour faire enregistrer leur mariage, avec Girija Prasad comme témoin. Le temps est venu pour lui de travailler sur son dernier portrait, un cadeau de mariage pour sa fille. Toutes les pièces s'assemblent, comme la Pangée l'avait fait jadis dans un rêve, des dizaines d'années plus tôt.

Chanda Devi a vieilli sous les coups de pinceau de Girija Prasad. Si elle avait été en vie, c'est à cela qu'elle aurait ressemblé au mariage de sa fille. L'artiste a pris la liberté de la revêtir de son propre sari de mariée. Le papier a été fabriqué spécialement pour l'occasion. C'est un mélange de padouk d'Andaman, de pétales de rose et de safran. Chanda Devi adorait parler aux plantes. Il espère que celles-ci souffleront ses propres pensées jusqu'à elle.

La vie et la mort sont un continuum. Personne n'a étudié ça d'aussi près que lui.

– Nous sommes tous accablés par les destinées jumelles consistant à dire au revoir aux êtres qui nous sont chers et à les quitter nous-mêmes, écrit-il dans une lettre accompagnant son cadeau. Ne laissons pas cela anéantir la destinée plus grande que nous partageons tous – ces instants fugaces que nous vivons ensemble.

C'est l'un des rares moments dans la vie de Devi où Teesta, sa fille de quatre mois, qui porte le nom d'une rivière du Sikkim, ne manifeste pas le désir de téter, d'uriner ou de pleurer. Devi est soulagée de pouvoir dormir. Dans son rêve, elle voit un homme, âgé et nu, flottant dans l'océan. Elle reconnaît aussitôt le bleu. Celui-ci s'étend devant la plage du mont Harriet, où le plateau de l'île plonge brutalement.

Les membres de l'homme sont tendus dans les quatre directions. Son visage est calme, et il affiche un léger sourire. Elle connaît cet homme. Il lui rendait visite dans ses rêves au cours des longs voyages qu'elle faisait pour aller à l'école et en revenir quand elle était petite. Où était-il passé pendant toutes ces années, se demande-t-elle. Pourquoi l'avait-il abandonnée lorsqu'elle avait grandi ? Sa présence, même en rêve, l'avait toujours laissée apaisée, mais aujourd'hui Devi crie dans son sommeil :

– Papa ! Papa !

Teesta se met à pleurer. Vishnu les console toutes les deux, sa femme et son enfant.

– C'est seulement un rêve, lui dit-il. Pourquoi est-ce que tu ne l'appelles pas ?

– Mon enfant, apparemment je souriais dans ton rêve, lui dit Girija Prasad au téléphone. Pourquoi es-tu inquiète ?

Devi est secouée. Elle a envie d'aller le voir mais elle doit attendre que Teesta ait six mois.

– Bonjour, papa, dit-elle.

Des mots qui ont ancré les matins de son père, ne manquant jamais de le tirer d'un abîme de rêves, de souvenirs et de désespoir.

– Mais il est trois heures du matin, dit-il. Bonne nuit serait plus indiqué.

– Tu ne vas pas te rendormir, je le sais. Tu vas sans doute te faire du thé et étudier toute la nuit.

– J'entends ma petite-fille pleurer. Elle aimerait peut-être se joindre à moi dans mes recherches nocturnes ?

Devi sourit.

– Elle fera une assistante obstinée. Elle refuse de coopérer. Je t'aime, ajoute-t-elle dans le silence.

– Je t'aime aussi, mon ange, répond son père.

C'est la première fois que Girija Prasad prononce ces mots. Pour lui, ils sont l'abréviation contemporaine qui sert à exprimer une émotion dans laquelle les vieilles personnes comme lui avaient investi toute une vie de silence.

Dans une heure au plus tard, l'obscurité commencera à s'estomper. Les corbeaux et les autres oiseaux réveilleront les morts et la marée haute refluera.

Girija Prasad sort cueillir de la menthe fraîche pour son thé. Installé sur la véranda, il perçoit une chute brutale de la température et un obscur changement dans le ciel. Cela indique l'arrivée d'un hôte inattendu. Il se sert une tasse de thé en prévision. Avant qu'il ait posé les lèvres sur le bord, il trouve une abeille flottant à l'intérieur. Elle en est aux derniers stades de son combat. Ses ailes s'agitent mais son abdomen a cessé de bouger. Girija Prasad la récupère à l'aide d'une cuillère et la dépose dans une plante en pot à côté de lui.

Il ne peut terminer son thé. Bien qu'il n'hésite pas à le partager avec des insectes, cette tasse a été contaminée par un combat futile. Il se lève pour aller en préparer une autre théière, cette fois-ci avec de la citronnelle et du gingembre. Le goût prononcé conviendra au nouvel arrivant.

Lorsqu'il ressort, son invité est là. Il s'est mis à pleuvoir. Mais cette pluie est inhabituelle, différente du mélodrame tropical auquel il est habitué. Il n'y a pas de vent, pas de nuages. "De la pluie de montagne!" s'exclame-t-il. En haute altitude, c'est la brume qui apporte la pluie.

Il reste debout dans le brouillard au milieu de son jardin. Des gouttes de pluie droites comme des bambous relient le ciel et la terre, avec lui entre les deux. Elles tombent dans un silence total, un silence tel qu'il s'entend respirer. Ces pluies nourrissent les rivières de l'Himalaya depuis leur naissance, et c'est maintenant son tour à lui. Des gouttes mouillent tendrement son front, ses lèvres, ses membres.

En une seule averse, ces pluies de montagne lavent les toiles qu'il a tissées autour de lui, l'emplissant d'un désir ardent de rendre visite aux dieux de tous les sommets – l'Himalaya. Car il est Girija, l'enfant des montagnes.

C'est un mois de désirs et de frustrations. Un mois passé à braver les incessantes pluies horizontales qui arrivent d'aussi loin que la Polynésie à l'est et, de plus en plus, que Zanzibar à l'ouest. Des pluies qui vous disent que le soleil est mort et, avec lui, toutes les autres saisons. Des pluies qui sont un prélude à la domination des océans.

C'est un mois passé à éponger les sols sans relâche, à ouvrir et fermer les fenêtres dans un état délirant, à placer des seaux sous les fissures changeantes du plafond, à essuyer la mousse à mains nues et à faire sécher les mouchoirs sur le poêle. Un mois passé à s'adresser aux cieux à voix haute, de peur que la mousson ne noie votre voix intérieure.

Il est temps d'accepter le reflet dans le miroir et de joindre les mains avec son ombre. C'est le mois où Girija Prasad avait amené Chanda Devi dans les îles. C'est le mois de juin.

Girija Prasad se fraie un chemin à travers les fourrés, se dirigeant vers la plage qui s'étend au pied du mont Harriet pour aller nager. Il vient de passer devant les bunkers japonais quand il est frappé par un coup de tonnerre souterrain. Les bunkers s'envolent. Ses pieds aussi, avant de retomber à côté de sa tête. Le nez enfoui dans son entrejambe, il se retrouve plié en deux sur un arbre qui a amorti sa chute.

La terre replonge dans le sommeil aussi rapidement qu'elle s'est réveillée. Suite à la secousse, une fissure s'est formée sur son chemin. Devant lui, la terre s'est ouverte comme une coquille d'œuf. Il plie donc son longyi et ses sous-vêtements puis pose sa canne dessus avant de descendre à quatre pattes dans la fissure. Il ne veut pas salir ses vêtements car il a l'intention de reporter sa lessive au jour où Teesta, sa petite-fille, viendra le voir.

De la vapeur, un mélange spontané d'humidité et de boue, s'élève autour de lui. Les scolopendres et les vers de terre, maîtres du monde des ténèbres, sont aussi déroutés que lui. Ils se montent les uns sur les autres, s'accrochant aux fougères et aux feuilles qui pendent de la canopée. Il regarde nerveusement ses testicules en songeant aux sangsues de la mousson.

Il est à la recherche d'un fossile ou d'une preuve quelconque, peut-être d'un nouveau genre de roche. Il fait courir ses doigts sur les couches apparentes, les lisant comme du braille. Il cherche l'empreinte fantastique d'une espèce encore inconnue. Bien que cela n'ait pas encore été confirmé, il soupçonne que le fond marin est en train de s'ouvrir à l'est dans la mer d'Andaman. C'est forcément cela. C'est la poussée qui précipite la chute. Pourtant, tout ce que les scientifiques semblent connaître est la zone de subduction située au sud.

Il renonce. Il ressort de la crevasse. Autour de lui, des arbres sont tombés. Des arbres tombent encore, s'appuyant les uns sur les autres comme sur des béquilles pour amortir leur chute. Au loin, il sent une odeur de marée basse. Il laisse derrière lui le cri collectif des oiseaux et des animaux à mesure qu'il s'approche de la plage.

Il s'arrête, sidéré.

L'océan est rentré dans sa coquille. Des algues et des coraux scintillent sous le soleil de l'après-midi, tandis que des poissons échoués s'agitent, hoquetant. Incapables de crier, ils paraissent pris d'une irrépressible envie de danser au soleil.

Il marche en direction de l'eau. Il suit les empreintes de l'océan – des flaques peu profondes qui ponctuent le lit de rochers. La force des courants qui se retirent a créé un univers étrange. Elle a poussé une pieuvre, un syngnathe, une crevette géante tigrée et un oursin dans une étreinte inextricable. Prédateur et proie gisent, désespérément entremêlés.

Girija Prasad s'émerveille de l'intelligence de la pieuvre en la voyant libérer ses tentacules l'un après l'autre.

Il poursuit son chemin. Il est distrait par son reflet qui le scrute depuis une fine nappe d'algues et d'eau. À seulement quelques jours de ses cinquante ans, il paraît plus vieux qu'il ne l'imaginait. Sa peau a été tannée et ridée par toutes ses excursions tropicales. Il se dégarnit. Il a les épaules tombantes. La chair pend sur ses os, honteuse, cachant la véritable profondeur du vieillissement qui s'opère en lui.

Il l'a rencontré à plusieurs reprises, cet homme. Dans les moments les plus durs, une vision émergeait de l'océan pour venir l'apaiser, lui caresser le front, lui tenir la main. Il ne savait pas qui c'était, à l'époque, même s'il savait qu'il ne s'agissait ni d'un dieu ni d'un fantôme. Il avait été établi de façon certaine qu'il ne pouvait communiquer ni avec l'un ni avec l'autre.

Mais il n'est pas prêt.

Il n'a pas encore fait la connaissance de sa petite-fille. Il n'a pas serré une dernière fois sa fille et son gendre dans ses bras. Il n'a même pas arrosé les plantes de la serre depuis deux jours. S'il ne le fait pas ce soir, elles risquent de mourir. Depuis les spirales du temps, les paroles de Chanda Devi reviennent pour faire écho aux spirales de l'oreille interne de Girija Prasad. "C'est de la triche", dit-elle. Car quand c'est le moment, c'est le moment.

D'après le volume d'eau et la distance à laquelle l'océan s'est retiré, il estime qu'un tsunami devrait frapper la plage d'ici dix ou quinze minutes.

Ceci lui laisse deux options. Il pourrait retourner en courant au bord de la plage, se mettre à gravir le mont Harriet et grimper dans un arbre – un poste d'observation idéal. Ou bien il pourrait marcher droit vers la vague. Le sol plonge de façon abrupte comme une falaise tout près de la plage. Car combien de fois un homme a-t-il l'occasion de contempler le fond foisonnant d'un océan sans l'océan lui-même, même si cela ne sera jamais consigné nulle part ?

Cette alternative exige de courir. Et il n'est pas d'humeur à prendre une suée. C'est un instant à savourer, jusqu'à la moindre cellule, au moindre atome. Au large, le tsunami peut seulement se manifester sous la forme d'une ondulation hors du commun. C'est lorsqu'il arrive sur des plages comme celle-ci qu'il atteint le sommet de sa gloire : destructeur et spectaculaire.

Hésitant entre ses deux options, Girija Prasad se rend compte qu'il n'a qu'une solution. Il n'a pas le temps d'errer parmi les mollusques et les coraux désormais à l'air libre, distractions lyriques de la vérité qui est sur le point de s'abattre. Il n'a plus le temps de cligner des yeux, encore moins de faire demi-tour pour aller jeter un dernier coup d'œil à sa maison.

Une ligne s'étend d'un bout à l'autre de l'horizon. Pour ce qu'il en sait, elle dépasse les limites de l'horizon – on dit que les tsunamis font le tour de la terre pour revenir à leur crevasse d'origine.

Les oiseaux ont intensifié leurs cris. Ils se sont envolés, paniqués, semblables à des courants boueux annonçant une inondation.

L'eau frappe le plateau de l'île dans un silence absolu et écrasant. L'univers est peut-être né dans une explosion, mais les possibilités ont été conçues dans le silence. Avec le temps, tout disparaîtra. Les îles, leur civilisation, le corail, l'océan. Seul le silence restera.

Il se redresse. Girija Prasad marche bien droit alors que la vague approche. De près, le rouleau cesse d'être une simple forme. C'est le toit et le sol tout à la fois. C'est le ventre même de l'océan, cherchant une nouvelle vie à nourrir.

Une vie plus tôt, par une journée totalement différente de celle-ci, Girija Prasad avait perdu Chanda Devi. Il faisait une chaleur insupportable, quarante-deux degrés Celsius pour être précis. Il se trouvait tout seul dans quelque couloir inconnu, indépendant du reste de l'hôpital. Pourtant, l'odeur envahissante du sang l'emportait sur le reste.

Comme la chaleur et la souplesse de la peau de sa femme, déclarée morte.

La fenêtre devant lui encadrait un monde radicalement différent. Du vent attisait l'enfer, secouant les racines aériennes du banyan qui poussait à l'extérieur. Un perroquet solitaire montait la garde sur le rebord de la fenêtre. "Mme Perroquet a peut-être pondu des œufs dans la coiffe de l'infirmière", avait-il murmuré à Devi, emmaillotée dans ses bras. Pour l'amour de son bébé, il avait promis de ne pas s'effondrer. Depuis l'arrivée de Devi, il n'avait jamais pleuré.

Face à face avec un tsunami, il est distrait par une raideur juvénile. Il a une érection – qui forme un parfait angle droit avec ses jambes, pointant droit devant lui. Il rit. Ses yeux s'embuent. Girija Prasad Varma verse une larme.

Et puis l'eau l'emporte.

LIGNE DE FAILLE

Le matin où Platon est arrêté, la menace d'un cyclone plane dans l'air. L'eau s'est condensée sur les murs, coulant sur sa natte en paille, trempant son longyi sans cesse agité par le vent. Platon se réveille au moment qu'il préfère : une baisse inattendue de la température, un ciel chargé et l'odeur de la terre humide, mêlée à celle des agrumes et de l'encens.

Tandis qu'il se brosse les dents dans la cour envahie par la végétation, un ver de terre monte sur sa pantoufle, mou, souple, attendant les pluies avec la même impatience que Platon. Il l'asperge d'eau.

– Attends, lui dit-il en le repoussant. Attends encore un peu.

Plus tard dans la journée, il partage une table avec une inconnue devant un étal vendant du thé au bord de la route. Ils n'échangent pas un mot. Platon paraît préoccupé, il lit *L'Étranger* de Camus, ignorant le samossa et le thé posés sur la table comme si ce n'était pas lui qui les avait commandés. Les yeux de la fille se promènent sans but tandis qu'elle sifflote une mélodie, sans égard pour ce qui retient véritablement l'attention de Platon. Comme toutes les femmes birmanes, elle s'est enduit le visage de thanaka dans l'espoir de préserver la clarté de son teint. Même s'il n'est pas suffisamment près pour sentir son parfum de santal, Platon sait que la chimie particulière de sa peau l'a altéré. Il n'y a rien d'inhabituel dans ses vêtements ou son apparence. Elle porte un chemisier rose et un longyi assorti, avec une fleur de frangipanier piquée dans ses cheveux. Mais elle arbore également une montre et un pendentif en perle – signes, comme son vernis à ongles rose, qu'elle est une fille de la ville.

C'est la première fois que Platon entend une femme siffler. C'est pour lui un choc, car c'est contraire à l'idée qu'il se fait de ce qu'une femme est censée être. Elle tapote en rythme du bout des doigts, à mille lieues de ce qui se passe à table. Et après, se demande-t-il. Aura-t-elle l'audace de sortir une cigarette ?

Il y a chez elle quelque chose d'imprévisible, sa façon de siffler et de lui rester indifférente. L'aisance avec laquelle elle soulève les siècles de poussière recouvrant les piétons et les plantes, les meubles en teck vétustes, les clients qui attendent et les clients que l'on sert, tout entière absorbée par son rythme. Ce soir, il s'endormira en pensant à elle, même si elle ne remarque pas ses mains tremblantes bataillant pour maintenir son livre droit.

À l'université, les amis de Platon l'encouragent à approcher les objets de ses désirs. Il a toutes les qualités d'un prétendant digne de ce nom, lui assurent-ils – un sourire contagieux, une éloquence naturelle. Il a conscience que la beauté existe autour de lui. Mais il manque de courage.

Quelques heures plus tard, alors que Platon est seul dans la chambre qu'il partage, il est arrêté par une unité des services secrets militaires en civil. Il ne pose pas son livre avant qu'on lui passe les menottes. Il se demande si ses colocataires étaient au courant. Pour quelle autre raison seraient-ils absents du tableau ? Même s'ils ont été informés, Platon leur pardonne d'avoir pris leurs distances. Ils ont des parents, des frères et sœurs et des familles à prendre en considération. Contrairement à lui, qui est orphelin.

Tous les étudiants appartenant à la résistance clandestine sont rassemblés dans une camionnette qui quitte la ville avant minuit. Malgré les incertitudes et l'obscurité, Platon pense reconnaître la route. La camionnette traverse une étendue boueuse qui mène au monastère de la forêt que son grand-père fréquentait autrefois.

Cela le ramène à l'époque où il restait aux abords du monastère pour le contempler. Il était alors enfant, et s'inventait d'autres mondes pour expliquer celui-ci. La jungle était un endroit où régnaient les tigres, les crocodiles, les Nâgas

– des serpents-dragons – et les esprits tutélaires connus sous le nom de Nats. Il s'y sentait chez lui. Sa mère, une Nâga, avait pris forme humaine pour le mettre au monde. Son père, lui aussi un Nâga, était un serpent de mer. C'étaient eux qui provoquaient les tremblements de terre, les tourbillons et les cyclones lorsqu'ils rampaient dans leurs trous de serpent.

Le grand-père de Platon était mort deux ans plus tôt, huit mois après sa grand-mère. C'était une crise cardiaque qui avait emporté son aïeule mais il se demandait ce qui avait tué son grand-père. Était-ce la solitude? Ou l'ennui de vieillir?

Son propre père, lui avait-on dit, était mort avant sa naissance. Sa mère l'avait abandonné pour commencer une nouvelle vie avec un autre homme. Il était, pour ainsi dire, orphelin. N'ayant pas d'autres proches, il était entré dans un monastère. Il s'était rasé le crâne et avait tenté de méditer. Au bout d'une semaine, il s'était enfui. Il s'était inscrit à l'Université de Rangoon. Les orphelins, comprit-il, avaient besoin de relations humaines, de distractions ordinaires et d'excuses auxquelles se raccrocher. Pas du vide métaphysique mis en avant par un prince qui possédait tout – royaume, palais, parents, femme, enfants – et qui avait tout abandonné.

Il rejoignit le mouvement clandestin du campus. Inspiré par le communisme, il organisa trois grèves en deux ans. En tant que membre actif du syndicat étudiant, il écrivait, éditait et distribuait des pamphlets sous le pseudonyme de "Platon", un homme qui pensait que les véritables rois étaient les philosophes, pas les généraux de l'armée. Bientôt, il cessa complètement d'utiliser ou de répondre à son vrai nom. Ses parents, disait-il fièrement aux autres, étaient des rebelles communistes qui se cachaient dans les collines Shan. Elles impressionnaient les filles, ses origines révolutionnaires.

Alors que l'armée les conduit dans la jungle, Platon ne peut se départir de la sensation étrange qui l'habite. Le cyclone qui se prépare dans la mer d'Andaman s'est déplacé plus à l'ouest jusqu'à la côte indienne. La fille avec qui il avait partagé sa table est sortie de sa vie aussi négligemment qu'elle y était entrée. La lecture de *L'Étranger* demeurera inachevée. Le ver de terre qui était sur son pied ce matin a désormais un avantage sur lui. Il est libre.

Les soldats arrêtent la camionnette et leur ordonnent de marcher dans la végétation touffue. Platon est nerveux et excité. Dans tous ses rêves d'enfant, la jungle était l'endroit où il se sentait chez lui. À la faible lueur du clair de lune, les étudiants menottés trébuchent en traversant des ruisseaux et des fossés, en passant devant des lianes qui pendent comme des nœuds coulants vides. Ils plaisantent et chantent pour garder le moral, prient à voix basse.

Lorsqu'ils arrivent dans une clairière, les militaires demandent aux plus virulents de se mettre en ligne. Leur chef, un étudiant en médecine, est abattu à bout portant. Plus d'une vingtaine de personnes sont tuées cette nuit-là. Les quelques survivants doivent creuser un grand trou. On les oblige à y jeter les corps, plus lourds que ceux des vivants. Ensuite, on leur dit de sauter à l'intérieur.

Cela se passe si rapidement que Platon a du mal à y croire. Dans la fosse, le cadavre de son chef repose sur ses jambes, ses dents s'enfoncent dans son tibia. Écrasé par les morts, Platon sent s'installer la rigidité cadavérique.

Bien que les soldats ne l'aient pas touché, Platon saigne. Les sangsues préfèrent le sang chaud des vivants à celui des morts. Taché par le sang des autres, vidé du sien, Platon a une vision. Il voit une femme assise sur un sac de riz, qui prie en se balançant. Elle est dans une pagode et lui tourne le dos. Il sait qui c'est, même s'il ne l'a jamais rencontrée. Sa simple présence provoque en lui des tremblements. Des tremblements violents et incontrôlables qui le ramènent à la vie. Il sait que ce n'est pas terminé. C'est une histoire inachevée qui le gardera en vie.

Avant l'aube, les soldats sortent les vivants de la fosse. Ils sont emmenés à Rangoon pour être interrogés à la prison d'Insein. Platon est assis dans la camionnette, avec plus d'une quarantaine de sangsues pendues à son corps. Elles aspirent le sang de ses fesses, s'accrochent à ses lobes d'oreilles et à son cuir chevelu. Deux sangsues sucent le sang de son nombril.

La camionnette s'arrête un moment. Les officiers et les soldats descendent pour prendre leur petit-déjeuner. Un seul homme reste pour surveiller les prisonniers. Il semble avoir dans les vingt-cinq ans, un peu plus que Platon. Seul, le soldat ne peut supporter cette vue plus longtemps. Il allume un cigarillo et entreprend de décoller les sangsues du corps de Platon avec. Il frictionne les plaies ouvertes avec de l'eau parfumée au tabac. "L'odeur du tabac fait fuir tous les insectes à part les humains", plaisante-t-il. Il déchire des morceaux de journal et les colle sur les blessures de Platon pour tenter d'étancher le sang. Cela ne sert à rien. Le soldat a un sourire penaud chaque fois qu'un bout de journal trempé se détache.

Le soleil s'est levé, mais Platon est assis dans le noir. Tout ce que voient ses yeux, c'est l'ombre d'une conscience déclinante avant de s'évanouir.

Dix jours plus tard, il reçoit de la visite en prison. Son visiteur a dû soudoyer les gardiens pour entrer car seuls les membres de la famille, pas les connaissances, ont le droit de venir. C'est Thapa, un Gurkha avec qui Platon s'était lié d'amitié dans un salon de thé.

Ils mangeaient souvent ensemble, et passaient même parfois la journée entière tous les deux. Contrebandier à la petite semaine prospérant dans un régime corrompu, Thapa, s'avéra-t-il, était aussi seul que Platon. Platon lui parlait souvent de politique et de philosophie. N'ayant pas reçu d'éducation, Thapa lui donnait des leçons de commerce en échange. Il tenait l'étudiant au fait du prix des choses – ivoire, teck, jade, perles, ganja, armes à feu, même les femmes. Pour un certain prix, prétendait Thapa, il pouvait s'acheter une maison, une femme et le respect.

Lorsqu'ils étaient à court d'excuses pour discuter, ils se tenaient compagnie en silence. Ils se roulaient un joint et déambulaient dans les quartiers historiques de Rangoon, faisant des ricochets sur toutes les surfaces d'eau qu'ils pouvaient trouver. S'il avait existé une médaille olympique pour un tel sport, Thapa l'aurait remportée. Il était capable de faire glisser un galet sur l'eau à la manière d'un canard. Il attribuait cette compétence à son enfance. Il était né dans l'un des villages de montagne les plus pauvres du Népal, où il n'y avait ni électricité, ni école, ni route, ni bâtiment en béton. Seulement des cailloux et des galets en abondance.

– Tant qu'il y aura des cailloux, nous survivrons, disait-il souvent à Platon.

En prison, Platon lui demande la somme à verser pour porter une lettre clandestinement dans les Andaman. "Passer par la poste sera plus simple", dit Thapa. Mais Platon n'a pas d'adresse. Tout ce qu'il sait, c'est que sa mère vit avec un autre homme dans les îles, qu'elle s'appelle Rose Mary et que c'est une Karen originaire d'un village appelé Webi. "Ça veut dire cachée, pas perdue", explique Platon. C'est tout ce que sa grand-mère lui avait dit.

La nuit de son arrestation, il y avait une raison pour que les militaires le jettent vivant dans la fosse. Ils voulaient le faire craquer sans avoir à recourir aux rituels de torture élaborés. Ils avaient réussi. Allongé dans la fosse, secoué par les sanglots, Platon avait eu une vision de sa mère. Jamais auparavant elle n'était venue à lui avec une telle aspiration.

Une fois dans les Andaman, Thapa n'a aucune difficulté à retrouver Rose Mary, désormais connue sous le nom de Mary, dans un quartier de Port Blair. Dans les îles, les Karens forment une petite communauté. Entourée de mers hostiles, la capitale de l'archipel est l'endroit le plus reculé qu'ils aient atteint. Sur le marché animé, une femme karen la montre à Thapa alors qu'elle attend son tour devant le moulin à farine.

Son fils l'a envoyé la chercher, explique Thapa à Mary.

– Ce n'est pas un criminel, dit-il. C'est un étudiant qui a organisé des manifestations contre les dirigeants.

Des spectres blancs s'échappent de la meule et se déposent sur eux. Les larmes de Mary coulent comme des rivières sur cette couche blanche et se mélangent à la sueur de l'après-midi.

– Il est à l'université ? demande-t-elle.

– Il y était. Maintenant, il a abandonné les études pour enseigner. Il apprend aux autres à se révolter, où qu'il soit.

– Est-ce qu'il a des bonnes notes ?

– Je ne sais pas.

– Vous étudiez avec lui ?

– Non. Je suis à peine allé à l'école.

– Vous l'avez rencontré où ?

– Au lac Inle, en faisant des ricochets. Il a vu mon galet rebondir sur l'eau plus de cinq fois et m'a demandé de lui apprendre. Le truc, c'est de ne pas réfléchir, juste de viser. Mais votre fils ne peut pas s'arrêter de réfléchir.

Thapa aide Mary à prendre sa farine dans un récipient en cuivre. Il paie le meunier quand il voit qu'elle est partie sans le faire. Il la retrouve, en train d'errer dans le terrain vague qui borde le marché.

– Vous avez une bidi ? demande-t-elle à Thapa en s'asseyant sur un rocher. Il en allume une et la lui tend. Mary la fume en silence. Thapa scrute les fourrés alentour en quête de la légendaire scolopendre géante des îles. Il n'en a encore jamais vu.

– Il a été arrêté quand ? lui demande-t-elle avant d'écraser la bidi sous sa pantoufle.

– Il y a six mois.

Mary tente de se rappeler à quoi ressemblait son monde six mois plus tôt.

– Quel jour c'était ?

– Je ne m'en souviens pas, mais c'était au mois de juillet.

En juillet, Devi était là. Ses visites étaient les moments forts de la vie sur le mont Harriet. Comme les grains de blé au moulin, Mary est broyée par la culpabilité. Elle s'inquiétait pour l'appétit et le teint de Devi au moment où son fils se faisait arrêter.

– On est en quelle année ? demande-t-elle à Thapa.

– 1975.

– Il a quel âge ?

– Vingt-trois ans.

– Vingt-trois ans, répète-t-elle, affirmant la réalité de cet homme et de son fils. Il doit quitter la prison dès que possible et terminer ses études. Son père était pêcheur et sa mère est domestique. Aujourd'hui, les filles sont très difficiles. Elles veulent épouser des diplômés. Ma Devi aura son diplôme l'année prochaine, elle aussi. Je dis sans cesse à son père de lui trouver un mari après ça. Elle n'est pas facile. Il faut être prudent.

Mary se redresse, comme si elle venait subitement de se rappeler quelque chose. Thapa est sur le point de lui dire qu'il a payé le meunier quand elle l'interrompt.

– Vous vous appelez comment ?

– Sharan Thapa.

– Comment il s'appelle ?

– Platon.

– Ce n'est pas un nom bouddhiste.

– Il se fait appeler Platon.

– Ça ne peut pas être le nom de mon fils.

– C'est un drôle de nom, mais il lui plaît. C'est lui qui l'a choisi.

– Qu'est-ce que ça signifie ?

– C'est le nom d'un des pères de la philosophie.

– C'est quoi, la philosophie ?

– C'est l'art de penser, de penser et de ne rien faire.

– Ça me rappelle son père.

La dernière fois qu'elle l'avait vu, il n'avait que huit mois. Chaque jour nouveau, avait-elle espéré, le lui ramènerait. Chaque heure nouvelle, avait-elle espéré, lui dirait ce qu'il advenait de lui. Si elle avait su que cela prendrait autant de temps, elle aurait renoncé à la vie longtemps plus tôt. Mais comment aurait-elle pu, sans l'avoir jamais revu ?

Thapa regarde autour de lui. Il voudrait la consoler, mais il ne sait pas comment. Et puis il la voit, la bête aux cent pattes, plus grosse que toutes celles qu'il a vues dans sa vie. C'est la première fois qu'il aperçoit une scolopendre d'Andaman. Il pousse un cri aigu.

Mary l'attaque avec sa pantoufle. Elle l'attaque avec une telle férocité aveugle que cela le perturbe. Elle ne s'arrête pas, même une fois que les pattes griffues ont cessé de se tortiller, le corps de l'animal écrasé contre un rocher. Thapa ne sait pas qui est l'agresseur et qui est la victime.

Elle a tellement envie de croire cet inconnu que le désespoir l'a inondée d'un sentiment contraire. Elle s'effondre sous le poids de l'incrédulité.

– Vous me mentez… Ce sont mes frères qui vous ont envoyé ici pour me ramener au village. Ils veulent me punir parce que je me suis enfuie avec un homme, dit-elle.

Quatre jours plus tard, Mary part pour Rangoon avec Thapa.

Mary quitte l'archipel indien à bord d'une chaloupe. Des larmes, anciennes comme la vie et jeunes comme la pluie, poussent l'embarcation vers le delta de l'Irrawaddy jusqu'à un endroit où la rivière s'accroche à la mer à l'aide de ses neuf bras, créant des bancs de sable pour raffermir son emprise. Vingt-deux ans plus tôt, Mary avait abandonné un bébé de huit mois sur un banc de sable semblable.

En plus de Thapa et elle, la chaloupe comporte un moteur et trois passeurs, un luxe pour un voyage qui dure rarement plus de huit heures en pleine mer.

Ce sont les nomades de la mer qui contrôlent les eaux reliant les îles Andaman à la Birmanie. Traditionnellement, les nomades choisissent les passeurs qui empruntent cet itinéraire pour leur invulnérabilité émotionnelle. Un chant de marin glorifie le passeur capable de traverser cette étendue de mer – imperméable comme l'argile, flottable comme le caoutchouc, résistante comme l'or. Car une journée passée sur ces eaux agitées peut facilement sembler durer une vie entière lorsqu'on traverse la ligne de faille. Personne, pas même les nuages cycloniques et les courants de haute mer, ne peut échapper à l'attraction des éléments. On court le risque de tomber dans les profondeurs de la terre. Cette étendue de mer relie la Birmanie aux îles, comme un œil qui pleure est relié à chaque larme désavouée. Toute la douleur et assurément tous les désirs ne peuvent être balayés par l'océan Indien.

Jadis un continent fier, la Birmanie a été écrasée entre l'Inde et l'Asie. L'Inde l'a poussée au nord dans sa dérive, l'Asie l'a comprimée à l'est par défi. Un œil qui pleure est tout ce qui reste du visage, enfoui sous des décombres. Les contours aquilins de la Birmanie ont été sculptés en sommets et gorges invincibles. Son teint s'est dégradé pour se transformer en une jungle humide et un désert aride. Le désespoir était évident dans les plateaux vallonnés et les îles tropicales, rappel de la beauté d'autrefois. Des lignes de faille courent tout le long du pays, des côtes jusqu'au cœur – la plus grande sous la forme de l'impressionnante faille de l'Irrawaddy le long de l'épine dorsale de la Birmanie, laquelle relie les îles en dessous et l'Himalaya au-dessus. Si forte qu'ait pu être la pression, la Birmanie n'a jamais pu former un tout avec les masses qui l'entourent. Elle n'a pu que s'effriter.

La chaloupe proprement dite a été taillée dans un seul tronc. Elle ne se disloquera pas, même si c'est le cas de ce qui l'entoure. Elle ne coulera pas. Le bois flotté ne coule jamais. L'eau la fera peut-être tournoyer comme une plume dans un tourbillon, mais au bout du compte elle renoncera et la rejettera sur la grève.

Des années plus tard, cette chaloupe reposera, délabrée, sur un banc de sable naturel. Des racines d'arbre tordues, des coquilles abandonnées et des anguilles prises au piège dans des filets en plastique lui tiendront compagnie. À marée basse, des villageois désespérés iront démembrer son squelette pour en faire du bois à brûler. Ses os abandonnés seront remportés par la mer. Personne, à part un chien curieux, ne remarquera les formes gravées dans le bois. Les trous, les nœuds, les triangles et les lignes que Mary, des années plus tôt, avait imaginés être des montagnes, des tourbillons et des rivières.

Piégée à bord de la chaloupe, Mary sent ses larmes la ramener à son enfance, à l'époque où, à bout de nerfs, elle se tapait la tête contre le sol et frappait quiconque tentait de l'approcher. Personne ne pouvait comprendre la profondeur de sa douleur, encore moins l'extrême sentiment de trahison qui l'habitait. Elle était possédée par des fantômes affamés, prétendait sa grand-mère entre deux tentatives pour la faire manger. Plusieurs dizaines d'années s'étaient écoulées depuis. Elle avait cessé d'être une enfant le jour où elle s'était réconciliée avec la faim.

Sentant la folie la submerger, Mary s'apaise en se racontant une histoire, comme sa grand-mère le faisait à l'époque. Ce triangle à peine visible sur le bois, est-ce une montagne ou un toit de chaume ? Est-ce une cabane de pêcheur, comme celles que l'on construit sur la plage pour abriter les bateaux ? Ces cercles, s'agit-il de tourbillons, du soleil ou de la lune ? Se peut-il qu'il y ait plus d'un soleil ou d'une lune ? Se peut-il qu'il y ait plus d'un amant ?

Imbibé d'eau de mer, le bois de la chaloupe est suffisamment mou et tendre pour que Mary puisse y graver des formes avec ses ongles. Elle dessine un bateau stylisé, incurvé comme son ongle. Sous ce bateau symbolique, elle trace une mer symbolique. Elle dessine un cercle avec des membres autour. À l'intérieur, elle grave des petites taches, comme sur la carapace d'une tortue. Elle lui fait une tête, et deux fentes pour les yeux. Elle se souvient de ces yeux remplis de chagrin croisés il y a une vie de cela, lorsqu'elle avait préparé de la soupe de tortue pendant une semaine entière. Elle baptise son dessin la Tortue en deuil.

Quant aux lignes, elles pourraient être n'importe quoi. Elles pourraient être des serpents, des arbres, des traits représentant des rideaux de pluie ou des fantômes sans corps. Ce sont des esprits tourmentés qui cherchent à tourner la page.

Nullement découragée par le vent qui lui ébouriffe les cheveux, Mary retire sa barrette pour graver son monde imaginaire. Elle dessine des visages, des mains et des jambes autour des traits. Il y a désormais des humains dans le tableau. Un homme, une femme et un enfant fixent d'un regard vide depuis le bord de la chaloupe ceux qui sont assis à l'intérieur. Ou bien s'agit-il de trois arbres ? Ou de trois oiseaux ? Elle pense les reconnaître, mais elle n'en est pas sûre. La réalité se plie rarement à l'imagination.

Les silhouettes apaisent Mary en lui contant leur histoire, ainsi qu'elles le feront souvent.

– Debout!

Un officier pousse le corps prostré de Platon du bout de sa botte.

– Non, dit Platon. Je ne me lèverai pas.

Depuis une semaine entière, on force Platon et ses camarades à rester debout en plein soleil dans diverses positions. On les oblige à faire l'avion, en équilibre sur une jambe, les deux bras écartés comme des ailes. On les fait s'asseoir sur une moto invisible, pendant qu'on leur frappe sur les cuisses avec un bâton. On les oblige à tenir des positions de la danse traditionnelle semigwa. Ceux qui tombent, incapables de reprendre leur numéro dans ce cirque de torture, sont battus.

Jusque-là, Platon a échappé aux corrections. Mais il est certain que son tour viendra. C'est inévitable. On ne peut que le repousser ou le rapprocher. Les idéalistes appellent cela la liberté. Incapable de supporter l'angoisse d'une attente plus longue, Platon dit à l'officier:

– Peu importe que je reste assis ou debout, ou que je me mette à courir. Vous me battrez de toute façon.

Lorsque l'officier en a terminé avec lui, Platon ne tient plus sur ses jambes. Deux codétenus le soutiennent pour le remercier d'avoir mis l'officier tellement en colère qu'il en a oublié les autres.

Les paupières de Platon sont soudées par la douleur. Sa tête ploie sous le souvenir des bottes de l'officier. Il a le goût salé du sang dans la bouche. Il sent encore l'huile de coco enduisant les cheveux de l'officier et les noix de bétel qu'il postillonnait. Il entend encore le tic-tac des secondes. La main qui le giflait avait une montre au poignet, dégageant une odeur fétide, mélange de sueur et de métal – l'odeur âcre du temps en décomposition, dix ans pour être précis. Platon a été condamné à dix années de prison pour avoir participé à trois grèves.

Il partage une cellule d'à peine trois mètres sur quatre avec vingt-deux autres hommes. Seules quatre personnes peuvent s'allonger en même temps et deux ont sacrifié leur sommeil pour le laisser récupérer. L'urine s'évapore du pot de chambre dans la chaleur de la journée et se condense au plafond, avec la sueur et les crachats, pour retomber plus tard en une rosée apaisante.

Le soir, un homme essuie les gouttes de rosée du visage de Platon tout en tentant de lui faire avaler du riz. Entre le martèlement dans sa tête et ses paupières soudées, Platon n'arrive pas à le remettre. À l'odeur, ils sont tous pareils, étudiants et criminels.

– Oh, ils t'ont cassé les dents ! s'exclame l'homme au moment où Platon ouvre la bouche. Platon passe sa langue sur les arêtes coupantes.

– On dirait le capot de la voiture d'un ambassadeur, dit quelqu'un.

– Ou une coquille d'huître, intervient une autre voix.

Le sourire de Platon inspire de la poésie dans la cellule.

Lorsqu'il reprend conscience, il regrette d'avoir envoyé cette lettre à sa mère. Il n'a pas envie de la rencontrer dans cet état, plus laid que jamais.

La pagode Shwedagon est plus grande que tous les temples et toutes les églises que Mary a pu visiter. Elle est plus grande même qu'eux tous combinés. Depuis le centre du dôme, un tombeau s'élève dans chaque direction. Des centaines de bouddhas bénissent les huit coins du monde.

Mary tourne en rond, indécise. À peine un mois s'est écoulé depuis qu'elle a débarqué en Birmanie. Sans le savoir, elle est arrivée dans un village de pêcheurs du delta de l'Irrawaddy le jour où Platon s'est fait casser les dents. Thapa l'a installée chez une famille karen de Rangoon en attendant de savoir où se trouve Platon.

Vu de près, chaque bouddha est différent. Mille vies, mille visages, mille humeurs. Seul le Bouddha a le privilège d'être aussi multiple, alors que les créatures comme Mary sont forcées de s'accrocher à la seule chance qu'elles ont.

Mary repère une statue qui lui ressemble. Ce bouddha a un petit menton pointu et une mâchoire légèrement prognathe.

Au lieu d'un sourire, un froncement de sourcils désapprobateur se cache derrière son front placide. Mary le voit dans ses yeux. Elle est soulagée. Isolés les uns des autres par leur tristesse respective, tous les gens sourient dans ce pays. Sauf cette statue et elle.

Elle reste à côté du pilier, mal à l'aise. Où est sa place parmi cette mer de personnes assises en train de prier ?

Un vieil homme lève les yeux vers elle. Il pointe quelque chose du doigt. Elle est nerveuse. Elle suit son doigt jusqu'au pilier devant lequel elle se trouve. Il y a des coussins accrochés à un clou. Elle en prend un et s'assoit sur le bord. Les voix – vieilles, fermes, jeunes, tremblantes – psalmodient des incantations dans une langue étrangère. Certaines dominent puis, tour à tour, sont dominées par les autres.

Comme les autres, Mary est assise en tailleur. Ses reins la font encore souffrir après la traversée en chaloupe. Marcher jusqu'ici lui a écorché la plante des pieds. Son chemisier est brodé de fils de sueur. Il lui manque aussi quelques crochets.

Le soleil commence son ascension au-dessus de la flèche de la pagode. Bien qu'elle soit assise depuis près d'une demi-heure, Mary ne peut effacer de son esprit l'image du chat qui a croisé son chemin. Il tenait un pigeon dans sa gueule – le cou tordu et les plumes couvertes de sang.

Mary avait marché deux heures et demie pour arriver ici.

La route qui menait à la pagode ressemblait à celle de l'enfer. Elle partait des quartiers surpeuplés infestés de migrants où vivait Mary – des immeubles qui comptaient jusqu'à quatre étages. Seuls les scolopendres, les cafards et les serpents pouvaient vivre empilés de la sorte. La ville était plus sale que le marché de Port Blair. Mary avançait dans l'obscurité sans connaître la route avec des chiens pour seule compagnie. Elle passait dans des boulevards bordés de margousiers, de banyans et de gommiers plantés sur d'étroits terre-pleins. Au fond des impasses, ce n'était pas la peur mais la saleté qui l'attendait. La vue et la puanteur d'une saleté sans solution.

À l'aube, elle avait atteint le quartier de la pagode. Le chemin coupait à travers la cour du monastère et des marchés qui vendaient de tout, des noix de bétel aux œufs de caille en passant par des balais et des statues du Bouddha. Si seulement ils avaient pu vendre de la foi. Si seulement elle avait pu faire don de tous ses secrets aux moines, chauves et pieds nus, qui erraient avec leur bol, afin de pouvoir entrer vide à l'intérieur de la pagode.

Elle avait vu un homme qui vendait des mainates sur les marches monumentales conduisant à la pagode. En libérer un de cette cage à trois niveaux lui apporterait un bon karma, lui avait-on dit. Elle avait déjà entendu parler de cette pratique. Les oiseaux étaient entraînés à revenir vers leur propriétaire. Entraînés à goûter à la liberté le temps de leur vol. Dès que Mary avait eu l'oiseau dans les mains, elle l'avait laissé s'envoler. La petite chose tremblait entre ses paumes comme si elle avait été sur le point d'exploser.

Assise devant le Bouddha, Mary prie pour le pigeon et le mainate. Protège-les, psalmodie-t-elle. Protège-les. Protège-les.

Thapa était venu la veille au soir pour lui apporter des nouvelles. Platon était à l'isolement. Cela pouvait durer des jours. Cela pouvait durer des mois.

"Il n'existe qu'un endroit pour les gens seuls. Je m'y retrouverai peut-être plus tôt que prévu. Si je ne cède pas, ils me mettront à l'isolement", avait écrit Platon dans la lettre que Thapa avait remise à Mary au marché de Port Blair.

Elle ne savait pas si l'écriture était vraiment la sienne, celle de son fils. Depuis, elle la gardait dans son chemisier. La lettre avait commencé à se déchirer sur les bords, mais toutes les lignes demeuraient intactes. "J'ai grandi orphelin, élevé par mes grands-parents, avait-il écrit. Mon père s'était noyé en mer, d'après eux, et ma mère s'était enfuie avec un autre homme. Comme je dois être laid, me disais-je, pour que ma mère m'abandonne !"

Parmi le fredonnement étranger, Mary envisage de recourir aux seules prières qu'elle connaît – des versets de la Bible. Mais elle a l'esprit vide. Elle est venue ici, au tombeau le plus sacré du pays, afin de prier pour une chose tellement ordinaire que la plupart des mères la prennent pour acquise. Quand le moment viendra de le rencontrer, Mary a peur de ne pas le reconnaître. D'être devant lui et de passer sans le voir…

Le mois de mai 1926 resterait gravé dans l'histoire de la colonie karen des Andaman. Personne ne se rappellerait la date exacte, sauf qu'il faisait une chaleur suffocante le matin où Rose Mary vint au monde. Dernière d'une fratrie de neuf enfants, elle était également le premier bébé à naître dans les villages karens. Le pasteur proclama : "Elle a fait de cette colonie un foyer. Le Seigneur s'adresse à nous à travers la gloire de sa naissance."

Rose Mary, cet heureux présage, passa son enfance à travailler dans des fermes, à aller en classe dans la remise de l'église, à s'occuper des volailles, à faire le ménage et la lessive. Les Karens étaient aux avant-postes de la guerre contre la nature, et elle était une enfant-soldat.

Le père de Rose Mary l'emmenait lorsqu'il partait pêcher pour qu'elle ramasse les vers marins qui lui servaient d'appât. Il lui inculqua la patience, l'habileté et l'intuition nécessaires pour apprécier sa propre compagnie. Elle découvrit de bonne heure la façon la plus efficace d'occuper la solitude consentie à toutes les formes de vie. Elle commença par aller dans les marais à marée basse, où elle attrapait des gobies dans sa robe pour que sa mère les mette à macérer dans du vinaigre. Elle se coupa les cheveux pour éviter de se les accrocher dans les coquillages et les piquants lorsqu'elle plongeait pour aller ramasser des mollusques comestibles. Cela lui donnait le sentiment d'être utile, de rapporter des choses à manger chez elle. Lorsque son père ne parvenait pas à attraper des poissons plus gros, quand sa mère ne pouvait aller chercher de la nourriture et quand ses frères et sœurs couraient après la brise agréable, les gobies venaient à la rescousse. À l'âge de dix ans, Rose Mary avait commencé à voler la canne à pêche et les bidis de son père la nuit, pendant que tout le monde dormait. Avec pour seule compagnie des chauves-souris, des chouettes et le reflet ondoyant de la lune sur l'eau, Rose Mary attendait patiemment la légère traction au bout de son fil, fumant une bidi de temps à autre comme le faisait son père. À onze ans, elle avait attrapé son premier barracuda et appris à fumer sans tousser.

Malgré ses aptitudes prometteuses, Rose Mary ne pouvait pêcher que sur la grève. La haute mer et ses grosses prises étaient un territoire masculin. Elle ne pouvait que rêver de fendre les vagues à bord d'un khlee – une chaloupe – tout à elle et de planter son harpon dans un cœur de poisson plus gros que le sien.

Les mots lui donnaient la migraine, si bien qu'elle abandonna l'école pour se consacrer entièrement à la pêche et à la chasse. Quand les angles de son corps eurent commencé à s'adoucir, des scolopendres, signes avant-coureurs du malheur, l'avaient déjà piquée trois fois.

– Quand les animaux piquent ou mordent, ça fait mal, la consolait sa mère, alors que Rose Mary était assise, pliée en deux, les bras serrés autour de ses genoux pour traverser la tempête de douleur.

– Et les humains ? lui demanda la fillette. Qu'est-ce qui se passe quand ils mordent ?

– Ils ne mordent pas. Pas s'ils croient au Christ.

Les mots de sa mère l'avaient encore plus blessée que les scolopendres. Les serpents venimeux, les crocodiles qui pouvaient vous broyer les os et les lianes capables de vous étrangler, n'étaient-ils pas eux aussi des créatures de dieu ? Dans le baiser inconditionnel d'une sangsue, les ecchymoses couleur de nuit laissées sur sa peau par la jungle et les piquants d'un oursin, vivait la volonté d'un dieu très différent du Christ représenté sur le médaillon de sa mère. Un dieu dont les fidèles avaient la liberté de mordre et de blesser sans éprouver de culpabilité.

Comme la quantité de travail augmentait, la main-d'œuvre aussi. Afin d'alimenter l'entreprise consistant à transformer des forêts anarchiques en rondins sophistiqués, l'Empire fit venir par bateaux entiers des personnes sans emploi d'Inde et de Birmanie.

Rose Mary avait treize ans quand le jeune Birman arriva sur ses rivages, comme du bois flotté laissé par la marée. Le village était une famille florissante de membres non apparentés et de relations inavouées. Il leur faudrait presque un an pour se parler.

Avec cinq autres hommes, le Birman avait attrapé un mérou de la taille d'un être humain. Le poisson était trop lourd à soulever, ils l'avaient laissé traîner derrière le bateau dans son filet jusqu'à la côte. Comme les hommes victorieux remorquaient le géant jusqu'au village, la marche se transforma en procession. Les ivrognes criaient des slogans pour réclamer des salaires plus élevés et les femmes demandaient un festin pour toute la communauté. Âgé d'à peine dix-sept ans, le jeune Birman était devenu une célébrité locale.

Le mérou mesurait presque deux mètres de long et pesait plus de trois cents kilos. Exposé dans une remise en bois à la vue de tous, il était un mythe conjurant la médiocrité de leurs vies.

Rose Mary se fraya un passage jusqu'à l'avant de la foule pour le regarder de plus près. Il était difficile d'imaginer ce Goliath en train de fendre l'eau. Rose Mary l'imaginait plutôt couler au fond comme l'épave d'un navire. Ses yeux bleus opaques semblaient façonnés à partir de la couleur de la mer. Rose Mary imaginait le géant inspecter le fond de l'océan de ses yeux globuleux. Sans s'émouvoir. Sans se mouvoir. Son ventre arrivait à la taille de Rose Mary. Sa bouche était aussi large que son corps trapu, protégée par des lèvres charnues. Elle plongea son regard dans son ultime effort pour absorber de l'eau, qui révélait ses branchies ensanglantées. Elle leva la main pour le toucher. Ses doigts s'enfoncèrent dans son abdomen, de la texture et de la couleur de la mousse. Un faible tremblement parcourut le corps. Elle retira aussitôt sa main.

– Fais attention, dit le Birman. Tu tiendrais facilement dans sa bouche.

Rose Mary se sentit froissée. Non seulement elle n'avait pas le droit d'aller pêcher au large, mais même la chance semblait favoriser les hommes, en particulier des garçons étrangers sans qualifications qui n'avaient pratiqué la pêche que dans de simples étangs et rivières.

– Moi, j'arrive à porter ce que j'attrape, rétorqua-t-elle. Je n'ai pas besoin de tout le village pour le soulever.

– Si je me prenais dans ton filet, demanda-t-il, est-ce que tu me porterais aussi ?

– Je cuisine tout ce que j'attrape, répondit Rose Mary, se surprenant elle-même.

Les hommes vendirent le mérou à un Anglais de passage pour la somme formidable de vingt-cinq roupies. Le mois suivant, le Birman ne se rendit pas au travail et se noya dans le vin de palme. Mais c'était la faim, pas la soif, qu'il ressentait le plus vivement. Il rêvait d'un repas préparé spécialement pour lui. Il se moquait de savoir s'il serait préparé avec amour ou dégoût.

Un après-midi, il trouva Rose Mary en train de patauger parmi les coraux, seule.

– Attention, cria-t-il. Tu vas te couper les pieds.

Rose Mary continua de ramasser des algues dans son panier. Le jeune Birman s'assit sur la plage, bien décidé à lui parler même si elle ne lui répondait pas. L'après-midi, ainsi que le vin de palme, l'avait accablé. Il avait peur de s'évaporer comme de la sueur dans l'air sans que personne ne le remarque. Il marmonnait tout seul pour éviter de disparaître.

Rose Mary sortit de l'eau à pas lourds dans des bottes faites pour la jungle et trop grandes pour elle. Le Birman fut impressionné.

– Tu les as trouvées où ? demanda-t-il. Tu les as volées à un sahib anglais ?

– Je ne vole pas les morts.

Il rit.

La plage était longue, et Rose Mary se demanda pourquoi elle avait choisi de marcher dans la direction du garçon alors qu'ils étaient entourés d'étendues sauvages. Elle remonta son longyi et retira ses bottes. Elle s'essuya les jambes de ses mains nues, sans remarquer le regard du jeune homme, plus vif que celui du soleil. Elle entreprit de trier les algues.

– Tu sais ce que j'ai trouvé quand j'ai ouvert ce mérou ?

– Non.

– Dans son ventre…

Le Birman la regarda, cherchant un moyen de tout arrêter – les vagues qui approchaient, sa conscience qui s'estompait et les doigts industrieux de la fille qui se faufilaient entre les algues.

– Dans son ventre, j'ai trouvé une pieuvre…

Rose Mary se tourna vers lui tandis que ses mains poursuivaient leur tâche.

– … qui tenait un crabe dans ses tentacules.

Elle s'interrompit pour réfléchir. Encouragé par la vue de ses mains immobiles, le Birman se redressa.

– Comment c'est possible ? demanda-t-elle.

Rose Mary vit les yeux du garçon se remplir de larmes. Ils étaient aussi globuleux que ceux du mérou. Mais au lieu d'être de la couleur des profondeurs, ses yeux ressemblaient à un éclair rouge. Le vent avait tourné, lui apportant son odeur de noix de coco pourrie.

– Je ne sais pas comment c'est possible, répondit-il. Mais j'ai peur de finir moi aussi dans le ventre de quelqu'un.

Elle sourit et retourna à son panier.

– Tu sais comment chassent les mérous ?

– Non.

– Ils aspirent leurs proies avec leurs lèvres. Ils n'ont pas de dents.

– Alors comment ils arrivent à mâcher ?

– Ils ne mâchent pas. Ils avalent tout rond.

Le mérou ressemblait donc à sa grand-mère. Cette idée fit rire Rose Mary.

– Tu ne me crois pas ?
– Non.
– Le mérou aspire tellement fort que, lorsqu'il prend de l'eau avec ses branchies, ça crée un petit tourbillon à la surface. Je l'ai vu de mes propres yeux. C'est comme ça qu'on l'a suivi.
Cette nuit-là, Rose Mary rêva qu'elle se faisait aspirer par un tourbillon.

Deux mois plus tard, quand le Birman demanda aux parents de Rose Mary la permission de l'épouser, ceux-ci refusèrent. Les raisons étaient évidentes. Non seulement il appartenait à ces fainéants de bouddhistes sans scrupules et désargentés, mais il n'avait pour ainsi dire aucune famille dans les îles.

Ils s'enfuirent donc pour se marier dans un village voisin appelé Webi. Elle n'avait que quatorze ans. Trop jeune pour avoir connu l'amour ou le désir, se dirait-elle plus tard. En fait, elle fut horrifiée en le voyant nu pour la première fois. Sous leurs vêtements, il n'y avait aucune différence entre les chiens, les éléphants, les chevaux et les hommes.

Elle n'avait pas été malheureuse chez ses parents. Elle avait arrêté l'école après sa cinquième année de primaire et passait tout son temps à pêcher. Première enfant née dans les Andaman, elle tenait également une place particulière dans le cœur du pasteur, l'homme le plus influent des Karens.

Vus à travers les yeux d'une femme vieillissante, les actes de cette adolescente de quatorze ans n'avaient aucun sens, contrairement à la logique qui caractérisait son habitude de tuer les scolopendres. Dès qu'elle en voyait une, elle l'attaquait. Elle s'écartait de son chemin pour les tuer, les débusquait, se mettant elle-même en danger. Au fil de ses tentatives, elle s'était même fait mordre. Qu'est-ce qui la poussait à les tuer sans aucune discrimination ? Assurément, ce n'était pas la peur. La peur poussait les gens à s'éloigner des scolopendres, pas à s'en rapprocher.

La vengeance, comprit-elle sur ses vieux jours, était une chose redoutable.

Le couple de fugitifs trouva un bout de terre sauvage à cultiver. Pour s'abriter, ils construisirent une cabane sur pilotis couverte d'un toit de chaume. Le Birman cherchait des petits boulots et Rose Mary s'occupait de la ferme.

En 1942, il y eut un tremblement de terre. Si puissant que la poussière soulevée transforma le jour en nuit. Lorsque la poussière retomba, les Japonais avaient remplacé les dirigeants britanniques. Tant que les gens du coin construisaient et cultivaient pour les impérialistes, on les laissait tranquilles. Mais quand un cyclone vint détruire les récoltes, l'enfer se déchaîna. Comme les éléphants, les Japonais se nourrissaient de verdure – un régime à base de patates douces, de poissons-chats et d'escargots les constipait. Tous les hommes se virent donc obligés de travailler aux champs pour intensifier les cultures. Tandis que les Karens étaient laissés en paix, les Birmans étaient persécutés après qu'un groupe eut été pris en train de voler des denrées dans l'entrepôt. Les moins que rien comme le mari de Rose Mary étaient emmenés pour être battus au rythme de slogans impériaux. On leur demandait de les répéter. S'ils n'y parvenaient pas, on les battait à nouveau.

L'île semblait se refermer sur le Birman. Il cessa de travailler et se mit à boire, enfermé chez lui. Un soir, il exigea d'avoir du poisson-chat à dîner. Lorsqu'il ne trouva pas de nappi – des pickles – dans son assiette, il frappa Rose Mary.

Elle en resta abasourdie. Le fait que les hommes battent les femmes n'était pas une surprise pour elle. La valeur d'un homme, disait souvent sa grand-mère, se mesurait à son habileté à chasser, construire un toit et battre sa femme. Tôt ou tard, Rose Mary s'attendait à recevoir une gifle ou un coup de pied. Ce qui la choqua fut la force de son mari. D'où pouvait-elle venir, se demanda-t-elle, chez cet homme apathique qui passait ses journées en état d'ébriété ?

Chaque fois qu'il la battait, il laissait derrière lui quelque chose de nouveau sur sa peau. Une marque de dents sous sa clavicule, semblable à une rangée de perles mal placée. Une ecchymose sur sa lèvre, posée là de façon esthétique à la manière d'une fleur. Des griffures sur sa joue et dans son cou, comme si elle s'était fait égratigner par une branche de palmier. Et les slogans japonais – les seuls moments où il lui parlait dans cette langue, c'était quand il la battait, hurlant des slogans impériaux.

Un matin, alors qu'elle faisait la queue pour remettre des denrées à l'armée japonaise, la femme qui attendait devant elle remarqua les griffures dans son cou.

– Est-ce que ton mari te bat ? demanda-t-elle.

Rose Mary hocha la tête.

– Le mien aussi.

– Je croyais qu'il n'y avait que les Birmans qui faisaient ça. Vous êtes indienne.

– Tous les hommes le font. Les Anglais, les Indiens, les Birmans, les Siamois, même ces Japonais.

– Et ceux qui vivent nus ?

Rose Mary s'interrogeait sur les tribus indigènes des îles.

– Non. Battre une femme est un signe de civilisation, comme porter des vêtements.

Rose Mary médita là-dessus en faisant la queue. Elle demanda :

– Est-ce que votre mari crie en japonais quand il vous frappe ?

La femme rit.

– Non, répondit-elle. C'est un combattant de la liberté. Il m'insulte en hindi.

Rose Mary sourit. Les mots japonais du Birman étaient si clairs et si répétitifs qu'elle les avait appris aussi. *Hakko Ichiu. Hakko ! Ichiu !* Les sons étaient vivants dans sa tête. Ils marquaient le rythme de ses coups. Sans eux, la raclée semblait incomplète. En patientant dans la queue, Rose Mary psalmodiait ces mots à la manière d'une comptine.

Lorsque son tour arriva, elle posa avec hésitation une papaye et un chou sur la table de l'officier. C'était tout ce qu'ils avaient à donner. Il leva les yeux vers Rose Mary.

En l'absence d'une langue commune, il pouvait seulement manifester son mécontentement en fronçant les sourcils.

Elle eut peur.

– *Hakko Ichiu*, murmura-t-elle. Les seuls mots de japonais qu'elle connaissait. Huit coins sous un même toit.

L'officier sourit.

Un soir, le Birman gisait, inconscient, sur les marches de bambou qui menaient chez eux. Il avait sifflé du vin de palme pendant trois jours entiers, jusqu'à ce qu'il n'ait même plus la force de sortir ou d'entrer. Il gisait sur les marches telle une offrande aux seigneurs de la nuit – les moustiques.

Rose Mary tenta de le réveiller. Comme il ne réagissait pas, elle s'assit à côté de lui. Un visage tellement innocent, se dit-elle en admirant ses traits. Un jour, elle espérait avoir un fils qui lui ressemble. Elle posa sa tête à côté de la sienne. Elle joua avec sa barbe naissante, récemment apparue sur ses joues. Elle prit une longue mèche de ses cheveux pour lui chatouiller les narines. Il ne bougea pas. Non seulement son haleine mais ses vêtements empestaient le vin de palme. Elle resta assise là, à en inhaler les vapeurs. Elle lui pinça malicieusement la joue.

Puis elle le gifla. Le Birman ouvrit brièvement les yeux mais replongea dans l'inconscience tout aussi rapidement. Étrange, songea Rose Mary. Malgré la force de la gifle, une légère rougeur était tout ce qu'il en restait. Avec quelle force fallait-il frapper quelqu'un pour laisser une ecchymose ? Elle lui donna un coup de poing dans la figure pour le découvrir. Le Birman redressa la tête, désorienté par la douleur. Rose Mary la repoussa par terre. Elle lui tapota le crâne.

– Reviens, ô âme errante, lui chanta-t-elle, comme les mères karens chantaient aux bébés qui pleuraient.

Deux ans après leur emprisonnement, les étudiants entament une grève de la faim pour se faire exempter des travaux forcés. Ce sont des prisonniers politiques, pas des criminels ordinaires. Platon n'a rien mangé depuis cinq jours. Il est le dernier à tenir, buvant sa propre urine pour survivre. L'officier de la prison prétend qu'il est devenu fou. Les autres étudiants n'osent pas l'imiter, de peur qu'il ne se mette ensuite à modeler des figurines dans ses excréments.

Le soir du cinquième jour, les autorités entrent dans sa cellule surpeuplée. Les gardiens enveloppent Platon dans une couverture et l'emmènent. Il ne résiste pas. Ses membres, comme son torse, sont devenus purement décoratifs. Les soldats maintiennent une serviette imbibée de sang contre le visage de Platon pendant tout le processus, même lorsqu'ils lui retirent son longyi et sa chemise. Allongé nu sur le sol en béton, il frissonne et transpire abondamment. Des mains saisissent doucement ses menottes. Elles entortillent un long bout de fil électrique autour du métal avant de lui percer les poignets avec l'extrémité dénudée. Elles font la même chose avec ses chevilles, son front et ses testicules. L'hésitation des doigts est palpable, comme les murmures forcés qui l'entourent.

À chaque pic du courant, il fait l'expérience de la vie et de la mort sous la forme d'un spasme involontaire. Il ne gardera aucun souvenir de la façon exagérée dont son corps tressaute et est propulsé sur le sol, de la flaque d'urine et de merde qui l'entoure, ni du filet de bave qui lui coule sur les joues.

Tout ce dont il se souviendra, c'est d'une voix. Un cri perçant si fort et si diabolique qu'il le tire de son inconscience. Un cri caverneux. Dans le délire de la torture, Platon attribue ces cris à un cochon qu'on égorge tout près de là.

Portant une assiette de riz pas assez cuit, un gardien ouvre la porte de la cellule de Platon. Lorsque la puanteur lui parvient, il hurle :

– Même les cochons sentent meilleur que ça.

Il laisse l'assiette et ressort en courant.

Platon est en colère chaque fois qu'il est pris de colique car sa main gauche, celle qu'il utilise pour s'essuyer, ne lui obéit plus. Paralysé par la douleur lancinante qui lui saisit l'entrejambe, il se pisse souvent dessus. Il est surpris de voir l'homme détaler comme une souris. Cela le fait rire. Ce n'est pas la première fois que la junte le compare à un cochon. Pendant sa grève de la faim, un officier lui avait dit que la mort d'un cochon nécessitait plus de paperasse que la mort d'un prisonnier politique. Le général s'intéressait plus à la volaille et au bétail qu'au bien-être des étudiants ivres d'idéologies étrangères.

Et si, se demande Platon, l'homme revenait pour récupérer l'assiette vide et qu'il trouvait un cochon à l'intérieur de la cellule ? Un cochon pure race bien rose avec une queue parfaitement tire-bouchonnée, en train de se prélasser dans la puanteur en compagnie de sa propre merde. Quelle serait sa réaction ? Se précipiterait-il vers son supérieur en criant : “Je vous jure que je ne sais pas ce qui s'est passé mais le prisonnier s'est transformé en cochon” ? Seraient-ils alors obligés de s'occuper de lui ? S'il mourait, le général ouvrirait-il une enquête pour élucider la cause de sa mort ?

Au bout de deux semaines passées à l'isolement, Platon effleure les croûtes de ses brûlures sur son corps du bout des doigts. Sur sa poitrine, son cuir chevelu, ses genoux, ses testicules, ses chevilles et ses omoplates, des hiéroglyphes permanents créés par le fil électrique sous tension.

Son horloge s'est arrêtée au moment où il est entré dans la prison. Il n'obtiendra jamais son diplôme. La fille a cessé de siffler au milieu de sa chanson. Le livre emprunté a été refermé à la page quarante-neuf. Le ver de terre sur sa pantoufle est mort après s'être ratatiné. Et sa mère a froissé la lettre après en avoir lu seulement la moitié.

C'est ça la mort, se dit-il. Un moment isolé de tout et de tout le monde. Un moment magnifié et distordu au-delà de tout entendement. Un moment dénué de toute possibilité. Un moment calcifié. Telle une coquille abandonnée par un mollusque, ce moment résonne de réverbérations et d'échos. Pas de vie.

Platon se met à quatre pattes et grogne comme un cochon. Il rit. Son rire couvre le bourdonnement des insectes. Il est si fort qu'il déchire les toiles d'araignée. Il absorbe le vide. Il rebondit sur les murs froids et le fauche à la manière d'une lame de fond. À quatre pattes, Platon est saisi par une envie folle. Il bêle comme une chèvre et bâille comme un buffle. Il rugit comme un tigre et siffle comme un serpent. Il crépite comme une pluie diluvienne et tressaute comme un poisson hors de l'eau. Il se redresse comme une fleur qui s'épanouit et s'écrase contre les murs comme un coq en cage. À travers ces sons, ces gestes et ces mouvements, il s'accroche de façon précaire au monde extérieur qui lui échappe.

Il rampe dans un coin et s'assoit, le dos appuyé contre le mur qui pleure des gouttes d'humidité. Il se remet à rire. La junte lui a montré ce que les moines du monastère n'avaient pas réussi à lui faire comprendre. Un courant, c'est tout ce qu'il est. Qui traverse différents corps et différentes vies.

Un gardien de prison est entré dans la cellule de Platon. Les ordres sont assez simples, de sorte que Platon ne comprend pas pourquoi l'homme s'évertue à les répéter, détruisant le silence. Le silence est difficile à obtenir. Parfois, Platon souhaite que son cœur s'arrête de battre pour que son corps cesse de l'élancer et sa poitrine de se soulever. Le silence alors serait absolu.

Le gardien lui ordonne de quitter sa cellule. Mais Platon ne se lève pas. Il ne peut pas encore quitter son coin. Il n'a tué que trente-huit moustiques depuis son réveil. D'après ses calculs, il doit en tuer au moins quatre-vingts par jour pour réduire leur taux de reproduction. Même quatre moustiques volant dans la cellule de Platon sont une protestation. Dix, une émeute. Cent, une rébellion. Quelqu'un doit les faire taire. Tous jusqu'au dernier.

Le gardien reste là, lui-même semblable à un insecte ailé, agaçant le lobe de Platon, le détournant de ses nobles préoccupations. Puis il le relève par les aisselles et le traîne à l'extérieur.

Le soleil frappe les yeux de Platon. Ces deux derniers mois, il a survécu en lisant l'obscurité à la manière du braille. En distinguant le contreplaqué au-dessus du ventilateur, les briques qui constituaient le mur et les toiles d'araignée au plafond des autres réalités de son confinement.

Sa peau pâle le démange sous la lumière. De la peau morte, qui a colonisé l'ensemble de son cuir chevelu et de son corps comme du permafrost, tombe à chacun de ses mouvements. Platon ne se souvient pas de la dernière fois qu'il s'est lavé. Il n'a aucun souvenir de s'être brossé les dents, peigné, coupé les ongles, rasé ou d'avoir utilisé du savon. Son esprit est vide.

En pénétrant dans la cour, il est assailli par les cris infernaux des oiseaux, des conversations sans visage, les bruits de travaux de menuiserie et les grognements menaçants des chiens. L'extérieur est une caricature vulgaire de l'image tendre à laquelle il s'était accroché. Devant lui se dresse un flamboyant en fleur. Les rouges, orange, jaunes et verts vifs embrasent sa vision. Platon se couvre les yeux par réflexe.

Entouré de ténèbres, Platon s'était accroché aux couleurs. Il rêvait en couleurs. Il leur parlait. Il vivait à l'intérieur d'elles. Ses rêves étaient souvent rouges. Il nageait dans une mer rouge, battant des pieds, pédalant, battant des bras, seulement pour sombrer plus profondément. Parfois, il griffait la couleur et la couleur lui rendait son coup de griffe. D'autres fois, le rouge était une sensation de chaleur. Il portait Platon dans son ventre. Contrairement au flamboyant. Aux chiens qui aboyaient. Aux coups de marteau qui le persécutaient. Et au parfum familier du padouk doré qui inondait la brise.

Jamais Platon n'a considéré un matin d'avril comme une agression. Comment cela est-il possible ? Aussitôt, il saisit cette idée à la gorge. Dans la lucidité de l'isolement, il avait cessé de classer ses idées en amies et en ennemies. Ce qui promettait la folie abritait aussi le calme de l'illumination. Il avait supprimé tous les souvenirs, désirs et aversions qui auraient pu l'égarer dans le dédale du temps, le piéger dans le passé ou l'avenir. Pourtant, il sait que Thingyan, la fête de l'eau, ne va pas tarder. Car les minuscules fleurs jaunes du padouk doré se sont ouvertes, signe de la première pluie d'été.

Platon est sorti de l'isolement au mois d'avril. Il y retournera deux fois de plus, la première pour être en possession d'un dictionnaire anglais, la seconde pour avoir inventé un code secret destiné à communiquer à travers les murs. Chaque fois, cette certitude le laisse pantois – on peut oublier son propre nom, mais on ne peut oublier les saisons.

Il fait une halte dans la cour. Il contemple chaque branche du flamboyant, les fleurs serrées les unes contre les autres, les feuilles, les corbeaux. Il ferme les yeux pour inhaler les parfums.

Le gardien lui tape sur l'épaule. Il lui montre les chauves-souris suspendues aux branches, inhumées dans leurs ailes. Qui bâillent. Se grattent. Rêvent en échos et en murmures.

Les deux hommes sourient en se tenant sous l'arbre.

Mon cher fils,

Merci pour ta lettre. Ton aimable ami, Thapa, m'a amenée avec lui en Birmanie. Chaque jour je prie pour ta sécurité et ta libération. À ce jour, je travaille comme domestique pour une famille indienne dans le quartier de Bahan à Rangoon.

Thapa examine la lettre, accroupi en face de Mary sur la dernière volée de marches. C'est le seul endroit jouissant d'un peu d'intimité dans son immeuble surpeuplé qui empeste les paumes moites, les murs moisis et les conversations clandestines. Elle s'accroche à la rampe, de peur que la réalité ne cède.

– C'est vous qui avez écrit ça ? demande Thapa.

– Non, répond-elle. Je ne lis que le birman. J'ai demandé à ma propriétaire de l'écrire.

Depuis deux ans, personne n'est venu voir Platon à la prison d'Insein. Les officiels autorisent uniquement les visites de la famille, et Platon n'en a pas. Mary est une Karen originaire d'Inde. Les Karens sont les insurgés historiques du pays, et l'Inde un mégaphone pour la démocratie. S'ils découvrent les origines de sa mère, Platon pourrait être accusé à tort d'être un espion et pendu sur-le-champ.

Mais, hier, Thapa a appris que Platon avait été transféré à Sagaing, la ville monastique près de Mandalay. Platon avait passé six mois à l'isolement, et la solitude n'avait fait que renforcer ses prédispositions d'agitateur. Las des grèves de la faim et des exigences, les officiels l'avaient envoyé loin de sa clique.

La prison de Khamti, dans la région de Sagaing, est petite, et il est facile d'y pénétrer en versant quelques pots-de-vin. Thapa prévoit d'aller voir son ami lui-même.

Il est venu chercher la réponse de Mary à la lettre de son fils. Est-ce là tout ce qu'elle veut lui dire ?

– Daw Mary, dit-il. La junte vénère peut-être le Bouddha, mais les militaires ne sont ni non violents ni compatissants.

Mary hoche la tête comme si elle comprenait.

– Il finira par sortir, dit-elle.

– On l'ignore.

– Il sera libéré, réplique-t-elle. J'ai prié pour qu'il vive longtemps et en bonne santé depuis qu'il grandissait dans mon ventre. Il ne peut en être autrement.

Alors, pourquoi l'avez-vous abandonné, a envie de demander Thapa. Au lieu de quoi il détourne les yeux, regarde un mur. Celui-ci est d'un gris boueux et bleu pâle par endroits, la peinture s'écaillant pour révéler d'autres teintes en dessous – un blanc terne qui s'efface pour laisser apparaître des briques et du mortier. Comme le mortier, Thapa se sent à nu. Ses pensées sont suffisamment évidentes pour que Mary en éprouve de la honte.

Si j'avais le courage de te dire la vérité, je le ferais, hurle Mary en silence, au plus profond d'elle. Je n'ai même pas la force de mentir. Je suis muette.

– Moi aussi j'ai eu un fils, confesse Thapa. Fut un temps où moi aussi j'avais une femme. Comme vous, ma voix est réduite au silence. Comme vous, je sombre chaque jour.

Mais tu n'es pas un meurtrier.

Terrifié par ce que le silence insinue, Thapa demande :

– Vous avez mangé ?

– Non, répond-elle. Ma faim est morte il y a des années.

Les Britanniques et les Japonais avaient quitté les îles. Les dirigeants indiens avaient introduit quelque chose de nouveau dans l'archipel. Quelque chose qui prospérait depuis des siècles sur le continent et qui symbolisait la nouvelle république d'une façon dont même le drapeau tricolore était incapable. La pauvreté.

Les îles débordaient de réfugiés venus du Pakistan oriental, de l'autre côté du golfe du Bengale. Des gens affluaient chaque jour. Sans gagne-pain sur lequel compter, et sans pouvoir colonial ni cyclone à blâmer, la pauvreté se répandit impunément à la manière d'une mauvaise herbe.

Rose Mary était enceinte de sept mois. Elle travaillait à la ferme, vendait ce dont elle pouvait se passer et nourrissait son ventre de plus en plus gros. En attendant, le Birman buvait. Une fois de temps en temps, il rapportait quelque chose à manger. Des mangues, du poisson, de la volaille, des ananas. Pour tout cela, elle le remerciait.

Puis le Birman disparut pendant trois jours entiers. Fatigué de rester à la maison, il était allé pêcher sur la côte. Il rentra chez lui un matin, avec un sac sur le dos. À l'intérieur se trouvait une tortue, encore vivante et pesant plus de vingt kilos. C'était la première quantité de viande non négligeable qu'il rapportait depuis un mois.

Rose Mary était enchantée. Un animal aussi gros leur durerait une quinzaine de jours, s'ils faisaient attention. Elle emprunta un seau en métal assez gros pour accueillir la tortue et le posa dans un coin. Elle commença par lui couper les pattes, n'en consommant qu'une par jour. Elle mettait un point d'honneur à nourrir la tortue et à soigner ses blessures. C'était la seule façon de garder la viande fraîche.

Un matin, alors qu'elle vidait le seau plein de sang pour le remplir avec de l'eau claire, Rose Mary fit l'erreur de regarder la tête de la tortue. Il y avait des larmes dans ses yeux.

Cet après-midi-là, elle tua la tortue. Sa chair fut consommée en dix jours seulement. Il ne resta plus que ses os, laissés à l'air libre pour finir de sécher.

Tandis que son huitième mois approchait, Rose Mary ressentait la faim avec une telle intensité qu'elle en avait des vertiges. Sa colonne vertébrale parvenait à peine à supporter le poids de l'enfant affamé. Un matin, désespérée, elle prit les os de la tortue et les broya pour en faire une pâte. Elle la cuisina avec des tomates et la mangea.

Comme elle traînait son corps bancal à travers la ferme, le soleil lui déclencha un mal de tête. Elle s'assit dans un coin de sa chambre, tenant son front comme une bombe sur le point d'exploser.

Lorsque le Birman rentra ce soir-là, il ne remarqua pas que quelque chose clochait. La cuisine était sens dessus dessous. La chambre n'était pas rangée et les hamacs pas dépliés. Sa femme, d'ordinaire une véritable tornade d'activité, était accroupie dans un coin, agrippant différentes parties de son corps comme si celles-ci étaient sur le point de se détacher.

Dans le délire induit par le vin de palme, rien de tout cela n'avait d'importance. Le Birman, arborant un large sourire, jeta son sac de toile à l'entrée et entra à pas exagérés.

Rose Mary ne leva pas les yeux et ne lui dit pas bonsoir.

– Femme, sers à manger à ton travailleur de mari, dit-il.

– Il n'y a rien.

– Mais j'ai faim. J'ai travaillé dur aujourd'hui.

– Alors, fais-toi à manger.

Le Birman s'arrêta de déambuler dans la pièce. En six ans de mariage, sa femme lui avait toujours servi ses repas. Peu importait qu'il n'y ait eu que du gruau ou de l'ananas.

– Sers-moi, exigea-t-il.

– Non.

Telle une danse folklorique dont ils auraient tous deux connu les pas, la raclée commença. Il la gifla. Elle écarta sa tête. C'était le signe qu'il devait monter en intensité, si bien qu'il se mit à lui donner des coups de pied.

Rose Mary était engourdie par la douleur. Celle-ci commençait dans son ventre et se diffusait dans sa vessie, sa colonne vertébrale, ses jambes.

– Ne frappe pas ton enfant, dit-elle.

– Ne dis pas à un père comment traiter son enfant. À moins que ça ne soit pas le mien.

Le Birman eut honte de traiter sa femme de traînée. Cela le mit en colère. Si bien qu'il le dit tout haut.

– Sale traînée, hurla-t-il.

Il lui asséna un coup de pied au niveau de la taille. Le bébé lui en donna un dans le ventre. Incapable de supporter la douleur, Rose Mary tendit le bras pour attraper le pilon à riz qui traînait à proximité. Elle avait gravé dessus des images de poissons et de grenouilles et ses doigts en connaissaient chaque creux et sillon comme ils connaissaient le corps de son mari.

Le Birman leva le pied pour la frapper à nouveau. Elle lui donna un coup de pilon dans la cheville.

Il tomba, démon dansant de ce spectacle. Il se tortilla sous l'effet de la douleur. Victorieuse, Rose Mary se releva. Elle alla dans sa cuisine de fortune et passa ses armes en revue. Elle retourna vers son mari, s'accroupit au-dessus de lui et lui trancha la jugulaire, la veine qu'elle tranchait pour égorger les cochons, les volailles et les chiens.

La raclée s'arrêta. Le rythme s'arrêta. Le temps s'arrêta.

Rose Mary regarda le sang s'écouler du corps de son mari. Elle s'allongea près de lui et prit son visage dans ses mains. Elle vit ses yeux virer au blanc. Avec lui elle lutta, trembla, puis succomba. Lentement, le tremblement fit place à une faible chaleur. Elle compta ses derniers souffles, quatre inspirations rapides et superficielles.

Tous trois – le mari, la femme et l'enfant qui était dans son ventre – passèrent la nuit dans le sang du Birman.

À l'aube, Rose Mary lava le sang qui tachait son corps et le sol. Elle couvrit le Birman avec deux draps. Avant de quitter la maison, elle remarqua un sac à côté de la porte. Le Birman avait dû le laisser là. Il contenait sept têtes d'anguille. Les consommer promettait un accouchement plus facile.

Toujours aux prises avec son mal de tête, Rose Mary marcha pendant des heures pour se rendre à Spit Nest, son village natal. Elle trouva le pasteur et lui demanda d'interrompre ce qu'il faisait pour discuter avec elle, seul. Elle avait une confession à faire. Troublé par l'état dans lequel elle se trouvait, il s'exécuta.

– Toutes les femmes rêvent de tuer leur mari de temps en temps, mon enfant, mais il ne faut pas confondre cela avec la réalité, lui dit le pasteur. Il refusa de croire ce qui s'était passé avant de voir le corps du Birman. Si elle n'avait pas été enceinte, il l'aurait poussée à aller se rendre. Mais qui étaient-ils, eux, simples mortels, pour détruire la vie d'un enfant à naître ? Le pasteur pleura pendant des heures. Ces îles, elles ne faisaient aucune distinction entre les fourmis, les scolopendres, les serpents et les humains. Elles les engageaient tous dans une lutte primale pour la survie.

Il banda la gorge du Birman avec du tissu. L'homme, prétendrait Rose Mary, était tombé dans les marches d'escalier alors qu'il était saoul. Il s'était brisé la nuque et entaillé la gorge sur une pierre. L'enterrement eut lieu avant que des soupçons puissent voir le jour.

Rose Mary passa la fin de sa grossesse chez le pasteur et sa femme. Le couple la traita comme une fille, et son enfant comme leur petit-fils. Mais ils ne lui donnèrent pas de nom. Cela les aurait liés à lui longtemps après son départ. Lorsque l'enfant serait en âge d'être sevré, le pasteur se rendrait à Rangoon, trouverait les parents du Birman et leur confierait leur petit-fils. Il trouverait ensuite un moyen pour que Rose Mary prenne un nouveau départ.

Le deuil. C'est tout ce que Rose Mary apporta avec elle chez les Varma. Elle lisait la Bible à Devi et l'emmenait à l'église. Lentement, cette habitude s'infiltra dans sa propre vie. Le prêtre, comme son maître Girija Prasad, prit cela pour de la dévotion. Mary se sentit soulagée. Ses motivations étaient bien gardées. Plus elle lisait la Bible et entendait les sermons, plus sa compassion grandissait pour son homonyme. Dieu n'avait pas demandé à Marie si elle était prête à donner naissance à son fils, ni sa permission avant de le sacrifier. Quant à ce fils, lorsqu'il avait donné sa vie pour racheter les péchés de l'humanité, avait-il ne serait-ce qu'une fois pensé à sa mère ? Ne faisait-elle pas partie de cette humanité à laquelle en appelait son cœur ?

Dans un monde gouverné par les hommes et les dieux, seule Mary avait la compassion nécessaire pour comprendre la douleur de la Vierge.

Mary a commencé son histoire sur la marche du haut. Elle la termine sur le sol. Elle part marcher dans le noir. Thapa est recroquevillé sur l'escalier, pris de vertige à l'idée de recevoir des coups de pied dans le ventre.

Des heures plus tard, il se tient à côté d'elle dans une rue inconnue, noyée par le bruit frénétique de cascades et de rapides. La rivière en crue résonne dans les ruelles et les allées endormies.

Ils sont perdus. Le présent s'est écrasé sur le sol, attiré par la gravité du passé. Le présent est le passé. Ils sont là, incapables de bouger un membre, comme les premières formes de vie à s'être aventurées sur la terre ferme. Rien dans l'eau n'avait pu les préparer à ce premier pas hésitant. À la gravité d'une planète faite de fer et de plomb, qui tournoyait tel un boulet de canon dans l'espace, les clouant au sol.

– Vous auriez pu vous arrêter après lui avoir frappé la cheville.

Thapa se débat avec cette idée.

Elle aurait pu. Mais elle ne l'a pas fait. Mary craignait que son fils ne comprenne pas la vérité non plus. Son père n'était pas un monstre. Et elle n'est pas une meurtrière.

– Mon garçon, ne mange jamais de la viande de tortue avec de l'ananas, dit-elle à Thapa. Ça t'enflamme le corps et t'empoisonne l'esprit.

– Quel est le prix des choses aujourd'hui ? demande en zézayant Platon à Thapa. En voyant son ami, Thapa est bouleversé. Un tas d'os. Ce n'est plus un étudiant se languissant d'amour mais un pauvre fou affamé dont les gens ont pitié dans la rue. Longyi effiloché, cheveux emmêlés, crasse si profondément incrustée dans sa peau qu'on dirait une maladie.

Ce semblant d'homme avait ébranlé la prison d'Insein, se rappela Thapa. Les étudiants étaient parvenus à se faire reconnaître comme prisonniers politiques, pas comme condamnés, et leur refus de participer aux travaux forcés avait été accepté.

– Quel est le prix des choses aujourd'hui, répète Thapa en réfléchissant à la question. Les communistes, les Kachins, les Karens, ils cherchent tous des armes pour s'entraîner. La valeur marchande de l'occasion, même pour des armes en mauvais état, est élevée. Mais l'opium reste indétrônable.

Platon hoche la tête.

– Tu t'en sors bien ? demande-t-il.

Thapa est en chemin pour l'État Shan à la frontière avec la Thaïlande. Il a fait un détour avant Mandalay pour passer voir Platon.

– Tant qu'il y aura de la corruption, je m'en sortirai, répond Thapa. Mais il y a une force qui bat l'inflation et la cupidité. La superstition. Le général, je le soupçonne, collectionne en secret des éléphants blancs, car leur prix est brutalement monté en flèche. Un seul éléphant blanc coûte au marché noir plus que l'ivoire de dix pachydermes. Leur population a été réduite par le roi thaï. Il les collectionne depuis des générations.

– Pour le général, un cochon a plus de valeur que moi, dit Platon.

– Les cochons sont gras. Ils ont la peau dure. C'est comme ça qu'il aime ses compatriotes.

Platon rit. Thapa est soulagé. Dans le rire désarmant de ce fou, il entrevoit son ami perdu.

– Et le prix pour avoir faim pendant cinq jours, c'est quatre dents cassées, dit Thapa.

– Mes dents n'ont aucune valeur. Elles ne sont pas en ivoire.

– Si les humains avaient de l'ivoire à la place des dents, les éléphants dirigeraient le monde.

– Tu aurais dû être philosophe, Sharan Thapa. Je te l'ai toujours dit.

– Que dit ton ami Marx ? Que les philosophes peuvent parler du monde de nombreuses façons, mais que personne ne peut le changer ?

– Non. Il dit que les philosophes ont interprété le monde de nombreuses façons, et que le but est de le changer.

– Ah, dit Thapa. Il est soulagé que Platon ne se fasse pas appeler Marx.

– Tu l'as trouvée ?

– Oui.

– Elle est où ?

– Elle est à Rangoon depuis deux ans et demi maintenant. C'est dangereux pour moi de l'amener ici ou de parler d'elle dans une lettre. Les autorités cherchent des excuses pour te persécuter. Elles peuvent t'accuser d'être un rebelle karen ou un espion indien.

Platon regarde autour de la table. Le gardien de prison est loin, près de la porte. Thapa l'a payé pour qu'il regarde ailleurs.

– À quoi elle ressemble ?

– À toi. Elle t'a envoyé ça.

Les mains de Platon tremblent en passant le contenu en revue. Enveloppés dans un longyi il trouve une chemise, du savon et une brosse à dents.

– Elle était où pendant toutes ces années ? demande-t-il.

– Dans les îles Andaman. Elle travaillait comme domestique pour une famille indienne.

Dans la chaleur humide de transpiration de la pièce, Platon frissonne de façon incontrôlable.

– Pourquoi est-ce qu'elle m'a abandonné ?

– Elle avait peur que tu ne lui pardonnes pas.

– Alors pourquoi est-ce qu'elle m'a laissé au départ ?

– Elle t'a laissé parce qu'elle a tué ton père. Il buvait et la battait. Il lui a donné des coups de pied dans le ventre alors qu'elle était enceinte de huit mois. Elle voulait te sauver la vie.

Thapa se rappelle le visage nerveux de Mary. Il se rappelle ses paroles.

– Platon, ton père n'était pas un monstre. Ta mère n'est pas une meurtrière.

Platon contemple la table. Ses tremblements laissent place à un silence catatonique. Il semble à peine respirer.

Avant de se lever, il demande :

– Alors, pourquoi c'est arrivé ?

Thapa y a beaucoup réfléchi. Il a peur qu'un homme instruit tel que Platon ne voie pas la vérité, si évidente et si simple.

– Pourquoi c'est arrivé ? répète Platon, comme s'il pensait tout haut.

– La faim, répond Thapa.

Par une nuit de mai chaude et suffocante, Platon rêve à nouveau de la couleur rouge. Cette fois-ci, celle-ci n'est pas liquide comme la mer mais épaisse, comme du sable. Lui-même est une mouche piégée dans la sève d'un arbre, de la couleur du sang.

Tandis que la résine frôle ses cheveux, elle prend vie pour tous ses sens. Elle a un goût amer, dégage une forte odeur de fumée et est visqueuse au toucher. Il n'arrive pas à s'en extraire. Ses ailes tremblent sous le poids de ce fluide et ses pattes cèdent sous la pression. Du rouge balaie sa vision. La résine recouvre ses yeux à facettes. Des yeux qui reflètent la lumière en projetant les couleurs de l'arc-en-ciel. Il s'agite en tous sens pour éviter la pétrification, mais ce n'est qu'un réflexe. Il a déjà lâché prise.

Platon ouvre les yeux dans un sursaut lorsqu'il entend quelqu'un crier. Il a frappé son voisin, un autre prisonnier. Il s'assoit. Il remue les bras et les jambes pour défaire son corps de cette paralysie.

Un cafard tente de lui grignoter le doigt. Il a dû ramper sur tous les détenus endormis, en quête de subsistance. Une mante religieuse entre dans la cellule par l'aération. Une fois à l'intérieur, elle cherche une vie dont se repaître. Platon regarde la mante attaquer le cafard. Au début, elle se débat avec la taille de sa proie – puis l'étreint. La mante repart par où elle est venue. Elle s'arrête un instant entre les barreaux de l'aération. Dehors l'attendent des combats nocturnes et la liberté, mais aucun repos.

Après leur mariage, le père de Platon avait envoyé à ses parents une photo de Rose Mary et lui. Héritée de ses grands-parents, c'était la seule véritable image que Platon avait de ses parents. Un portrait sépia, pris en studio.

Son père avait les cheveux gominés avec la raie sur le côté. Il était rasé de près. Son longyi et sa chemise étaient bien nets, sans plis. Il affichait un large sourire. Ses dents étaient tachées par les noix de bétel. Même ses yeux semblaient sourire. C'était contagieux. Le sourire de son père faisait sourire Platon. Était-il à l'aise avec les femmes, se demandait-il. Ou était-il muet avec elle, sa propre femme ? Préférait-il le royaume des pensées à l'esclavage des petits boulots ? Frissonnait-il et tremblait-il lui aussi de façon inattendue ?

L'homme demeurait un inconnu. Parfois, Platon le voyait comme un oncle bien intentionné, d'autres fois comme un frère aîné. Quand Platon devint plus vieux que son père ne l'était sur la photo, il se mit à le considérer comme un sympathique étudiant de première année. Mais jamais comme un père.

Elle se tenait à l'écart. Les yeux baissés, fixés sur un point quelque part entre l'objectif et le sol. Elle était plus petite que son mari. Elle ressemblait à une adolescente, mais affichait une expression circonspecte qui paraissait plus âgée qu'elle. Elle ne souriait pas. Elle n'avait pas l'air d'une femme mariée, encore moins d'une mère. Platon n'arrivait pas à saisir sa personnalité, même en photo.

La photo proprement dite reste pressée entre les pages de son carnet qui, qualifié de propagande antinationaliste, se trouve dans quelque entrepôt officiel. Mais l'image a disparu. La mante religieuse l'a mangée avant de quitter la cellule.

Quelque part, dans les lointaines certitudes de l'avenir, Platon est un homme libre, écumant la jungle de Namdapha en tant qu'insurgé armé. Il est confronté à sa préoccupation de la mort lorsqu'il tient un morceau d'ambre dans sa paume tremblante. Embaumé dans la résine se trouve un gecko, immunisé contre la décomposition. Lorsque le Birman avait donné des coups de pied à sa mère, son ventre aurait pu se durcir, se vider de son liquide amniotique et Platon aurait lui-même été pétrifié en fossile, tout cela avant d'avoir pu ouvrir les yeux.

L'ambre appartient au rebelle kachin qui a aidé Platon à passer en Inde, contournant le lac du Non-Retour et franchissant le col de Pangsau pour pénétrer dans la jungle qui relie les deux pays. Pendant des dizaines d'années, la frontière a appartenu à l'Armée indépendante kachin plus qu'à aucun pays. L'ambre fait partie de l'héritage du Kachin, extrait d'une mine de sa vallée natale de Hukawng. La burmite, l'ambre de Birmanie, est considérée comme étant plus dure et plus ancienne que tous les autres. Pourtant de telles pièces, d'apparence terne, altérées par des fissures et des impuretés, ne sont bonnes qu'à satisfaire la curiosité. La famille du jeune Kachin possède une malle remplie d'ambre contenant des fossiles. Ces fossiles illustrent le monde entier tel qu'il était à l'époque. Abeilles, insectes, mouches, fleurs, poussière, écorce, guêpes, coquillages – mais rien d'humain. Les humains n'existaient pas, car on n'a jamais retrouvé d'humains ensevelis dans de l'ambre.

À l'époque de la Seconde Guerre mondiale, les forces alliées avaient construit une route reliant l'Inde de l'Est et la Chine en passant par la Birmanie du Nord. Celle-ci amena des Américains brûlés par le soleil aux portes des Kachin. Voyant la malle pleine de fossiles, un officier rouge comme une betterave proposa de donner au grand-père du jeune Kachin des pièces d'argent en échange. Le grand-père réfléchit à sa proposition. Lors d'une telle période d'incertitude, les pièces d'argent pourraient assurer la fuite de sa famille, à défaut de son avenir. Il accepta.

L'officier ne revint jamais avec les pièces. Il fut décapité et sa tête accrochée à un arbre au bord de la route. D'après la rumeur, son corps aurait été découpé en morceaux et jeté dans le lac du Non-Retour. D'innombrables avions s'étaient déjà abîmés dans ce lac. Non satisfait par ces bouts de métal, il exigeait du sang.

Bien que les décapitations et les vengeances mystérieuses n'aient pas été quelque chose de nouveau pour les Kachin, cet exemple-là affecta profondément le grand-père. La tête d'un homme blanc, drainée de son sang, était la chose la plus pâle qu'il eût jamais vue. La peau brûlée par le soleil s'était détachée, révélant la chair translucide et les veines soyeuses en dessous. En outre, le crâne, jurait son grand-père, contenait un cerveau de cochon. Même les abeilles et les guêpes piégées dans l'ambre avaient eu plus de chance que cette tête sans corps, conclut-il. La mort n'avait pas détruit leur intégrité physique. Il décida de ne plus jamais se séparer de ses pièces d'ambre. – Toutes les guerres sont menées pour avoir le droit de mourir dans la dignité, dirait-il plus tard à ses enfants.

Par une nuit d'été, le garçon avait volé un morceau d'ambre dans la malle de son grand-père. Il le lui aurait volontiers rendu si on le lui avait demandé. Mais il n'avait prévenu personne de son départ. Il n'avait pu se résoudre à dire au revoir avant d'aller rejoindre les insurgés.

Le morceau d'ambre qui se trouve dans la main de Platon est son favori, lui dit-il. Il porte en lui un bébé gecko, sans doute tout juste éclos. C'est la seule créature qui appartienne autant à ce monde qu'à celui d'il y a très longtemps. Il rend le passé ordinaire et familier, comme les murs rugueux sur lesquels les geckos aiment ramper. D'une certaine façon, il rend aussi supportable ce que l'avenir nous réserve.

La Birmanie, le pays pour lequel ils se battent, a la chance de receler toutes les pierres et tous les métaux précieux de la planète. Ambre, émeraudes, jade, perles, or, platine, même les plus gros saphirs et rubis du monde.

– Ce n'est pas la nature humaine qui nous pousse à nous battre, remarque le jeune Kachin en jouant avec l'ambre, mais la nature elle-même. C'est un combat pour les ressources.

Son armée contrôle les mines de jade et le trafic de stupéfiants d'un côté à l'autre de la frontière nord. S'ils perdent les mines, ils perdent la guerre.

Pour Platon, ce ne sont que des excuses – le communisme, l'appartenance ethnique, la démocratie, même les ressources. Des excuses qui changent avec le temps. Lorsqu'il était étudiant, c'est pour le communisme qu'il s'était battu. En tant qu'ancien prisonnier politique, c'est pour la démocratie. C'est la seule façon dont le gouvernement indien soutiendra les insurgés. Peut-être que, dans un avenir proche, lui aussi se battra pour contrôler le trafic de stupéfiants dans le triangle d'or. Pour lui, la valeur des pierres précieuses – la densité du jade impérial, la malléabilité de l'or, la dureté du diamant et le rouge "sang de pigeon" éclatant qui colore les rubis – repose dans la métaphore. Les roches acquièrent leur beauté et leur résistance au prix d'une violence inouïe. Comme les cicatrices sur son corps, ses dents cassées et ses hémorragies internes, les pierres précieuses aussi sont la preuve de transformations intérieures. Rejetées à la surface depuis des lignes de faille courant loin en dessous, ne sont-elles pas des cicatrices et des caillots provenant des blessures les plus profondes de la terre ?

Pendant les cinq mois de leur opération commune, Platon passe tout son temps libre à jouer avec le morceau d'ambre. Lorsqu'il le frotte, son parfum transporte son esprit vers d'autres vies et d'autres lieux. Par moments, il évoque une existence passée à décorer des autels de fleurs et d'encens, dans laquelle il vivait d'aumônes et de méditation. Souvent, le parfum enivrant la fait ressurgir, cette femme qui sifflait. Une fois encore, elle est assise juste à côté de lui, à sa place.

Au premier regard, l'ambre semble rouge sombre. Mais lorsqu'on le tient devant le soleil, il révèle des teintes d'aurore et des rayures brunes. Il est troublé par des bulles. Des fissures fines comme des cheveux le transpercent par endroits. Lorsque Platon le tient devant un ciel limpide, le gecko emprisonné à l'intérieur lui paraît distinct et familier. Platon imagine qu'il est en hibernation. Sa tête, en particulier ses yeux, est d'une taille disproportionnée par rapport au reste de son corps. Ses paupières semblent ne s'être jamais ouvertes. S'il se concentre suffisamment, Platon parvient à discerner sa bouche minuscule. L'animal ne peut montrer les dents. Il est bien trop petit. Sa queue fait la taille d'un cil humain.

La résine a dû couler sur le gecko quelques instants seulement après son éclosion, ce qui explique pourquoi l'animal ne s'est pas débattu. Le gecko est mort sans avoir eu une chance d'ouvrir les yeux ou la bouche. Privé du goût, de la vue, de l'odorat et du toucher, sans même un souvenir auquel se raccrocher, le gecko a dû avoir la vie et la mort les plus merveilleuses qui soient sur cette terre.

À quoi ressemblait le monde, se demande Platon, quand le gecko est né ? Les êtres humains, avait-il lu, étaient assez récents dans l'histoire de la terre. Cela voulait-il dire que les lézards régnaient sur la planète à l'époque de la naissance du gecko ? Ce bébé était-il destiné à être leur roi philosophe ? À quoi ressemblera le monde quand le roi philosophe finira par ouvrir les yeux, prêt à régner sur le futur primordial ?

En de rares occasions, alors qu'il franchit un haut sommet ou un col étroit, qu'il erre à l'aveuglette parmi des arbres anciens ou qu'il reste immobile, Platon se retrouve au cœur d'un brouillard soudain. Lorsqu'il est prisonnier d'un nuage en montagne, ou qu'il voit des ondulations au-dessus de lui dans la vallée comme si la forêt flottait, Platon est pris de tremblements involontaires. Tout son être est saisi de spasmes, car ce n'est pas au cœur d'un nuage errant qu'il se trouve. Platon s'est perdu dans un rêve éveillé. Le territoire qu'il habite est un rêveur, comme lui.

Aveuglé par l'éclat, il ne peut qu'écouter. Il écoute les aboiements, les cris et les gloussements. Il observe les mouvements doux et lourds, les textures qui lui effleurent la peau. Il est paralysé par leurs émotions, alors même qu'ils poursuivent leur route. Platon les recrée avec des couleurs, des contours et des vies. Les reptiles volants, les oiseaux paresseux, les plantes qui marchent et les vers de la taille d'un python, les carnivores aux défenses dressées et les mammifères géants qui se dandinent dans l'eau en tentant de nager. Il vacille dans les turbulences des ondulations qui s'enfuient, savourant leurs sifflements haut perchés – des chansons d'amour composées pour lui et lui seul.

Au cœur des voix et des sensations se cache une prémonition de ce qui va se produire. Toute évolution est guidée par l'instinct primordial. Celui qui nous rend libres d'explorer les géographies incertaines du désir, pour finalement découvrir le bonheur de la mortalité. L'instinct nous conduit tous vers le lac primordial. Flottant telles de simples cellules isolées, attendant que la vie cesse.

Ce sont peut-être les circonstances de sa naissance qui ont conduit Platon à de telles prises de conscience. Ce sont peut-être de telles vérités qui mènent à ces circonstances.

Il va souvent fumer de l'opium avec son ami mishmi, qui cultive des pavots dans les renfoncements de la vallée. Tous deux restent assis en silence alors qu'ils distillent et inhalent de l'opium au-dessus du feu. Les murs de la hutte sont une galerie de crânes d'animaux collectionnés au fil des décennies. Ici, Platon est capable d'identifier chaque animal qui considère cette jungle comme son foyer – gaur sauvage, léopard, écureuil volant, gibbon, civette. Parmi eux se trouvent également des crânes d'animaux disparus. Dans cette région, le cerf porte-musc, le tigre et le rhinocéros ont été exterminés par les braconniers. Un jour, ils reviendront tous.

En prison, Platon avait été électrocuté deux fois par jour jusqu'à ce qu'il perde le fil des jours. On lui couvrait le visage avec une serviette tachée de sang qu'on lui fourrait dans la bouche. Pour lui, ce n'était pas du sang ordinaire. À l'odeur et au goût de celui-ci, il était à elles – à toutes les créatures torturées et éteintes.

La résine coulait de l'écorce de l'arbre à son propre rythme, indifférente à la vitesse de la transformation qui l'entourait. Plus le paysage changeait rapidement, plus le trajet de la résine jusqu'au sol, par contraste, semblait lent. Telle une pierre, la résine paraissait insensible. Les insectes, feuilles, particules de poussière et bulles d'air piégés à l'intérieur – des débris magnifiés du passé dans un présent en perpétuel changement.

La résine trouva une tombe temporaire dans une couche de calcaire semblable à de la craie située sous la surface du sol. Elle resta là pendant des siècles, à la limite nord de la Birmanie, qui était alors une île entourée de mers peu profondes. Peu à peu, elle fut repoussée au fond de la mer sous forme d'ambre. Sous la force de l'eau, le bloc angulaire se transforma en œuf translucide. Seul un bébé gecko resta à l'intérieur.

Des courants paresseux firent tomber le morceau d'ambre du plateau de la baie dans l'océan puis dans une fosse commune remplie de coquillages et de spores, de vérités anciennes et de cadavres récents. Enterrée à côté du gecko se trouvait une vieille ammonite qui s'enroulait dans des tons rouille et or. Créatrice de son propre monde, l'ammonite flottait avec volupté, chérissant les visions d'un paradis qui disparaissait. Car le voyage de l'Inde vers le nord avait commencé à se refermer sur les mers.

Puis la collision se produisit. L'œuf d'ambre se retrouva à nouveau sur la terre ferme, parmi une confusion de schiste, de grès et de calcaire. Une lutte entre les fantômes de la terre et ceux de la mer s'ensuivit. La mer le captura une nouvelle fois. La terre le lui reprit. Finalement, le bord de l'île s'éleva pour former des montagnes, abritant le morceau d'ambre dans une vallée de jade impérial.

La collision créa également des rubis, des saphirs, des émeraudes et des diamants. Mais l'ambre les précédait d'une ère entière. Prisonnier à l'intérieur, le gecko assista à l'un des événements les plus violents de la préhistoire. Un événement qui pulvérisa, entailla, effrita, trancha et pour finir transfigura le paysage en quelque chose d'inimaginable. Aucune terre ni aucun océan n'échappa aux fissures qui grandissaient, animées d'une vie propre. Précipité depuis des hauteurs vertigineuses dans des profondeurs abyssales par des transgressions et des régressions tectoniques, le gecko n'ouvrit jamais les yeux. Le morceau d'ambre reposait dans une vallée de failles.

Si l'évolution de la vie était guidée par la survie, le mouvement des continents l'était par une imagination qu'aucune forme de vie ne serait capable d'appréhender.

La faille de Sagaing n'a pas écarté la terre, elle ne l'a pas fait s'enfoncer non plus. D'aucuns disent qu'elle s'est transformée, comme après des heures d'ennui contemplatif.

Placé à l'isolement pour avoir cette fois-ci fait entrer clandestinement un dictionnaire anglais dans la prison, Platon, comme le gecko prisonnier de l'ambre, ressent les yeux fermés les ondes sismiques qui soulèvent les rizières et les font retomber par vagues. L'obscurité prend vie en poussant un hurlement souterrain déchirant. La terre, horrifiée et prise de vertige en sentant ses os broyés et sa peau carbonisée, le projette d'un mur à l'autre.

Une partie du plafond s'effondre, lui offrant une porte de sortie. C'est la troisième fois qu'il est à l'isolement. Désormais, Platon préfère le silence à la compagnie des autres. Car dans les ténèbres il a vu toutes ses peurs et sa foi se dissoudre. En leur absence, la liberté lui semble être une complication malvenue.

Sa cellule est sa coquille. Une coquille créée à partir de son sang et de ses os, pour qu'il puisse se retirer à l'intérieur. Le tremblement de terre l'oblige à réparer les fissures et à soigner ses ecchymoses.

Mary entrait souvent dans la bibliothèque de Girija Prasad sous prétexte de faire le ménage, simplement pour feuilleter le carnet de croquis de son maître, rempli de tentatives pour donner vie à Chanda Devi. Ce n'était que cela – des tentatives. Lorsqu'il parvenait à dessiner le nez, les yeux étaient trop petits. Mary reconnaissait la silhouette de Chanda Devi de profil, mais pas son visage. Sa maîtresse avait des cheveux particuliers. Pendant la mousson ils frisaient, et à toutes les autres saisons ils étaient parfaitement lisses. Mary remarqua la façon dont Girija Prasad avait assorti la texture de ses cheveux à la couleur du ciel. Mais, d'une façon ou d'une autre, les portraits ne formaient jamais un tout cohérent.

La mémoire était la vie reflétée dans un miroir brisé. Depuis la mort du Birman, Mary ne se souvenait de lui que sous forme de fragments. Bien que ses traits aient été assez nets dans ses souvenirs, elle ne parvenait jamais à voir son visage dans son intégralité. Le petit nez pointu, les lèvres molles, les taches décolorées qu'il avait dans le dos, les joues creusées, les poils de poitrine clairsemés, les ongles impeccables, le ventre gonflé par le vin de palme, la courbe inattendue de sa colonne vertébrale, la façon ridicule dont ses cheveux se dressaient sur sa tête, même sur son ombre… Dans ces fragments, elle voyait son sourire nerveux et ses yeux embués par la tristesse. Elle l'entendait siffler, en perpétuel décalage avec ses pas. Elle voyait ses lèvres retroussées et ses mains qui frôlaient négligemment les branches lorsqu'il marchait. Elle sentait l'odeur des noix de bétel dans son haleine et le contact frais de sa sueur sur sa propre peau. Mais elle ne le voyait pas lui.

Mary aspirait à son retour, même si ce n'était qu'en rêve. Le Birman lui avait dit une fois que tout ce que nous prenions à quelqu'un, nous le lui devions – ne serait-ce qu'un souffle. Avant sa mort, Mary avait approché ses narines des siennes et avait inhalé ses derniers soupirs. Le Birman devait revenir, ne serait-ce que pour lui réclamer les souffles qu'elle lui avait volés.

Mary arrive à la pagode Shwedagon plus tôt que d'habitude. Il y a un espace libre devant elle. Elle s'approche des pieds de la statue. Elle ferme les yeux. Ses tentatives pour prier deviennent les divagations obsessionnelles d'une démente. Les chiens et les oiseaux blessés passent avant la sécurité de son fils. Souvent, elle ressent un besoin irrépressible de prendre un balai et de balayer elle-même les salles, incapable de supporter les boules de cheveux et de poussière qui flottent partout, lui frôlant les pieds.

Elle a vu des montagnes tomber en poussière et des mers s'élever plus haut que des sommets. Elle a vu des coraux pousser sur des arbres et des arbres pousser sur des coraux. Elle a vu le jour se transformer en nuit quand le tremblement de terre avait frappé les îles Andaman. Elle a vu son mari se vider de son sang et son enfant quitter les îles à bord d'un bateau pour ne jamais revenir. Rien ne peut changer cela. Ni la foi ni le déni.

Pourtant elle passe des heures à la pagode Shwedagon, entourée de gens qui psalmodient, de gens silencieux, de gens qui pleurent, de gens qui se balancent. Chacun d'eux lutte contre le désespoir. Distraite par une querelle à voix basse, Mary se retourne pour s'apercevoir que la salle s'est remplie. Il y a au moins deux cents personnes derrière elle. Certaines tentent de se faufiler, d'autres restent rivées au sol. Certaines chantent à l'unisson, d'autres assument par défi un rythme différent. Certaines ont les yeux fermés, d'autres cherchent à discuter, même à se disputer. Toutes sont unies dans leur résolution à ébranler le bâtiment jusqu'à ses fondations, si c'est ce qu'il faut pour être entendu. Mary retourne à ses prières. Elle dévisage les nombreux bouddhas en cherchant l'endroit où elle s'était arrêtée. Où en étais-je, se demande-t-elle, avant d'être distraite.

Une nouvelle vibration secoue les colonnes. Tel un éclair, elle frappe simultanément le dôme et le sol. Les statues frémissent. L'espace d'un instant, Mary voit bouger le Bouddha. Les plis de sa robe oscillent et sa main, celle qu'il lève en signe de bénédiction, tremble. Sa tête s'incline, peut-être en signe de soumission à la foule.

Les pensées de Mary retournent aussitôt dans les îles. Elle est inquiète pour son maître, car ce qu'elle ressent est une simple secousse. Mary et Devi ont été entraînées par Girija Prasad à tout laisser tomber et à se précipiter dehors lorsqu'il y avait un tremblement de terre. Mais ici, à la pagode Shwedagon, personne n'interrompt ses prières.

Personne ne se lève. Personne ne prend seulement acte d'un événement qui changera le cours des rivières, fera courir des frissons le long de l'axe de la terre et fauchera des milliers de vies, altérant des géographies émotionnelles pour toujours.

Les secousses s'arrêtent comme elles ont commencé. Mary quitte la pagode avant minuit. Lorsqu'elle arrive chez elle, elle est épuisée. Elle ne mange pas. Elle ne balaie même pas son coin et ne déroule pas sa natte. Elle s'endort sur le balcon, contemplant la pleine lune. La lune, cette nuit, n'est pas un simple caillou dans le ciel. C'est une partie de la terre expulsée si loin et si violemment que le cratère qu'elle a laissé derrière elle ne pourra jamais être comblé.

Après la mort du Birman, Mary l'avait souvent cherché dans ses rêves. Elle marchait seule sur une plage, le cherchait dans les champs ou préparait à manger dans la hutte en prévision de son retour. Mais il ne venait jamais. Elle tournait et virait dans son lit, espérant heurter son corps chaud secoué de ronflements.

Alors qu'elle dort profondément, une douleur vive lui parcourt le ventre comme cette nuit-là. Elle a envie de se plier en deux, mais la paralysie du sommeil l'en empêche. Dans son rêve, Mary est aussi vulnérable qu'elle l'était cette nuit-là. Mais cette fois-ci, lorsqu'elle le frappe, il n'y a pas de colère. Lorsqu'elle prend le couteau, c'est sans aucun remords. Tandis qu'elle tient son visage dans ses mains, l'amour est tout ce qui reste. Elle plonge son regard dans ses yeux qui ne sont plus injectés de sang. Le vin de palme s'est évaporé. Les démons aussi. Le Birman prend une longue inspiration. Ou s'agit-il de quatre inspirations superficielles successives ? Mary n'en sait rien. Mais elle a son nez sous ses narines pour recueillir son dernier souffle.

Son corps chaud perd rapidement ses couleurs. Ses membres se raidissent. Ses doigts, entrelacés avec les siens, se libèrent brusquement. Tous baignent dans le sang du Birman – l'enfant dans son ventre, le père dans ses bras, et Mary elle-même.

Tandis que le corps de son mari entre dans un âge de glace, le monde de Mary aussi. Ils gisent tous deux liés par l'esprit, tels des fossiles. Même si elle finira par quitter le village pour commencer une nouvelle vie, celle-ci ne sera qu'un rêve de somnambule. En pensée, elle est allongée à côté de lui, assistant aux cycles de chaleur tropicale et d'hiver polaire que traverse le corps du Birman. Des milliards d'années s'écoulent. La vie évolue en passant d'êtres compliqués et complexes à des formes plus simples et plus humbles. Le soleil qui déversait sa lumière sur eux se dilate. Dans sa volonté de tout illuminer, il fait s'évaporer tous les océans et mourir toutes les plantes. En représailles, la terre refroidit et rétrécit, se plisse pour former des montagnes et vieillit pour former des glaciers. Incapable de se sustenter dans la bataille entre le chaud et le froid, la vie poursuit sa route vers d'autres lieux, tandis que les plus sentimentaux, attachés à la terre, choisissent l'extinction.

Mary et le Birman restent où ils se trouvent, figés dans l'instant. Au plus fort de son éclat, le soleil commence son lent voyage vers l'annihilation. La lumière qui tombe sur la terre passe d'un rouge ardent à des tons de jaune qui s'estompent vers le blanc. Finalement, l'obscurité prend le dessus. Le vide est tout ce qui reste. Le vide dans les yeux du Birman, reflété dans la totalité du temps et de l'espace.

À partir du vide, le processus commence. Un faible rai de lumière s'échappe de ses yeux de cristal. Un frémissement sensuel envahit son être. La vie fait trembler ses doigts quand il tend la main vers elle. Il s'accroche à elle à nouveau. À son contact, elle aussi revient à la vie. Le sang s'échappe de son cœur pour affluer vers ses artères et ses membres. Elle lui serre la main à son tour.

Mary cligne des yeux. Le Birman aussi.

"Pardonne-moi", dit-il avec un sourire nerveux.

Elle verse une larme de réconciliation.

Un moine voit Mary endormie sur l'herbe, dans une clairière au milieu des arbres. Elle est allongée entre des bancs vides, avec un sac en guise d'oreiller. Il la reconnaît comme étant la femme – usée et délibérément calme, figure incontournable de la pagode – qui prie à côté de lui.

Nous sommes en 1980 et le moine est ici pour assister au congrès de la Sangha, la plus grande conférence du monde sur le bouddhisme Theravada. Il a la peau plus foncée que les autres et rêve dans une langue étrangère. Il porte des robes ocre, pas bordeaux, car il n'est pas de Rangoon. Il espère que le général appréciera le cadeau qu'il lui a apporté, car ce fou rend nerveux les anciens de sa Sangha. Il avait promis de rénover leur monastère l'année précédente, et il ne s'est rien passé. Le monastère cherche désespérément des mécènes étrangers, surtout avec une guerre civile qui couve sur le pas de leurs portes.

Le moine la bénit en pensée. Il voit quelque chose bouger derrière sa silhouette immobile. Une queue sombre glisse à côté de ses pieds. À en juger aux rayures noires et blanches, c'est un bongare venimeux. L'ombre de la femme protège le serpent du soleil, telle une humble chaîne de montagnes. Le moine est paralysé par la peur. S'il la réveille, l'un d'eux paniquera. Il reste immobile et prie pour la vie de la femme endormie.

Mary se tourne dans son sommeil. Il voit ses yeux papillonner lorsqu'elle change de position. Elle est maintenant allongée face au bongare, telle une amante. Elle ouvre les yeux. Elle ne bat plus des cils. Il n'y a aucune altération dans son regard, ni peur ni panique. On dirait qu'elle s'est réveillée pour réfléchir à un rêve, un rêve persistant. Elle reste allongée un moment les yeux ouverts et finit par sombrer à nouveau dans le sommeil. Elle se met à ronfler. Dérangé par cette nouvelle vibration, le serpent poursuit sa route.

Le moine passe le reste de la journée à l'observer de loin. Quand elle prie, elle s'assoit juste devant l'autel. Elle se lève, de temps à autre, pour s'asperger le visage, fumer une bidi et chiquer de la noix de bétel. En fin d'après-midi, elle s'en va. Descendant les marches de la pagode, elle s'arrête près de l'homme à la cage aux oiseaux. Elle le paie pour libérer deux mainates et part avec lui. Le moine la suit jusqu'au bas des marches, à l'extérieur du portail, jusqu'à un coin isolé. Sous un arbre, elle tend le bras pour que les oiseaux viennent s'y poser. L'homme ouvre la cage et les fait entrer à nouveau.

Incapable de retenir sa curiosité plus longtemps, le moine sort de l'ombre. Effrayé par sa soudaine apparition, le vendeur d'oiseaux prend sa cage et déguerpit. Elle reste.

Ce n'est pas la première fois qu'il vient en Birmanie. Le moine a achevé son éducation dans un monastère birman. Il ne parle peut-être pas couramment la langue, mais il est capable d'exprimer ses pensées. Il la bénit. Elle s'incline en signe de gratitude, même si elle est assez vieille pour être sa mère et lui son fils.

C'est un homme silencieux qui évite de regarder les gens en face.

– Ma fille, j'ai vu des gens libérer des oiseaux pour un bon karma. Je n'ai jamais vu quelqu'un payer pour en libérer et les remettre ensuite en cage, dit-il.

Elle aussi regarde les pieds de l'homme en tentant de parler.

– Je ne peux pas libérer mon fils. Je ne peux pas changer le destin d'un seul oiseau. Je ne peux les voir qu'à travers cette illusion.

Ses paroles ne quittent pas le moine. Pas plus que l'image de Mary en train de ronfler à côté d'un serpent. Il a vu comment tournait la roue de la vie. Il vient d'une île en forme de larme située dans l'océan Indien, le Sri Lanka. Celle-ci partage le destin de la terre de l'œil qui pleure, la Birmanie. Couverte de blessures ouvertes, les terres saignent. Avec le temps, même le soleil qui se couche derrière elles se mettra à saigner. Dans les guerres à venir, les jeunes mourront, et les vieux seront épargnés pour les enterrer.

Il est bien placé pour le savoir. Deux jours avant de partir pour Rangoon, le moine avait accompli les derniers rituels pour sept jeunes hommes retrouvés dans une fosse. Personne n'avait osé demander qui ils étaient ni pourquoi leur chair était calcinée.

Le général a déployé des efforts ridicules pour organiser le congrès de la Sangha. Il y a déjà consacré un quart du budget annuel de la nation. Plus de cinq mille délégués sont attendus. Il est même allé jusqu'à inviter des moines et des professeurs coréens, mongols et américains. Dans la capitale, le bruit court que le général superstitieux a sombré dans la folie. Au cours de sa vie, il changera aussi neuf fois le nom de la monnaie, imposera brutalement la conduite à droite pour contrer la rébellion gauchiste et se baignera même dans du sang de dauphin pour conserver sa jeunesse.

Le général vit dans un manoir situé près d'un lac. Certains matins, il aspire à sentir le calme sublime de l'eau pénétrer son être tandis qu'il la contemple depuis son lit. Il souffre d'un sommeil irrégulier et d'un cœur tourmenté. Il s'est déjà marié deux fois et a bien peur de recommencer. Au fond de lui, il sait que ce n'est pas le pouvoir absolu – sur le pays, sur ses amantes –, qu'il recherche.

Avant l'ouverture du congrès, le général tient une audience privée avec les dignitaires. Il a besoin de leur bénédiction à tous.

Un jeune moine sri-lankais a rapporté de son pays un arbuste de la Bodhi en cadeau. Cette pousse descend de l'arbuste originel importé d'Inde au IIIe siècle avant Jésus-Christ.

– Puisse cet arbuste apporter paix et prospérité au sol dans lequel il est planté, dit le moine.

Le général est touché. Il est apaisé par les manières douces et rassurantes du jeune moine. Il se plaît à imaginer tout abandonner pour rejoindre ses fidèles. Tout abandonner est chez lui un rêve récurrent, un rêve qui reviendra de plus en plus souvent à mesure qu'il vieillit.

Satisfait de ce cadeau, le général lui demande ce qu'il peut lui offrir en échange.

– Libérez-les.

– Pourquoi es-tu en vie ? demande l'officier à Platon.

Platon a passé cinq années en prison. Bien qu'il ait été condamné à dix ans de réclusion, sa peine a été divisée par deux. Le général a annoncé une amnistie pour certains prisonniers politiques et criminels à l'occasion du congrès de la Sangha.

La prison croule sous les théories. Est-il guidé par la superstition ? Ou s'agit-il d'une mesure politique rusée ? Le général veut-il gagner la sympathie de l'opinion publique, maintenant que le monde entier a les yeux tournés vers lui ? Ou veut-il s'assurer un bon karma en libérant des humains au lieu de libérer des oiseaux ?

C'est le dernier interrogatoire de Platon. Par habitude, Platon ne répond pas.

– Tu es en vie parce que nous t'avons maintenu en vie, répond l'officier à sa place. Tu es trop vieux pour retourner à l'université, mais nous pouvons te donner un emploi si tu le souhaites. Avec un travail régulier, tu n'auras pas de difficultés à te marier, même si tu es orphelin. C'est très important pour nous, ton avenir.

Platon est touché. Les orphelins peuvent être les créatures les plus magnanimes de l'univers.

– La junte veille sur tous ceux qui soutiennent la junte. Ma mère est paralysée et mon fils a attrapé la tuberculose il y a deux ans. Sans mes revenus, comment aurais-je payé son traitement ?

Cela l'intimide d'être assis en face de l'officier comme un égal, séparé par une table pleine de dossiers, de cartons, de papiers et de photos du général. Il a envie de se sentir à l'aise avec la banalité, car telle pourrait être sa vie après son emprisonnement, la vie d'un informateur. Parler, même partager un moment d'intimité, de reconnaissance et de nostalgie avec des agents du renseignement. "C'était le temps où les cochons comptaient", diraient-ils peut-être.

En prévision de sa libération, Platon a demandé aux gardiens de prison de lui raser la tête pour se débarrasser des poux. Il est inquiet de son apparence. Mary, sa mère, sera là pour l'accueillir. Il se surprend en train de contempler ses dents en forme de croissant dans le reflet de la table.

– Vous savez pourquoi je suis orphelin ? dit Platon.

– Non.

– Mon père a battu ma mère quand elle était enceinte de moi. Elle a eu peur que je meure, alors elle l'a tué. Ensuite, elle s'est enfuie. Vous croyez que je devrais lui pardonner ?

L'officier prend sa tasse pour boire une gorgée de thé, mais il n'y en a plus. Il en demande une autre. Il sourit à Platon en attendant. Platon en veut-il une, lui aussi ? Il n'en veut pas. La tasse arrive. Avant d'en boire une gorgée, l'officier se penche en avant et murmure quelque chose, si doucement que Platon ne l'entend pas. Il parvient seulement à déchiffrer les mots en lisant sur ses lèvres.

Ils rient tous les deux. Platon rit si fort qu'il en a les larmes aux yeux.

Platon ne reverra jamais l'officier. Dans l'année qui suivra sa libération, il échappera aux agents du renseignement et s'enfuira en Inde. Il s'entraînera à la guérilla dans la jungle himalayenne à la frontière indo-birmane. Il opérera sous un nouveau nom pendant douze ans. Sa vie de révolutionnaire armé connaîtra une fin brutale quand les renseignements militaires indiens attireront sa faction dans une embuscade et jetteront les hommes en prison sous de fausses accusations. En Inde, sa mère reprendra son combat pour le faire libérer. Les organisations pour les droits de l'homme défendront sa cause.

Un avocat qui lui rendra visite sera troublé par l'attitude insouciante de Platon. Il prendra ses sourires et ses rires pour de la démence. Dans le même temps, il sera impressionné par sa lucidité et sa perspicacité.

– Comment dois-je interpréter votre sourire? demandera-t-il à Platon. Vous parlez de mort, de torture, et vous exprimez votre colère contre le régime de votre pays comme si vous racontiez des blagues.

Platon rira une fois de plus. Cela sera sa seule réponse.

Après dix ans passés dans les prisons indiennes, l'année de sa libération sera également celle de la mort du général. Dans l'un des nombreux avis de décès, Platon apprendra qu'il avait eu six épouses. Cela lui rappellera la dernière conversation qu'il avait eue avec l'agent de renseignement à Sagaing.

– J'ai appris que le général a plus peur de ses épouses que des communistes, avait dit l'officier.

Alors qu'elle se trouve sur le plus haut sommet de Sagaing, Mary repense au mont Harriet. La végétation s'étend à perte de vue dans toutes les directions. Mais les arbres ne sont pas aussi hauts, les fourrés pas aussi touffus que dans les îles. Des flèches et des dômes dorés de toutes les formes et de toutes les tailles se dressent plus haut que les arbres, telles des fourmilières dans l'herbe. Leur voyage vers l'océan s'arrêtera à l'Irrawaddy, lequel les relie au delta, à la mer d'Andaman et, pour finir, à l'océan Indien. Mary a passé toute sa vie sur cette faille, dont Sagaing est l'épine dorsale. Les villages karens des Andaman et de Port Blair en sont des ramifications nerveuses. Elle se considérera toujours comme une étrangère ici, dans le pays de ses parents, de son mari et de son fils.

Quelques heures plus tôt, en s'asseyant à côté de Thapa dans un petit bateau pour traverser l'Irrawaddy, elle a vu des pêcheurs, de l'eau jusqu'à la taille. Certains avaient des caisses en bois posées à côté d'eux sur des pilotis. Elle s'est demandé à quoi servait cet étrange dispositif. Peut-être était-ce ainsi que le Birman avait pêché, lui aussi, avant de partir pour les îles.

Sur la berge, une fille vendait des pétales de fleur cristallisés. Intriguée par cette confiserie étrangère, Mary en a acheté quelques-uns. Ils étaient trop sucrés à son goût et lui ont donné soif. Elle a commencé à avoir mal au ventre peu après. Bien que la rivière soit aussi étale et lisse qu'un étang, Mary avait le mal de mer. Son ventre l'élançait. Une fois sur la terre ferme, elle s'est précipitée derrière des buissons pour se soulager. Elle a été stupéfaite en découvrant du sang sur sa robe – elle était ménopausée depuis presque trois ans. Ces règles étaient une crue éclair surgie du passé, un rappel obscène du sentiment d'impuissance qu'elle ressentait à la vue du sang. Prise au dépourvu, elle a utilisé un mouchoir en guise de serviette périodique et a rejoint Thapa.

Plus tard dans la journée, ils se retrouvent tous les deux sur le plus haut sommet de Sagaing. Lorsqu'ils terminent l'ascension, Mary a le front et les joues en feu, et elle transpire comme si elle avait de la fièvre. Elle s'allonge sur un banc et se couvre le visage avec un journal.

Thapa revient avec des glaces à l'eau. Il essuie le front de Mary avec sa main et l'aide à se relever. Ils s'asseyent sur le banc, léchant la glace orange vif plantée sur le bâtonnet. Celle-ci fond sur la main de Mary, coule sur sa robe. Si un autre tremblement de terre devait se produire, elle ne lèverait pas le petit doigt. Elle a épuisé toutes ses forces pour arriver jusqu'ici.

Demain, Platon sera libéré. Mais aujourd'hui, elle est vaincue. La courte traversée dans la brise de l'Irrawaddy l'a dépouillée de tout ce qui lui restait de dignité et de volonté. Elle l'a fait saigner comme une adolescente et lui a donné de ces bouffées de chaleur qui accompagnent la ménopause. Elle l'a remplie du désir de vivre mais vidée de tout espoir.

Cet après-midi-là, assise sur un banc public, Mary éprouve un millier d'émotions et vit un millier de vies en même temps. Écrasée par les neuf cent quatre-vingt-dix-neuf précédentes, elle n'arrive pas à s'accrocher à celle-ci.

Comme je devais être laid pour que ma mère m'abandonne, avait dit Platon dans sa lettre. Ce n'est pas celle de son fils, mais sa propre laideur qu'elle redoute le plus.

– Vous avez un autre longyi pour demain ? lui demande Thapa. On peut vous en acheter un.

Ses vêtements en désordre et tachés de sang l'inquiètent.

– De nouveaux vêtements ne pourront pas changer ce que j'ai fait, répond-elle. J'ai abandonné mon bébé, avant même d'avoir pu le sevrer.

L'Irrawaddy s'étend devant eux. Depuis l'endroit où ils sont assis, le fleuve ressemble à deux rivières séparées par un banc de sable assez grand pour être une île. En dépit du faible niveau d'eau, Thapa voit des bateaux remonter le courant. Ils n'ont pas le choix – le fleuve est le seul moyen de se rendre dans de nombreux endroits situés au nord. Au loin, on voit les collines de Mandalay, tendrement vallonnées, semblables à des ondulations dans le sable. Elles forment un contraste saisissant avec le redoutable Himalaya à l'ouest et le Tibet au nord. Si hautes et si abruptes sont ces montagnes que le monde prend fin ici pour la plupart. Aucun homme n'a jamais atteint le haut des sommets ou le fond des gorges situées près de Namche Barwa. Pendant très longtemps, les gens ont pris le Tsangpo et le Brahmapoutre pour deux fleuves distincts, car personne ne pouvait s'aventurer de l'autre côté du grand méandre pour voir qu'ils n'en formaient qu'un seul.

Thapa tente de se distraire en admirant la vue jusqu'à ce qu'il n'y tienne plus. Les mots de Mary l'ont ramené à son propre passé.

– Tout le monde n'a pas la chance de pouvoir prendre un nouveau départ, dit-il.

Mary hoche la tête. Un groupe de corbeaux attire son attention. Ils sont perchés côte à côte sur une branche nue d'un arbre mort. Ils donnent l'illusion d'être une famille heureuse. La maman corbeau nettoie le plumage du père pendant que l'adolescent promène autour de lui un regard absent.

Écrasée par la culpabilité, Mary s'échappe dans l'histoire qu'elle avait commencé à se raconter à bord de la chaloupe qui l'avait amenée des Adaman en Birmanie, pendant qu'elle attendait, nauséeuse et angoissée, de mettre les pieds dans le pays de son mari et de son fils pour la première fois.

Il était une fois une tortue qui vivait dans la mer. Elle était si grosse que, dessous, les poissons et les coraux prenaient son ombre pour un nuage de pluie. Un jour, elle nagea jusqu'au rivage le plus proche et creusa un trou profond dans le sable. Elle y déposa une centaine d'œufs qu'elle recouvrit à nouveau de sable pour que personne ne puisse se douter de ce qui se trouvait dessous. Puis elle retourna dans la mer. Quand arriverait le moment où les œufs devraient éclore, elle attendrait ses enfants juste derrière les vagues. Ensemble, ils exploreraient les sept mers du monde, et la huitième, au ciel.

Mais le hasard voulut qu'elle se fasse prendre dans le filet d'un pêcheur. Avant que ses œufs puissent éclore, son corps fut découpé, cuisiné, et les os restants entassés puis enterrés dans le jardin du pêcheur. Si fort était le désir de vivre de la tortue qu'un arbre poussa sur ses os du jour au lendemain. C'était un arbre étrange. Si son bois était aussi solide que du teck, il n'avait aucune feuille, encore moins de fleurs ou de fruits. Le chagrin l'avait dépouillé.

Ne voyant aucune valeur dans un arbre stérile, le pêcheur décida de se construire un nouveau bateau avec le bois. Ce bateau était capable d'affronter les courants et de chevaucher les plus hautes vagues avec un équilibre imperturbable. Le pêcheur le baptisa la *Tortue en deuil*, car c'est ce qu'elle était par l'esprit.

Un jour, le bateau remarqua une jeune tortue nageant au fond de la mer. La *Tortue en deuil* reconnut aussitôt son fils. Chaque œuf porte en lui une trace de ses origines. Malgré la centaine d'œufs déposés par la *Tortue en deuil*, un seul avait survécu. Nageant juste sous le bateau, son fils la reconnut aussi, car par sa silhouette, le bateau ressemblait à une tortue géante.

Tout à la joie de leurs retrouvailles, la mère et le fils ne remarquèrent pas que le pêcheur jetait son filet pour attraper la tortue. D'un geste vif, le pêcheur la captura. Le bateau était désespéré. À la vague suivante, il chavira. Le pêcheur et son filet basculèrent. Le bateau libéra son fils.

Le pêcheur pensa qu'il s'agissait d'un accident. Il nagea jusqu'au rivage et avec l'aide d'autres pêcheurs, il retourna chercher son bateau. Cette nuit-là, le bateau se trouvait sur la plage et regardait la mer avec envie. Si seulement il pouvait retourner au large pour retrouver son fils. Mais il ne pouvait se déplacer que dans l'eau, pas sur la terre ferme. Il pria la lune de faire appel à toute sa puissance pour inciter la mer à se soulever.

La lune demanda :

– Pourquoi t'aiderais-je ? Cela interromprait ma routine.

– C'est la volonté et le devoir d'une mère que de veiller sur ses enfants. Si tu m'aides à satisfaire les miens, la nature t'accordera à toi aussi des descendants.

Il y a très longtemps, quand les heures n'étaient pas divisées en jour et en nuit, le soleil et la lune avaient mené ensemble une existence heureuse. Mais les chauves-souris étaient aveuglées par le soleil et les arbres avaient besoin de se reposer dans l'obscurité. Ils poussèrent donc les deux amants à passer du temps séparément. Au bout d'un moment, un malaise s'installa dans leur couple. Un jour, la lune se mit entre le soleil et la terre. Elle lui rappela l'amour qu'ils avaient partagé avant qu'une planète ne vienne se mettre en travers de leur chemin. Fâché par l'audace de la lune, le soleil se mit à la frapper. Encore aujourd'hui, il bat la lune et la taille en pièces.

Dans l'appel à l'aide de la *Tortue en deuil*, la lune entrevit de l'espoir. Elle entrevit la possibilité d'un bonheur. La lune éblouit la nuit en se révélant dans toute sa splendeur. La mer répondit en se soulevant. Glissant dans les vagues, le bateau retrouva le large. La nuit suivante, la lune pondit un millier d'œufs. Ceux-ci finirent par éclore et devinrent des étoiles. On peut encore en voir éclore dans le ciel nocturne, quand une étoile filante sort de sa coquille.

Guidé par son instinct, le bateau retrouva la tortue. Ensemble ils fuirent la mer pour des océans inconnus. Dans un monde à la dérive, ils devinrent inséparables. Confrontés à des prédateurs, le bateau cachait son fils à son bord, car les ennemis les plus puissants du monde aquatique étaient impuissants dans le monde sec du dessus.

Un jour, le fils plongea tout au fond de l'eau pour aller explorer une grotte. Un tentacule jaillit de l'obscurité et l'attrapa. Le bateau assista à la scène. Prévu pour flotter, il ne parvenait pas à plonger en dépit de tous ses efforts. En un éclair, il se désintégra et coula sous la forme d'éclats de bois. Au moment où la pieuvre portait la tortue à sa bouche, un éclat se ficha dans son œil. Un autre s'engouffra dans sa bouche ouverte et se planta dans sa gorge. Se tortillant sous l'effet de la douleur, la pieuvre relâcha la tortue.

La jeune tortue s'échappa mais, remontant à la surface, elle trouva des morceaux de bois à la place de sa mère. Elle se mit à pleurer. Elle s'accrocha à tout ce qui restait. Elle dérivait avec chaque morceau de bois auquel elle pouvait s'accrocher. Elle finit par perdre connaissance.

Lorsqu'elle ouvrit les yeux, elle se trouvait sur une île. Non seulement cet endroit lui était inconnu, mais son propre corps aussi. Il s'était transformé en celui d'un jeune homme. Une vieille femme dormait à côté de lui. C'était sa mère. Il était perplexe. D'un côté s'étendait la jungle. De l'autre, la mer. Près des vagues, il y avait un homme.

– Qui êtes-vous ? demanda-t-il à l'homme.

L'homme sourit.

– Je suis ton père. Je vous ai ramenés ici, toi et ta mère.

C'était le père qui, sous la forme d'un courant océanique, avait poussé le bateau jusqu'à la mer lors de cette nuit de pleine lune et guidé la mère jusqu'à son fils. C'était lui qui avait entraîné les morceaux de bois au fond de l'océan pour sauver son fils de la pieuvre. Il les avait protégés pendant tout ce temps.

Ensemble, ils vécurent sur cette île pendant un moment. Après s'être reposés, ils reprirent leur voyage à travers les différents mondes de la terre, de l'eau et de l'air. On peut encore les voir de temps en temps, sous la forme de trois vagues dans la mer, de trois arbres dans un bosquet ou de trois oiseaux dans le ciel…

Le photographe est assis sur un mur, son longyi remonté et sa chemise accrochée à côté de lui. La chaleur de midi l'a mis en nage et sa chemise doit lui durer toute la journée. Pour une prison, les murs d'enceinte sont faciles à escalader, observe-t-il. Il a du temps pour regarder autour de lui. Les portes de la prison de Khamti ne se sont pas encore ouvertes, mais la cour est déjà bondée. De la famille, des amis, peut-être aussi des collègues et des informateurs, attendent au soleil.

Il a été dépêché par le rédacteur en chef du journal du parti pour trouver une obscure petite prison, pas une grande comme celle d'Obo à Mandalay, en vue de couvrir l'événement. Le journal doit faire comprendre à ses lecteurs la portée nationale de cette amnistie.

Il avait prévu d'arriver une heure à l'avance et d'inspecter les lieux pour trouver le point de vue idéal. Mais la foule a contrecarré ses plans. Personne ne le laissera se poster devant lui. Des parapluies lui bouchent la vue. Cela semble être sa meilleure et sa seule option. S'asseoir au sommet du mur d'enceinte pour avoir une vue d'ensemble.

Les portes s'ouvrent.

Des visages souriants se précipitent à l'extérieur. Les prisonniers ont dû se préparer avec beaucoup de soin pour cet instant. Le photographe saisit des hommes en chemise et veste boutonnées, des hommes avec des lunettes de soleil et des cheveux soigneusement peignés. Il les saisit en train d'agiter la main comme des enfants, en se précipitant vers leurs proches.

Il entend les sanglots et les accueils bruyants. Il sent le goût des friandises qui circulent. Il sent l'incrédulité des étreintes tandis qu'il regarde la scène à travers son objectif.

Il est soulagé. Quelque part autour de lui se cache forcément une bonne photo.

Il laisse son appareil pendre à son cou alors qu'il s'essuie le visage. Il promène autour de lui un regard vide. Il sent un mouvement derrière lui. Deux personnes se trouvent de l'autre côté du mur, de l'autre côté de la route étroite. Une femme âgée, vêtue d'un longyi et d'un chemisier apparemment neufs, avec des fleurs dans les cheveux. Elle est visiblement mal à l'aise. Elle n'a peut-être pas l'habitude de porter des vêtements à la mode. Elle n'a peut-être pas envie d'être ici. Elle n'aime peut-être pas l'homme avec qui elle se trouve, un homme plus jeune qui se détache de la mer des longyis avec son pantalon occidental. Il se demande pourquoi ils attendent dehors quand toute l'action se déroule à l'intérieur.

L'un des prisonniers tout juste libérés sort dans la rue d'un pas incertain. Il regarde autour de lui. Il s'arrête. Il leur fait signe. Son sourire révèle une preuve de son emprisonnement – des dents cassées. L'homme lui répond en levant la main. La femme semble sur le point de s'effondrer.

Le photographe a les larmes aux yeux en les regardant s'étreindre. Pas un mot n'est échangé. Tous deux aussi fragiles, ils s'agrippent l'un à l'autre comme s'ils n'avaient jamais été séparés, comme si le cordon n'avait jamais été coupé.

Qui cela pourrait-il être, à part une mère et son fils ?

VALLÉE

Rien ici ne lui rappelle l'endroit d'où il vient.

Thapa a passé les dernières heures à arpenter les rues de Thamel, un quartier dans lequel il n'est pas facile d'entrer, dont il est encore moins facile de sortir. Des rickshaws vont là où la loi ne va pas. Des désirs tenaces emmènent les hommes là où les rickshaws ne le peuvent pas – dans des boîtes de nuit en terrasse et des bars en sous-sol, cachés dans des ruelles encombrées. Le cœur de Katmandou, une vallée enclavée, est inondé. Thamel s'étend tout au fond, cloaque plein d'esprits et de présages qui attend de vous engloutir.

Les bâtiments vacillent comme des ivrognes chevronnés, le ventre en avant et la démarche incertaine. Repoussées par les rues qui ne désemplissent pas, courbées par des plafonds qui menacent de s'effondrer, les entrées sont des trous de serpents. Les humains rampent sur les monticules de débris, semblables à des termites. Quand la catastrophe arrivera, les édifices sombreront tous sans une vague. Car les échafaudages en bambou et les planches de bois qui supportent tout – les temples penchés et les cours qui s'enfoncent, les maisons en ruine et les magasins bondés, les béquilles qui maintiennent les mendiants debout – sont, à vrai dire, de simples consolations. Quand la catastrophe arrivera, c'est toute la vallée, pas seulement ce quartier, qui s'effondrera pour dessiner les courbes et les dépressions d'un fond marin, permettant aux couleurs et aux courants d'adopter librement de nouvelles formes et de nouvelles vies.

Qui sont ces gens, qui se reproduisent comme des rongeurs sur un tas d'ordures ? La semaine dernière encore, il avait appris qu'un homme avait sauté de la terrasse d'un de ces immeubles. Il avait survécu, avec seulement deux fractures en témoignage de son cœur brisé. Quelle vie doivent-ils mener, se demande Thapa, pour penser qu'une chute de deux étages suffit à tuer ? Il faut plus de chance pour se suicider qu'il n'en faut pour survivre.

Entourés d'étrangers, les habitants de Thamel ont appris à parler, randonner et forniquer en langues étrangères, tout en se vautrant dans les restes de leurs pâtes et de leurs gâteaux. Bien que Thapa puisse passer pour quelqu'un du coin presque partout, c'est ici, sur sa terre natale, qu'il se sent étranger. Rien ne lui rappelle l'endroit d'où il vient. À part cette indéniable attirance au fond de son cœur.

À des kilomètres sous la poussière que nous foulons, la terre tourmentée tourne et vire de façon fébrile. Des bruits venus des profondeurs transpercent le présent. Les gens les prennent pour un nuage de sauterelles ou des vents qui gémissent au loin. Pas Thapa. Sur l'horizon imminent de l'avenir, la catastrophe est une incertaine certitude, la plus importante de tous les temps. Elle les unit tous.

Désireux de tuer le temps, Thapa entreprend de faire du lèche-vitrine. La qualité des imitations semble s'être améliorée depuis sa dernière visite. Faux pashminas et faux cachemires. Mannequins blonds bon marché qui portent des vêtements contrefaits North Face la journée et la chuba tibétaine traditionnelle le soir. Images de l'Everest et des autres sommets de plus de huit mille mètres retouchées sur Photoshop. Bijoux en toc et fausses pierres précieuses. Faux khukuris et fausse bravoure gurkha. Faux poils de yak et faux folklore autour du yéti. Marionnettes sales et sweat-shirts d'occasion.

Thapa s'arrête net quand une odeur de cannelle, de tarte aux pommes tout juste sortie du four et de café envahit la rue. Un café rempli d'étrangers et de gens du coin impeccables a pris possession du trottoir. Juste devant est assise une jeune fille originaire des montagnes, joliment apprêtée et moulée dans ses vêtements. Elle se dispute au téléphone avec quelqu'un. Elle a les joues rouges. Sous ses sourcils soigneusement entretenus, son khôl a bavé.

– Il ne mérite pas une seule larme, lâche Thapa en passant devant elle. – La fille se retourne, surprise. – Personne ne le mérite.

Certainement pas ces lopettes. Hier soir, Thapa est allé dans un bar à musique branché. Bien que situé au premier étage, un univers parallèle semblait en expansion depuis l'étroite cage d'escalier. Des centaines de personnes étaient entassées dans le bar, en train de boire, de fumer et d'écouter un groupe d'hommes aux cheveux longs, à la taille étroite et en jean moulant. Des hommes avec la voix et l'attitude de jeunes adolescentes.

Thapa traverse un taudis sans scrupules qui se fait appeler cabinet dentaire. Entassés dans la vitrine, les dentiers sont des oracles. Ensembles enviables de trente-deux dents, demi-mâchoires, molaires décolorées, moules vert menthe et rose chair, tous jacassent comme des esprits possédés. Ce n'est pas un tremblement de terre, pas une tornade, ce n'est pas non plus une inondation – c'est tout ça en même temps. La catastrophe engloutira toute la vie existante et recrachera de nouvelles espèces. Des créatures sans dents et sans mâchoires, cherchant des dentiers de rechange parmi les ruines. Thapa presse le pas.

– Espèce de lâche, crient-ils sur son passage. Ce n'est qu'un pauvre sans-dents, raillent-ils.

Il est soulagé d'entendre des gargouillis liquides étouffer les voix, les noyer. Il suit le son jusqu'à la porte d'un restaurant de sushi. Les cascades apaisantes d'une chute d'eau feng shui évoquent des images d'étangs couverts de lotus où nagent des volutes dorées. Même les fleurs de cerisier en plastique dégagent une impression de sérénité.

Tandis qu'il admire ce monde factice, il entend une femme juste devant lui murmurer quelque chose. “Thamel”, dit-elle à son mari, ou du moins c'est ce que l'homme lui semble être. On ne peut jamais être sûr avec les Blancs, qui touchent les interprètes et les inconnus comme si c'étaient leurs amants. Accrochée à son bras, elle se rapproche pour couvrir le bruit de la foule. “Thamel, dit-elle plus fort. On dirait le nom d’un parfum français, non ?”

Thapa rit.

Un officier de l’armée birmane lui avait un jour demandé un pot-de-vin. Il voulait un parfum français pour sa maîtresse. C’était avant que les Chanel et les Dior de contrefaçon n’inondent le pays depuis la Chine, à l’époque où les seuls qu’on puisse trouver étaient des originaux. Six semaines plus tard, quand il avait fini par mettre la main dessus, il avait ouvert le flacon artisanal pour en inhaler les luxueux secrets. Le parfum dégageait une odeur sophistiquée que n’avaient pas les fleurs et les bâtonnets d’encens.

Ce soir, assis dans un bar à strip-tease, Thapa repense à elle. Accrochée au bras d’un autre, errant dans le dédale de ses pensées. Il lui en veut. Elle avait vu ce qu’il n’avait pas été capable de voir pendant tout ce temps. Thamel, au charme aussi factice qu’un Chanel.

Thapa arrive tard au bar à strip-tease. Dernièrement, il a commencé à les éviter. À une époque, il gaspillait un temps et des sommes considérables en quête de divertissement et de sexe. Une époque où il était sous le charme de ce monde factice.

Quelque chose s’était brisé en lui d’un seul coup lorsqu’il avait fait halte dans un village mishmi près de la frontière. Le chef du village était un ami, et c’était chez son petit-fils qu’il avait retrouvé la photo qu’il avait oubliée. Après toutes ces décennies d’amnésie, un instant enfoui lui était revenu avec l’immédiateté d’hier et la certitude d’aujourd’hui. Thapa avait complètement cessé de boire. De drogues, il n’avait jamais été très amateur de toute façon – il n’avait pas besoin de produits chimiques pour avoir des hallucinations.

Si la photo avait eu une vie humaine propre, elle aurait été adulte à présent. Une orpheline ayant survécu sous de nombreux toits, déterminée à montrer au monde qu’il existait plus de beauté et d’espoir que nous ne pourrions en loger dans nos cœurs.

Thamel n'avait fait qu'exacerber le sortilège de la photographie. Assis parfaitement sobre dans un bar à strip-tease, ce n'est pas une crise de moralité mais d'imagination qui le frappe. Bien qu'elle se trémousse la bouche en cœur en feignant de le regarder dans les yeux, la fille se regarde en fait dans le miroir. La fumée artificielle n'est pas une brume de montagne, pas plus que les douches installées au plafond ne sont des averses. Les lumières des stroboscopes sont si agressives qu'elles pourraient provoquer des crises d'épilepsie. Quand la catastrophe arrivera, la fille sera en train de marchander avec un client dans une des arrière-salles. Le mur basculera sur eux, tuant l'homme alors qu'il a le pantalon baissé. La fille s'en sortira indemne, sauvée par le cadre vide d'une fenêtre ouverte.

Thapa est venu ici pour divertir un potentiel complice. Dans deux semaines, il acheminera un arrivage de drogues récréatives jusqu'en Inde en passant la frontière ouest. Bien qu'il n'ait jamais emprunté cet itinéraire, il est sûr que tout se passera bien. Il transportera les paquets à l'intérieur de carcasses d'agneaux. Transporter de la viande est une pratique courante chez les nomades, en particulier avant l'hiver. Cela masquera également l'odeur.

Des liasses de billets peuvent peut-être acheter un savoir-faire, mais seul un secret peut en acheter un autre. Thapa sait ce qu'impliquent les secrets, surtout pour les hommes. Une fois, il avait vu un officier ramper sur la scène d'un bar à strip-tease pour aller rejoindre la danseuse nue sous la cascade artificielle. Aujourd'hui, trois ans après, l'officier lui est encore reconnaissant de ne l'avoir dit à personne.

À côté de lui, son invité fait courir ses doigts sur les cuisses d'une serveuse. Un peu plus tôt, elle avait essayé de se serrer sur le siège à côté de Thapa sous prétexte de prendre la commande. Il lui avait donc donné un pourboire et lui avait demandé de le laisser tranquille.

Devant lui, sur scène, une danseuse déboutonne sa robe. Si les éléments capricieux le permettent, toutes les soirées passées dans un bar à strip-tease sont vouées à se terminer de la même manière. Une fois la racaille séparée de ceux qui ont de l'argent, une fois la brigade des mœurs assise à l'intérieur, pacifiée par du Black Label, tout tombe. Une chose après l'autre. Le haut. La jupe. Les chaussures. La combinaison. Le soutien-gorge. Les collants. La culotte. De la pluie artificielle se met à tomber aussi. Sous l'éclat d'un projecteur, une fille nue prend l'une des douches les plus ridicules auxquelles un homme puisse assister. Elle s'enduit de lessive juste pour obtenir de la mousse. Malgré les agents blanchissants, ses paupières demeurent bleu turquoise et ses lèvres d'un rose semblable à du plastique.

Thapa se tortille sur son siège. Il est soulagé de voir un nain prendre la relève. Il est le seul à applaudir quand le nain entre sur scène. À Bangkok, un de ses amis tient une agence qui en loue. Ils boivent, ils dansent, ils sourient, même quand des touristes blancs leur saisissent l'entrejambe. Ce sont les nains, pas les strip-teaseuses, qui constituent l'ingrédient parfait d'une nuit de folie.

– Le monde entier taquine les Népalais parce qu'ils sont petits et les Népalais se moquent des nains, dit-il à son associé. Le boucher rit sans conviction.

Les lumières baissent et une chanson passe. Thapa la reconnaît immédiatement, incongrue au milieu de cette séquence de danse et de luxure. C'est une vieille chanson de Bollywood, sortie quelques mois à peine après qu'il avait quitté son village. La silhouette du nain fait vivre les paroles. Ses doigts miniatures et ses pas refluent dans un tourbillon de souvenirs, à la recherche du passé. Son être s'accroche aux émotions avec des gestes brusques. Thapa n'arrive pas à quitter son visage des yeux. Son front plissé, sa bouche entrouverte, accablée par les non-dits. Il est impossible de tout recommencer, même dans ce monde fantôme.

Le danseur s'effondre lentement sur la scène, renonçant au contrôle de ses membres l'un après l'autre. Bien qu'il ait les yeux brillants, il n'a pas versé une seule larme.

Thapa règle la note et quitte le bar. Lorsqu'il franchit la porte de derrière, il est saisi par l'odeur des gaz d'échappement mêlée à celle de la viande rôtie qui sort de la cuisine de fortune. Il se sent nauséeux – tous les événements non digérés de la soirée lui soulèvent l'estomac. Il doit faire quelque chose pour se sortir cette chanson de la tête. Il marche sans but dans les ruelles, sous les balcons qui relient les immeubles telle une corde à linge géante, dans des contre-allées où l'avenir naît dans un tourbillon.

À la faveur de l'obscurité, des transformations radicales se produisent.

La mousse, qui pousse avec une telle liberté et une telle férocité dans les réservoirs et les dômes, sur les piliers et les poutres, était là avant toute réalisation humaine. C'est l'ancêtre de la vie, créée pour toiser l'évolution. On sait qu'un bâtiment s'effondre quand les plantes grimpantes qui tapissent les murs de briques nues se ratatinent, quand les pigeons sont partis et que les vautours planent à leur place. Les créatures qui vivent à l'intérieur des murs aiment ce mélange de sel, de chaux et de lentilles qu'on utilise traditionnellement comme ciment. Elles l'ont rongé depuis l'intérieur, tels des vers solitaires. Elles ne s'arrêteront pas avant que les os ressemblent aux récifs de corail qu'ils étaient autrefois.

Quelques heures plus tôt, Thapa s'était trouvé à un carrefour encombré de Thamel. Six allées convergeaient vers une place minuscule. C'était une image typique de Katmandou. Gravats, échafaudages, fossés à moitié creusés et bâtiments à demi construits, tous tassés dans les coins et les recoins de cette ville marécageuse. Il y avait un monticule d'herbes au milieu des gravats. Debout au sommet, un homme jetait du grain pour nourrir les pigeons. Les oiseaux, gros et agressifs, n'étaient pas intéressés par ces graines mortes. Descendants de rapaces, ils portaient en eux une faim reptilienne de chair – de chair vivante, succulente, comme l'homme lui-même. Les pigeons, un contre-courant de la marée de l'évolution.

Thapa arrive chez lui, une chambre spartiate qu'il loue au premier étage d'un immeuble décrépi, un peu après le lever du soleil. À l'entrée, il évite une femme qui jette des ordures dans la rue. Une jeune fille est assise sur les marches, la tête entre les genoux. La porte de sa voisine est grand ouverte. La pièce est encombrée de vêtements de couleurs vives, et la télévision est allumée. La pièce hurle et crie même sans personne à l'intérieur. Thapa ferme la porte de sa voisine avant d'ouvrir la sienne. Il la laisse ouverte pour laisser s'échapper l'odeur artificielle du paquet de nouilles qu'il fait cuire. Une odeur qui relie sa vie à Chanel et à Thamel.

Avant de s'asseoir pour manger, il surprend la fille en train de l'observer depuis le palier. Ce doit être celle qu'il a vue plus tôt sur les marches.

– Nouilles ? demande-t-il, soupçonnant la faim d'être sa tragédie du matin.

Elle hoche la tête.

Il remet de l'eau à bouillir. Des nouilles, du thé et un paquet de biscuits, c'est tout ce qu'il a à lui offrir. Elle doit être vraiment affamée. Elle n'a encore rien refusé.

– Tu n'es pas censée aller à l'école ? lui demande-t-il plus tard, en prenant un siège.

Elle est surprise.

– Tu cherches à retourner le couteau dans la plaie ? demande-t-elle, soutenant son regard. Comme le propriétaire qui me crache sur les pieds en disant qu'il ne veut pas s'engraisser avec de l'argent sale, mais qui augmente le loyer tous les mois ?

Ces mots frappent Thapa comme une gifle au visage. Il ne comprend pas comment une question aussi innocente a pu blesser quelqu'un.

– Pourquoi est-ce que tu ne m'as pas laissée m'occuper de toi hier soir ? demande-t-elle.

Le délire de la nuit s'est évaporé. Thapa se tortille. Il est trop embarrassé pour dire quoi que ce soit. La fille qui engloutit rapidement les nouilles est l'opposée de la serveuse à qui il a demandé de le laisser tranquille. Sans visage, sans âge, luisante de vulgarité.

– Pourquoi tu ne m'as pas laissée m'occuper de toi ? répète-t-elle, poignardant le silence en plein cœur.

– Parce que je suis assez vieux pour être ton père.

Elle rit. Un rire royal, téméraire.

– Il n'y a que des pères dans les bars à strip-tease, dit-elle.

– J'étais là-bas pour divertir mon associé. Pas moi.

Son rire s'est envolé, comme par respect. Tout à fait sérieuse, elle demande :

– Tu préfères les garçons ? Il y en a plein à Thamel.

C'est à son tour de rire. Un rire sincère, ordinaire.

Thapa se résigne à une journée perdue. S'il s'endort maintenant, le rire va sans doute remuer la boue de ses émotions pour la transformer en rêves.

Il commence sa journée en mettant ses vêtements à tremper. Puis il fait la vaisselle avant de retourner finir sa lessive. Ayant vécu seul la plus grande partie de sa vie, il a l'habitude des rituels domestiques quotidiens. Aucune tragédie, émotion ou agression n'est assez grande pour qu'il renonce à sa lessive.

Le ménage du jour derrière lui, il sort dans la foule des randonneurs, rabatteurs, mendiants, parieurs, accros au crack, prostituées trop jeunes et clients trop vieux. Thapa ne peut se perdre, même dans une telle foule.

La chute brutale des températures semble venue de nulle part. Par cet après-midi particulièrement sec, le vent annonciateur de pluies a soulevé des tourbillons de poussière, renvoyant les gens à des instants dont le corps ne se souvient que sous forme de sensations mais dont l'esprit a perdu tout souvenir.

La bise glaciale entraîne la pluie des sommets dans la vallée. Les gens n'ont que quelques minutes pour se préparer. Pour pousser le monde sous des corniches et des auvents, pour le laisser de côté et s'agenouiller devant l'orage.

Le sol devient humide avant l'heure. Les dépôts d'une mer qui s'est évaporée il y a des millénaires, écumant sous le souffle des créatures en hibernation – les plus entêtées qui, dans leur sagesse, se sont accrochées à leurs branchies, préférant la mort du sommeil à la vie des poumons. L'air, lui aussi, s'éveille à la vie sous l'effet des souvenirs. Des ancêtres aviaires battent désespérément des ailes dans les griffes des carnivores, encore incapables de voler.

Le vent frappe Thapa dans le dos. Un frisson lui parcourt les membres et s'écrase dans ses ongles. Sa peau se couvre de chair de poule.

Il entre dans la première boutique pour échapper au déluge imminent. C'est une bijouterie, pas plus grande qu'une cabine téléphonique. Dès qu'il entre, il se souvient que ses vêtements sont en train de sécher sur la terrasse, nus et vulnérables sous les pluies acides de Katmandou.

– Vous désirez voir quelque chose ? demande la vendeuse avec un accent américain. Lapis, argent, turquoise, corail ?

Thapa s'aperçoit qu'il est le seul client.

– Rien, répond-il en népalais. Je ne sais pas quoi acheter.

– Oh, je vous avais pris pour un étranger. Pour qui cherchez-vous quelque chose ? Votre femme ? Votre fille ? demande-t-elle en changeant de langue.

– Pour personne, s'excuse-t-il.

Il cherche quelque chose à acheter, quelque chose qui ne soit pas destiné aux femmes. Il regarde les bibelots. Le sol est encombré d'objets artisanaux, du genre que seuls les étrangers adorent acheter. Thapa examine de plus près les statues de cuivre miniatures. Elles ressemblent à des dieux. Ou s'agit-il de monstres ? C'est difficile à dire. Certains sont en train de forniquer. Un mâle et une femelle sont debout face à face, soudés au niveau des hanches comme des Siamois. Une autre figurine montre une femme assise sur un homme qui la pénètre. L'homme tient la femme par la taille tandis qu'elle l'étrangle. Pourtant, il semble en pleine extase.

– Ridicule, s'exclame Thapa.

Puis il aperçoit le monstre.

Caché dans un coin, Bhairava, la divinité tantrique, est assis dans la posture du lotus, en train de copuler avec une jolie fille moitié moins grande que lui. Il est en bronze, avec de grands yeux furieux et une bouche grand ouverte découvrant des crocs de loup. Le corps nu de la fille est peint en turquoise, ses tétons en rouge sang. Elle a les yeux fermés, la tête qui retombe en arrière dans une position de soumission.

Il sent le regard de la vendeuse ramper sur son dos. Ses lobes d'oreilles sont brûlants de honte. Il tourne nonchalamment son attention vers la boîte posée à côté des figurines, une grosse boîte remplie de boucles d'oreilles.

– Elles sont en solde, dit la vendeuse. Comme vous êtes d'ici, la ristourne sera de vingt-cinq pour cent. Pour les étrangers, c'est dix.

Il prend la première paire qu'il voit. Il n'attend pas la monnaie. Il est là, en train de tripoter des boucles d'oreilles pendant que ses vêtements lavés à la main prennent la pluie. Il s'éloigne, bien trop conscient de son reflet qui le suit dans la vitrine. Un solitaire maladroit, vieillissant. Un monstre.

Le tonnerre explose autour de lui, et Thapa se met à courir même si personne d'autre ne l'imite. Il a l'air d'un homme ayant un but. À Thamel, il se démarque des autres. La danse des ombres du nain, la femme blanche pot-de-colle, l'innocence de la serveuse nubile, tout cela l'a suivi dans la rue. Incapable de le supporter, il tourne brusquement dans une ruelle.

C'est une impasse, débordant d'ordures laissées par les restaurants et boutiques alentour. Il halète de façon irrépressible. Il est consumé par un sentiment étrange. Ici, l'air est insupportablement moite et les poubelles empestent la noix de coco pourrie et les algues putrides, comme un marécage côtier.

Il voit une femme accroupie dans les ordures. Centimètre par centimètre, sa présence silencieuse l'engloutit, tels des sables mouvants. Ses cheveux en bataille sont pleins de nœuds. Sa chemise trop grande est boutonnée de travers et son pantalon est maintenu à l'aide d'une corde. Son corps arbore les rondeurs de la maternité. Elle a une énorme ecchymose noire sur la joue gauche, comme si quelque chose de lourd, une brique ou un poteau, lui était tombé dessus. Ses yeux, ils lui rappellent les siens après le glissement de terrain. Un regard qui ne voit rien, ni la crasse ni le chagrin. Ses traits émoussés de fille des montagnes, sa peau brûlée par le soleil et son anneau dans le nez suffisent à Thapa pour comprendre sa situation. Une survivante du récent séisme qui a frappé les régions du Nord. Une jeune mère issue d'une famille de fermiers illettrés.

Thapa maudit la superstition des Népalais qui les a poussés à l'abandonner. Pour eux, elle est un mauvais présage. Les tremblements de terre et la misère suivent son ombre. Il a envie de lui tendre la main, d'une façon ou d'une autre. Il cherche dans ses poches. Il ne lui reste que cinquante roupies. Il les pose à ses pieds. Il hésite, puis retire sa montre de créateur et coince le billet avec. Elle la ramasse. Elle joue avec le cadran, la pose en équilibre sur sa tête.

Thapa est encouragé par ces signes de vie, si puérils qu'ils puissent paraître. Il est tellement perdu dans la contemplation de cette femme qu'il pourrait rester ici pendant des siècles. Enseveli, tel un fossile, dans les sables de son chagrin éclairés par la lune.

Dans sa brusque ascension, la pleine lune a dévoré le soir défaillant, révélant les immondices sous un jour nouveau. Ce sont des créatures marines, camouflées, qui se fondent dans le paysage. Pelotonnées les unes contre les autres, s'accrochant aux membres et aux queues de leurs semblables pour se rassurer. Des ammonites et des nautiles qui ressemblent à des capsules de bouteille. Des méduses flottant comme des sacs en plastique, emmêlées avec des serpents et des anguilles qui se font passer pour des tuyaux cassés. Des lys et des étoiles de mer qui imitent les couleurs des bouquets jetés aux ordures. Des reptiles que l'on ne voit que sous forme de textures, gisant çà et là pareils à des pneus crevés et des bouts de métal. Endormis, ils ressemblent à des nouveau-nés. Innocents. Béats. Vulnérables.

Elle est assise parmi eux, indifférente à ce jeu d'explosion et d'extinction auquel la vie joue autour d'elle. Il avance d'un pas, dans l'espoir de dire quelque chose. Effrayée par son mouvement, elle lui jette la montre dessus. Celle-ci le manque et atteint le mur. Thapa bat en retraite.

Chez lui, il examine la montre. Le cadran est fendu mais elle semble fonctionner. Il y a quelque chose d'autre dans sa poche. Les boucles d'oreilles, des moulins à prières miniatures taillés dans de l'argent. Thapa passe son temps à les faire tourner, effleurant de son pouce les lettres gravées.

Thapa entend frapper à sa porte à une heure avancée de la nuit, alors qu'il est couché, en train de faire ses comptes en vue de son voyage imminent. Il n'a jamais emprunté cet itinéraire, et il veut avoir suffisamment d'argent sur lui pour pouvoir acheter de l'opium s'il tombe sur un cultivateur de pavots.

En entendant les coups désespérés, il craint de savoir qui c'est. Elle se fait appeler Bebo, comme sa star de cinéma préférée. Il ne mesure que cinq centimètres de plus qu'elle et ils ont presque la même corpulence. Pourtant, quand il ouvre la porte, Thapa voit son ombre dominer la fille comme l'ombre d'un monstre deux fois plus grand qu'elle, les crocs tachés par le rouge sang de ses tétons.

Les vents ont quitté la ville mais les pluies se sont attardées. La fille a rendu hommage aux forces de la nature en restant au lit – elle n'est pas allée travailler.

Elle déteste la pluie. Plus que l'hiver, qui lui dessèche la peau comme un parchemin. Plus que le soleil brûlant, le pire ennemi de la peau des étudiantes. La sienne demeure souple et claire sous la pluie. Pourtant, c'est sa pire ennemie.

Thapa hoche la tête sans conviction. S'il dit quelque chose, il craint que cela ne la conforte dans son attitude. Mais bon, pourquoi a-t-il ouvert la porte au départ ?

– Quand je marche sous la pluie ou que je la vois à travers la fenêtre, je ressens des choses, lui dit-elle. Thapa s'adosse au chambranle de la porte, lui bloquant subtilement le passage. Malgré son silence, elle n'est pas d'humeur à s'en aller.

– Quel genre de choses ? finit-il par demander.

Bebo passe sous son bras pour entrer dans la pièce. Dans le noir, elle la traverse à grands pas comme quelqu'un de possédé. Elle s'arrête devant la fenêtre, admirant la vue. Noyés sous la pluie, les rues et les bâtiments de Thamel possèdent le côté factice d'un aquarium. Les flancs de la vallée transparents et solides comme du verre. Des éclairs, telles les créatures du ciel nocturne, fusent dans l'eau illuminée par des couleurs fluorescentes.

Dans le terrain inondé de la nuit, les aiguilles de l'horloge commencent à vaciller. Une imperceptible fissure s'ouvre dans le temps et permet aux couleurs et aux formes de s'échapper. La fluorescence des créatures des grands fonds règne sur les ténèbres. Elles ont voyagé à travers les âges pour réclamer ce qui leur est dû – cette vallée. Celle-ci était jadis une fosse où la lumière n'osait s'aventurer. Les prédateurs étaient aveugles, insensibles à leur propre majesté électrique. Dans le minuit océanique, seuls les plus naïfs étaient dotés de la vue.

Elle lâche un rire inattendu.

– La pluie me met en colère, même quand je ris. Elle me blesse. Je ne peux rien faire. Je suis prisonnière de la pluie. Au bout d'un moment, elle m'ennuie.

Thapa allume la lumière. C'est la seule réponse qui lui vient à l'esprit. Encouragée, elle s'assoit sur la chaise sur laquelle elle s'est assise quatorze heures plus tôt.

– J'ai faim, dit-elle. Prépare-moi quelque chose.

Lorsqu'il avait entendu frapper, Thapa ne savait pas du tout à quoi s'attendre et, surtout, ce qu'elle attendait de lui. Il est soulagé d'apprendre qu'elle a faim. Tellement soulagé qu'il ne se demande même pas pourquoi il est son chef cuisinier préféré quand il s'agit de faire cuire des nouilles en sachet.

Cette chose à la silhouette enfantine a presque terminé sa ration du jour. Si elle est aussi affamée qu'elle l'était le matin, Thapa sait qu'il n'aura plus rien. Il utilise un truc que des rebelles en planque lui ont appris. Si on fait frire du pain rassis et qu'on le saupoudre de sel, il tient mieux au ventre. Après ce plat de prédilection, elle cesse de réclamer à manger.

Elle regarde autour d'elle, se demandant ce qu'elle peut bien exiger maintenant.

– Raconte-moi une histoire, dit-elle.

Thapa garde le silence.

– Tu as dit que tu étais assez vieux pour être mon père. Alors raconte-moi une histoire, répète-t-elle. C'est ce que les pères font pour leurs enfants.

– Je n'en connais aucune, s'excuse-t-il.

– Si tu ne me racontes pas une histoire, je me suicide.

Pour la première fois, Thapa la regarde droit dans les yeux.

– Tu as bu ?

Elle secoue la tête. Non.

– Drogue ?

Non.

– Fumé quelque chose ? mime-t-il.

Encore non.

Elle affiche une solennité théâtrale. Elle ne laisse pas Thapa détourner les yeux, et il n'en a plus envie. Il est curieux. Fut un temps où Thapa avait envisagé de se suicider. Mais il n'avait pu s'arrêter sur une méthode. Lorsqu'il avait fini par se décider, la culpabilité l'avait empêché de sauter le pas.

Il réfléchit aux options qui s'offrent à elle. On ne peut pas se tuer en sautant d'un bâtiment de Thamel, ils sont trop bas. Les somnifères ne sont fatals qu'aux Européens. Si trop de sommeil pouvait tuer les Asiatiques, nous serions tous morts à présent, pense-t-il. S'ouvrir les veines est mélodramatique et inefficace. Cela sied à sa personnalité.

– Comment comptes-tu te suicider ? demande-t-il.

– Je n'ai pas envie de sauter d'un immeuble ni de me tailler des veines, car mon cadavre serait affreux. Je veux être belle jusqu'à la fin. Je ne veux pas non plus prendre du poison ou des somnifères, parce que je ne veux pas mourir en étant inconsciente. Je veux en faire l'expérience… Je peux te demander quelque chose ? Mais tu n'as pas le droit de rigoler.

Thapa hoche la tête.

– Et si j'arrêtais simplement de respirer ? Si je retenais ma respiration assez longtemps pour me tuer ?

Il rigole.

– D'après ce que tu dis, te noyer dans la Bagmati me paraît être la meilleure solution. L'eau t'empêchera de respirer.

Ses yeux s'écarquillent. Elle est visiblement fâchée.

– Comment tu sais mon vrai nom ? demande-t-elle, la voix tremblant sous le poids des larmes.

– Je ne le sais pas, répond-il.

– Tu dois bien savoir que je m'appelle Bagmati, sinon pourquoi est-ce que tu aurais suggéré que je me noie dans cette rivière maudite ? Tu te moques de moi.

Bebo ne ressemble plus à une enfant gâtée, mais à une femme trahie.

– Pourquoi tu veux te suicider ? demande-t-il.

– Parce que je m'ennuie. Je m'ennuie tellement que je ne vois aucune autre solution. Je n'ai jamais mis les pieds hors de Katmandou. Je n'ai jamais vu la neige ni l'Everest, alors que n'importe quel étranger puant, oui. Tu y crois ? Rien, ni la mer ni même une cascade, seulement cette rivière-poubelle brune et sale. Je mettais de l'argent de côté pour partir. Mais, après, le nouvel iPhone est sorti et, du coup, je me le suis acheté. Au début, il était parfait. Il me faisait une peau éclatante et des cheveux brillants. Il me faisait une bouche en cœur, comme une héroïne. Il me donnait l'impression d'être tellement sexy que j'aurais pu tomber amoureuse de moi. Mais bien vite je m'en suis lassée. Combien de photos on peut prendre ? Combien de fois on peut appeler les mêmes amis ? Ils sont tellement ennuyeux de toute façon. C'est toujours le même refrain. Maintenant, je n'ai plus d'argent de côté pour partir.

Thapa ignore comment un téléphone peut vous faire paraître plus beau, mais il ne veut pas l'interrompre. Lui aussi a ressenti cette euphorie. Ce qu'il y a de bien avec les gadgets, c'est qu'on peut les acheter et les revendre.

– Je peux t'aider à revendre ton téléphone, propose-t-il en le regrettant aussitôt. Il est évident qu'elle ne recherche pas les conseils d'un voisin.

La clameur irrégulière de la pluie reprend, intensifiée par la coquille de Thamel, faite de plastique et de bâches imperméables. Les pensées de Thapa dérivent jusqu'à la femme déséquilibrée, petite tache lointaine sous la pluie. Elle est encore là où il l'a vue. Ni les violeurs en maraude ni les chiens, pas même un déluge, ne peuvent la déloger. Les Népalais, impitoyables et superstitieux, avaient finalement raison. Les survivants des catastrophes apportent la catastrophe avec eux, car elle les habite en permanence. Le tremblement de terre vit en elle. Ses souvenirs en sont l'épicentre.

Bebo s'éclaircit ostensiblement la gorge, comme pour lui rappeler qu'elle n'a pas quitté la pièce. Elle retire ses pantoufles et pose les pieds sur la table. Elle libère ses cheveux bouclés de sa queue-de-cheval et entreprend de les peigner avec les doigts.

Pendant un bref instant, Thapa oublie ce qu'il fait ici. Seul et vivant. C'est par des journées pluvieuses telles que celle-ci, quand la terre se change en mer, que les fantômes reviennent à la vie. Les souvenirs, pareils à des créatures depuis longtemps éteintes, commencent à prendre corps.

– Qu'est-ce que tu fais là ? demande-t-il.

– Je veux que tu me racontes une histoire.

– Écoute, j'ai de l'argent liquide sur moi. Prends-le. Je te l'offre.

– Tu crois que je ne suis pas capable de me suicider ? C'est ça ?

– Non. Si tu le veux vraiment, tu peux faire n'importe quoi. Tu es une fille intelligente.

– Alors tu crois que je n'en vaux pas la peine ? Que je ne mérite pas une histoire pour m'endormir ? Que je ne suis bonne qu'à me faire mater et tripoter ?

– Pourquoi est-ce que tu veux que je te raconte une histoire ?

– Quand j'étais petite, je m'ennuyais tellement que je renonçais. Mon père piquait ma curiosité avec ses histoires. Je terminais mon assiette, m'endormais, me peignais, faisais la vaisselle – tout ça pour en entendre une. Maintenant, elles me manquent. Sans les histoires qu'il me racontait, la vie n'a aucun sens.

– C'est ma faute, pas la tienne, s'excuse Thapa en cherchant les bons mots. Je ne me souviens plus d'aucune histoire. Je suis un homme d'affaires. Je sais importer et exporter de la marchandise. Je ne sais pas raconter des histoires.

– Alors parle-moi de toi. Raconte-moi ton histoire à toi.

– Est-ce que ça les ressuscitera ?

– Est-ce que ça te tuera ?

Thapa ne répond pas. Il n'a plus que deux options : lui raconter une histoire comme elle le lui demande ou partir de chez lui et marcher toute la nuit. Mais elles lui font peur à lui aussi, les pluies. Elles nourrissent les désirs comme l'humidité nourrit la moisissure.

Il a une dernière solution. Mais cela l'effraie plus que la statuette en cuivre qu'il a vue plus tôt dans la journée. Ses doigts s'agitent et ses mains remuent toutes seules tandis qu'il regarde autour de lui, implorant les murs. Puis il lisse les plis de sa chemise et s'époussette les genoux. Il prend une profonde inspiration et se lance.

Le village est tout petit. Il n'y a que douze familles qui travaillent dans dix fermes, et elles ont toutes un lien de parenté. Il y a sans cesse des disputes concernant l'eau et les limites des propriétés, mais ce n'est pas leur faute. La seule chose que la nature leur a donnée en abondance, ce sont des humains. Les hommes s'enfuient pour livrer des guerres qui ne les concernent pas. Les femmes et les enfants sont vendus pour échapper à la pauvreté.

Lui-même est un jeune garçon. Oui, c'est un mari, un père et un fils, mais c'est encore un jeune garçon. Il en a assez vu pour savoir une simple chose. Pour la survie de sa famille, il doit travailler dur et se montrer malin. Avec des plans élaborés et l'aide de sa famille et de parents, il parvient à construire un canal reliant sa ferme au courant glaciaire qui coule en amont. Cela ne rend pas leur vie confortable ni facile. Cela rend juste la survie possible.

Avec une irrigation constante, ils font maintenant deux récoltes. Son fils a deux ans, et l'homme devient ambitieux. Il veut vendre une partie de sa production. La saison des semailles est terminée car la mousson a commencé. Au lieu de rester chez lui à ne rien faire, il part pour la ville la plus proche. Le trajet à pied prend trois jours.

– Pourquoi tu pleures ? demande Bebo à Thapa qui, avachi sur sa chaise, semble se confier au sol. – Les larmes laissent des taches humides sur sa chemise, son pantalon, même ses chaussettes. – Qu'est-ce qui s'est passé ensuite ?

Cette nuit-là, un nuage éclate au-dessus des sommets lointains qui dominent sa maison. Un glissement de terrain emporte tout le village endormi. Pas une seule maison ne demeure debout. À son retour, il reste assis sur les décombres pendant des jours. Il n'a pas la force de déblayer les gravats. Il ne parle pas. Il ne mange pas. Une tante habitant le village voisin lui dit de pleurer – les hommes qui en sont incapables ne sont bons qu'à faire la guerre. Mais il n'y arrive pas. Il quitte le village, et n'y retournera jamais.

Sitôt l'histoire commencée, Bebo a cessé d'exister. Elle ne sait pas comment attirer son attention. Comme un petit enfant, elle s'accroupit près de lui et le regarde. Le visage de Thapa, appuyé sur ses mains, est caché derrière un marécage de larmes, de morve et de tremblements.

Elle pose un mouchoir rose et un bonbon orange sur ses genoux.

– J'ai terminé toutes tes provisions. C'est tout ce que j'ai.

Les doigts de Thapa s'agrippent à ces cadeaux avec la même ferveur qu'ils avaient fait tourner les moulins à prières.

– On pleure à cause de ce qui s'est passé, lui dit-elle. On pleure parce qu'on ne sait pas ce qui va se passer. Il nous arrive aussi de pleurer à cause de ce qui va arriver. Pourtant, on ne peut pas laisser cette chose arriver.

– Comment tu le sais ?

– J'adore pleurer. C'est mon passe-temps préféré. Je comprends mieux les gens quand ils pleurent.

Elle prend ses mains dans les siennes. Les paumes de Thapa, ainsi que les doigts de Bebo le découvrent, sont calleuses. Les lignes de son destin serpentent tels des lits de rivières asséchées. La vie s'est évaporée il y a longtemps, ne laissant que cela derrière elle.

Personne ne savait où la rivière Bagmati prenait sa source, surtout parmi les sukumbasi, les habitants des bidonvilles qui vivaient sur ses berges. Comme toutes les rivières sacrées, celle-ci devait se trouver si haut qu'aucun être humain – et encore moins des gens comme eux, pauvres et sans domicile – n'aurait pu y aller. Mais ils avaient la foi. Ils croyaient qu'elle venait de la terre des dieux – sinon, pourquoi les rois auraient-ils bâti des royaumes et des temples sur ses rives ? Ils vouaient un culte à cette rivière, même sous la forme d'un avatar sale et émacié.

Ses parents avaient baptisé leur première-née Bagmati pour apaiser la rivière. Car leur maison était la dernière avant que l'eau n'inonde tout. Leur vie reposait sur un sol qui sombrait. Chaque année, les pluies leur coûtaient un mur ou un toit de tôle. Parfois les deux. Pour eux, la couleur du sang était la couleur de la rouille, et le goût du sang était le goût de la rouille.

Bagmati, leur fille, cherchait du réconfort dans son homonyme. La nuit, croyait-elle, les poissons se voyaient pousser des pattes et marchaient comme des têtards. Elle les voyait s'entraîner la journée, en sautant de plus en plus haut. Elle ne se doutait pas que c'était le contraire. Dans le noir, les créatures dotées de pattes rêvaient de nageoires et d'ailerons. Elles pesaient la valeur des branchies et des poumons sur la balance de la survie. Quand la catastrophe arrivera, il sera plus sage de nager que de courir.

La rivière emporta le premier animal domestique de Bagmati, un petit chien perdu qui l'avait suivie dans l'eau. Cela ne fut pas la seule tragédie qu'elle lui infligea. Les infiltrations permanentes obligeaient ses parents à prêter plus d'attention à leur taudis qu'à leurs enfants. Étant l'aînée, elle avait été vendue comme bonne à tout faire. Son maître la caressait et la pelotait dès qu'il en avait l'occasion, aussi diligemment que sa maîtresse fermait la porte de la salle à manger pendant les repas. Le regard des affamés, lorsqu'il se posait sur la nourriture, jetait sur celle-ci des malédictions irrévocables.

À quinze ans, elle trouvait la logique de la survie injuste. Pour ses parents, sacrifier un enfant pour en sauver trois autres relevait d'un calcul plein d'humanité. Mais elle, la sacrifiée, refusait de laver le sang menstruel, la luxure quotidienne et la vaisselle sale des autres.

Si bien qu'elle s'était enfuie. Elle avait dormi dans les rues de Thamel jusqu'à ce qu'elle trouve du travail dans un bar à strip-tease. Elle serait serveuse, pas prostituée ni danseuse, avait dit le patron – des postes plus prestigieux.

Il avait été l'un des premiers clients à la remarquer. Même si de nombreux étrangers venaient dans les bars à strip-tease, lui se détachait du lot. Un gros Américain, qui était le seul à leur parler, à avoir envie qu'elles s'asseyent, flirtent et rient avec lui.

Il était intrigué par sa timidité. Contrairement aux autres, elle détournait les yeux quand elle le surprenait en train de la dévisager. C'était lui qui avait tenu un miroir devant son visage pour lui montrer le charme qu'elle dégageait. Ses épais cheveux bouclés, ses pommettes hautes, son petit nez et ses yeux réticents la rendaient adorable. Il lui achetait des cadeaux. Un appareil photo digital, un sac à main, du maquillage. Un soir, il lui dit qu'il voulait investir dans sa personne. Elle était la seule chose pure de toute l'Asie.

Lorsqu'elle refusa, il lui offrit plus. Il lui montra les dizaines de cartes de crédit qu'il possédait. Il pouvait la payer dans la monnaie de son choix. Roupies, dollars, bahts, yuans. Elle n'avait qu'à choisir. Fixer son prix.

Il commença par deux cents dollars. Chaque jour, il augmentait un petit peu, jusqu'à ce qu'il en ait assez et qu'il lui en propose dix mille. Cette nuit-là, il était vraiment saoul et il avait dormi sur un canapé du bar. Personne n'avait pu le soulever. Il était trop lourd.

Ce soir-là, elle pleura. Elle n'avait pas voulu marchander. Pour finir, elle coucha avec un danseur. Un de ces extras qui séduisaient sur scène la vedette du show. Elle tomba amoureuse de sa peau douce, de sa silhouette élancée et de ses fausses promesses de mariage. Elle le quitta au bout de cinq mois. Elle avait de la chance de ressembler à une étudiante, lui disait-il, le style que recherchaient les clients alors qu'ils convoitaient les filles haut de gamme qui traînaient dans les centres commerciaux et se déhanchaient dans les cafés. Cela lui serait d'une plus grande utilité en tant que prostituée qu'en tant qu'épouse.

C'est seulement lorsqu'elle renonça à toute relation qu'elle comprit qu'elle avait fait fausse route à propos de l'Américain. Sur cette terre, l'argent était la plus haute forme de respect. Alors que tout le monde la laissait tomber, il avait été l'un des rares à la considérer comme un investissement financier valable.

À partir de ce moment-là, Bebo s'accrocha à cette philosophie comme la petite Bagmati s'était accrochée aux histoires que son père lui racontait, invitant le sommeil et les rêves. Dans la vie, tout avait un prix. Le défi, c'était de pouvoir tout s'offrir.

Une nuit, assez tard pour que ce soit presque au matin, Bebo se démaquillait en faisant la vaisselle. Elle avait beau avoir mal aux jambes à cause de ses talons hauts, elle ne parvenait pas à se reposer avec des plats pleins de graisses. Un évier encombré, c'était son pire cauchemar.

Alors qu'elle récurait une casserole, l'odeur du détergent la ramena à l'époque où elle était une esclave trimant à la cuisine. Bientôt, sa maîtresse viendrait pour emporter les plats dans la salle à manger puis fermerait la porte derrière elle, la laissant se demander quel genre de malédictions les personnes suralimentées jetaient aux affamés.

Bagmati était née dans un milieu pauvre, facile à satisfaire. Même une petite somme d'argent suffisait à leur donner le sourire. Mais en fermant cette porte, sa maîtresse l'exilait dans un endroit où aucune richesse, pas même les nouveaux jouets, expériences ou addictions que celle-ci pouvait lui offrir, ne la rendrait heureuse. Après avoir commencé à travailler dans ce bar à strip-tease, la misère quitterait le quotidien de Bebo pour entrer dans sa tête.

Trois ans seulement séparaient ces deux moments. Dans ce court laps de temps, Bebo s'était retrouvée plus pauvre que la famille qu'elle avait quittée. Elle avait peut-être connu des moments d'extase, de tristesse, de colère et de rire, mais jamais la satisfaction d'une rivière qui coule librement. Car elle souffrait d'insatiabilité. Celle-ci s'était propagée de son esprit à son corps, et de son corps à son cœur.

Elle se nettoya le visage et natta ses cheveux. Une fois dans son lit, elle décida de faire des économies et de quitter le monde des bars à strip-tease avant de succomber à l'amour factice d'un souteneur et de faire des calculs inhumains concernant ses propres enfants.

Mais la maladie de l'insatiabilité, particulièrement virulente, s'aggrava lorsqu'elle vit la dernière version de l'iPhone dans les mains d'un client qui photographiait sournoisement son derrière.

– Montre-moi la photo, demanda-t-elle, et elle admira la nouvelle application tendance et le corps métallique de l'objet encore plus tendance. Pour se sentir plus jolie, plus sexy et plus heureuse, il lui faudrait investir dans un téléphone plus performant.

Trois mois après l'avoir acheté, elle se sentait à nouveau fébrile. Se suicider n'était pas une si mauvaise idée après tout. C'était une idée aussi chaude et réconfortante que des nouilles préparées par un inconnu qui ne voulait pas coucher avec elle. Jusqu'à ce qu'il utilise le mot "père" et lui rappelle une innocence qu'elle pensait avoir perdue depuis très, très longtemps. Avant que les rivières, les montagnes, les vallées et les glaciers ne se soient formés, à l'époque où la terre était encore plate. Aussi plate et pure qu'une feuille de papier vierge.

Le soir suivant, lorsqu'elle avait dit à Thapa qu'elle détestait la pluie, elle avait menti. Debout sur le seuil, elle n'avait pas eu le courage de lui avouer que c'était lui et non la pluie qui avait fait ressortir des sentiments qu'elle avait mis une vie à oublier.

Le stupa de Bodnath s'élève au milieu d'une étendue stérile. Un dôme blanc plus haut que tous les catacombes et bâtiments alentour, plus haut même que les lointains gratte-ciel. Il repose tel un œuf géant, à moitié enfoui dans le sol. Sur le pinacle du stupa, un artiste a peint les yeux et le nez du Bouddha. Les yeux bleu vif, ourlés de rouge et avec des pupilles d'un noir d'ébène tourbillonnant au centre, dominent Katmandou de leur regard brûlant. Des yeux peints avec des couleurs scintillantes volées à un martin-pêcheur chassant dans les marais du Terraï.

Le soleil a décoloré la ville, éparpillée comme des gravats sous un ciel vide. Tout ce qui était vif – les couleurs, les émotions, les sons, les amours compliquées – s'est estompé pour se montrer sous son jour le plus pâle. Installé dans un restaurant en terrasse dominant le stupa, Thapa met ce phénomène sur le compte des yeux du Bouddha, qui s'immolent par la couleur.

Au fil de son histoire, Katmandou a vu se succéder de nombreux royaumes prospères sur les berges de la Bagmati, alimentant le commerce entre les plaines et les montagnes. La guerre civile avait pris fin un peu plus tôt. Quelqu'un avait abattu le roi en plein repas. Quelqu'un qui était assis à côté de lui et qui ne parvenait pas à digérer la tyrannie absolue d'un roi ayant le pouvoir d'abolir jusqu'à la monarchie.

Mais l'indignation brûle ainsi qu'elle l'a toujours fait. Elle oblige les enfants de la vallée à émigrer – n'importe où sauf ici. Même les déserts et les deltas ont plus de dignité, car ils suivent les lois de la nature, contrairement à ces terres plus hautes que toutes les autres. Ici, les braises couvent sur la glace.

Thapa voit les fissures qui parcourent le dôme du stupa. Quand la catastrophe arrivera, les secousses le fendront par endroits, tel un œuf sur le point d'éclore. Des insectes géants, des reptiles ailés et des amphibiens aux couleurs iridescentes seront tirés de leur profond sommeil. Ils sortiront de la crevasse, plumes et membres englués de sève amniotique, tremblants sous le coup de cette mobilité. Tous ne sont pas capables de planer ou de ramper, ni même de tituber. Il y a aussi ceux qui se laissent porter par le mouvement. Les étoiles de mer, les limaces, les mollusques et les crustacés, ceux qui comptent sur les courants. Que feront-ils, se demande Thapa. Se fixeront-ils sur d'autres ? Ou attendront-ils que le déluge déferle sur la coquille d'œuf ?

Dans les bouleversements provoqués par la catastrophe, des rivières dévieront de leur cours pour finalement se transformer en lacs. La vallée sera à nouveau inondée. Pour finir, tout au fond du ventre de l'avenir, les lacs feront place à un glacier et le glacier à une mer.

Une tornade marquera le début. Les vents violents feront tourner les moulins à prières, les cent qui bordent la base du stupa, dans la direction opposée. Les hordes de personnes déambulant autour du stupa pour faire tourner ces moulins changeront elles aussi de direction. Elles reviendront sur leurs pas. Inversant toutes leurs vaines tentatives d'évolution – se transformant de lac en mer puis en terre et en montagne. Descendant du plateau dans les plaines et, maintenant, dans la vallée. Passant d'une seule cellule à une de trop. De six pattes à quatre puis à huit et enfin à deux. Pour finalement tourner en rond, débordant du désir de revenir.

Depuis les hauteurs du restaurant, Thapa ne voit aucune différence entre le mouvement chaotique des fourmis et l'errance irréfléchie des pèlerins. Ils avancent tous dans la même direction, semblables à un organisme malheureux ralenti par l'épuisement d'un milliard d'années. Avec ces yeux bleus divins qui les surveillent, guidant chaque pierre et chaque cellule vers la mort.

Thapa réalise que lui et Platon, son ami birman qu'il est venu retrouver ici, sont bouddhistes, même si ni l'un ni l'autre ne le reconnaît. La foi n'a jamais eu sa place dans leurs conversations, et ce en plus de trente ans.

– Notre dieu a les yeux bleus, lui dit Thapa en lui montrant les yeux peints sur le stupa, mais les nôtres sont noirs.

Cette différence lui apparaît comme la raison profonde de leurs souffrances. Il sourit.

Platon lui rend son sourire pour lui être agréable. Il est venu à Katmandou afin d'aider Thapa à organiser son voyage en Inde. C'est prendre un risque inutile, selon lui. Mais qui peut convaincre Thapa de renoncer à une occasion de se faire de l'argent ?

Ils boivent tous les deux du thé au gingembre, incapables d'absorber des choses plus consistantes. Après douze ans passés dans une prison indienne, Platon apprécie le goût du gingembre frais. Celui-ci est âpre, comme l'ironie d'être libre en exil. En tout, il a passé plus de la moitié de sa vie dans des prisons – birmanes et indiennes. Il a récemment été disculpé de toute activité criminelle et s'est vu proposer l'asile dans les lointains Pays-Bas. C'est une idée étrange. Apparemment, là-bas, les gens ne mangent pas de riz, seulement du pain. Ils ne boivent pas non plus de thé. Ils préfèrent le café. Et comment est-il censé poursuivre son combat contre la junte dans son pays ? Par l'intermédiaire d'Internet, lui disent ses avocats. Pendant que Platon était en prison, des gens très intelligents ont créé un univers parallèle qui reflète et impacte celui-ci. On peut y accéder par le biais d'un ordinateur. Non, merci. Platon préfère communiquer avec sa mère par la pensée plutôt que grâce à un écran d'ordinateur.

Un scarabée d'un jaune irisé se pose dans l'assiette de Thapa, détournant l'attention des deux hommes. Son corps noir est taché de points jaunes, et un duvet orange couvre ses trois paires de pattes. Hypnotisés par cet intrus, ils regardent le scarabée utiliser ses pinces pour perforer un sachet de thé et en extraire du liquide.

– C'est quoi, cet insecte ? demande Thapa.

– Je ne sais pas. Même les insectes ont changé pendant que j'étais en prison.

Thapa rit. Dérangé par cette nouvelle vibration, le scarabée ouvre des ailes magenta et s'envole. Les deux hommes suivent la traînée de couleurs kaléidoscopiques dans l'air et sur le toit voisin.

À côté du restaurant, un vieil homme grimpe sur un toit en pente délabré pour arracher des mauvaises herbes. Les dévots se moquent des tas d'herbes qui tombent du ciel, pourvues de racines et de fleurs. Les jambes arquées, celui-ci s'efforce de trouver des prises sur les tuiles branlantes. En dessous l'attend une chute verticale de trois étages qui s'achèvera dans la cour du stupa.

– Faites attention à vous, père, crie Thapa. Le vieil homme lui répond par un sourire, révélant une rangée de dents manquantes, tandis qu'il ajuste son bonnet artisanal.

Thapa se demande à quoi ressemble sa vie. Démarche bancale, dents manquantes, et pourtant mû par la volonté de grimper sur le toit en pente d'un immeuble de trois étages pour arracher les mauvaises herbes en échange d'une somme inférieure à leur note de restaurant.

– Un vieil homme rampe sur le toit, risquant la seule chose qu'il possède encore, sa vie, pour se nourrir. En dessous vivent des hommes beaucoup plus jeunes, en train d'écouter la radio, de regarder la télé ou de dormir. Ils ont vendu leur femme et leurs enfants. Ils ne supportent pas de garder leur chemise par cette chaleur, dit Platon. C'est le contraste. C'est ce qui transforme la vie en art.

C'est pour cela que Thapa aime bien voir Platon. C'est le seul homme qu'il connaît à parler comme ça. Quelque part dans son charabia se trouve une possibilité de rédemption.

Malgré tout ce qu'il a vu, malgré lui, Katmandou fait toujours naître une certaine tendresse et une certaine angoisse chez Thapa. Il n'arrive pas à se la sortir de la tête, cette femme folle qu'il a croisée dans cette ruelle. Il y a quelques soirs, il l'a revue.

C'était une nuit sans lune. Thapa s'était aventuré derrière des buissons pour se soulager. Il se frayait un passage à travers pour ressortir, guidé par les réverbères brillant au loin, lorsqu'il avait vu ces yeux de loup, embrasés par le feu qui brûlait en eux. Elle se cachait dans les fourrés. Entièrement nue, chauve et anorexique. Il voyait ses côtes sous sa poitrine ratatinée. Sa peau était couverte d'égratignures et de sang à cause du psoriasis. Le bleu qu'elle avait sur la joue gauche n'était plus une île mais un continent.

Les nuits de pleine lune, elle était l'esprit d'un océan. Les nuits sans lune telles que celle-ci, elle était le fantôme d'une mer qui s'était coagulée.

Assis dans ce restaurant, Thapa est confronté à une difficulté particulière. Si seulement il pouvait imaginer une histoire à partir d'un regard. Si seulement il pouvait voir le monde à travers les yeux de quelqu'un d'autre.

– Pourquoi est-ce que je n'y arrive pas ? demande-t-il à Platon, s'efforçant d'expliquer son problème. Pourquoi est-ce que je n'arrive pas à écrire des poèmes ou des histoires comme toi ? À propos d'autres gens ?

– Tu n'es pas le seul, répond Platon en croisant les bras sur la table. De nombreux écrivains passent une de leurs vies entière à écrire, et pourtant ils souffrent autant que toi. Lorsqu'ils écrivent, c'est sur leur propre vie. C'est la pire tragédie de l'art. Nous sommes capables d'imaginer dieu, les ennemis de dieu, des idéologies à défendre, mais nous sommes incapables de raconter une seule histoire dont nous ne soyons pas le point central. C'est la source de tous les problèmes du monde, mon ami. Mais tu ne peux pas te mettre à la place de quelqu'un d'autre, à moins de renoncer à la tienne.

Par cet après-midi décoloré et déshydraté, Thapa ressemble à un homme amoureux ou sous l'emprise du haschisch. Mais Platon n'a pas envie de s'immiscer dans sa vie privée. Les deux hommes ont toujours partagé leur compagnie, même leurs démons, en silence.

– Pourquoi est-ce que tu t'intéresses autant aux histoires et à la poésie ? demande-t-il enfin. Toi qui me taquinais tout le temps… Le prix d'un poème, c'est quatre dents cassées.

– Une fille, répond Thapa. Elle veut que je lui raconte une histoire. Moi aussi j'ai envie de lui en raconter une. Mais je ne sais pas comment m'y prendre. Je ne sais pas ce qui fait qu'un incident ou un événement devient une histoire. D'ailleurs, qu'est-ce qui fait d'une histoire une histoire ? Ma grand-mère m'en a raconté tellement. Mais est-ce que c'étaient vraiment des histoires ? Ou juste…

Thapa ne termine pas sa phrase. Il est distrait par un filet de sueur qui lui coule le long du cuir chevelu et dans le dos. Il ne supporte pas l'idée de tacher sa chemise tout juste sortie du pressing.

Si Platon n'avait pas passé toutes ces années en prison, il n'aurait pas compris le problème de Thapa. Mais il a passé la partie la plus prometteuse de sa vie dans une cellule. Cela lui a appris à lire, à écouter et à comprendre le silence qui suit les phrases inachevées.

– C'est la même chose que ce qui change la vie en mort, répond-il.

En prison, Platon s'était vu refuser toute stimulation – crayons, journaux, thé, conversations, espoir. On lui avait refusé une vie, même celle d'une fourmi ou d'un cafard. À la fin, ce n'était pas l'isolement qui avait eu raison de lui, mais cette simple perte de temps. Faussement qualifié de terroriste par les services secrets indiens, il a peur d'en devenir un, juste pour se venger du temps perdu.

– Le changement, explique Platon. Il faut qu'il se passe quelque chose. Sans ça, l'histoire est morte. Nous sommes morts.

– Je ne suis pas sûr de comprendre, dit Thapa.

– Disons qu'une femme qui n'est pas mariée tombe enceinte, explique Platon. Désolé, une fille… Elle doit faire des choix. Se marier ou pas, garder cet enfant ou pas, l'abandonner ou pas. Quoi qu'elle choisisse, elle ne peut en sortir inchangée. L'histoire ne peut se terminer comme elle a commencé.

Thapa sombre dans le silence, fouillant les mots de Platon en quête de quelque chose à récupérer.

– Tu as changé, toi ? demande-t-il à Platon. Tu crois que ta vie est une histoire ?

– C'est une tragédie, répond Platon. Ils rient.

Platon a les larmes aux yeux.

– Et toi ? demande-t-il à son ami. Tu as changé ?

Thapa reste assis, des larmes scintillant sur ses joues. Nu et vulnérable, comme une femme démente par une nuit sans lune.

Le vieil homme est descendu du toit et se tient en dessous. Ses jambes dépassent du tas d'herbes qu'il a passé des heures à arracher. Il ne voit pas Thapa derrière lui, qui le regarde tandis que lui-même regarde le stupa. Il affiche un bref sourire édenté en agitant la main à l'intention du dieu aux yeux bleus.

Avant de se séparer, Thapa donne la photo encadrée à Platon, ainsi qu'il avait prévu de le faire presque dix-huit ans plus tôt.

Le pays des montagnes est sorti de la mer. Il y a beaucoup de choses que les étrangers ne comprendront jamais, car ils ne sont pas nés ici. Il n'est ni plat ni rond. Il n'est ni large ni long. De la profondeur, c'est tout ce qu'il a. C'est pour cela que nous, ses descendants, n'avons pas gravi ses plus hautes montagnes, préférant leur vouer un culte. Depuis l'endroit le plus haut de la terre, lorsqu'on regarde au fond des plus insondables profondeurs, on voit au-delà des couches de terre, de glace, de gravier, de sable, de roches et de braises. On voit les fissures qui nous relient au noyau terrestre. Et lorsqu'on voit cela, on cesse d'être humain. On a brisé le cycle des naissances. Mais la plupart d'entre nous veulent continuer de vivre. Nous voulons une autre chance.

Ce pays est un pays complet. Il a son propre désert, sa mer, son glacier, ses rivières, et même un soleil et des pluies uniques qu'il ne partage pas avec le reste du monde. Les éléments en sont les souverains. Ils sont les dieux, les monstres, les rebelles, les révolutionnaires, les danseurs, les trafiquants, les généraux, les rois, les pauvres, les riches, les amants, les enfants, les parents. Les éléments sont humains.

L'air des montagnes est immobile et sec. Il préserve tout. Il préserve les squelettes des êtres éteints. Il préserve les corps abandonnés par des âmes qui ont migré vers des vies et des terres plus récentes, mais qui peuvent revenir un jour réclamer ce qui leur appartient. Il préserve aussi les rires qui, longtemps après avoir été lâchés, continuent de résonner dans les vallées et les grottes.

Ce que le reste du monde consomme sous forme de souffle est, dans ce pays, un instrument de musique. Les montagnes utilisent l'air pour fredonner, tambouriner, hurler et chanter. Elles utilisent l'air pour connecter votre âme à la leur. Car, une fois qu'on a respiré l'air des montagnes, il n'y a pas de retour en arrière possible. Quel que soit l'endroit où vous vivez votre histoire, le dénouement aura été décidé par les montagnes.

Mais il y a aussi des choses que nous, les enfants de l'Himalaya, devons encore découvrir, bien que nous ayons passé notre vie dans sa lumière et dans son ombre. Où se trouve le cœur de l'Himalaya ? Pour qui bat-il ?

Cela, ma chère Bagmati, est la toile de fond de notre histoire.

Il y a fort, fort longtemps, un glissement de terrain engloutit son monde. Il l'épargna et le laissa assis sur les décombres, alors même que son âme était coincée en dessous. Il resta dans cet état intermédiaire qu'on nomme le bardo pendant des jours, son âme piégée entre mort et renaissance. Il est encore assis comme ça, incapable de récupérer les corps du passé ou de poursuivre sa route vers un autre.

Le déluge qui a provoqué le glissement de terrain a cessé. Un jour, un soleil de plomb finit par percer. La lumière lui pique les yeux. Il se met à pleurer. Il pleure pendant des jours, tellement de jours que même les jours se confondent les uns les autres car il ne bouge pas, pleurant dans la même position, assis sur les décombres. Ses larmes ruissellent pour former un étang.

Et de cet étang sort une petite fille. Une fille née de ses larmes. Il est son père. Elle s'assoit sur ses genoux. À ce moment-là, l'âme de l'homme parvient à s'extraire de sous les décombres et se réunifie avec son corps. Il natte les boucles récalcitrantes de la fillette. Il roule en boule sa propre chemise en lambeaux et essuie le bleu turquoise de ses yeux, le rouge sang de ses lèvres. Il essuie aussi la poussière dorée de son corps.

– Tu es peut-être une petite déesse, lui dit-il, mais tu es humaine maintenant.

L'homme reconstruit sa maison à partir des vestiges de celle-ci.

Lorsqu'il pleurait, les dieux l'avaient observé. La déesse de la pluie avait eu des remords, car le nuage qui avait éclaté subitement, provoquant le glissement de terrain, était un de ses fidèles. Pour se racheter, elle fit descendre du ciel sa fille, une rivière.

Bagmati est une gentille rivière. C'est elle qui s'est proposée de descendre afin de bannir pour toujours les glissements de terrain de l'Himalaya, d'apprendre aux nuages et aux pluies à dispenser du bonheur à la place.

Chaque matin, la maison de l'homme perchée dans les montagnes est enveloppée de nuages. Avant de partir, ceux-ci vont voir la fillette pour implorer sa bénédiction. Tout ce qu'elle a à faire, c'est lever les yeux pour qu'il pleuve. Lorsqu'elle cligne des paupières, la pluie s'arrête.

– Est-ce que ça veut dire qu'elle n'a jamais vu le soleil ? demande Bebo.

Thapa réfléchit à la question, impressionné par sa capacité à s'immerger dans ce monde imaginaire, tandis que lui-même flotte au-dessus.

– Non, répond-il.

Maintenant qu'elle est là, le village a assez d'eau pour deux récoltes, pas seulement une.

En grandissant, Bagmati devient une belle jeune femme. Chaque jour, son père essuie le bleu turquoise de ses yeux, le rouge sang de ses lèvres et la poussière dorée qui se dépose naturellement sur elle. Car elle vit dans le monde des humains, et son père la protège. Touché par sa grâce, il n'a plus besoin de travailler. Alors il passe son temps à lui raconter des histoires.

Un jour, un jeune nomade arrive sur le pas de leur porte, avec les babioles que vendent habituellement les nomades.

Bebo lève les yeux vers Thapa, troublée.

– Qu'est-ce qu'ils vendent ? demande-t-elle. Elle n'a encore jamais rencontré de nomades. Ils ne vont pas dans les bars à strip-tease de Thamel.

Enfant, Thapa passait ses étés à attendre ces visites, fasciné par ces étrangers brûlés par le soleil qui apportaient des contes et des marchandises du Tibet. Les bijoux en os de yak et les bonbons au lait de yak. Les pierres précieuses et les os anciens qu'ils ramassaient en faisant paître leurs troupeaux. Ce souvenir le fait sourire.

Grisé par l'enthousiasme, Thapa se rapproche de Bebo.

– Du Chanel, murmure-t-il en lui prenant le bras. Les nomades vendent des parfums français.

Ils éclatent de rire. Loin de là, au camp de base de l'Everest, une femme blanche sourit dans son sommeil.

Le nomade a des yeux bleus limpides. Alors qu'il se tient sur le pas de leur porte, pas une once de son être ne s'incline devant les pouvoirs divins de Bagmati. Sa peau est d'un rose doré, comme le soir. Ses cheveux sont une rivière d'un noir furieux, cascadant jusqu'à sa taille. Pourtant, pas une mèche n'est en désordre. Le vent, pas plus que l'eau, n'ose le toucher.

L'anneau qu'il a dans le nez est un simple fil d'or. Pourtant, il brille plus que tout ce que Bagmati a pu voir. Il est même plus éclatant que les couleurs de son collier. Un collier de coraux, d'os, de turquoises, de lapis et de cauris.

– C'est quoi, des coraux ? demande Bebo, cassant le fil de l'histoire de Thapa. Un fil qu'il découvre, centimètre après centimètre.

– Ce sont des arbres qui poussent dans la mer, répond-il, retournant creuser pour mettre au jour ce qui se passe ensuite.

– Tu en as déjà vu ?

– Oui.

Il a plongé sur des barrières de corail, en a volé et passé en contrebande. Il a vu des requins gris de récif, des tortues, des dauphins et aussi un lamantin à l'occasion. La plupart de ces animaux scintillent et luisent, leurs couleurs éclatantes en guerre contre la cendre volcanique sombre que l'on trouve sur de nombreuses îles. Certains se fondent dans cette cendre collante, vivant sous forme de taches.

Ça y est, il tient le fil sectionné de son histoire. Il en veut à Bebo de se montrer aussi impatiente qu'un enfant et de l'interrompre. Il est trop vieux pour cela. Raconter une histoire l'a ramené au supplice de sa première relation sexuelle. Certaines choses s'améliorent avec l'expérience. Et Thapa ne sait ni raconter ni écouter des histoires. Il n'est qu'un trafiquant blasé qui préfère passer inaperçu. Il est un poisson-pierre filant sur le plancher du récif, les yeux globuleux et la peau couverte de bernacles.

Il abandonne. Il ne sait pas ce qui se passe ensuite.

Il baisse les yeux pour lui dire que l'histoire est terminée et la voit le dévisager avec impatience, suspendue à son silence.

– J'en étais où ? demande-t-il.

– Les couleurs du collier que porte le nomade sont plus vives que toutes celles que Bagmati a pu voir. L'anneau qu'il a dans le nez brille comme le soleil, je crois.

– Oui. C'est vrai.

Il prend la main de Bebo et plonge à nouveau dans la mer de son imagination.

Quand Bagmati regarde le nomade dans les yeux, il se produit une chose étrange. Ses yeux et ses cils se mouillent. L'air des montagnes devient humide, espérant la pluie. Cela ne s'est jamais produit. Son père le remarque. Il invite le nomade à passer la nuit chez lui. Au matin, il lui offre la main de sa fille. Étant d'une grande gentillesse, Bagmati résiste.

– Pourquoi me chasses-tu, père ? demande-t-elle. Je ne veux pas te quitter. Je veux veiller sur toi.

Mais le père a tant appris de sa fille. Elle lui a donné la sagesse de plusieurs vies en quelques années seulement. Il comprend pourquoi la nature fait l'objet d'un culte. Ce qu'elle prend d'une main, elle le redonne de l'autre. Une vie nouvelle est née de ses larmes.

– Je ne suis peut-être pas un dieu, mais je sais que vous êtes destinés l'un à l'autre, lui dit-il. Pars avec lui, laisse-le être ton guide. Cherche le cœur de l'Himalaya. Et quand tu le trouveras, pense à moi. C'est le cadeau que je t'offre.

Obéissante, Bagmati se plie aux volontés de son père. Et ainsi commence le voyage jusqu'au domicile de son mari.

Celui-ci se trouve loin des plaines surpeuplées de Katmandou. Si loin qu'on ne peut mesurer la distance ni en kilomètres ni en fonction du temps qu'il faut pour la parcourir. Il faut laisser derrière soi les fourmis dans leurs fourmilières, les tigres et les éléphants dans leurs jungles. Il faut traverser des prairies, des plateaux, des vallées et des crêtes, jusqu'à ce qu'on atteigne les sommets. Il ne pousse pas grand-chose à cette altitude, à part de la mousse et du lichen. Seuls les corbeaux et les vautours sont là pour vous tenir compagnie. On a tout laissé derrière soi. Tout est dissimulé par la brume. C'est pour cela qu'on pensait qu'il n'y avait rien au-delà de ces sommets, à part le ciel. Ici, l'air est rare. Le cœur bat plus vite. Le souffle est plus court. On n'a pas envie de manger, car la nausée vous saisit à la gorge.

Mais le ciel s'étend encore plus haut. Une fois qu'on apprend à voir à travers la brume, on s'aperçoit qu'on est seulement au niveau des genoux des dieux des montagnes. À partir d'ici, tous vos souffles se transforment en brume et la brume gèle pour se transformer en glace. La peau se change en parchemin. Les doigts s'engourdissent. La plupart des gens s'arrêtent ici. Mais pas le nomade. Plus il grimpe, plus l'amour de sa femme grandit.

Les deux jeunes mariés pénètrent dans le royaume de la vie glacée. Ils bravent les blizzards qui soufflent, semblables à des plaques de glace. Ils passent leurs nuits dans des grottes. Les humains ne remarquent pas ces grottes, camouflées de façon à ressembler à des murs de glace, à un glacier en formation ou à l'entrée d'une crevasse.

C'est toujours lui qui allume le feu et fait fondre la glace, lui lavant les pieds et les mains, alternant eau chaude et eau froide, les sauvant de la mort bleue. Un soir, alors qu'il fait fondre la glace qui s'accroche à ses cheveux, elle lui demande :

– À quoi ressemble ta maison ?

Le nomade retire le collier de son beau et large cou et le passe autour du sien.

– Ce collier est fabriqué à partir des choses que j'ai ramassées quand j'étais petit, dit-il. Cette nuit, quand tu dormiras, tu rêveras de ta nouvelle demeure.

Cette nuit-là, ses rêves l'emmènent au milieu d'un endroit plat et blanc, cerné de pics montagneux. Bien qu'elle ne les voie pas, elle sait qu'ils existent. Ils sont plus hauts que les plus hauts sommets connus de l'homme. Car ce sont les dieux des montagnes, adulés par l'Everest, la Nanda Devi, le Kangchenjunga et les autres sommets terrestres que les étrangers payent des millions pour gravir.

Un puissant soleil rend cet endroit d'un blanc aveuglant. Pourtant, rien ne brûle ici. Sa peau est agréablement chaude, comme lorsque son mari fait du feu.

Elle fait un pas en avant. La blancheur sur laquelle elle se tient tombe en poussière. Le sable est mélangé avec des morceaux de corail, de coquillages et d'os, exactement comme le collier qu'elle porte.

Pour Thapa, la terre est plate. Quelle importance que des Blancs soient allés sur la lune, qu'ils l'aient regardée et qu'ils en aient conclu que c'était une sphère ?

– Tu as déjà vu une preuve quelconque que la terre est une boule, toi ? avait-il demandé à Platon vingt-six ans plus tôt, assis sous un banyan dans la cour de l'université de Rangoon.

– Oui. Sinon, pourquoi est-ce qu'un bateau disparaîtrait à l'horizon ?

– Parce que les êtres humains ont une vue médiocre. Nous n'avons pas la chance des léopards ou des hiboux. Même par un après-midi radieux, si tu te mets à un bout du quartier, tu ne vois pas l'autre bout. C'est ta vue qui te fait défaut, pas la route qui tourne.

– Il n'y a aucune preuve de la réincarnation, pourtant tu y crois, non ? dit Platon en espérant toucher du doigt la faiblesse de tous les bouddhistes.

– Non, rétorqua Thapa. Si je ne travaille pas, dieu ne me donnera pas à manger. Si je meurs, dieu ne me fera pas ressusciter.

– Il y a longtemps, en Europe, les gens qui croyaient en dieu ont emprisonné un homme qui affirmait que le monde était rond et que c'était le soleil, et non la terre, qui était le centre de l'univers. Ils l'ont torturé jusqu'à ce qu'il se dédise. Mais tu n'es ni comme eux ni comme lui. Tu ne crois pas en dieu. Et tu ne crois pas non plus que la terre est ronde. Quelle est ton opinion à propos du soleil ?

Thapa, d'une sincérité toute campagnarde, ne voyait pas que Platon cherchait simplement à le taquiner. Alors il réfléchit à sa question – au soleil. En marchant sur les sables brûlants des îles tropicales, on se dit que c'est au bord de l'océan qu'il est le plus fort. Mais c'est en haute altitude qu'il est le plus puissant. Une heure passée sur un pic enneigé peut vous donner des coups de soleil et des engelures en même temps.

– Eh bien quoi, le soleil ? lança-t-il à Platon, sans vraiment comprendre la question.

– Tu penses qu'il est le centre de l'univers ? répéta Platon.

– Non.

– Ça t'est déjà arrivé de voir un coucher de soleil qui t'envahit d'un sentiment de paix et de beauté, même si le reste de ta vie est bien loin de tout ça ?

– Pas encore, répondit Thapa.

Le soleil, comme toutes les autres étoiles, exacerbait le regret. Un ciel plein de regrets.

– Si tu n'en as encore jamais vu, dit Platon, alors il te reste de l'espoir. Il te reste quelque chose à découvrir.

L'espoir. Thapa aimait bien ce mot. Ce serait le cadeau qu'il offrirait à la fille de son histoire, la fille pour laquelle elle est née.

Le lendemain de son rêve, Bagmati dit à son mari que c'est l'endroit le plus magique qu'elle ait jamais vu. Elle avait eu l'impression d'avoir le soleil devant elle, pourtant il ne brûlait pas le paysage.

– Et le sable, d'où vient-il ? demande-t-elle.

Alors le nomade lui raconte l'histoire de sa terre natale.

Au début, la terre ferme n'était qu'un grand fond océanique, à l'abri du soleil, à l'abri de l'air. Puis un jour, un grain de sable fit un rêve. Dans celui-ci, il se faisait dorer au soleil sur le plus haut sommet de la planète. Ce rêve unique de cette chose totalement insignifiante changea la face du monde. Le grain de sable se mit à sauter. À chaque bond, il sautait plus haut, et différents pays furent ainsi créés.

La terre natale du nomade avait jadis été le fond d'un océan. Mais à présent que toute l'eau s'est retirée, elle est devenue un désert. C'est le pays de la lueur blanche. En été, le nomade ramasse des cristaux de sel, des pierres précieuses, des os, des coquillages, des coraux. En hiver, il descend pour les vendre. Comme tous les autres humains, les villageois les considèrent comme des objets fantastiques. Le nomade adore broder des histoires autour d'eux pour les enfants qu'il croise.

Pour lui, ces objets font partie de sa famille. Comme lui, ils appartiennent à un monde hors du temps. Ils ne portent en eux ni souvenirs, ni désirs, ni regrets. Ce sont les créateurs de tout. Ils sont les soleils et les lunes de leur propre existence.

Un glacier colossal se dresse sur le trajet. Pendant plusieurs jours d'affilée, ils ne voient que glace, neige et blizzard. Au pays de la vie glacée, Bagmati aurait gelé elle aussi, sans les tentes que fabrique son mari, sans le feu qu'il allume à l'intérieur et sans la chaleur de sa peau. Son regard se pose sur sa femme comme les rayons du soleil. Elle est nourrie par sa chaleur silencieuse.

Un matin, alors qu'ils se trouvent sur un gigantesque bloc de glace couleur jade, il lui confie un secret. Quelque part en dessous se trouve le cœur de l'Himalaya – un grain de sable, caché dans le bloc de glace qui s'étend sous leurs pieds. Les océans craignaient que toute la planète ne se transforme en terre. Alors la mer de jade avait bondi pour capturer ce grain de sable, gelant à l'instant où elle se refermait sur lui.

Bagmati s'accroche à la main de son mari et scrute les profondeurs transparentes. Il y a tant de fractures, de fissures et de lignes de faille qui les parcourent. Elle colle son oreille contre la poitrine vivante du glacier. Une faible pulsation lui parvient à travers la glace. De la glace, celle-ci se transmet à son corps. Elle lui coule dans les oreilles, l'inonde pour noyer les battements de son propre cœur. Comme l'océan, le corps de Bagmati explose sous les battements de cœur d'un million de créatures marines.

Elle sent ses yeux se mouiller en se rappelant les paroles de son père. Née des dieux, c'est pourtant un simple mortel qui lui a offert le plus précieux des cadeaux.

– À quoi elles ressemblent ? demande Bebo. Ces milliers de créatures marines ?

Regarde autour de toi, a envie de dire Thapa. Elles sont partout, qui sortent des tuyaux, des tas d'ordures et des murs fissurés, qui s'accrochent aux échafaudages et aux planches, tombent des arbres et nagent dans les réservoirs, dévorent les bâtiments de l'intérieur. Aveuglant les ténèbres de leurs couleurs fluorescentes. Mais il n'ose pas. Bebo pourrait penser qu'il est fou et s'en aller, le laissant seul entre ces murs fissurés et ces coins pleins de toiles d'araignée.

– Je ne sais pas, répond-il. Je ne sais pas à quoi elles ressemblent.

– Tu as déjà tenu un grain de sable ? demande-t-elle, perdue dans les contre-courants de l'histoire.

– C'est plus petit qu'un grain de poussière, dit-il, et aussi insaisissable que de l'eau. Personne n'en a jamais tenu un.

Ils passent le reste de la nuit en silence, assis par terre. Lui, passant ses doigts dans les cheveux bouclés de Bebo, retirant le sable et la poussière qui se sont déposés sur elle pendant la nuit.

– Si un grain de sable est le cœur, dit-il un peu avant l'aube, tu crois qu'un tremblement de terre est une peine de cœur ?

– Je pense, répond-elle, distraite par le château de sable qu'elle construit sur une plage imaginaire, très semblable à celles qu'on voit sur les cartes postales. En se demandant à quel point un grain de sable est petit, et à quel point elle doit être grande.

– Et un glissement de terrain, c'est quoi ? demande-t-il. Son sourire a peut-être légèrement faibli, mais il n'a pas disparu.

Le soleil matinal s'est infiltré par l'unique fenêtre, auréolant Thapa d'un halo éphémère. Bebo brise l'aura sacrée. Elle lui murmure quelque chose à l'oreille, mais tout ce qu'il sent est la chaleur de son souffle car elle avale ses mots sous l'effet de l'excitation.

Dans l'air immobile de l'aube, les accents de leur rire se fondent comme le font des corps, rendus plus vivants par leur mutuelle étreinte.

C'est un vendredi soir. Bebo va voir le patron pour lui dire qu'elle veut danser. Elle lui demande d'allumer la douche. Bebo n'est pas une des principales attractions du bar. C'est une extra qui occupe la scène pendant les danses collectives. Mais danser sous la douche implique de se déshabiller. Presque. Le patron de ce bar est humain – il laisse les danseuses garder leurs sous-vêtements si elles le souhaitent.

Comme sa chanson préférée passe juste après, elle monte sur scène. C'est une chanson de séduction, dédiée à sa vedette de cinéma favorite, Bebo. Son imagination est telle que le chœur scande son nom. "Prends mon cœur, chante-t-elle, c'est la raison de ma présence ici."

Ce soir, c'est Bebo qui règne sur la scène. Nerveuse et maladroite en temps normal, ce soir elle ralentit ses mouvements. Elle coule comme une rivière.

Elle tourne le dos au public, se frottant contre un héros invisible.

– T'as pris quoi ce soir ? crie une amie. T'es une star !

– Je suis clean, répond-elle. Je jeûne et je prie pour trouver un bon mari.

Ce soir, elle est aussi irrésistible que la Bebo des films. C'est une déesse, qui traverse le monde des humains.

L'électricité est palpable. Debout devant la scène, un homme ivre lui lance des billets. Un deuxième titube jusqu'à l'autre extrémité, posant directement sur la scène une fine liasse qu'il coince sous un briquet. Bebo sort de sous la douche dans sa minijupe et son soutien-gorge trempés, taquinant les hommes plantés de part et d'autre de la scène. C'est la guerre. Et elle est la promesse de libération.

Un seul geste en direction de sa fermeture éclair suffit à les rendre frénétiques. Avec la liasse de billets qui lui frôle les orteils, elle retire sa jupe et la jette au visage de l'homme. Il est aux anges. Jusqu'à ce qu'elle se dirige vers l'autre extrémité, tournoyant dans ses sous-vêtements. La nuit a donné à l'homme planté de ce côté-ci une autre chance et il ne va pas la manquer. Il sort une carte de crédit et crie de façon théâtrale pour que tout le bar entende :

– Vingt mille pour tes vêtements, ou ce qu'il en reste !

Bebo sourit, une reine regardant de haut son royaume d'hommes laids, seuls et désespérés. Elle a répété chaque mouvement devant le miroir au moins une centaine de fois mais n'avait jusque-là pas eu le courage de danser sur scène.

Elle se détourne et s'avance vers la douche. Sa bouche et ses yeux sont entrouverts sous l'eau. Pas parce que c'est ce que font les filles lorsqu'elles sont excitées. C'est ce que Bebo, la star de Bollywood, fait dans ses films.

Elle défait son soutien-gorge, crochet après crochet. Puis elle se retourne, le regarde droit dans les yeux et secoue la tête. Non. Vingt mille, ce n'est pas assez. Elle commence à les raccrocher.

– Trente mille ! crie-t-il.

Son sourire réapparaît alors qu'elle traverse la scène d'un pas nonchalant. Sa chanson est terminée depuis longtemps, remplacée par un morceau de hip-hop récent. Elle ne l'a jamais entendu, mais ce n'est pas grave, car c'est elle qui dicte le rythme de la soirée.

– Trente-cinq mille ! crie un nouvel arrivant, trop saoul pour se lever de son divan. Quinze pour le soutien-gorge. Vingt pour la culotte.

Ce soir-là, Bebo se déshabille entièrement pour la première fois. Elle danse nue et libre pour le plaisir d'un seul homme dans une petite salle sombre située derrière la scène. Les projecteurs les illuminent, étoiles multicolores reconfigurées en nouvelles constellations. Il lui a donné sept fois la somme qu'il aurait donnée à une prostituée traînant dans ce même bar ce soir-là. La victoire est autant la sienne que celle de Bebo. Elle l'a peut-être excité, mais ce qui lui donne sa plus grosse érection est le monde qui les regarde entrer tous les deux dans cette pièce.

La jalousie est excitante, aussi excitante que l'argent.

Beaucoup de choses demeurent passées sous silence et inachevées quand le nomade et sa femme quittent le glacier. Ils entament leur dernière ascension jusqu'à une altitude à laquelle aucun humain ne peut survivre.

Le pays de la lueur blanche est comme la brume. Ce n'est qu'une fois à l'intérieur qu'on acquiert la vision permettant de voir au travers. Le nomade ne perd pas de temps pour ramasser certains des plus beaux objets que la terre a préservés. Arrachant une mèche de ses cheveux, il tisse un collier pour sa femme. Il pare son corps de morceaux de corail, de turquoise et d'arêtes de poissons disparus. Elle fait maintenant partie de ce pays. Le nomade, découvre Bagmati, ne vit pas dans une maison. Celle-ci ne pourrait contenir son rayonnement. Ce pays n'existe que pour eux seuls.

Il retire ses vêtements et les range. Elle fait la même chose. Car les vêtements sont les artifices qu'ils portent dans le monde des humains, pas ici. Elle aperçoit son mari sous la lumière de son pays, sa véritable lumière.

– Je sais qui tu es, lui dit-elle. Tu es un enfant du soleil. Tu es venu chez mon père pour me trouver, moi, la fille de la pluie.

La vie de Bagmati est accomplie. Elle est de retour parmi les siens, les dieux. Cela la rend à la fois heureuse et triste. Heureuse d'avoir le soleil pour mari. Triste d'avoir abandonné son père, la raison pour laquelle elle était venue sur terre.

Sur ce, la voix de Thapa retombe.

Dans trois jours, sa chambre sera louée à quelqu'un d'autre. Il s'aperçoit que la réalité est la pire histoire jamais écrite. Elle manque totalement de rythme, elle n'a aucun respect pour ses personnages. C'est sans doute pour cela que nous vénérons l'être aux yeux bleus, un mortel parvenu au statut divin en aidant les gens à regarder par-delà la fin.

Allongée sur les genoux de Thapa, Bebo relève la tête pour le regarder. Elle est fatiguée. Elle travaille dur au bar à strip-tease, ces derniers temps. Elle s'est déshabillée pour la première fois, gagnant plus d'un mois de pourboires en une seule soirée. Mais couler est un art qui fatigue même les rivières. Cette fin l'a laissée insatisfaite. Exactement l'inverse de ce qu'une histoire est censée faire.

– Pourquoi est-ce que le soleil et la pluie voudraient vivre dans un désert ? lui demande-t-elle. Ça n'a aucun sens. S'ils vivent là-bas, comment est-ce que ça peut être un désert ?

Thapa connaît la réponse grâce à son ancienne vie, dans laquelle il était fermier.

– Tout vient du sol, lui dit-il. La nature de la terre, même la nature humaine. La différence entre un désert, une jungle et un marécage, c'est le sol. La différence entre nous et les Blancs se trouve dans la différence des sols dont nous venons.

– Alors pourquoi choisir un désert ?

Sa question est légitime.

Parce que telle est sa conception du paradis. C'est à cela que le paradis doit ressembler. De tous les paysages qu'il a traversés, c'est seulement dans un désert de neige que s'évaporent toutes les pensées et les visions, les vies et les esprits. Au paradis, nous sommes tous insignifiants. Peut-il exister plus grande bénédiction ? Cet endroit ne peut être conçu en regardant une photo ou un film. Il doit être vécu.

– Pourquoi est-ce que tu n'irais pas voir le désert toi-même ? lui demande-t-il. – En faisant un petit détour, celui-ci pourrait se trouver sur son trajet pour aller en Inde. – Viens avec moi.

Il est soulagé. Cela lui semble être une fin plus satisfaisante.

– Tu pourras commencer une nouvelle vie en Inde, en finir avec celle-ci comme tu le voulais, dit-il.

Elle se détourne de lui pour regarder la nuit agonisante, ressuscitée par les reflets fluorescents à l'extérieur.

– Il n'a pas plu depuis qu'on s'est rencontrés, dit-elle. Ça me manque.

– Je croyais que tu détestais la pluie.

– Je suis la fille de la pluie. Comment est-ce que je pourrais la détester ?

Elle perçoit son sourire.

– Mais toi, qui es-tu ? demande-t-elle. Tu es le père ou le nomade ?

Thapa y a beaucoup réfléchi ces derniers jours.

– Je n'en sais rien... Et quelle importance ? Je suis quand même là, à côté de toi.

Elle y réfléchira, lui dit-elle devant un déjeuner composé de pain frit et de nouilles. La fin, elle y réfléchira.

Thapa passe les deux nuits suivantes seul. Il est là, frisant la soixantaine, entiché d'une gamine assez jeune pour être sa petite-fille. Un objet de ridicule, comme le nain dansant.

Pendant ce temps-là, les marxistes sont arrivés au pouvoir, battant à la fois la monarchie moribonde et la démocratie naissante. Le vieil homme, qui n'arrache plus les mauvaises herbes sur les toits décrépits, a trouvé un travail consistant à descendre dans les bouches d'égout afin d'enlever le bétail mort qui encombre les canalisations de la ville. Étrangement, plus il risque sa vie, plus il vit longtemps. Les pigeons de la vallée sont désormais des charognards, se repaissant des cadavres à moitié brûlés abandonnés sur les lieux de crémation. La femme blanche est parvenue à gravir l'Everest avec l'aide d'une équipe de quarante personnes. C'est un exploit et elle s'achète un parfum hors de prix à la boutique duty-free de l'aéroport pour se souvenir du royaume des montagnes – un trek jusqu'au toit du monde et une balade dans Thamel au bras d'un autre. Elle savait que tout cela aurait une fin. Elle avait dit adieu à son histoire d'amour depuis le sommet. Le sommet lui-même se prépare pour la catastrophe. Les lys de mer et les étoiles-plumes – fossiles enchâssés dans ses roches – ont commencé à sortir de leur sommeil.

Mais les créatures des grands fonds ne sont pas sorties dans le noir. Maintenant que le moment est proche, les espèces disparues veulent réfléchir à ce que signifie être à nouveau en vie. Sur des kilomètres, sous le fond de la vallée, une couche de sédiments a cédé. La terre a fait place à la mer.

Le troisième soir, Bebo frappe à sa porte. Elle connaît la fin, hurle-t-elle.

Dans l'histoire, Bagmati demande au nomade :

– Pourquoi m'as-tu amenée dans un désert ? Tu es le fils du soleil et je suis la fille de la pluie. Même nous, nous ne pouvons transformer cet endroit.

– C'est pour ça que nous sommes là, répond le nomade. C'est le seul endroit sur terre où nous pouvons vivre et nous aimer sans être dérangés. Si la terre devient fertile, des humains arriveront, et nous ne serons plus jamais seuls.

Les êtres humains gâchent la plupart des histoires d'amour, dit le nomade à sa femme. Bagmati approuve. Elle a vu suffisamment de films indiens chez son père pour le savoir.

Thapa rit.

– Et pour l'Inde ? demande-t-il.

– J'ai mis un peu d'argent de côté, dit Bebo. Dans un mois, j'aurai assez pour partir avec toi.

– Je peux subvenir à tes besoins, propose Thapa. Je gagne deux fois ce qui me suffirait amplement à vivre. On pourra s'acheter chacun une moto et un nouveau téléphone quand on arrivera en Inde. – Il s'interrompt. – Je pourrais t'apprendre à faire de la moto.

Bebo sourit.

– Dans ma nouvelle vie, je veux avoir au moins une relation qui ne repose pas sur l'argent.

Il part le lendemain après-midi, en promettant de revenir. Il lui offre des paquets de pain, des nouilles instantanées, des biscuits, du chocolat et une paire de boucles d'oreilles en argent en forme de moulins à prières.

– Fais-les tourner pendant ton temps libre, lui dit Thapa. C'est comme ça que mes prières ont été exaucées.

Thapa quitte Katmandou peu de temps après. Platon l'accompagne deux jours de plus, jusqu'au dernier check-point officiel.

Bientôt, un petit garçon de quatre ans frappe à la porte de Bebo pour lui réclamer du chocolat et un ballon pour jouer. Elle a de nouveaux voisins.

Thapa traverse la frontière indienne sans encombre. Seuls les réfugiés et les terroristes franchissent des cols non gardés pour passer dans un autre pays, au risque d'être abattus par l'armée. Les contrebandiers empruntent la route la plus fréquentée. Ils s'arrêtent comme tout le monde aux postes de contrôle, où ils sont accueillis en invités de marque. Quelques bouteilles de whisky fonctionnent toujours dans la république indépendante des frontières.

Quatrième jour de voyage, et tout se déroule comme prévu. Presque. Sur la carte, Thapa est là où il doit être. Mais il est tout seul. Encouragés par la désolation du lieu, ses acolytes l'ont drogué et sont partis avec la marchandise de contrebande, ne lui laissant que son sac à dos et une mule.

Il a de la chance d'avoir repéré un carré de verdure bien entretenu dans le paysage grossi par ses jumelles. À sa connaissance, il n'y a aucun village dans ces terres inhabitées, coincées entre les murs abrupts du Tibet au nord et le précipice vertigineux de l'Indus au sud.

Ces champs, découvre-t-il, appartiennent au peuple drokpa. D'aucuns pensent qu'il s'agit de l'armée oubliée d'Alexandre le Grand. La plupart des gens les considèrent comme une chose du passé, tout comme Alexandre. Thapa rit en voyant leurs chapeaux, décorés d'œillets séchés, et leurs bijoux faits à partir de pièces de monnaie britanniques. Une race étrange avec des habitudes plus étranges encore.

Un homme se propose d'héberger Thapa aussi longtemps qu'il le souhaite en échange de ses lunettes de soleil.

Thapa réfléchit à sa situation. Il n'est pas trop inquiet à propos des marchandises volées et des porteurs. Il sait qu'il les retrouvera rapidement, car ce sont des novices. Il préfère se mettre en quête des secrets de ce village – les histoires invraisemblables de fakirs perdus et de maraudeurs mongols, de touristes allemandes cherchant des Drokpas pour engendrer leur progéniture aryenne. Il a meilleur compte à chercher l'inspiration pour les nuits électriques de Thamel.

Le matin suivant son arrivée, Thapa reçoit une invitation d'Apo, le patriarche du hameau. Le vieil homme veut le voir immédiatement. Servant d'arrière-grand-père à tout le monde, Apo met un point d'honneur à s'entretenir avec tous les villageois revenant du monde extérieur et avec tous les étrangers visitant leur village. Ils sont particulièrement rares, presque inexistants.

Assis sur une chaise dans son verger, cet homme décrépit ne perd pas de temps en civilités.

– Étranger ! As-tu croisé un marchand cachemiri qui vend des machines aux villageois, en venant ici ? demande-t-il à Thapa d'une voix inhabituellement forte qui trahit ses facultés amoindries. Il traîne dans le coin avec sa grand-mère. Elle fait la cuisine et la lessive de cet enfant gâté.

– Non, répond Thapa en s'asseyant aux pieds d'Apo.

– As-tu vu une vieille femme cachemiri qui fume des bidis et boit du chhang et du rhum ? Elle est âgée, comme moi. Mais elle est agile. Elle marche sans canne et parle d'une voix douce, comme si elle récitait un poème.

– Non.

– Comptes-tu bientôt te rendre dans la vallée du Cachemire ?

– Non.

Apo est fébrile.

– Pourquoi voulez-vous le savoir, Apo ? demande Thapa, déçu de ne pouvoir l'aider.

– Je veux épouser cette femme. Sa famille ne peut pas refuser une dot de trois yaks et sept moutons. C'est le prix d'une impératrice perse, pas d'une vieille bique.

Il marque une pause, avant d'ajouter :

– Ne lui dis pas que je l'ai traitée de vieille bique.

Thapa rit.

– Apo, vous avez l'âge de marier vos petits-enfants, pas de vous marier, vous.

– Si seulement mon cœur avait cessé de battre avant son arrivée, soupire-t-il. Elle est venue ici avec son bon à rien de petit-fils. Cet homme va de village en village, vendant des monstruosités au nom du diable. Et elle, elle veille sur lui. “Vous êtes vieille, Ghazala, je lui ai dit. À notre âge, il vaut mieux rester tranquille. Le paradis n'est pas comme le dit le Coran. C'est un coucher de soleil dans ce verger, en compagnie d'arbres aussi vieux que nous…”

Les yeux du vieil homme s'emplissent de larmes.

– Aussi vieux que notre amour, murmure-t-il, comme s'il parlait tout seul. Oui, Ghazala. C'est vrai. Le désir grandit. Il vieillit avec nous. Mais il ne meurt pas. Dans la mort, il donne naissance à des vies passées sur des îles telles que celles-ci. Des îles de soleil dans un verger solitaire.

Thapa se tait. Des siècles de solitude pèsent sur lui, telle une mer de sédiments sur un fossile.

– Pourquoi es-tu triste ? demande Apo. C'est moi qui ai le cœur brisé.

– Je vis avec un cœur brisé depuis si longtemps que j'ai oublié ce que ça veut dire.

– Mon fils, un cœur brisé ne m'a pas tué. L'âge ne me tue pas. La fragilité de mes os et l'indigestion ne me tuent pas. Prie pour que le Bouddha m'emmène.

– Pas avant de l'avoir trouvée, inch'allah, dit Thapa en se rappelant la belle expression qu'emploient souvent ses amis musulmans. Puis une idée lui traverse l'esprit. Il sourit.

– Quand vous l'aurez trouvée, dit-il à haute voix sans cesser de rassembler ses idées, je pourrai vous donner des pilules pour votre nuit de noces. J'ai toutes sortes de pilules.

C'est mon métier. Des pilules qui rendent heureux, des pilules qui font danser et chanter et qui font disparaître la douleur. Des pilules qui aident à faire l'amour. Elles marchent aussi bien sur les hommes que sur les femmes.

– Es-tu un sorcier ?

– Le meilleur qu'on puisse trouver.

Thapa revient avec une pochette.

– Il y a deux pilules blanches là-dedans. Vous devez en prendre une et donner l'autre à votre impératrice le soir de votre nuit de noces. Il y a de la poudre blanche dans un petit sachet. Il faut l'inhaler par le nez si vous voulez simplement passer du bon temps. Vous n'avez besoin de rien ni de personne d'autre. Il y a aussi une pilule jaune… – Il s'interrompt pour chercher les bons mots. Comme les mots ne lui viennent pas, il bafouille. – C'est la dernière drogue disponible sur le marché. Elle ramène les morts à la vie. Je n'ai jamais trouvé le courage de l'essayer. Si tout le reste ne fonctionne pas, ça vous consolera.

– Donne-m'en une autre pour Ankung, notre lhaba, dit Apo. Il a perdu sa mère tout petit et, depuis, il essaie de fabriquer des potions et des poudres pour la revoir.

– Très bien. Mais comment allez-vous vous souvenir de tout ça ? demande Thapa.

– Les pilules blanches, c'est pour le sexe. La poudre blanche, c'est pour le bon temps. Et les pilules jaunes ramènent les morts à la vie.

D'aussi loin qu'il s'en souvenait, Thapa avait eu un don infaillible pour prédire l'avenir. Au fond de son cœur, il savait que malgré tous les efforts de son père, les récoltes seraient systématiquement mauvaises. Lorsqu'il était petit, l'intuition de la mort lui était venue sous la forme d'une grosseur enflammée dans la gorge, quelque chose qu'il ne pouvait ni avaler, ni vomir, ni définir, ni ignorer. Il savait qu'elle ne survivrait pas, cette petite boule dans le ventre de sa mère. Celle-ci, effrayée par ses dons de voyance, l'avait emmené chez un sorcier pour le guérir. Peu à peu, les prémonitions s'étaient estompées.

Devenu adulte, Thapa ne pouvait tout simplement pas oublier ce qu'il avait vu lorsqu'il était parti de chez lui pour aller négocier les prix des récoltes. Pour la première fois, la prémonition s'était manifestée sous la forme d'une vision, pas seulement d'une impression de sombrer ou d'un tintement dans son oreille. Comme toujours, sa famille continuait d'agiter la main depuis le seuil de leur maison jusqu'à ce qu'il soit devenu un point noir à l'horizon, son tout jeune fils persistant même après. Avant la courbe du chemin, il se retourna pour les regarder. Il ne vit que des décombres. Une rivière de débris qui descendait la montagne, s'étendait comme un lac sur le village. Il sentit les esprits coincés dessous tendre la main vers lui en dépit de ses indubitables doutes.

Cela n'avait aucun sens. Comment le village entier pouvait-il être emporté comme ça ? Pas une maison ni quatre, mais les quarante qu'il comptait ? Seules les personnes âgées, les enfants et les mères prenaient les signes surnaturels au sérieux. Thapa n'en tint pas compte et poursuivit son chemin. Jeune homme entreprenant de dix-neuf ans, il avait plus de raisons d'être optimiste que superstitieux.

Dernièrement, les prémonitions avaient commencé à refaire surface, l'interpellant dans son sommeil, sortant des boiseries, le tirant par le col tandis qu'il marchait dans la rue, frappant à sa porte.

Lorsqu'il avait fait entrer Bebo chez lui, il ne savait pas à quoi s'attendre. Quand elle avait parlé de mettre fin à ses jours, il avait ri de façon inattendue. Lorsqu'elle lui avait demandé des nouilles, il était consumé par la solitude. Quand elle lui avait demandé une histoire, il s'était effondré.

Puis elle avait pris ses mains tremblantes et humides dans les siennes et l'avait regardé avec l'innocence d'un enfant. À ce moment-là, Thapa avait compris que la fin de son histoire ne se trouvait pas dans la mort, car même la mort abandonne ceux qui vivent dans le désespoir.

Lorsque Thapa avait vu la photo dans le journal dix-huit ans plus tôt, il avait été soulagé que la feuille n'ait pas servi à emballer quelque chose de collant ou de fragile, comme de la mélasse ou des œufs, seulement de la noix de coco séchée. Il avait souri en lisant la légende sous la photo : "Des prisonniers libérés de la prison de Khamti, dans la région de Sagaing, dans le cadre de la politique nationale d'amnistie annoncée pour commémorer le dernier jour du congrès de la Sangha."

La photo montrait une mer de visages se déversant sur le trottoir devant les portes de la prison. Quelque part, flottant sur la lame de fond, on voyait Mary, tenant la main de son fils. À l'abri des regards, hors du champ de l'appareil, il y avait Thapa. Debout dans un coin, en train de les regarder, les joues humides.

Il l'avait mise sous ses vêtements, pour enlever les plis qui froissaient l'image. Mais les lignes étaient restées, pour finir par se désintégrer sous le poids du temps. Trois ans après l'avoir trouvée, il avait dû rafistoler la photo à l'aide de deux longs bouts de ruban adhésif. Il n'y avait pas de symétrie dans cette décomposition. Dans une tentative désespérée, Thapa avait mis la photo sous un solide cadre en verre et en teck. Le cadre, un cercueil hermétique pour cet instant capturé sur le vif.

Sans résidence permanente, sans mur ni table pour le poser, Thapa le gardait au fond de sa valise. Au fil des ans, certaines choses avaient été perdues, d'autres abandonnées. Les valises étaient allées et venues. Les itinéraires, comme les monnaies dans lesquelles il faisait commerce, avaient changé à un rythme qu'il avait eu du mal à tenir. Mais le cadre était resté.

Après sa libération, Platon avait survécu dans les rangs des rebelles armés à la frontière indo-birmane. Il fournissait également Thapa en opium brut venu de l'est de l'Himalaya. Ensemble, ils faisaient le lien entre la culture traditionnelle de l'opium et les réseaux internationaux de plus grande ampleur.

Même s'ils se voyaient régulièrement, Thapa n'avait jamais mentionné l'existence de la photo devant Platon. Elle n'avait rien d'extraordinaire. Une banale photo en noir et blanc à l'époque de la couleur. Une photo qui montrait principalement des visages inconnus dans un moment familier.

Il se demandait souvent pourquoi il avait peur de s'en séparer. Les émotions, pensait-il, n'étaient que cosmétiques. Elles n'avaient aucune valeur en regard de la transaction commerciale que la plupart des gens appelaient la vie. Pourtant, il était incapable de se débarrasser de ces artifices. C'était lui qui avait convaincu Platon de partir à la recherche de sa mère quand il s'était mis à douter de lui-même. C'était lui qui avait passé deux semaines dans les îles, à la recherche de Mary.

– Tout le monde n'a pas la chance de prendre un nouveau départ, avait dit Thapa à Mary lorsqu'elle s'était effondrée à la veille de la libération de son fils. Ce n'était ni un conseil ni de la sagesse. Il lui faisait part de sa propre destinée.

Après six ans passés à vivre dans l'ombre, à vendre de l'opium tout en prétendant mener une guerre contre la junte militaire, Platon avait décidé de partir. Dans une rare démonstration d'unité et d'ambition, les rebelles de différentes armées ethniques – les Karens, les Arakanais, les Kachins et les Birmans – s'étaient alliés pour lancer une offensive depuis la mer. Il allait participer à une opération commune sur l'île de Landfall, la dernière île indienne dans la mer d'Andaman avant le début du territoire birman.

En geste d'adieu, Thapa envisageait de donner la photo à son ami. Celle-ci l'avait accompagné depuis Rangoon jusqu'à une hutte tribale située sur les hauteurs de la vallée de Namdapha. Cet abri rectangulaire appartenait à un chef mishmi, le plus grand cultivateur individuel de pavots. C'était le seul du village, qui comptait quatre orangeraies, douze champs de pavot et un petit bois carbonisé.

Tous deux étaient assis devant une cheminée. De la suie pendait du toit de chaume incliné, semblable à des stalactites. Une collection de crânes ornait les murs. D'un côté, il y avait ceux qu'ils vénéraient, leurs dieux, de l'autre, ceux qu'ils chassaient.

– C'est comme la junte et les révolutionnaires, dit Platon en les montrant du doigt. Aucune différence.

Platon avait peut-être laissé ses années d'idéalisme et de pauvreté derrière lui, mais l'habitude de philosopher s'accrochait à lui comme une tique. Il tapotait des doigts au rythme de la montre de Thapa, une explosion de tic-tac dans le silence de l'après-midi. Elle possédait trois autres cadrans pour indiquer simultanément l'heure qu'il était à New York, Paris et Tokyo.

Parfois, Platon prenait la montre de Thapa et l'approchait de ses oreilles. Comme un coquillage portait en lui le bruit de la mer, la montre déversait le rythme discordant du temps.

– Si j'avais pu me procurer une seule chose quand j'étais à l'isolement, dit-il, ça aurait été une montre. Rien n'est plus effrayant qu'une plage de temps que rien ne divise.

Thapa retira sa montre.

– Prends-la, dit-il.

Étrangement, il était plus facile de se séparer d'une montre *made in Taiwan* que d'une photo abîmée.

– Prends-la, insista Thapa. Les femmes l'adorent. C'est un bijou masculin de valeur.

La pipe d'opium était prête. Après quelques bouffées partagées en silence, le chef les laissa seuls. En tant qu'hôte, il devait égorger lui-même le buffle pour préparer le repas.

La douleur que Platon portait en lui s'était atténuée. L'emprise des migraines se relâchait. Mâcher du côté gauche lui était à nouveau possible. Ses os étaient en paix, même ceux qui avaient été déformés et fracturés. L'opium était le seul remède que Platon avait trouvé pour apaiser la douleur lancinante qui lui taraudait l'entrejambe. Sous son influence, le temps se faisait moins oppressant. Le présent semblait planer. Ou alors, il lui poussait des ailes, comme les moustiques dans sa cellule de solitude.

– Je peux tout leur pardonner, dit-il, broyant des années de silence en une seconde. Les dents cassées, les os luxés, les hémorragies internes. Mais pas ça.

Platon n'était pas certain que leurs chemins se recroisent un jour. La langue déliée par son esprit embrumé, il poursuivit :

– Ils m'ont privé de ma dignité… Je ne pourrai jamais avoir de relations avec une femme. Je ne saurai jamais ce que ça fait.

Thapa réfléchit à la fumée qui s'échappait de ses narines pour se mêler à celle qui sortait de sa bouche. Trois courants distincts qui se fondaient en un seul.

S'il avait eu une parole apaisante ou une solution à proposer, il l'aurait exprimée. Mais des mensonges étaient tout ce qu'il avait à offrir. Tout ce que Thapa disait à propos des bordels et de ses maîtresses, toutes les plaisanteries légères à propos du beau sexe, même son obsession pour les gadgets et les vêtements ostentatoires, n'étaient qu'une distraction.

La noirceur de la nuit avait envahi la pièce de façon prématurée. La suie noire qui encrassait les murs depuis des générations disparut sous une teinte plus sombre. Si Thapa ouvrait les yeux suffisamment longtemps, il parvenait à distinguer des volutes violet foncé et bordeaux à l'intérieur de la fumée.

– Tu vois ça ? demanda-t-il à Platon. Tu vois les couleurs ?

– Oui.

Thapa était soulagé. Cela rendait l'illusion réelle.

– Et eux, tu les vois aussi ?

Les ammonites et les nautiles, qui dérivaient avec la fumée, qui s'échappaient du feu. Les étoiles et les lys de mer qui rampaient dans les recoins fissurés de la hutte, comme si toute terre était un fond marin.

– Oui, répondit Platon. Je les vois aussi.

Thapa se mit à rire. Platon l'imita. Tels des nouveau-nés ayant ouvert les yeux pour la première fois, apercevant ce que les humains ne voyaient jamais, les deux amis savouraient la magie qui imprégnait l'ordinaire.

– Pourquoi tu ne me l'as pas dit plus tôt ? demanda Thapa. Je croyais que j'étais le seul à être fou, ici.

Le rire de Platon redoubla, invitant les crânes cloués aux murs à se joindre à lui. Il tenta de dire quelque chose, mais les spasmes engloutirent ses mots. Il perdit le contrôle de sa vessie et se pissa dessus. Pour finir, la nuit se calma pour s'étirer en un long et paisible silence.

– Je les vois d'aussi loin que je m'en souvienne, dit Thapa. Qui tombent des arbres et des toits, qui sortent des caniveaux, des tas d'ordures et des tuyaux… Je les vois dans les inondations et les glissements de terrain… Je les ai vus ramper partout sur les décombres… Pas une seule maison n'est restée debout… Je les ai tous perdus jusqu'au dernier. Ma famille…

– Ces créatures vivent avec nous, répondit Platon. Elles habitent les crevasses dans lesquelles nous vivons. Cherchant désespérément à s'échapper.

– Qu'est-ce que c'est ?

– Des prémonitions de notre passé… des fantômes de notre avenir… Elles sont nous.

Cette nuit-là, Thapa oublia complètement la photo. Il la laissa là-bas, à côté de la cheminée. Lorsqu'il reprit ses esprits, il se trouvait déjà à trois jours de marche de la hutte. D'une certaine façon, il était soulagé. La photo le rendait sentimental. Les visages que montrait l'image l'emplissaient d'un mélange contagieux d'excitation et de peur. Certaines fois, elle émoussait sa volonté jusqu'à le soumettre aux fantômes du désir, et il contemplait l'image pendant des heures, imaginant à quel point sa vie aurait pu être différente si elle n'avait pas été ainsi.

Platon et Thapa quittèrent le village du chef mishmi un peu après l'aube, mettant fin à une nuit de fête et de tristesse imbibée d'opium. Personne ne remarqua la photo avant l'après-midi, quand la petite-fille du chef, une fillette potelée de six ans vêtue d'une robe en lambeaux, montra le cadre qui dépassait de sous une natte près de la cheminée.

Le chef était ennuyé. Malgré sa fatigue, il pouvait encore les rattraper en se dépêchant. C'est seulement lorsqu'il prit le cadre qu'il s'aperçut à quel point celui-ci était lourd. Son poids était plus important que le poids physique du teck, du verre et du papier. Le cadre avait le cœur lourd.

Se fiant aux vêtements et aux visages typiquement birmans et aux gribouillis qui tenaient lieu de légende, le chef en conclut que la photo appartenait à Platon et non à Thapa. Il était inquiet pour lui – plus fait pour vendre de l'opium que pour tendre des embuscades à la junte, même en mer.

Sur un coup de tête, il décida de garder le cadre, de le conserver à l'abri jusqu'au retour de son ami. Platon serait tellement surpris en voyant le cadre accroché sur son mur avec les crânes ! C'était une idée séduisante que son retour.

Le cadre resta accroché fièrement parmi les crânes pendant huit ans, jusqu'à ce qu'il soit temps de raser la hutte pour laisser la place à une maison en béton. Le chef était mort, et ses enfants voulaient vivre avec leur temps. Ils employèrent des ouvriers pour transporter des sacs de ciment et des briques sur leur dos et ceux-ci durent marcher deux jours entiers, franchir le col de la montagne et le fleuve pour atteindre le village.

Ce fut sa petite-fille, celle qui avait découvert le cadre, qui le garda pendant les quinze mois qu'ils passèrent dans une cabane. Le cadre lui rappelait son grand-père et les jours passés à l'assister lors de ses délires sous opium, tout en grignotant des noix près du feu. L'époque où on lui rasait le crâne tous les mois pour éliminer les poux. L'époque où personne ne savait ce que signifiait l'isolement. C'est seulement après que la famille se fut assise dans un véhicule, eut entendu la radio et visité la ville la plus proche, tout cela pour la première fois, qu'elle comprit qu'elle n'était plus une enfant.

Les crânes furent jetés. Seul le cadre retourna sur le mur de béton flambant neuf, avec l'arc et les flèches du grand-père, son châle et sa pipe favorite – une exposition témoignant d'un mode de vie disparu.

Quand vint pour elle le moment de quitter la maison, elle prit le cadre en souvenir. Elle l'emporta en ville où son mari, un réfugié tibétain, était à la recherche de petits boulots. Les visages en noir et blanc, qu'elle connaissait par cœur, étaient pour elle ce qui se rapprochait le plus d'une famille. La fille leur avait inventé des noms et des histoires depuis si longtemps qu'elle avait franchi le pont entre l'imaginaire et la certitude. Les gens qu'on voyait sur la photo étaient les amis de son grand-père. Ils lui rendaient souvent visite et fumaient le meilleur opium qu'il avait à leur offrir, jusqu'à ce que l'un d'eux parte à la guerre et que l'autre tombe amoureux de trois femmes vivant dans trois endroits différents, piégé pour toujours dans une boucle infinie.

Au bout de dix ans de mariage, elle se surprit en train de discuter avec le cadre appuyé contre le mur dans un bidonville de banlieue. Elle, mère de trois enfants, incertaine de ce que chaque jour allait lui apporter. Son mari lui avait assuré que tout se passerait bien, mais elle n'était pas totalement convaincue. Elle s'en était donc plainte à eux, les gardiens de sa tribu, les amis de son grand-père. Et si l'étal de son mari ne vendait pas assez de momos cette semaine ? Comment tiendrait-elle la maison ? Elle leur avait offert des bâtonnets d'encens et des petites sculptures en beurre pour les apaiser. Elle envisageait de décorer l'autel avec des crânes d'animaux.

Un jour, au milieu de ses ferventes lamentations de l'après-midi, elle repéra son grand-père parmi les nombreux visages. Ses yeux s'éclairèrent. Il lui avait tellement manqué pendant toutes ces années. Comme elle aurait aimé retourner s'asseoir sur ses genoux et inhaler l'aura sauvage de sa fumée d'opium.

Mais comment était-ce possible ? Elle tint le cadre si près qu'il lui touchait presque le nez. Elle plissa les yeux. Sans aucun avertissement ni motif particulier, l'illusion se dissipa. L'homme qu'elle avait pris pour son grand-père ne lui ressemblait pas du tout, il était plus mat de peau et plus petit. En fait, il ne ressemblait même pas à un Mishmi. Cette simple prise de conscience provoqua une réaction en chaîne qui ferait voler tous les mythes en éclats.

Son mari et ses enfants lui étaient tout aussi étrangers que les gens de la photo lui étaient familiers. Pendant toutes ces années, ce qu'elle avait pris pour de l'amour conjugal et de l'angoisse maternelle n'était rien d'autre qu'un fantasme. Tout autant que les personnes en noir et blanc coincées dans ce cadre en teck.

Elle était soulagée. Le profond sentiment de solitude, qu'elle ressentait depuis qu'elle avait mis les pieds hors de son village pour monter à l'arrière d'un véhicule à toit ouvrant brinquebalant sur une route carrossable, disparut.

Elle prit ses vêtements et décida de retourner sur la terre de ses ancêtres, l'un des derniers endroits isolés de la planète. Après deux jours de train, une demi-journée de bus et deux autres à marcher dans les montagnes, elle aperçut le Dapha Bum, le plus haut pic enneigé de la région. Elle s'inclina en signe de respect.

Le monde avait été créé par une très vieille femme qui l'avait patiemment tissé jusqu'à lui donner corps. C'est pour cela que tout – des plus petites choses telles que les écailles de poisson, la peau des serpents et les formes ornant l'aile d'un papillon, jusqu'aux plus gigantesques comme les chaînes de montagnes et le cours des rivières – s'inscrivait dans un schéma. Si les humains considéraient comme anormale ou aberrante une chose de la nature, c'est parce qu'ils n'avaient pas la vision nécessaire pour reconnaître ce schéma.

Elle se perdit parmi les bosquets et les vallées. Elle se nourrissait de fruits et de clair de lune. La diarrhée qui en résulta n'était pas un problème, car le monde entier était à nouveau des toilettes en plein air.

Un matin, en traversant la tumultueuse rivière Namdapha sur un pont de bambou branlant, elle vit une fleur de pavot ouverte. Celle-ci était d'un rose apaisant, parcourue de volutes blanches. Elle sortit son couteau et pratiqua trois petites incisions sur sa tige, aspirant le liquide noir directement dans sa bouche.

Avec la force de dix chevaux et la détermination d'une démente, elle marcha pendant seize heures à travers une végétation que ne coupait aucun chemin, guidée uniquement par l'instinct, jusqu'à ce qu'elle arrive au terme de son voyage – les champs sauvages de pavot.

Sa mémoire lui faisait-elle défaut ou les pavots avaient-ils pris de l'ampleur, les champs couvrant entièrement le versant à la manière d'un glacier ? Elle distinguait d'autres teintes que le rose, le rouge et le blanc de son enfance. Elle voyait aussi de l'orange, du violet et du noir.

Elle fondit en larmes quand une petite fille, très semblable à l'enfant qu'elle-même avait été, sortit d'entre les fleurs pour venir la prendre par la main. C'était sa nièce. La fillette la conduisit jusqu'à son village, désormais un groupe de constructions en ciment équipées de vraies toilettes, de ventilateurs au plafond, de télévisions et de téléphones satellites, de canapés, de gazinières et autres objets polluants venus du monde extérieur.

– Comment tout ça est arrivé ici ? fut la première question qu'elle posa à son frère. Celui-ci avait vieilli de façon prévisible, mais le village avait été défiguré de manière inattendue.

– Par la route, bien sûr ! répondit sa nièce, amusée par sa tante un peu folle qui était arrivée à pied depuis la jungle.

Une route bétonnée reliait à présent toutes les maisons et menait à la ville la plus proche. Alimenté par l'argent de l'opium, chaque foyer possédait désormais non seulement une jeep, un téléphone et une télé, mais ses cousins préféraient fumer des cigarettes et boire du whisky au lieu de s'atteler à la préparation fastidieuse de l'opium.

Les seules choses encore reconnaissables étaient les montagnes qui les entouraient, avec le Dapha Bum dominant l'horizon, les champs de pavot, les bruits familiers des volailles et des cochons en liberté et, bien sûr, la malice dans le sourire de sa nièce, la curiosité dans ses yeux et les poux dans ses cheveux. Tout cela lui rappelait la fillette qu'elle avait été jadis.

Des années plus tard, quand Thapa revint au village, celui-ci ne se résumait plus à une simple hutte. Le village mishmi ressemblait à tous les autres. Parmi les salons de thé animés, la clinique, l'école primaire et le bâtiment du conseil du village étaient disséminées des maisons miteuses. Les murs étaient peut-être en ciment mais les toits étaient encore en chaume. Le chauffeur chercha la maison du chef mishmi. Des habitants les guidèrent jusqu'à un groupe de constructions colorées au centre du village.

Thapa était installé sur un canapé en velours rococo, entouré d'ours en peluche et de vases remplis de fleurs artificielles, sirotant un thé atrocement sucré. Le chef actuel, s'avéra-t-il, était le petit-fils de son ami. Où étaient passés les crânes, se demanda-t-il en contemplant les murs roses. Où était la cheminée ?

Puis il le vit, sur la dernière étagère d'une vitrine. Parmi des portraits de femmes, d'enfants aux sourires édentés et de diplômes encadrés, se trouvait le cadre en teck qu'il avait oublié.

La photo lui tendit la main comme le fantôme d'une personne qu'il aurait lui-même enterrée. Mais elle était là, accrochant à nouveau son regard par la force de sa magie noire. Comment avait-il pu l'oublier ? Pourquoi avait-elle eu autant d'importance au départ ? Pourquoi était-elle encore ici ?

La photo, prétendit son hôte, appartenait à sa sœur. Elle s'était enfuie pour se marier avec un Tibétain et n'était revenue que quelques mois plus tôt, qui plus est en passant par la jungle. Il pensait que les inconnus qu'on voyait sur la photo étaient des parents de son mari. Sinon, pourquoi y aurait-elle été attachée ?

Deux heures plus tard, Thapa buvait une autre tasse de thé édulcoré, cette fois-ci avec la sœur de son hôte. Elle avait tendance à disparaître, mais personne ne semblait s'en inquiéter. Ce n'était pas une grande ville. Personne ne se perdait ici.

– C'est une belle photo, lui dit-il.

– Merci, répondit-elle. Elle sourit comme si Thapa lui avait fait un compliment.

– Vous devez y tenir énormément, pour l'avoir conservée pendant tant d'années. Vous l'avez depuis combien de temps ?

– Depuis toujours.

Thapa emprunta un stylo à ses hôtes. Il sortit un morceau de papier de sa poche et fit quelques calculs. Cela faisait si longtemps qu'il n'arrivait pas à tenir le compte des années.

– Dix-huit ans, lui dit-il. Voilà depuis combien de temps. Dix-huit années se sont écoulées depuis le jour où je l'ai oubliée à côté de la cheminée, la dernière fois que j'ai vu votre grand-père.

– Vous êtes venu la récupérer ? demanda-t-elle à Thapa.

– Je ne savais pas qu'elle existait encore, dit-il. La regarder, c'est comme rencontrer quelqu'un qu'on a connu dans une vie antérieure.

Elle ressentait la même chose à propos de la photo.

– Quelqu'un de cher à votre cœur ? demanda-t-elle.

Il n'avait pas de réponse.

– Je suis un homme de commerce – c'est tout ce qu'il trouva à dire.

– Ça fait vraiment dix-huit ans ? Parce que j'ai l'impression que ça fait beaucoup plus.

– En fait, j'ai l'impression que c'était hier, répondit-il.

– Oui, admit-elle. Le temps est peut-être comme ça pour certains d'entre nous. Il ne file pas. Il reste figé.

DÉSERT DE NEIGE

Apo, le grand-père du village tout entier, a l'impression d'être profondément endormi même lorsqu'il est réveillé. Parfois, le passé est réel et le présent un souvenir sans queue ni tête. Parfois, le passé est une bête incompréhensible et l'avenir son ombre inachevée. Parfois, tout ce qu'Apo peut affirmer savoir avec certitude, c'est la faculté des nuages à ne pas se précipiter dans l'espace et la tendance du soleil à se lever jour après jour.

À l'âge de quatre-vingt-sept ans, tout cela ressemble à un rêve. Les enfants, petits-enfants et, maintenant, arrière-petits-enfants. Le verger. L'étable. La remise. Les murs de pisé tordus et le rosier. La rangée de perles qu'il porte aux oreilles, et le collier de turquoise et de corail qui pend à son cou – signes de son statut.

Il a un nom étrange, ce village. Une Mère, Une Mule. Chaque villageois peut retracer sa généalogie jusqu'aux habitants originels : une famille de trois frères qui partageaient une épouse. Ces hommes étaient si pauvres qu'ils ne se contentaient pas de partager une femme, ils partageaient aussi une mule. Comme il fallait deux bêtes pour labourer les champs, les frères se relayaient pour partager le fardeau avec l'animal.

Le village épouse une pente abrupte dans les montagnes du Karakorum. Du point de vue géographique, du gravier noir et des falaises verticales le séparent de la Vallée des Abricots sanguins, bien que rien ne puisse entièrement expliquer son isolement du reste de l'humanité. La Route de la Soie, également, fait d'amples détours pour l'éviter. Seuls les bons amis, les ennemis acharnés et les gens véritablement perdus s'aventurent ici. Car tout ce que le village a à offrir est de la désolation.

Ces derniers temps, Apo s'est mis à faire tourner sans cesse le moulin à prières bouddhiste, une pratique spirituelle incongrue parmi les genévriers, les fées et les bouquetins que vénèrent les villageois. C'est une relique d'une autre vie passée à Changthang, le plateau où il est né. Là-bas, la vie était remarquable par son absence. Au lieu de cela, le plateau grouillait d'êtres et de formes inachevés. Des esprits sans corps, des démons sans royaumes, des océans sans eau et des saisons si extrêmes qu'elles prenaient la place des divinités sur l'autel. Cachée parmi ceux-ci se trouvait une créature têtue nommée amour. Sans membres et sans yeux, sans torse, sans même une ombre à elle, elle avait survécu sous forme de glace dans les glaciers et de grains de sable dans les tempêtes de poussière. Elle se logeait dans les quelques centimètres que prenaient les sommets et qui rapprochaient les continents.

Apo ne se rappelle plus le nom de ses parents ni combien de frères et sœurs il a eus. Dans sa mémoire, leurs visages ont été entièrement recréés. Sinon, comment expliquer que sa mère ressemble à son arrière-petite-fille ? Pourtant, il se souvient parfaitement de la main de sa mère, qui faisait tourner le moulin en marmonnant des prières, assise sur un rocher dans le désert de neige, entourée de yaks et de moutons en train de paître. La neige fondue qui ruisselait à travers la prairie, comme les rides sur ses mains et l'inflexion de sa voix, sont eux des détails bien réels.

Après l'invasion chinoise – la seule guerre à laquelle il avait participé – Apo s'était efforcé de parvenir à l'amnésie. La liberté de vivre, même la liberté de mourir, était liée à sa capacité à oublier. Mais maintenant que cette perte de mémoire est devenue un processus naturel, cela le fait souffrir. À l'époque, l'amnésie était un acte d'espoir délibéré. Aujourd'hui, c'est un signe que la vie s'effiloche. De la chair qui se détache comme de la peau morte. Des os qui se cassent sous le poids de l'âme. Des yeux qui clignent dans l'obscurité, cherchant une image à laquelle se raccrocher.

Veuf, Apo s'est résigné à la solitude d'une pièce vide. Alors qu'il est rivé à sa chaise, unique meuble visible, les bruits de la guerre lui reviennent un à un. Rien ne peut les repousser ou empêcher les visions de se projeter sur les murs de pisé nus. Ni son oreille sourde ni le brouillard ambigu de la cataracte.

Apo voit des tanks lancés à plein régime dans des montées abruptes, des obus explosant à proximité, des tirs de canons Bofor, des sirènes qui se déclenchent, des hélicoptères planant telles des abeilles monstrueuses. Il voit des camps entiers partir en flammes. Déchargé de ses corvées matinales, Apo reste assis, plongé dans son paysage de guerre intérieur. Il tente d'isoler l'explosion de la bonbonne de gaz du bruit des munitions tandis que le feu se répand dans le camp. Avec le recul et la proximité que seul le temps peut offrir, Apo a trouvé des similitudes entre les bruits de la guerre et le spectacle ordinaire d'un feu d'artifice.

Ce matin, les bruits refusent de se calmer. Lorsqu'ils s'intensifient, Apo se lève et s'en va. Il ne peut risquer d'endommager son oreille qui fonctionne encore avec des souvenirs de bruits.

Mais cela ne fait qu'empirer. Le Blitzkrieg, comprend-il, appartient au présent. Apo le retrouve jusque dans ses propres champs. Il se tient au bord de la mer jaune de sarrasin en fleur. Il a le souffle coupé en voyant une gigantesque machine piller sa précieuse récolte.

– Qu'est-ce que c'est que ce monstre ? hurle-t-il.

– Apo, c'est une machine qui moissonne et qui bat en même temps. Le marchand cachemiri – tu le connais, il est arrivé il y a trois jours –, il nous la loue pour la saison.

– Je n'aime pas ça. Arrête ça tout de suite.

– Mais, Apo, elle abat le travail de dix personnes. Et nous avons déjà payé.

– Seuls des monstres abattent le travail de dix personnes. Comment oses-tu, toi, la chair de ma chair, détruire notre village ? Va dire à ce fils d'activiste de repartir avec son artillerie. Nous sommes des gens pacifiques, ici. Pas de guerre !

Pas de guerre ! Pas de guerre ! Apo continue de protester. Ses petits-fils traitent sa sénilité avec le plus grand respect. Ils le laissent tranquille.

Finalement, Apo se lasse et reprend son difficile trajet jusque chez lui. Tout ici monte ou descend, un supplice pour les genoux. Il n'y a pas non plus de véritable chemin. À la place des ruelles, un système complexe de canaux relie les maisons, les vergers, les champs et les lieux de réunion. En été, on doit patauger dans l'eau froide des glaciers. C'est une matinée de la fin juillet, et l'eau coule à torrents sur le chemin.

Apo se débat avec sa canne dans le flot glacé. La lumière du soleil brûlant, quadrillée par le feuillage bas des abricotiers, des noyers et des amandiers, forme un vif contraste avec la force glaciale qui lui gifle les pieds. Le flux et le reflux de l'eau se reflètent dans les pensées du vieil homme. Elles courent en tous sens, accusant les gouvernements du monde entier, la technologie et les Cachemiris enjôleurs d'être responsables de tous ses maux actuels. Ce monstre n'est pas un sauveur opportun, c'est un missionnaire arrivé avant l'invasion.

– Et puis quoi encore, marmonne Apo, une machine à vanner ?

Le vannage est l'une des activités les plus gracieuses auxquelles s'adonnent les hommes – ou plutôt, les femmes. Les femmes lancent les balles dorées en l'air, sifflant pour appeler les vents à la rescousse. Même le soleil dévie de sa trajectoire pour les éclairer. Sa femme, morte depuis longtemps, était la meilleure siffleuse que le village ait connue. Le vent, disaient ses amies pour la taquiner, était son soupirant.

Perdu dans le souvenir de son épouse, Apo s'arrête pour cueillir un abricot en chemin. Il recrache aussitôt le fruit poussiéreux. Tout est la faute de ce maudit monstre, qui crache de la poussière à des kilomètres, contaminant de la même façon leurs âmes et leurs fruits. C'en est trop. En tant qu'Apo du village, il envisage une action immédiate. Il ira voir le Cachemiri, lui ordonnera de reprendre son monstre et de repartir dans son pays natal. Pourquoi Apo et ses descendants devraient-ils endurer pareille fourberie ?

Il poursuit à pas lourds, s'aidant de sa canne, jusqu'à ce que son crâne chauve soit couvert de sueur. Il fait halte de temps à autre, marmonnant des injures à voix basse. Il retire sa coiffe de tissu, décorée de vieilles pièces de monnaie et d'œillets roses. De la sueur coule dans les sillons de son visage. Ses rides étincellent, comme effleurées par des gouttes de pluie.

La maison du Cachemiri se trouve à l'écart, tout en haut du village. Selon la tradition, les étrangers n'ont pas le droit de vivre parmi les habitants. Apo avait été la dernière exception à la règle, mais personne ne s'en souvient, à commencer par lui.

Le temps qu'il arrive à la maison de l'étranger, Apo a le visage rouge d'un babouin et de l'écume s'échappe des trous entre ses dents. Consumé par la colère et l'effort, il entre directement dans le salon. Il est stupéfait de trouver une vieille femme cachemirie à la place d'un jeune homme sans scrupules. Elle est posée tel un tableau à côté de la fenêtre. Ses halètements et ses grognements ne la dérangent pas.

– Je suis ici pour voir votre enfant, annonce Apo dans un hindoustani haché, une langue qu'il avait apprise des vies plus tôt.

La femme parle si doucement qu'une brise pourrait emporter ses mots pour les éparpiller sur les sommets enneigés de l'Hindou Kouch. Apo ne veut pas lui révéler sa surdité partielle. Il ne peut pas non plus lui donner des ordres comme à un enfant en lui demandant de se rapprocher et de parler de façon intelligible. Même si ses cheveux sont couverts d'un foulard rose à fleurs et son corps dissimulé sous un ample caftan et un pyjama violet, Apo perçoit le passage des années sur son visage.

Elle devine sa confusion et lui indique une chaise placée dans le coin. Apo s'aperçoit que ce n'est qu'un squelette quand il s'en approche de façon circonspecte. La chaise a des trous béants en guise de dossier et de siège. Il serait impoli de rester debout. Il ne veut pas manquer de respect à cette femme. Il n'a d'autre choix que de tenter de s'effondrer sur le tapis.

Depuis que ses genoux ont cessé de lui obéir, Apo n'est plus capable de s'asseoir par terre ou de se relever tout seul. Si elle avait été plus jeune, peut-être de l'âge de sa fille ou de sa petite-fille, il lui aurait demandé de l'aider. Mais sa peau ridée et sa posture voûtée caractéristique font d'elle une contemporaine. Ils ont beau être aussi âgés l'un que l'autre, il ne peut se résoudre à lui tenir la main – la main d'une étrangère.

Apo tombe en chute libre, une chute arrêtée uniquement par le sol. Une fois le choc atténué, une plus grande honte l'assaille. Sa boucle d'oreille, une rangée de perles enroulée plusieurs fois autour de son lobe, se prend dans le tapis. Il ne peut même pas relever la tête.

Elle se précipite à son secours. D'une main, elle lui soulève délicatement le visage. De l'autre, ses doigts habiles démêlent le nœud.

Les boucles d'oreilles sont le signe d'un statut important, a-t-il envie de lui dire. Chaque perle a été transmise de génération en génération. Personne ici ne peut les porter à part lui. Mais elle est trop près pour qu'il soit à l'aise. Depuis qu'il est devenu sourd, Apo a oublié l'art du murmure.

Il est surpris par sa force lorsqu'elle le relève par les aisselles pour l'asseoir contre le mur. Il est jaloux. Elle lui tend son moulin à prières. Elle pose sa canne à côté de lui. Elle redresse son chapeau et époussète sa veste. Puis elle quitte la pièce.

Apo est soulagé. Ce serait pire de revivre son embarras devant elle en se voyant obligé de lui servir des excuses élaborées. Si seulement elle avait été plus jeune, elle aurait pu mettre tout cela sur le compte de la tragédie imprévisible de l'âge, peut-être même avoir pitié de lui.

Les mains fébriles d'Apo s'emparent du moulin à prières. Il tente de recouvrer son calme en plissant les yeux et en imaginant la vue depuis la fenêtre. D'ici, il est possible de voir le fleuve Lion, que les étrangers appellent l'Indus, qui coule au fond du précipice. On le voit faire un signe d'adieu à son dernier méandre avant d'entrer au Pakistan. Mais sur une courte distance, alors qu'il traverse ces terres inhabitées, il est sauvage et libre à nouveau.

Lorsque Apo était arrivé au village, un jeune homme lui avait dit qu'il était au Pakistan. Mais les anciens, qui ignoraient tout de la Partition et des combats qui l'avaient précédée, lui avaient reproché d'avoir inventé un pays imaginaire dans le but de leurrer l'étranger.

– C'est où, le Pakistan ? avait demandé une vieille femme. On a entendu parler de la Chine, du Tibet, du Kafiristan, de la Russie, de l'Afghanistan, de l'Iran. Mais, au nom de la demi-lune, c'est quoi, le Pakistan ?

– Le Pakistan, c'est la terre des gens purs, avait expliqué le jeune homme.

– Alors, c'est qu'il doit border la région du Kafiristan, le pays des infidèles, supposa la femme. C'est plus au nord et plus à l'ouest, pas ici.

Depuis l'indépendance du subcontinent, ces montagnes appartenaient au Pakistan. Un postier et un policier venaient au village une fois tous les trois mois, symboles du gouvernement. En l'absence de courrier et de contrevenants, les fonctionnaires passaient leur temps à clouer ici et là des portraits encadrés du Fondateur de la Nation, à troquer des biscuits étrangers, des lunettes de soleil, des boutons et des céramiques contre des produits locaux. Les boîtes métalliques qui contenaient les biscuits avaient finalement plus de succès que les biscuits proprement dits. De la même façon que les billets de banque pakistanais faisaient un excellent papier toilette, et que les pièces de monnaie britanniques étaient idéales comme ornements.

Dix ans à peine s'étaient écoulés depuis l'arrivée d'Apo quand un officier entreprenant de l'armée indienne monta jusqu'au village. Ses soldats apportèrent avec eux des sacs de céréales, du savon, du sucre et des jerricans de diesel en cadeaux.

– Bienvenue en Hindoustan ! annonça l'officier.

Puis il entreprit de leur apprendre à préparer du tchaï indien, avec beaucoup de lait et de sucre. C'était la première fois que les habitants du village goûtaient du sucre.

Ils ne purent s'empêcher de se sentir agités, irritables et inexplicablement euphoriques sous son influence.

Tandis que le monde était focalisé sur la création du Bangladesh à partir du Pakistan oriental, l'armée indienne s'emparait de quatre montagnes dans l'ouest du pays. Le village se trouvait sur l'une de ces montagnes. Salués par des troupes armées indiennes, les anciens se sentirent légitimés. Leurs enfants se trompaient depuis le début. Tout faisait partie de l'Inde. De l'Inde britannique, s'entend. Le monde entier était l'Inde britannique, y compris la Grande-Bretagne.

Trois décennies plus tard, le conflit de Kargil changea à nouveau leur destin. L'Inde déserta la vallée pour se retirer dans les montagnes qui s'élevaient derrière, cependant que le Pakistan occupait celles qui se dressaient en face, sur l'autre rive de l'Indus. Tandis que le village se trouvait dans la zone tampon située entre les deux, les deux nations se tançaient depuis les sommets. Comme deux chiens qui grognent et aboient mais sont trop effrayés pour s'emparer de l'os posé entre eux.

Peu à peu, le monde oublia le village. L'armée indienne se précipita à un autre bout du pays pour lutter contre les incursions chinoises, et l'armée pakistanaise la suivit pour profiter du spectacle. À part quelques marchands entreprenants, le village demeura coupé du reste du monde.

Apo connaît la topographie de cette terre comme la forme de son propre corps. Avant son arrivée au village, il avait passé deux saisons à errer sans but dans les étendues sauvages environnantes. Des vents frémissants, des sables changeants, le silence prégnant des rochers et le fantôme de la mer avaient été sa seule compagnie. Sensible aux vibrations, Apo ressent les craintes et les rêves de la nature, il peut prédire l'approche des tremblements de terre, même des avalanches et des inondations.

Les frontières politiques invisibles sont en perpétuelle mutation. Apo sent chaque altération dans leur mouvement, comme un homme aveugle distingue la lumière de l'obscurité. Depuis la fenêtre, la frontière semble inoffensive. Le soleil, qui règne sur un ciel bleu limpide, donne à l'eau glaciale de l'Indus les couleurs de la lave en fusion, embrase les rochers et les sables qui couvrent la montagne de flammes illusoires. Mais même la sénilité, le plus beau cadeau de la vieillesse, ne lui permet pas de simplement s'émerveiller de la vue. Celle-ci l'emplit de tristesse. Prise dans la toile des frontières, la terre est un être aussi fragile qu'un papillon éphémère.

Bientôt, la nostalgie prend le pas sur la tristesse, imposant sa présence tel un arôme doux et délicatement épicé. La vieille femme a placé une tasse de kehwa à côté de lui. Apo pose son moulin à prières. Il contemple la tasse – en céramique blanche avec un motif bleu. Ce pourrait être des fleurs et des feuilles, des formes géométriques ou des êtres humains, tout est identique pour ses yeux brumeux. À lentes gorgées réfléchies, il s'abandonne à la douce infusion de safran, de cardamome, d'amandes et de noix de cajou.

Telle une flèche filant à travers l'espace et le temps, transperçant sa peau, sa chair et ses côtes pour se planter dans son cœur, le goût traverse soixante-trois années pour remonter jusqu'à sa vie précédente, lorsqu'il était soldat. À l'époque, Apo était le cuisinier attitré de son régiment. À Srinagar, on lui avait donné une boîte de poudre de kehwa avec les rations. C'était du thé cachemiri au goût intense, à ne servir qu'aux invités de marque lorsqu'ils venaient au camp.

– J'ai déjà goûté ça, annonce Apo à la femme comme elle s'éloigne vers la porte. Ce thé particulier qu'on boit dans votre pays. Quand tout le monde buvait de l'alcool, je me cachais de mes supérieurs pour en avaler quelques tasses. Après quelques verres de rhum.

Elle hoche la tête comme si elle comprenait. Quelques minutes plus tard, elle revient aux côtés d'Apo, cette fois-ci avec un pichet rempli de kehwa.

Apo se met à rire, révélant une série de dents délicieusement cassées, tandis qu'elle lui en sert une autre tasse.

– Madame, dit-il, à cet âge, boire ne serait-ce qu'un pichet d'eau peut être dangereux. Le corps est un animal. Il s'effondre quand il est censé s'asseoir, il urine quand bon lui semble.

Elle éclate de rire. Embarrassé par sa spontanéité, elle tire sur son foulard pour se couvrir la bouche.

– Si vous insistez pour m'en resservir, j'insiste pour que nous partagions, ajoute-t-il.

– Mais que dira mon petit-fils ? demande-t-elle, troublée. S'il apprend que je reçois des hommes en son absence…

– Ça lui apprendra à vous laisser seule, rétorque Apo. Est-ce qu'une femme laisse ses bijoux ou un homme son chhang sans surveillance ?

Elle rougit.

Elle se dirige vers la fenêtre qui domine la pièce, s'étendant d'un mur à l'autre, s'ouvrant sur l'immensité extérieure. Elle retombe dans l'état de réflexion dans lequel Apo l'a trouvée en entrant.

– Pourquoi faites-vous cela ? demande-t-elle en montrant le moulin à prières posé par terre. Qu'est-ce que ça signifie ?

– La vie tourne, vite puis doucement, doucement puis vite, dit-il en le ramassant.

Elle ferme les yeux. Le bruit de l'Indus s'intensifie. L'eau se précipite avec une vitesse et un désespoir si diaboliques que ce n'est plus un fleuve, seulement des rapides et des tourbillons. Elle reste là, telle une fresque peinte sur le mur en pisé. Puis elle parle.

La vie murmure à mon oreille son irrésistible mélodie,
M'offrant l'eau de l'immortalité
Et la terre de la transformation.
Loin, très loin, depuis les profondeurs du ciel vide
La mort m'appelle d'une voix ordinaire et limpide.

Ces vers planent comme de la brume par un matin d'hiver. Le silence est finalement rompu par des bruits de pas. Elle se précipite pour enlever le plateau du sol. Son petit-fils est surpris de voir Apo assis chez lui comme s'il était l'homme de la maison.

– Te voilà, mon enfant! dit Apo en tentant de se lever pour le saluer. – Le marchand se précipite vers lui pour le soutenir. – J'attendais de te rencontrer en personne. En tant que patriarche du village, il est de mon devoir de t'accueillir et de te bénir. Puisses-tu apporter plus d'initiatives dans notre demeure, puisse ton commerce prospérer!

Soulagé par ces mots d'une gentillesse inattendue, le marchand prie Apo de partager leur repas. Mais Apo décline.

– Vous êtes nos invités, nous sommes vos hôtes, dit-il en bataillant avec sa canne.

Ce soir-là, Apo passe une nuit agitée, mais la douleur qu'il ressent dans ses os n'est pas l'unique raison de son inconfort. Il se demande à quoi elle pouvait ressembler quand elle était jeune. Elle a un gros nez, comme la plupart des Cachemiris, un nez qui grossit avec l'âge alors que le reste du visage s'étiole. Bien qu'elle ait les yeux enfoncés et délavés, Apo voit en eux des courants d'un bleu glacial, tout comme il voit de la dignité dans ses rides. Sa démarche et sa voix ont une telle grâce, c'est comme si une impératrice perse était descendue jusqu'au village depuis de lointaines montagnes chargées de fruits, fuyant des maraudeurs. La seule chose incompatible avec cette image est l'odeur tenace du tabac sur ses vêtements, qu'il attribue à son bon à rien de petit-fils.

Lorsqu'elle avait souri aux remarques d'Apo, ses lèvres fines s'étaient entrouvertes pour découvrir des gencives rose pêche et une dentition resplendissante.

Bien qu'elle ait parlé de la mort, son poème lui fait l'effet inverse. Apo sent le sang se précipiter dans ses veines et inonder sa nuit de solitude.

– Qui est votre dieu? demande-t-elle en regardant par la fenêtre.

– Le temps, répond-il en la fixant sans perdre contenance.

– Et la vie alors?

– Ma vie m'a épuisé. Quand l'heure viendra de renaître, je refuserai. S'ils ne m'écoutent pas, je ferai des histoires jusqu'à ce qu'ils cèdent. Un homme aussi las que moi a gagné le droit de prendre congé de la vie.

– Mais la vie, c'est l'espoir.

– À quoi sert l'espoir quand on est mort ?

– Dans la mort, nous trouvons l'espoir que nous avons abandonné à la naissance.

Apo est ému. Il sourit dans son rêve tandis qu'il pleure dans son sommeil.

Apo se réveille le lendemain matin, les yeux larmoyants. Il est soulagé que l'automne ne se soit pas encore installé, ou il aurait attrapé un rhume.

Ira, son arrière-petite-fille de douze ans, dort si paisiblement à côté de lui qu'il n'a pas le cœur de la réveiller pour qu'elle l'aide à se lever. "Dors, mon ange, pense-t-il. Dors pendant les guerres. Éveille-toi en paix. Dors pendant la solitude. Éveille-toi à toi-même. Dors, mon ange, dors."

Il s'assoit dans son lit. Il attrape sa canne. Paralysé à l'idée de se lever, il préfère réfléchir à sa canne. Il l'a héritée de sa belle-mère. Cette canne est plus vieille que lui d'une ou deux générations. Elle a une tête de bouquetin sculptée dans du bois de noyer noir en guise de pommeau, avec des yeux, un museau, une bouche et des cornes. Apo touche la tête du bout des doigts pour attiser ses souvenirs – les sillons sur les cornes incurvées, sa barbiche triangulaire, ses narines creuses et ses dents apparentes. Il se demande si le bouquetin sourit ou si c'est un signe d'agressivité.

– Pourquoi est-ce que tu ne m'as pas réveillée, Apo ? demande Ira en s'asseyant dans le lit. Je te l'ai dit, tu peux me donner des gifles. Je n'entends pas les gens quand je dors.

– Mon enfant, certains jours, je ne trouve aucune raison de sortir du lit, dit-il.

– Si tu ne vas pas faire pipi dès que tu te réveilles, tu as du mal à te contrôler après.

– Qui est le grand-père et qui est l'enfant ? demande-t-il en lui tirant malicieusement l'oreille.

Plus tard dans la matinée, Apo l'appelle à nouveau dans sa chambre. À huis clos, il lui fait une proposition. Il lui demande d'espionner la femme cachemirie. Ce sera leur secret.

– Pourquoi ? demande-t-elle.

– Elle connaît la magie noire. Comme je suis votre Apo, je dois veiller sur tout le monde.

Elle reste immobile, la bouche grand ouverte.

– C'est une sorcière ? demande-t-elle.

– À toi de me le dire.

Ce soir-là, alors qu'ils sont allongés tous les deux sous la même couverture, la fillette a un tas d'histoires à raconter. La grand-mère cachemirie semble être une vieille femme. Mais, en fait, c'est un homme. Cachée parmi les arbres de son verger, Ira l'a vue sortir une bidi et l'allumer alors qu'elle lavait les vêtements dans le canal. Elle accomplissait ces deux activités comme si celles-ci faisaient partie de sa routine. La fillette a également trouvé une bouteille de chhang, la bière locale, à moitié vide, parmi les épices de sa cuisine. Et ce n'était pas tout, elle avait vraiment de la moustache et de la barbe, surtout quand on la voyait au soleil sous un certain angle.

– C'est ce qui m'a convaincue que c'était un homme.

– Le chhang doit appartenir à son petit-fils, dit Apo en cherchant une logique à tout cela. Les femmes de sa religion ne boivent pas.

– Je l'ai vue en boire quelques gorgées avant de s'endormir cet après-midi… Apo, s'écrie Ira, le sentant se retirer dans ses pensées. Tu avais raison. C'est une sorcière. – Puis elle se corrige : – C'est un sorcier.

– Tu es trop jeune pour juger de telles choses.

– Chut ! dit-elle en posant un doigt sur les lèvres de son arrière-grand-père. C'est notre secret.

– Tu es trop jeune pour juger de telles choses, murmure à nouveau Apo. Maintenant, raconte-moi tout ce que tu as vu.

– Elle passe beaucoup de temps à faire le ménage. Elle s'exclame quelque chose qui se termine par Allah chaque fois qu'elle attrape une punaise de lit. Après son bain, elle se frictionne les mains et les pieds avec de l'huile de noix et s'asperge le visage avec de l'eau de rose pour tromper les gens avec un parfum féminin. Elle retire son foulard pour se peigner. Les cheveux lâchés comme une sorcière, elle lit des livres. Je ne sais pas ce qu'elle fait mais elle a un crayon à la main et elle contemple les pages pendant de longs moments. Elle étend aussi une natte sur le sol et prie sans arrêt. Je n'ai jamais vu quelqu'un prier autant. Des prières étranges, en plus. Elle tient ses paumes l'une contre l'autre comme un livre invisible. Les gens qui croient aux fées ne prieraient pas autant. Les démons ont besoin de plus de complaisance.

– Comment sont ses cheveux ?

– Ils sont blancs et gris, comme le cheval d'Angkung. Ils se terminent en queue de rat au bout.

Apo caresse sa calvitie.

– J'ai des poux, dit-il.

– C'est pas possible. Tu n'as pas de cheveux.

– Si, j'en ai. Mes cheveux sont aussi foncés que la merde du cheval d'Angkung.

Ils rient tous les deux.

Apo embrasse les mains de l'enfant avant de les poser sur ses yeux. D'une voix chevrotante, il entreprend de lui chanter une chanson à propos d'un roi et de sa reine perdue.

Cette nuit-là, il fait un rêve. Et c'est un nouveau, ce qui arrive rarement à son âge. Dans son rêve, Apo voit et entend parfaitement. Le paysage est élémentaire et géométrique, comme les gravures qu'on trouve dans les grottes. Les montagnes sont de simples triangles, les animaux des silhouettes symboliques. Les couleurs sont toutes primaires et vives, les ombres uniformément noires. Sur une telle montagne brune et nue, couverte d'éboulis, un groupe de bouquetins gambade. Ils sautent si haut qu'ils touchent le ciel bleu pâle, projetant des ombres aussi grosses que des nuages sur les montagnes alentour. Au début, Apo ne remarque pas l'origine de leur agitation. Puis il voit un léopard des neiges tapi dans un coin au pied de la montagne, une femelle. Parfaitement calme, elle remue la queue de temps à autre. À la grande surprise d'Apo, la queue du léopard n'est pas longue, majestueuse et poilue. Elle est courte et ratatinée, comme celle d'un rat.

Apo se réveille le lendemain matin avec un seul désir. Il doit la revoir.

Un jeune garçon frappe à sa porte en fin d'après-midi, alors qu'elle est en train de repriser les vêtements de son petit-fils. Avant qu'elle puisse se lever, le garçon est dans son salon.

– Notre respecté patriarche, annonce-t-il avec une solennité travaillée, puits de sagesse, d'amour, de courage et de tout ce qui mérite le respect, est ici pour vous faire la grâce de sa présence.

Ayant dit cela, il revient avec une chaise qu'il place au milieu de la pièce.

Apo est à l'extérieur. Il s'essuie le visage avec ses manches. Il tire de son manteau un petit flacon en cristal rempli d'une essence parfumée et en frotte ses poignets. Si ses autres sens l'ont trahi, son odorat est toujours aussi aiguisé. Il inhale le parfum exotique du jasmin avec de langoureuses inspirations pour rassembler ses forces.

Ce n'est pas avant de voir son visage stupéfait qu'il s'aperçoit qu'il n'a pas réfléchi à une raison. Il n'a aucune excuse pour justifier sa visite, de surcroît à une heure où elle est seule.

– Madame, commence-t-il de sa voix singulièrement forte, savez-vous écrire ?

Elle hoche la tête.

– Dans ce cas, pourriez-vous écrire le poème que vous avez récité l'autre jour ?

Il perçoit sa confusion et poursuit :

– Dans ce village, je suis le doyen. Les genévriers sont les seuls esprits plus anciens et plus estimés que moi. Il est de mon devoir de préserver toutes les belles choses, d'éduquer nos enfants pendant l'hiver. L'hiver, comme vous le savez peut-être, est long et solitaire ici.

– Mais je ne suis pas poète, dit-elle. Tout ce que je faisais, c'était servir à manger pendant les soirées dans lesquelles mon mari, qu'Allah bénisse son âme, ou mes fils récitaient.

– Madame, vous avez passé votre vie entourée d'idiots.

En disant cela, il pose sa canne à côté de la chaise, se préparant à s'asseoir.

Elle ne peut réprimer son rire.

– Personne n'a jamais traité mon défunt mari d'idiot, dit-elle.

Personne ne l'a jamais appelée, elle, la grand-mère universelle, "madame" non plus.

Apo croit voir son visage rosir lorsqu'elle s'esclaffe, comme une fille en compagnie d'autres filles. Soulagé par sa spontanéité, il rit avec elle. Il rit jusqu'à ce que les dents qui lui restent s'entrechoquent, que les veines sur ses mains tremblent et que sa vessie se relâche un instant.

Le rire reflue dans le silence.

– L'hiver est la saison propice pour raconter des histoires, dit-elle, comme si elle était plongée dans une rêverie. Sentant le trouble d'Apo, elle développe : L'hiver est la saison propice pour raconter de longues histoires. Des histoires dont on ne voit pas la fin. C'est la saison dédiée à Schéhérazade, pas à la poésie.

– L'hiver est la reine de toutes les saisons. Les ours et les marmottes hibernent. Nous, les Drokpas, nous faisons la fête. C'est la fête la plus importante et la plus longue. Le temps des mariages, des festivals, des amitiés, des épopées et des contes.

– Dans mon village, c'est le printemps.

– Le printemps est la saison du cœur. Son arrivée et son départ sont perçus dans le cœur plus que dans les champs.

Apo est surpris de son propre lyrisme.

Elle est intriguée.

– Et l'automne ? demande-t-elle.

– La naissance. C'est l'âme qui se résigne à une autre vie, même si le nirvana l'attend.

Elle n'a jamais entendu décrire les saisons de cette façon, surtout pas au cours des soirées arrosées que son mari aimait à organiser.

– C'est ce que vous enseigne votre foi ?

– Non. Quand la sénilité s'installe, la sagesse remonte à la surface.

Elle sourit en déportant son regard du mur à la fenêtre, et elle en profite pour lui jeter un coup d'œil au passage. Apo est voûté sur sa chaise. Son visage, en particulier son nez, est gravement brûlé par le soleil, donnant à son teint une nuance couleur betterave. Les rides qui parcourent son front, s'échappant de ses yeux et encerclant ses joues, sont profondément gravées. Sous son chapeau, Apo a d'épais favoris, une fine moustache et une barbe grise.

Il ne ressemble pas aux autres habitants du village, qui ont la peau et les yeux plus clairs que les Cachemiris. Elle n'a jamais vu quelqu'un comme lui. Un homme avec des boucles d'oreilles en perles, un collier composé de coraux et de turquoises, et de nombreuses bagues. Il porte plus de bijoux qu'elle.

– Et la mousson ? reprend-elle.

Apo peut compter le nombre de fois où il a plu ici sur les doigts d'une main. Trente-cinq ans plus tôt, un nuage avait éclaté sur la montagne et provoqué de fortes pluies, inondant le village. Toutes les maisons du côté est avaient été détruites. Les villageois s'étaient enfuis dans la nuit, poussant des “Aan ! Aan !” de terreur. Angkung, le shaman actuel, était né cette nuit-là. C'est ainsi qu'il avait reçu son nom – des cris de peur.

Une autre fois, sa femme, chargée d'irriguer les champs la journée et les vergers la nuit, avait été transportée de joie en voyant qu'il bruinait. Cet après-midi-là, elle avait retiré sa coiffe traditionnelle et s'était précipitée dehors pour danser sous la pluie.

– Les pluies, dit-il d'une voix inhabituellement douce et contemplative. En Hindoustan, les pluies sont synonymes de dieu. Ici, elles sont synonymes de mort.

Le paysage qui s'étend à l'extérieur étaye son opinion. Elle voit les rochers empilés de façon précaire sur les montagnes, aussi instables que les pyramides de galets que les nomades érigeaient au sommet de chaque col, tandis que les vents du désert faisaient claquer les rangées de drapeaux de prières bouddhistes rouge, vert, jaune et bleu au premier plan. Une brise espiègle suffit à provoquer une tempête de sable. Un spectre de poussière gagne déjà en force de l'autre côté du fleuve. La pluie la plus fine peut provoquer un glissement de terrain. Un déluge, soupçonne-t-elle, dissoudra toutes les maisons en pisé.

Elle regarde l'Indus déchaîné tout en bas. Pendant son court séjour ici, elle a vu un rocher de la taille d'un camion descendre le fleuve. Les courants sont si puissants que, d'après elle, le rocher aura atteint le Pakistan d'ici une semaine.

– Le fleuve, m'a dit mon petit-fils, est ici un objet de culte.

– Ce sont tous des esprits. L'ancien bosquet de genévriers est plus vieux que la vie humaine. Chaque montagne a sa propre fée. Les bouquetins travaillent pour elles comme les mules travaillent pour nous. C'est pour cela que nous sculptons un bouquetin chaque fois que nous en tuons un, pour qu'il puisse continuer de vivre. Chaque être, que ce soit un rocher ou une montagne, un buisson ou un arbre, un nuage ou le ciel, a un esprit.

– Est-ce que cette religion porte un nom ?

Apo réfléchit à la question.

– Les bouddhistes et les musulmans la qualifient de religion des esprits. À mon arrivée ici, les anciens m'ont soigné. Quand j'ai été rétabli, ils m'ont demandé de partir. Mais je voulais me marier et m'installer ici. Alors je leur ai demandé pourquoi je ne pouvais pas. Ils avaient peur que le Bouddha adoré par les nomades tels que moi ne mette leurs esprits en colère. Alors je me suis converti à leur religion. J'ai sacrifié le Bouddha pour ma femme, caquète-t-il. Au commencement du monde, disait mon beau-père, dieu a donné à chaque religion ses propres règles. Mais les Drokpas, les gens d'ici, ils avaient tellement bu cette nuit-là qu'ils avaient oublié toutes les règles. Ça a vraiment mis dieu en colère, alors ils ont dû se contenter des fées et des esprits.

Il s'attend à l'entendre rire, mais elle semble perdue dans ses pensées.

– Vous ne vous sentez pas seul sans elle ? demande-t-elle.

Les yeux d'Apo s'emplissent de larmes. Un obus d'artillerie perdu avait tué sa femme plus de vingt ans auparavant. L'Inde et le Pakistan étaient en guerre à propos des montagnes voisines de Kargil. Apo avait laissé la guerre derrière lui, mais la guerre ne l'avait pas quitté. Il soupire, mais les mots ne sortent pas de sa gorge. Comment le pourraient-ils ? L'absence de sa femme devient plus douloureuse à mesure que ses souvenirs s'estompent.

Elle se sent coupable de son impertinence et se précipite hors de la pièce. Apo commence à se sentir nerveux, se demandant ce qui a provoqué sa fuite inattendue.

Elle revient avec un plateau. Elle pose un pot de kehwa, des noix de cajou salées et des abricots secs devant lui sur un tabouret. Elle lui en sert une tasse.

– Je vous prie de m'excuser, dit-elle, pendant que je termine mes prières du soir.

– Oh ! J'avais oublié l'obsession des musulmans à prier à toute heure du jour et de la nuit, s'exclame-t-il, impressionné de s'en être souvenu aussi rapidement.

– Cinq fois, le corrige-t-elle.

Apo tente de l'imaginer alors qu'il boit son kehwa tout seul. Séparée de lui par un simple mur, pliée en deux sur une natte. Les yeux fermés, la tête baissée en signe de soumission. Ou est-ce de la résignation ? Personne ne le sait. À quoi ressemble son visage à ce moment précis, se demande-t-il. Pour quoi prie-t-elle, cinq fois par jour, tous les jours sans exception ?

L'arrière-petit-fils d'Apo revient, impatient de ramener la chaise et son arrière-grand-père chez lui afin de pouvoir retourner avec ses amis. Apo le fait patienter à l'extérieur, comme les jeunes garçons et les chiens sont censés le faire. Il sait qu'il doit bientôt prendre congé, mais il n'a pas le cœur à cela. Il ne sait pas non plus comment, surtout une fois qu'elle est assise devant lui avec une tasse de kehwa.

– Pour quoi prie-t-on à notre âge ? demande-t-il.

– On prie pour la longue vie des étrangers qu'on a rencontrés au crépuscule et qu'on espère revoir à l'aube.

– Pour nous, les Drokpas, la journée commence au crépuscule.

Elle sourit. Tous deux laissent filer le temps en silence. Elle le regarde somnoler, perdre puis reprendre conscience, s'éveillant en sursaut. Il la regarde en louchant, imaginant la pleine lune à partir de son éclipse. S'efforçant de rassembler les pièces d'une épopée qui s'étend sur des millénaires, des terres et des vies à partir d'un éclat de conversation. Ce n'est pas la première fois que des âmes réticentes se dévisagent avec désir, envisageant une chute libre dans l'abîme. Et ce n'est pas non plus la première fois qu'elles patinent, en décalage l'une par rapport à l'autre.

Finalement, il parle.

– Pardonnez-moi d'avoir abusé de votre temps. On doit toujours dire la vérité. Je suis ici pour vous demander quelque chose.

Elle fait oui de la tête.

– Comment vous appelez-vous ?

– Ghazala Mumtaz Abdul Sheikh Begum.

– Combien de noms avez-vous ?

– C'est mon nom complet, répond-elle avec un sourire. Les gens ont cessé de me poser cette question quand je me suis mariée. Les épouses, les mères et les grands-mères n'ont pas de nom. Apo n'est pas votre nom non plus.

– Non. Ça veut dire "grand-père" dans notre langue.

– Alors, comment vous appelez-vous ?

– Au bout d'un long moment, assez long pour être une vie entière, il m'est revenu à l'aube. J'avais peur de l'avoir oublié pour toujours, le nom que mes ancêtres m'avaient donné. J'ai entendu ma mère m'appeler aux premiers rayons du soleil. "Tashi Yeshe, a-t-elle murmuré à mon oreille, réveille-toi. Les moutons ne tiennent plus en place, emmène-les." Quand je me suis réveillé, je me suis demandé comment vous vous appeliez.

Changthang, le désert de neige, n'est pas un plateau ordinaire. Son terrain vallonné déconcerte la race humaine depuis qu'elle est sortie d'Afrique et a pénétré par hasard en Asie centrale, incapable de survoler les chaînes de montagnes frontalières à la manière d'une formation d'oies sauvages. Ce que l'esprit humain perçoit comme une distance invaincue n'est qu'une question d'altitude. Car le plateau tibétain est plus haut que les plus hauts sommets de tous les autres continents, et il continue de s'élever. C'est du moins ce que pensent les nomades, les futurs habitants humains de ce plateau. Le désert de neige ne montre aucun signe d'appartenance à cette terre. Il est suspendu quelque part au-dessus.

Dans les familles nomades, il y a plus d'enfants qui périssent que d'enfants qui survivent. Certaines âmes s'échappent doucement du ventre maternel avant même que la mère ne se soit rendu compte qu'elle était enceinte. En regard de toutes les vies merveilleuses que l'on peut mener, la vie humaine est plutôt une punition.

Tashi Yeshe, par exemple, a déjà vécu plusieurs vies ici, dans ce désert de neige. À mesure que le paysage se transformait, lui aussi changeait. Il avait contemplé une aube solitaire à la fin d'une centaine d'années, car c'était tout le temps où le soleil ne s'était pas levé après qu'un astéroïde eut percuté la terre. Sa vie en tant que lombric lui avait apporté l'humilité. À une époque où les trois quarts des formes de vie avaient péri, du plancton aux dinosaures, il avait survécu sous celle d'un ver de terre. Pendant la période glaciaire, il avait été profondément attaché à l'instinct grégaire alors qu'il était un mammouth laineux. Pendant la fonte des glaces, il avait acquis du courage sous la forme d'une baleine, délaissant la terre pour barboter dans l'eau.

Sous sa forme humaine, Tashi Yeshe avait à peine trois ans lorsqu'il avait contracté une fièvre cérébrale. Sa mère était inquiète. Elle craignait que la fièvre ne sorte de son cerveau, ne ronge sa colonne vertébrale comme une brindille pour s'échapper par ce point magique où la base de la queue se trouvait jadis. C'était ainsi que partaient la plupart des enfants. À la recherche de leur queue perdue.

Les nomades avaient planté leurs tentes près des gisements de soufre – des êtres qui crachaient de la vapeur depuis des cratères de glace. À l'extérieur de leurs tentes noires en poils de yak, des démons des neiges dansaient à l'ombre des sommets alentour, lacérés par les vents, fascinés par la vapeur couleur d'ambre. Dans sa retraite, l'hiver avait orchestré un vigoureux tourbillon de tempêtes de neige à travers tout le désert.

Désespérés, ses parents avaient décidé de le confier à ceux en qui ils avaient le plus confiance. Pour les nomades, il n'existait pas de prairie secrète ni d'âtre sédentaire plus chaud qu'une bergerie pleine de moutons. La mère du petit l'avait tenu contre sa poitrine pendant que son père les enveloppait tous les deux dans des couches de vêtements successives. À l'extérieur de la tente, elle brava les profondeurs et les hauteurs de neige instables pour atteindre l'enclos, un simple trou abrité dans lequel la communauté avait rassemblé toutes ses bêtes afin de créer une alcôve de chaleur. La mère creusa un trou peu profond au centre de l'enclos, le tapissa de couvertures en poils de yak et de pashmina, puis y coucha son fils brûlant. Tout en le bordant, elle pria pour que la chaleur collective du troupeau le guérisse.

Le garçonnet ne garderait aucun souvenir significatif de cette fièvre ou de cet hiver, à l'exception d'un seul. Transpirant et frissonnant en même temps, il avait rêvé des étranges habitants de différents royaumes cosmiques. À son réveil, il était entouré d'un millier d'yeux, qui tous brillaient dans le noir. Des yeux différents des siens. Ils avaient la même forme que ceux des bêtes et étaient animés d'un éclat malveillant, car dans le noir seul le mal brille plus que le bien. Des yeux au-dessus de sa tête, derrière sa tête, sous ses pieds, près de son épaule, de son torse et de ses jambes. Des yeux qui flamboyaient au-dessus de lui dans le ciel, tourbillonnant comme des constellations. Plongeant dans les yeux qui brillaient en lui, car ils avaient également pris la place de ses organes.

– Les ancêtres nous surveillent en permanence, lui disait sa grand-mère. Un jour, ils nous puniront pour tout le mal que nous avons commis.

Ils étaient là, tous autant qu'ils étaient, songeait-il. Le dévisageant en silence, attendant de réduire son corps en bouillie pour toutes les fois où il avait hurlé à l'oreille sourde de sa grand-mère et remplacé ses perles de prière par des galets. Il était mort, en avait-il conclu.

Ces gardiens cosmiques s'étaient mis à fredonner et à bêler, donnant des coups de museau dans ses couvertures et le piétinant avec leurs sabots. Un agneau avait frotté son ventre sur son visage, réchauffé par sa peau brûlante. Loin d'être menaçants, ses ancêtres formaient une compagnie câline et joueuse.

Ce souvenir précoce reviendrait l'apaiser au cours de ses dernières saisons, comme la perspective du paradis pour un bouddhiste épuisé accablé par la poursuite éreintante de l'illumination.

À l'âge de dix-sept ans, Tashi Yeshe tomba sur des militaires en train d'offrir des sacs de céréales au monastère local. L'armée indienne recrutait des frontaliers pour protéger les frontières. Autrefois, il avait vu son père troquer du cachemire, de la laine de yak, du sel et du beurre avec des marchands dans le lointain Zanksar. Mais personne ne s'était jamais troqué lui-même. En plus d'un salaire régulier, le garçon serait entraîné et pris en charge. S'il venait à mourir, sa famille recevrait plus d'argent. Sa communauté souffrant de privations depuis des générations, l'adolescent trouva cette affaire trop belle pour être vraie. Il quitta les pâturages désolés de Changthang pour rejoindre les Éclaireurs du Ladakh en tant que soldat.

Nommé soldat-cuisinier, on l'envoya au Ladakh pour sa première affectation. Il faudrait à son régiment vingt-cinq jours pour relier à pied Srinagar, la capitale verdoyante du Cachemire, et la Vallée des Abricots sanguins dans le Baltistan, coincée au sud-est de Changthang. Le col de Zoji La, les portes du royaume du Ladakh, était plus haut que tous ceux du Cachemire, mais il n'était qu'un parmi d'autres au Ladakh, le pays des cols de haute montagne.

Certains soldats commencèrent à avoir des nausées, des maux de tête et des difficultés à respirer, forçant leur supérieur à interrompre l'ascension pour le reste de la journée. Le régiment se voyait contraint de planter ses tentes à côté de bergers et de leurs troupeaux. Le soir, les hommes se serraient les uns contre les autres comme du bétail humain, générant une chaleur collective pour combattre le vent glacial qui descendait du col.

Ce jour-là, en tant que cuisinier officiel et boucher officieux, il tua trois chèvres pour nourrir sa compagnie affaiblie et rongée par le mal du pays. Il s'était forgé la réputation d'être un boucher habile dès les premiers temps de sa formation. On pouvait lui donner n'importe quel animal – vache, buffle, lapin, poule, chèvre, mouton, marmotte, daim, canard et même l'imposant yak –, il n'en perdait pas une seule plume ni une seule fibre. On aurait dit qu'il voyait à travers la peau et la chair l'endroit exact où le cartilage reliait les articulations. Sous son couperet, ligaments et tendons demeuraient intacts. La peau se détachait de la chair pour révéler des motifs secrets. Des motifs qui unissaient tout. Des motifs où tout se délitait.

Comme à travers la peau et la chair, le garçon avait vu à travers le charme trompeur de la vallée voisine du Cachemire. La profusion de forêts, de lacs, de gens et de pâturages était, en fait, un subterfuge. Un jour, les forêts seraient un désert et l'être se dévoilerait entièrement pour réfléchir à l'esprit.

Deux ans plus tard, l'armée chinoise écrasa le royaume voisin du Tibet et étendit son invasion jusqu'en Inde. L'armée indienne fut surprise en plein somme. Au lieu de mener une bataille perdue, certains soldats décidèrent de s'enfuir. Sous la houlette de son officier, Tashi Yeshe déserta, détroussant les cadavres et pillant les vivres dans les camps abandonnés. Afin de ne pas se faire repérer, le groupe devait se déplacer sans cesse. Ils n'avaient ni les moyens ni le temps de s'occuper de leurs blessés. Pour ceux qu'on abandonnait, la mort était une fin lente et douloureuse. Mais, contrairement à ses supérieurs, il ne pouvait se résoudre à poursuivre sa route. Une fois tout le monde parti, il sortait son khukuri et tranchait la gorge de ces malheureux.

À la fin de l'invasion, ils n'étaient plus que deux survivants, la nouvelle recrue et l'ancien gradé. Ils firent donc un pacte. L'officier retournerait à la civilisation. Il déclarerait ses soldats morts, bravement tombés au combat. Avec un statut de martyr officiel, la famille nomade du soldat toucherait sa pension et ses à-côtés, plus conséquents que ceux alloués aux vivants. Officieusement, le soldat poursuivrait sa route jusqu'au Tibet. La terre de ses ancêtres. La terre des nomades qui migraient de pâturage en pâturage pour subvenir aux besoins de la tribu.

Tashi Yeshe ne craignait pas les Chinois. Il ne fuyait pas non plus les Indiens. Il ne tenait pas en place, c'est tout. Vide à l'intérieur, fébrile à l'extérieur. La vie, semblait-il, pouvait encore être sauvée, si seulement il parvenait à se trouver un abri pour dormir sans être dérangé.

– Est-ce que tu connais mon nom ? demande ce soir-là Ghazala à son petit-fils en lui servant du riz.

Tirer et actionner la batteuse électrique était éreintant. Lorsqu'il rentrait chez lui, il n'était plus qu'un enfant épuisé.

– Je sais que grand-père t'appelait "ghazal" quand vous n'étiez que tous les deux. Il adorait ces poèmes d'amour.

En entendre, en réciter, en chanter, en apprendre. C'est la seule fois où je t'entendais appeler autrement que maman ou grand-mère.

– C'est comme ça qu'il m'appelait, dit-elle en entreprenant de terminer ce qui reste dans son assiette.

Ghazala considère l'existence d'un canal coulant à travers un bosquet à côté de chez elle comme une bénédiction. Cachée parmi les arbres sauvages, elle est libre de fumer pendant que les vêtements trempent dans la lessive.

Chez elle, ses vices étaient un secret de Polichinelle. Tous les gens qui vivaient sous son toit savaient qu'elle fumait et buvait. Mais personne ne la mettait face à ses écarts – une figure méritant la pitié, non le châtiment. Depuis la mort de son mari, elle était en désaccord avec elle-même. Ses enfants mettaient cela sur le compte de la solitude insupportable qui suit presque soixante-dix ans de vie commune. Personne n'aurait pu deviner que cela l'aidait à la soulager d'un fardeau bien plus lourd. Celui de la liberté.

Afin de reposer ses muscles, Ghazala quitte sa position accroupie pour s'asseoir sur les rochers qui empêchent le canal de dévier de son cours. Elle retire son foulard pour sentir la brise, tandis que ses mains cessent un instant de frotter les taches de graisse sur les vêtements de son petit-fils.

Elle allume une bidi, impatiente de poursuivre sa conversation illusoire avec l'homme aux boucles d'oreilles en perles. Car le temps consacré à laver les vêtements est aussi le temps dédié aux rêveries et aux réflexions.

– Et les nuages ? demande-t-elle.

– Que leur est-il arrivé ? s'interroge-t-il. Où sont-ils passés cet après-midi ?

– Qu'est-ce que c'est ?

– Les nuages, réfléchit-il, ce sont des visions.

– Et les montagnes ?

Ghazala n'aurait jamais imaginé que des montagnes telles que le Karakorum puissent seulement exister. Privé de végétation, de vie et de toute preuve de vie, chaque sommet existe à la manière d'un os fracturé ou d'un squelette mutilé, dépourvu de peau et de chair. En venant ici, elle a vu des pics violets, bleus, orange, jaunes et roses. Quelques jours après avoir franchi le col de Zoji La, son petit-fils avait fait un léger détour pour lui montrer le Paysage lunaire. Cette vallée ressemble à la surface de la lune, lui avait-il dit. Elle s'était émerveillée devant les tertres gigantesques et les formes tarabiscotées sculptées dans les rochers, défiant la géométrie et les canons de l'esthétique. Comme ce paysage, en avait-elle conclu, la lune aussi avait été rêvée par un bambin. Un déchaînement de couleurs et de formes étranges, toutes dessinées à la va-vite.

– Les montagnes sont la vérité, dit Apo. Ce sont des vestiges de la vérité cachée derrière toute création. En équilibre fragile, menaçant de s'effondrer.

– Et l'eau qui gronde dans l'Indus et reste immobile dans les lacs ?

– Madame, les montagnes et les nuages, la vérité et les visions se reflètent tous de la même façon sur la peau de l'eau. De même que le passé et l'avenir. Ce sont tous des attributs du présent, tout comme le grondement et l'immobilité dont vous parlez. L'eau est un élément plein de possibilités. Elle est le présent.

Ghazala aime bien quand il l'appelle "Madame". Pourquoi lui avoir demandé son nom, s'interroge-t-elle. Et pourquoi elle-même lui a-t-elle demandé le sien, sachant qu'elle est trop timide pour l'appeler tout court, préférant s'éclaircir la gorge ou tripoter son foulard pour attirer son attention.

– Qui suis-je ? demande-t-elle.

L'homme sombre dans le silence. Ghazala écrase sa bidi et reprend sa lessive. Les vêtements flottent dans le cours d'eau, semblables à des algues folles. Elle se rince les pieds puis s'occupe des habits. Elle les accroche sur des branches sous un soleil si fort qu'ils seront prêts à être ramassés le temps qu'il faut pour en fumer une autre. Elle s'assoit à nouveau.

– Vous n'êtes ni un ghazal, ni un poème, ni une chanson, l'entend-elle dire. Vous n'en êtes pas non plus la muse. Je vous connais. Vous êtes une poétesse.

Ghazala oublie d'allumer sa bidi. Elle la laisse sur ses genoux et retombe dans sa rêverie.

Apo se tient au tronc du noyer à l'orée du crépuscule. Parmi des braises d'obscurité et des souvenirs de l'Indus qui se déchaîne au fond de la vallée, il colle son oreille sourde contre l'écorce rugueuse, écoutant les contes logés dans ses sillons. L'arbre est son ami. Un vieil et cher ami. De nombreuses constellations plus tôt, ils étaient tous deux des albatros, qui traversaient le désert à l'époque où celui-ci était encore un océan. Survolant des mers et des côtes pendant plusieurs années d'affilée, sans une pause dans leurs solitudes respectives. Mais lorsqu'ils se rencontraient, ils jacassaient sans fin, échangeant histoires et aventures.

Lorsque Apo était arrivé au village, on l'avait trouvé sous cet arbre, brûlé par le soleil et délirant, en train de parler à ses fruits. Il passerait ses nuits ici, rejeté par les villageois comme un être impur, contaminé par des croyances et des traditions extérieures. Ce verger avait été sa maison.

Puis les tremblements de terre avaient repris et les villageois avaient découvert son don de les prédire. Apo les avait conduits sur les sommets, refusant de se laisser ignorer. Ils avaient survécu à trois séismes phénoménaux, le tout en l'espace d'un mois. Apo adopta leurs coutumes et leur façon de vivre. Il finit par se faire accepter et s'installa chez le propriétaire du verger. Bientôt, les gens oublièrent que c'était un étranger. Comme tout le monde, il portait un chapeau à fleurs, priait les fées, cherchait conseil auprès des genévriers et travaillait dans les fermes. Quelle importance s'il ne leur ressemblait pas : yeux bridés, plus mat et plus petit. Il était désormais un Drokpa.

Apo épousa la fille du propriétaire et hérita du verger. Lors des après-midi suffocants et des nuits chaudes, il retournait dormir là-bas. Et, aujourd'hui, il est venu au crépuscule.

Riant à l'histoire que le noyer vient de lui raconter, il sent quelqu'un l'épier de loin. Ce regard tombe sur lui comme l'ombre d'un nuage de pluie, lourd et gonflé. Il se retourne.

– Êtes-vous réelle ou êtes-vous un rêve ? demande-t-il. Ou avez-vous désormais trouvé un moyen de pénétrer dans mes souvenirs ?

– Les rêves ne rendent visite qu'aux rêveurs, répond Ghazala, mais Apo n'entend rien. L'œil fixe, il regarde l'objet de ses rêveries avancer vers lui. Comparée aux femmes drokpas, ses vêtements sont ternes. Elle ressemble aussi à un homme, parfois.

– À notre âge, qu'est-ce que ça peut faire ? dit-il à voix haute. Les rêves, les souvenirs, les désirs… Approchez, laissez-moi vous raconter la merveilleuse histoire que cet arbre m'a rapportée. Je suis venu ici il y a des heures et je n'ai pas pu m'en aller.

Elle colle son oreille contre l'écorce. Mais elle n'entend qu'un léger frottement grinçant.

– Vous les entendez ? demande-t-il.

– Non.

– Approchez-vous, Ghazala. Ne soyez pas timide. Nous ne sommes ni en Hindoustan ni au Pakistan. Ici, tout le monde est libre de faire ce qui lui plaît. Mon ami a vu le chemo la nuit dernière. Il vient pour les abricots du verger.

– Qui est-ce ?

– C'est l'homme-ours, vous ne le connaissez pas, au Cachemire ? C'est devenu un mythe. Plus grand qu'Alexandre et son armée. Pour les Tibétains, il porte chance et, pour les Népalais, c'est un mauvais présage. Les Chinois considèrent le pénis du chemo comme un ingrédient indispensable à l'élixir de jeunesse. Les Allemands pensent que c'est le dernier véritable Aryen, une race descendue des cieux à l'endroit le plus haut de la planète. Toutes sortes de gens viennent dans ces montagnes pour le traquer. Mais personne ne sait où il vit. Ils n'ont vu que ses traces de pas géantes. Personne ne l'a vu, à part mon ami ici présent. Voulez-vous entendre son histoire ?

Apo n'attend pas la réponse.

Le chemo habite au Pays des Glaciers, plus haut que les sommets qui dominent le village. Il vit tout seul dans une caverne de glace. L'été, il médite. L'hiver, quand les ours hibernent, il danse sous la neige. Si on pouvait espionner le chemo à son insu, on l'entendrait siffler et fredonner. Ses mélodies n'ont rien à voir avec la musique humaine. Rien, dans la nature, ne peut rivaliser avec ses airs étranges. Il est si seul qu'il a découvert le langage des étoiles.

Il est craintif. Il fuit toutes les créatures, sauf quand il les chasse. Il mange des animaux bien en chair tels que les marmottes, les moutons et les yaks. Il est sensible, aussi. Contrairement aux chemos d'ailleurs, il n'enlève pas de jolies vierges et ne tue pas de nomades courageux. Mais depuis que les armées indienne et pakistanaise ont commencé à se faire la guerre dans les glaciers, le chemo s'est mis à descendre dans les villages. Sa demeure est en état de siège. C'est à lui seul qu'incombe désormais de préserver ses mythes.

– D'où vient le chemo, demande Ghazala. Pourquoi est-il tout seul ?

Pour atteindre les glaciers, il faut franchir le Col Tortueux situé au sud-ouest de la Vallée des Abricots sanguins. Des sources chaudes sont la première des nombreuses merveilles naturelles qui se trouvent sur le versant inhabité du Col Tortueux. Les résidus déposés par les eaux ont dessiné des taches vives de soufre vert citron, d'oxyde rouge, de soude blanche et d'urée jaune, donnant l'impression de marcher sur une gigantesque fresque peinte par des moines voyageurs. Les couleurs attirent des bouquetins, des marmottes et des grues migratrices à cou noir ayant adopté les sources chaudes comme zone de reproduction. Les grues construisent aux abords des sources des nids aussi hauts et aussi robustes que des fourmilières.

Pendant des siècles, les guérisseurs ont cru aux vertus curatives de ces sources. Lorsqu'un marchand au cœur brisé passa sous le jet puissant d'un geyser, un cerf et une biche surgirent à sa place. Ses morceaux brisés avaient ressuscité pour devenir des êtres indépendants, inséparables, tout comme l'étaient son amour et lui dans son imagination. Mais l'eau peut seulement transformer le chagrin. Elle ne peut guérir.

Un jour, une princesse tibétaine vint aux sources pour soigner sa maladie de peau. Elle avait beau vivre dans des pièces obscures tenues fermées, elle ne guérissait pas. Après s'être baignée dans les sources, non seulement sa peau avait guéri mais elle avait également pris d'épais poils bruns sur tout le corps et une couche de graisse qui la protégeaient du soleil. Elle était devenue une femme-ourse. Avant que quiconque ait pu la capturer, elle s'échappa dans les étendues sauvages environnantes. Les gens disent qu'elle est la mère de notre chemo actuel. Il a quelque chose de noble. Il évite les gens du peuple.

– Qui est le père du chemo ?

– Seule sa mère le sait.

Ghazala rit.

Apo s'est appuyé contre l'arbre, un vieux compagnon et à présent un soutien dans la lumière déclinante. Il a mal aux pieds et les mains qui tremblent, pourtant il refuse de céder à l'épuisement. Elle le prend par les mains et l'aide à s'asseoir. Son petit-fils doit être rentré, fatigué et affamé, attendant son retour. Il finira bien par réchauffer son riz tout seul. Ghazala ajuste son foulard et s'assoit à côté d'Apo. Elle aussi a une histoire à raconter.

Le village où elle est née se trouve dans une prairie alpestre, au-dessus des lacs où s'établira finalement sa famille. Enfant, elle allait flâner dans les forêts alentour pendant des heures, ne rentrant que lorsqu'elle avait faim. Quelque part au cours de cet âge brumeux qui s'étale entre six et huit ans, Ghazala avait été confrontée au plus grand mystère de sa vie, cachée parmi les conifères, les bouleaux, les pins et les mèches folles de lichen. Sans les signaux invisibles des arbres, elle n'aurait jamais remarqué la créature. Ses frêles pattes noires étaient aussi hautes qu'elle-même. Et ses ailes semblaient assez grandes pour embrasser un nuage. Émergeant d'un bouquet de plumes blanches se dressait un cou noir élancé. La grue avait une curieuse marque rouge au milieu du front, comme le point vermillon des hindous. L'animal paraissait agité et craintif, changeant de place chaque fois qu'elle tentait de s'approcher de lui. Pour une raison inconnue, il boitait. Elle ne savait pas quoi faire. Elle pria pour la grue et rebroussa chemin.

Quelques années plus tard, elle épousa un homme plus âgé qu'elle et très instruit qui adorait lire et discuter de choses passionnantes. Peu à peu, alors qu'il gagnait sa confiance, elle lui demanda d'où venaient les grues, celles au cou noir qui déchiraient le ciel à la fin de l'hiver. Du royaume du Ladakh, répondit-il, un endroit si désolé qu'elles pouvaient construire leurs nids sur le sol. Elle les avait complètement oubliées jusqu'à ce qu'Apo lui dise qu'elles nichaient dans les environs.

– De l'autre côté de la Vallée des Abricots sanguins, murmura Apo dans le noir. Savez-vous d'où vient le nom de cette vallée ?

Les abricots de cette vallée avaient une petite marque rouge dans leur chair, près du noyau – un souvenir de la quête d'un soufi parti à la recherche de sa bien-aimée. Il avait erré nu et en proie au délire dans la vallée, pour finir sur les rives gelées du Lac des Visions. C'est là qu'il se vit tel qu'il était, en train de danser sur les eaux glaciales comme la lumière du soleil. Dans le monde alchimique des reflets, il vit un buisson de rhododendron sauvage lui pousser entre les jambes. Ses ongles se recourbèrent comme des tiges de lotus et sa peau devint une écorce parcheminée. Un océan déborda de ses yeux enclavés, prisonnier de dunes corporelles. Alors, afin de libérer cet océan, il se donna un coup de poignard en plein cœur.

Apo s'efforce de la distraire avec ses histoires. Il s'est battu vaillamment pour retarder l'inévitable. Le moment de la séparation.

Les nuages cachent les étoiles. Hormis la rare lueur des lucioles, ils sont assis dans une obscurité totale.

– Les meilleures histoires sont celles qui restent à venir, Ghazala. Suffisamment proches pour qu'on les entende, les sente et les admire. Et pourtant hors d'atteinte.

Ghazala reste muette. Si elle ne part pas bientôt, son petit-fils va venir la chercher.

– Le chemo va-t-il rester tout seul ? demande-t-elle enfin.

Dans le pays du présent imminent, il y a un homme qui court après les glaciers comme un somnambule suit ses rêves. C'est un homme instruit, un homme de savoir. Pourtant il croit que la seule façon de découvrir la raison de sa présence ici, sur terre et dans cette vie, est de se rendre dans des lieux où il n'est pas censé aller. En dépit des blessures et des mésaventures, il persiste.

Lorsque l'hiver atteint son point culminant, l'homme abandonne le chemin de la raison. Il chancelle et rampe, trébuche sur des rochers et s'enfonce dans la neige, glisse dans les crevasses et les fissures du glacier. Une ombre qu'il ne voit pas le protège des humeurs imprévisibles de la glace.

Un jour, il s'assoit, épuisé. Il est sur le point de renoncer quand il entend un souffle, plus long et plus profond que le sien, telle une mélodie qui flotte dans l'air. Quelqu'un est assis juste derrière lui mais il ne se retourne pas pour lui faire face. En compagnie du chemo, la solitude de l'homme devient retraite. En compagnie de l'humain, la retraite du chemo devient désir. Ils restent tous deux assis tel un être doté de deux cœurs et de quatre yeux.

– Certains rêves sont si beaux et si fragiles, Ghazala, qu'on ne les réalise jamais.

Ce soir-là, Ghazala n'arrive pas à dormir, même après deux verres de rhum. Plus le vieil homme rêve d'elle, plus elle se sent éloignée à la fois de l'état de veille et du sommeil, condamnée à errer sans but dans le monde des songes d'Apo.

Une fois couchée, elle attend d'entendre ronfler son petit-fils. Puis elle rejette sa couverture. Elle porte son phéran et son foulard. Elle va dans la cuisine, remplit ses poches et sort sans lampe ni torche.

Les nuages ont disparu, révélant l'illumination au cœur des ténèbres. Les étoiles, assez brillantes pour la guider jusqu'au ciel si tel était son désir, se regroupent pour former un chemin. Mais ce soir, le ciel devra attendre. Elle retourne dans le verger et s'assoit sous le noyer.

Elle allume une cigarette. Une moderne, volée à son petit-fils. C'est un bien précieux, fabriqué en Indonésie, et elle a la saveur sucrée et l'odeur du clou de girofle. Elle inhale la fumée trop rapidement et tousse. Même le charme de lointaines îles tropicales n'arrive pas à la distraire.

Ghazala a entrevu des amours possibles en diverses occasions. L'amour l'avait pétrifiée tandis qu'elle contemplait la grue, aussi effrayée par l'animal qu'il était effrayé par elle. L'amour lui rendait visite les soirs où son mari lui récitait des poèmes pendant qu'elle rangeait la pièce. Il s'asseyait avec elle à bord d'un shikara lorsqu'elle partait seule sur le lac, se laissant dériver au gré des courants. Mais c'est seulement après avoir entendu les histoires d'Apo – chargées d'un désir si profond qu'elles ne connaissent ni début ni fin – qu'elle en comprend l'étendue. Car l'amour est un accomplissement qu'on obtient au fil de nombreuses vies.

Elle est distraite par une nouvelle lueur dans le verger. En plus de quelques rares lucioles et du bout incandescent de sa cigarette, elle remarque deux yeux dorés. Plus gros que ceux de n'importe quel yak, loup ou humain. Ces yeux brûlent comme des torches. Ils ne clignent pas, ils ne bougent pas.

Ghazala se lève aussitôt. Elle se rassoit. Elle sort une poignée d'abricots secs de sa poche et tend la main.

La saison des moissons est bientôt terminée. Si jamais il existe une fête célébrant les choses éphémères et insignifiantes, c'est bien cela. Une prairie couverte de fleurs de givre scintillant sous les rayons obliques de l'aube. Elles apparaissent en automne les matins particulièrement froids. La sève gelée suinte des tiges sous forme de vaguelettes et d'ondulations, puis se déploie en orchidées, lys, roses, conques, vagues, spirales, nuages et cristaux. Dès le milieu de la matinée, une prairie détrempée sera tout ce qu'il en restera.

L'apparition de fleurs de givre marque l'inévitable glissement dans l'hiver sans fin. Leurs vies entières, semble-t-il, sont une laborieuse préparation à cette saison. Mais les efforts vont maintenant redoubler d'intensité. Les légumes, les abricots et les fromages mis à sécher sur des couvertures en poils de yak étendues sur les toits vont tous être rentrés. Le partage, l'emballage et le stockage vont commencer. Toutes les affaires en laine seront reprisées et ressuscitées. Les bouses, ramassées au fil du temps dans les prairies, les champs et les étables, seront pesées et conservées. Ici, la bouse est plus précieuse que les bijoux. C'est le carburant nécessaire à la cuisine et au chauffage. Le bruit des marteaux et des scies procédant aux réparations de dernière minute emplira l'air. La tonte des moutons prendra fin. Les femmes, voulant à tout prix broyer les derniers grains pour en faire de la farine, commenceront à se chamailler pour accéder à la meule communale.

Un de ces jours, le petit-fils de Ghazala videra le diesel de la batteuse pour le verser dans un jerrican dont il serrera fermement le bouchon. Ce sera le signal du départ. Elle ne sera pas prête pour cela. Elle s'efforcera d'écrire un poème dans le réconfort d'une pièce vide. Pourtant, elle n'aura pas le courage de rester.

Deux jours plus tard, ils partiront sur des mules de location avant le lever du soleil. Ghazala ne dira pas au revoir. Au début, Apo sera en colère. Petit à petit, la sagesse ancestrale lui apparaîtra.

Ceux qui partent disent rarement au revoir. Il vaut mieux qu'il en soit ainsi.

Avec la venue de l'hiver, la neige submerge rapidement la terre, déversant les afflictions de l'âme, couche après couche. La glace ne peut guérir les blessures ni réparer les déchirures, mais elle engourdit la douleur.

Apo n'a d'autre choix que de redevenir lui-même, rire du malheur, maudire le monde, raconter des histoires et exiger des noix en échange – le prix traditionnel d'une histoire. Ces contes sont le remède à diverses névroses provoquées par les conditions extrêmes et les privations. Cloîtrés dans le sous-sol, les petits-enfants, parents et voisins en redemandent sans cesse.

Apo les leur raconte toutes : des histoires de nomades, de léopards des neiges, de lapins sournois, d'ogres, de bouquetins, de fées, d'ours, de Chinois cruels, d'Indiens paresseux, de Pakistanais poilus, d'impératrices perses et d'idiots amoureux. Apo sait aussi ce que son public préfère : les histoires de yaks courageux et de moutons pleins de sagesse. Les bêtes sont leurs enfants, mais leur foyer n'est pas assez grand pour accueillir tous leurs proches. Leurs cœurs sont dans leurs étables.

Il est particulièrement occupé lors d'un blizzard qui dure trois jours entiers. Son public ne cesse d'affluer durant les heures sombres de la journée, malgré les terribles vents glacés. À un moment, plus de soixante-cinq personnes sont attroupées dans son sous-sol. Elles sont toutes assises, et elles boivent de l'infusion d'orge en tentant d'imaginer ce que décrivent les mots d'Apo, brusquement conscientes des dizaines de vies que va leur coûter la tempête.

C'est seulement quand les vents se calment et que le ciel commence à s'éclaircir qu'Apo peut dormir. À ce moment-là, il a récolté soixante-deux sachets de noix pour les soixante-deux histoires qui ont fait rire, sourire et verser à son public des larmes d'impuissance et de regret. Il dort dans la lumière prismatique, réfléchie par les gargouilles de glace qui se forment sur le toit. Il dort pendant les cycles des lamentations, d'incrédulité et de silence.

Il est finalement réveillé par Digri, le seul garçon du village à détenir un diplôme certifié du monde extérieur. Il est venu chez Apo en compagnie de deux étrangers. Ils se sont fait surprendre par le blizzard et ont atterri ici.

– D'où viennent-ils ? demande Apo.

– Du Pays des Glaciers.

– De qui s'agit-il ?

– D'un officier de l'armée et d'un docteur en sciences.

– De quel pays ?

– Tous les deux indiens.

– Sont-ils venus pour m'arrêter ?

– Non.

– Dis-leur que le vieil homme est mourant. Il n'a pas le temps de recevoir des hôtes indésirables.

Apo se tourne de l'autre côté et se rendort. Lorsqu'il se réveille quelques heures plus tard, il trouve les deux hommes assis dans sa chambre.

– Je n'aime pas l'armée et je n'aime pas la science, déclare Apo en passant à l'hindoustani, avant d'entreprendre d'uriner dans un pot de chambre. Les armées font la guerre et la science crée des raisons de faire la guerre.

– La religion, pas la science, marmonne le scientifique.

– La religion et la science, c'est la même chose.

Apo est impressionné d'avoir réussi à entendre ce commentaire désinvolte qui ne lui était pas destiné. La neige améliore toujours son audition. Elle fait taire tous les oiseaux, les insectes et les humains travailleurs.

– Mais comment pourriez-vous savoir tout cela ? poursuit Apo. Vous avez l'air nés d'hier. Et la science est arrivée avant-hier. Elle a été créée par les mêmes que ceux qui, la veille, avaient créé la religion. Et savez-vous ce qui existait avant même la religion et la science ?

– Moi je sais, claironne Ira. Le sel !

– Quelle enfant intelligente. Apprenez ce qu'elle peut vous enseigner, étrangers.

– Elle nous a déjà beaucoup appris, répond l'officier. Elle est d'une grande sagesse. Si seulement elle allait à l'école. L'armée indienne en a construit dans les villages frontaliers, mais ici, c'est une région inhabitée…

– Nous ne voulons pas que nos enfants soient éduqués par l'armée indienne. Qu'est-ce qu'elle leur apprendra ? À tourner la tête de l'autre côté quand l'ennemi attaque ? Vos pays nous traitent comme un ballon qu'ils se repassent entre eux. Le Pakistan est assis sur notre tête et l'Inde sur nos couilles. Et si demain le Pakistan occupe à nouveau notre village ? Ces mêmes enfants seront qualifiés de traîtres. Non, non !

Sentant le malaise des étrangers, l'enfant intervient :

– Notre Apo n'insulte que ceux qu'il aime. Il est heureux de parler avec vous. Allez-y, posez vos questions.

Le fils d'Apo entre dans la pièce avec du thé fumant, des biscuits et des fruits secs. Ils ont utilisé tout exprès du sucre et du thé noir pour préparer le tchaï que les Indiens apprécient tant.

– Apporte-moi de l'infusion d'orge, lui ordonne Apo. Je ne bois pas de tchaï indien. Il rend ceux qui en boivent aussi paresseux qu'eux.

Sur ce, Apo plonge un biscuit dans une tasse de tchaï et l'approche de lui.

– Je suis Mohammed Raza, officier du régiment Gong, dit l'officier d'un ton impatient. Et mon ami ici présent s'appelle Rana. Il est géologue, c'est un scientifique qui étudie la terre.

– Depuis quand l'armée indienne s'est-elle mise à employer des Pakistanais ?

– L'officier Raza est indien, corrige Rana.

– Tous les musulmans sont pakistanais. Tous les communistes sont chinois. Tous les bouddhistes sont tibétains. Mais une seule chose unit tous les Indiens : la paresse. Quant aux Bangladais, je ne sais pas. J'ai perdu contact avec le monde extérieur pendant la naissance de celui-ci. Ils étaient musulmans, c'est pour ça qu'ils formaient le Pakistan oriental. Mais après ils se sont aussi revendiqués comme Bengalis… J'ai cinq orteils à chaque pied. Ils sont tous différents. Que se passerait-il si mon petit orteil se mettait à se battre avec le gros à propos de leurs différences ? Et s'ils se liguaient contre moi et affirmaient qu'aucun d'eux ne m'appartient car ce sont tous des orteils différents, et que moi je ne suis même pas un orteil ? Je deviendrais un lépreux !

– Les gens du village nous ont dit que vous pouviez prévoir les tremblements de terre et c'est ce qui nous amène ici, dit Raza en interrompant ses divagations. On nous a dit que vous aviez sauvé les villageois des quatre principaux séismes qui ont frappé cette région au cours des soixante dernières années.

L'officier fait un signe à Rana pour qu'il fasse avancer la conversation.

– Oui, dites-moi, fils de la science, pourquoi y a-t-il des tremblements de terre ? lui demande Apo. Après avoir terminé les biscuits et le tchaï destinés aux invités, Apo est passé à l'infusion d'orge.

Ira dit :

– Il y a un poisson géant qui vit dans la mer gelée. Quand il remue la queue, ça provoque des tremblements de terre.

– La question est donc, à quelle fréquence remue-t-il la queue ? Et pourquoi est-il d'humeur aussi changeante ces derniers temps ? demande Rana.

– Nous avons perdu deux cent vingt hommes dans des avalanches l'année dernière. Le camp pakistanais en a perdu cent quarante et un il y a à peine deux ans. C'est la raison pour laquelle nous avons accepté d'avoir des scientifiques en permanence avec nous, afin de mener des recherches et de prévoir le comportement de ce poisson géant, explique Raza.

– Étrangers, l'interrompt Apo. Avez-vous des cigarettes étrangères ?

– Notre Apo n'avait jamais fumé, dit Ira. Il a commencé il y a quatre mois, envoûté par une sorcière cachemirie.

Rana sourit.

– Il a beaucoup de chance d'avoir découvert les cigarettes à son âge, dit-il en en sortant un paquet de son sac à dos.

La fille prend la cigarette. Elle l'allume sur les charbons ardents, tire une bouffée dessus et la passe à son grand-père. Rana remarque que l'homme ne fait que jouer avec la fumée dans sa bouche avant de la recracher, ce qui lui rappelle ses années d'université.

– La chaîne du Karakorum bascule, explique Apo. Elle se soulève et repousse l'Himalaya vers le bas. Toutes les montagnes du monde ont un nouveau roi : le Kechu. Il n'y a que nous, les humains, pour refuser de l'accepter.

– Vous voulez parler du k2 ? demande Rana.

– Quand je dis le Kechu, je veux parler du Kechu, répond Apo, troublé. C'est le plus haut sommet du Karakorum et il se trouve au bord du glacier Baltoro. C'est le cœur du Pays des Glaciers. Impossible d'y échapper. Même si les dieux des machines et de la technologie descendent vous aider. – Apo s'interrompt pour réfléchir. – Même si l'Inde, le Pakistan et la Chine cessent de se battre pour la glace et s'unissent en vue de rester là-bas, les montagnes gagneront. Fils, dites à vos armées et à vos scientifiques de quitter les glaciers. C'est la seule façon de les mettre à l'abri.

Rana est captivé. En un souffle, Apo a résumé une hypothèse qu'il cherche à formuler depuis un moment, en dépit de l'évidence.

– Mais comment est-ce possible ? demande-t-il à Apo.

L'Everest est le point le plus haut de la planète. C'est un fait établi, pas seulement de la géologie.

Confronté à des faits, des lois et des principes qui disparaissent, ceci n'est pas une simple lutte entre certitudes et incertitudes. Rana connaît une transformation en profondeur. Une transformation qui a commencé sous la forme d'un désir ardent dans le cœur du scientifique pour culminer dans les développements orogéniques du glacier.

– Quand le sang humain s'infiltre dans les fissures de la terre, les croûtes et les plaies de la planète ne peuvent pas guérir... – Le vieil homme médite sur ses propres mots. – Elles ne peuvent que s'infecter. Votre violence et vos guerres sont comme la gangrène pour la chair de la terre. Vous possédez des gadgets capables de vous emmener sur la lune, pourtant vous ne voyez pas les montagnes et les rivières qui se trouvent sous vos yeux. Nous avons découpé l'Hindoustan en une centaine d'îles avec nos frontières, nos mutineries et nos guerres. Il s'effondre dans l'océan. Le Kechu s'élève parce que l'Himalaya est en train de sombrer.

Le scientifique a les larmes aux yeux. Dans la lumière illusoire de la cheminée, Rana apparaît comme un homme vaincu. Un homme qui connaît la vérité depuis le début et qui pourtant n'a pas le courage de l'accepter.

Les nuits suivantes, Apo dort sous des couvertures plus lourdes que son corps et son âme, lesquels souffrent tous deux d'une arthrite sévère. Le père d'Ira soulève les couvertures pour aider sa fille à se glisser dans le lit.

– Apo ! Réveille-toi ! dit-elle en réchauffant ses doigts gelés sur les joues de son grand-père. Tu ne peux pas dormir avant de m'avoir raconté une histoire.

– Il est déjà l'heure d'aller au lit ?

– Tu es au lit.

– Mon enfant, le lit est un bon endroit où attendre la mort. Les gens savent où trouver ton corps.

– Quand tu mourras, je dirai à tout le monde où tu es.

– Bénie sois-tu, mon arrière-petite-fille. Tu es l'ange de ma vie. – Il lui caresse le front. – Tu m'as impressionné par ton savoir, quand tu as parlé aux étrangers du poisson géant qui remuait la queue dans la mer gelée. Quels idiots, ils appellent ça un glacier.

– Quelle est la différence ?

– Océan, mer, glace, neige, brume... ce sont des états différents. Si une fille est en train de danser, puis-je dire qu'elle est endormie ?

Ira rit. Elle lui pince les joues.

– Mais, Apo, l'esprit est le même.
– Oui. Tu veux que je te parle d'elle ?

Apo l'avait vue errer dans le désert. Pour lui, elle avait l'esprit d'un nouveau-né. Infiniment perdue et vulnérable. Pourtant, infiniment en paix. Elle était svelte avec de longs membres élancés, comme les Avalokiteshvara peints dans les monastères. Son expression était aussi sereine et ses mouvements aussi fluides. Ses yeux étaient des plus remarquables. Ils révélaient son feu intérieur. Apo rêvait de l'océan chaque fois qu'il la voyait. C'est ainsi que lui, nomade coupé du littoral, avait saisi son ampleur. Elle était venue à lui telle qu'elle avait été jadis, dans toute son étendue, sa profondeur, son intensité et son calme.

Née sous forme de glace, elle avait pris vie en se transformant en eau lorsqu'elle était tombée amoureuse de ce qu'elle n'était pas. Il avait surgi du noyau terrestre. Devenue océan, elle l'avait étreint et transformé en terre, calmant ainsi son feu intérieur. Son ardeur brûlante fit de lui un continent fébrile. Dans ses bras, il commença à s'effriter. Il dériva dans une centaine de directions. Les terres piétinèrent ses profondeurs marines, coupant ses courants et l'asséchant complètement. À l'âge de l'adolescence, elle se décomposa. Avec le temps, chaque fragment acquit une nouvelle vie, croissant et rapetissant à volonté. Pour survivre, un membre fantôme donna naissance à un corps, une dent se vit doter d'une nouvelle mâchoire et le cœur de nouvelles amours. Son esprit se retira dans un coquillage, se reposant dans les os caverneux des plus hauts sommets de la planète.

Un jour, la belle-mère d'Apo tomba d'une échelle alors qu'elle réparait le toit et se blessa à la colonne vertébrale. Elle ne pouvait plus ni parler ni bouger. Le lhaba, le chaman du village, conseilla à la famille de rapporter des coquillages des glaciers. Une fois broyés pour former une pâte puis mélangés avec du curcuma et du beurre, les fossiles devenaient un adhésif puissant capable de ressouder les os et la chair. Une matrice thérapeutique, créée à partir des os de créatures anciennes.

C'était la première fois qu'Apo se rendait sur les glaciers. Il avait instinctivement bifurqué vers l'ouest, en direction du Nurbu, un petit glacier dangereux qui se dressait entre deux plus gros. Une profonde rivière de glace fissurée qui coulait sur une pellicule d'eau invisible dans une gorge étroite. Craignant de marcher sur la glace mouvante, il préféra crapahuter sur les saillies rocheuses.

Et c'est là qu'il la vit.

Sous ses pas, la glace frissonnait et se lézardait. D'un simple geste, elle élargit les lézardes en fissures, les fissures en crevasses. D'un regard prolongé, elle fit basculer des blocs de glace. Puis elle leva les mains très haut pour appeler l'eau qui coulait dans les profondeurs de la glace. À la stupéfaction d'Apo, l'eau jaillit tel un geyser qui souda en gelant les parties du glacier.

Dans ce paysage instable, Apo put admirer son esprit tandis qu'elle retrouvait son ancienne gloire. Les avalanches et les tremblements de terre n'étaient que des effets secondaires de ses actes.

– Tu crois que le scientifique aussi l'a vue ?

– Seulement sous forme de fossiles et de coquillages.

– Apo, pourquoi est-ce qu'il a pleuré ? Il était en colère contre le Kechu ?

– Mon enfant, ce garçon n'est pas en colère contre les montagnes. Il est obsédé par les glaciers.

– Alors prions les fées pour qu'elles le protègent.

– Oui, ma petite Ira. Ta gentillesse est la plus grande des sagesses.

Rana s'accroche à un coquillage aussi gros que sa main, allongé sur un lit en simple pyjama, chaussettes et sweat-shirt. Il se trouve à l'intérieur d'une capsule de la taille d'une cabine installée dans le camp de base du complexe glaciaire.

Le projet Dhruva est une expérience destinée à décompresser. Si le corps humain peut être entraîné à s'adapter à de telles altitudes inhumaines, l'esprit se montre plus résistant. Malgré des armes et une technologie de pointe, rien ne peut empêcher un soldat de succomber aux monstres intérieurs. Tout le monde sait bien que "mort de causes naturelles" est un euphémisme pour désigner la maladie mentale.

La température de la capsule peut être réglée sur un maximum de vingt-cinq degrés Celsius – bien que cela ne soit pas recommandé –, offrant un vif contraste avec les moins quarante extérieurs. Le niveau d'oxygène aussi y est plus élevé, ce qui permet de respirer de façon plus profonde et plus relaxante. On peut allumer des lumières d'ambiance et passer des enregistrements variés allant des sons d'une forêt tropicale ou d'une plage à des hymnes ou des sermons, afin d'apaiser sa tension nerveuse.

Ce sont des sons d'île tropicale qui inondent la cabine tandis que Rana joue avec le coquillage. L'angoisse et l'excitation de retourner sur le glacier le tiennent éveillé, en dépit du chant des oiseaux multicolores, du bruissement des feuilles de palmiers et d'une marée qui l'entraîne doucement au gré de son courant.

La fonction massage rudimentaire du lit a besoin de réglages. Rana ressent les bruits du vibrateur comme une mitraillette ou quelqu'un qui percerait des trous dans son corps à l'aide d'un marteau-piqueur. Il note ceci dans son rapport destiné à l'équipe du projet installée tout en bas à Chandigarh, à des kilomètres de là. Il voudrait suggérer autre chose mais ne sait pas comment le formuler. Il a trouvé une pile de magazines pornographiques cachée sous le lit. Même si c'est une idée formidable, ceux-ci sont destinés uniquement aux hétérosexuels.

Rana était arrivé dans les glaciers peu de temps après la cérémonie officielle du changement de nom. Le précédent, Siachen, ou Lieu des Roses sauvages, n'était pas assez patriotique pour justifier la dépense de la moitié du budget de la défense nationale – une somme plus importante que celle allouée au domaine de la santé. La pression générale pour démilitariser la région s'était accentuée après une série sans précédent d'avalanches, de soulèvements tectoniques et de fonte glaciaire, mettant en lumière le désordre politique qui régnait à cet endroit.

En réaction à la controverse de plus en plus vive, le gouvernement décida de changer l'image du glacier. Le nom de Complexe glaciaire du Kshirsagar a été inspiré par une obscure épopée écrite par un poète révolutionnaire incarcéré sous le Raj. L'océan cosmique, avec ses royaumes et ses êtres célestes, possédait une mythologie suffisante pour alimenter la vaste nomenclature associée aux entreprises patriotiques.

Rana avait eu de la chance de se trouver au bon endroit au bon moment. Il rentrait tout juste d'une mission dans l'avant-poste indien en Antarctique. Bien que ceci ne l'ait pas qualifié pour faire de la recherche sur les glaciers de haute altitude, aux yeux des fonctionnaires de l'État qui attribuaient les bourses, c'était une raison suffisante pour l'inclure dans l'équipe des scientifiques. Telle une ode au poète, il avait dédié sa recherche géodésique au cœur mythique du Kshirsagar. Il avait intitulé son article "À la recherche du Sagar Meru", le royaume de glace où les tranchées les plus profondes et les sommets les plus hauts ne font qu'un.

Plus Rana y pensait, plus ses missions lui paraissaient dissemblables. L'Antarctique, le désert le plus grand, le plus sec et le plus froid du monde. En comparaison, les glaciers faisaient la taille d'un quartier. Mais à presque quatre mille neuf cents mètres d'altitude, le Complexe glaciaire du Kshirsagar, ou le troisième pôle, ainsi qu'on le nommait parfois, était plus haut que n'importe quel sommet de l'Antarctique. La disparité des altitudes en faisait des planètes radicalement différentes.

Pourtant, d'une certaine façon, c'était l'été en Antarctique qui l'avait poussé à aller chercher l'hiver dans les glaciers. Rana était dans un bar à Christchurch, en chemin pour Dakshin Gangotri, la base indienne en Antarctique, quand il avait rencontré le chercheur en ornithologie. L'homme en question se rendait dans une île obscure du Pacifique pour étudier des perroquets nocturnes que l'obésité clouait au sol, au crépuscule de l'extinction. Tels des débris météoriques tourbillonnant à travers l'espace, leurs chemins s'étaient accidentellement croisés.

Ces oiseaux solitaires étaient mal à l'aise en société, tout comme lui, avait plaisanté le chercheur. La parade amoureuse était chez eux un phénomène rare, et le seul moment où ils ne se battaient pas jusqu'à la mort. Mais elle ne menait qu'à une dramatique liaison sans lendemain.

Rana réfléchit à ces oiseaux qui préféraient flâner au lieu de voler et de brèves liaisons à un engagement durable.

– Ils doivent aimer leur espace personnel, dit-il.

– Dans leur cas, une île, ajouta le chercheur. Dans le tien, un continent.

Rana rougit et détourna les yeux. Son regard, il le troublait. Il avait été nerveux quand le chercheur s'était invité dans sa chambre d'hôtel. Rana avait aperçu un continent de désir désinhibé dans ces yeux bleu glacier.

L'ornithologue était encore là quand Rana s'était endormi. En se levant, Rana avait été stupéfait de trouver le chercheur parfaitement réveillé, son regard implacable les clouant tous les deux sur place.

Quelques jours plus tard, Rana se retrouvait seul dans la blancheur aveuglante de l'Antarctique, avec des engelures aux orteils, une cornée éraflée et pris d'un engourdissement douloureux. Il n'y avait rien à quoi se raccrocher, pas une ombre, pas un horizon. Un seul regard avait suffi à le briser.

Dans le Complexe glaciaire du Kshirsagar, un collègue avait contracté un œdème pulmonaire de haute altitude et avait dû être évacué par hélicoptère. Ensuite, Rana était tombé dans une crevasse. Tandis qu'il récupérait du choc et de ses égratignures, les deux scientifiques restants, partis en expédition, s'étaient fait prendre dans une avalanche. Bien qu'ils s'en soient sortis relativement indemnes, le traumatisme les avait lourdement affectés.

L'agence de renseignement extérieur de l'Inde avait laissé à Rana la possibilité de partir avec les autres scientifiques. Mais il avait refusé. Le regard l'avait suivi à travers le temps et l'espace. Il s'intensifiait chaque fois que Rana s'approchait des glaciers.

Une semaine plus tard, l'officier Raza et lui s'étaient perdus au cours d'une expédition et avaient été forcés de redescendre. Ils avaient eu une chance inouïe de survivre dans ces terres inhabitées en tombant sur ce village.

Et il était là, à attendre d'escalader à nouveau les glaciers.

À l'intérieur du Projet Dhruva, Rana colle le coquillage à son oreille. C'est un cadeau, transmis de son grand-père à sa mère, et maintenant à lui. Enfant, peu de choses l'intriguaient plus que le coquillage placé sous l'oreiller de sa mère. Au lieu du bruit impressionnant des vagues fouettant les rochers, tout ce qu'il avait jamais entendu était un vide oppressant. Ce même vide est à présent un réconfort, comme une sieste sur le lit déserté de ses parents où persistent leurs odeurs particulières.

L'alarme de Rana se déclencherait dans quarante-cinq minutes. À ce moment-là, son cours obligatoire d'acclimatation et de remise à niveau serait terminé. La recherche a montré qu'à très haute altitude le processus d'atrophie mentale s'installe en un mois, et ce cours est destiné à conserver l'esprit et le corps alertes.

Dès le lever du soleil, Rana montera jusqu'au Mur de Glace – surnommé le Cul de Glace par les officiers. Il est curieux de voir le corps de ce soldat pakistanais tombé dans une profonde crevasse quarante ans plus tôt et aussi parfaitement conservé qu'un fossile de l'Éocène. De récents bouleversements l'ont entraîné plus loin sur le territoire indien, et il est désormais visible depuis la langue glaciaire.

Un des collègues de Rana a suggéré de tracer le corps du Pakistanais par satellite afin de contrôler le mouvement du glacier, entreprise qui s'avérerait autrement d'un coût exorbitant. Le moindre de ses mouvements peut leur apprendre des tas de choses sur les courants complexes opérant à l'intérieur de la glace. Mais le gouvernement refuse. Il trouve indigne d'accepter l'aide d'un soldat pakistanais, quand bien même celui-ci est un cadavre.

D'après la légende militaire, le soldat se trouve dans une galerie des glaces. La glace fait paraître son torse plus gros et déforme ses traits – ses sourcils arqués, ses yeux fermés, sa barbe islamique fournie, ses lèvres retroussées dans une expression de détermination silencieuse. Certains prétendent que le soldat cligne des yeux quand on le regarde trop longtemps. D'autres affirment qu'il sourit si vous êtes musulman, qu'il vous ignore si vous êtes sikh et qu'il fait la grimace si vous êtes hindou. Mais, dans l'ensemble, il est inoffensif. Il n'a pas encore provoqué de cauchemars ni d'incidents.

Croiserai-je le fantôme du soldat en train d'errer sur les glaciers ? se demande Rana.

Deux semaines plus tôt, il avait rencontré son défunt grand-père dans l'obscurité d'une crevasse alors qu'il attendait d'être secouru. Un homme qu'il avait désiré rencontrer toute sa vie. Après tout, c'est en sa mémoire qu'il s'appelait Girija.

Rana était le dernier à sauter. Il regarda les informations météo sur sa montre digitale. Un honnête moins dix-sept, avec des précipitations inférieures à vingt millimètres. Il contempla le ciel sombre et tempétueux, marque de fabrique du Complexe glaciaire. Puis il observa la crevasse transversale pour la jauger. D'un mètre cinquante de large et apparemment d'une longueur infinie, la crevasse coupait le corps de glace et de neige d'une façon déterminée et déstructurée. Rana se demanda si elle abritait une poche d'eau au fond, source supplémentaire d'instabilité topographique et de peur irrationnelle.

– Scientifique ji ! cria un soldat depuis l'autre côté. On n'a pas besoin d'avoir un doctorat pour sauter. Cessez de réfléchir, pensez au seigneur Hanuman et lancez-vous.

Même en prenant de l'élan, Rana savait qu'il n'y arriverait pas. L'empreinte de son pied droit atterrissant de l'autre côté fut brisée par sa chute dans l'abîme. La corde qui le reliait aux autres se serra autour de sa taille, lui imprimant un mouvement en spirale.

La faible lumière disparut presque aussitôt. Le temps s'arrêta. Sa conscience ressentait chaque instant comme une ère entière et chaque tour que faisait son corps comme une révolution autour du soleil. L'obscurité s'étendait à mesure que la crevasse s'élargissait.

Par la fissure qui s'ouvrait au-dessus de lui, Rana pouvait voir très loin dans le ciel, comme s'il avait été dans un gigantesque télescope de glace. Les constellations, ces illusions d'optique créées par l'homme, semblaient se regrouper pour composer de nouvelles formes et de nouveaux motifs. Rana avait désormais l'impression d'être à des milliers d'années-lumière, là où se trouvaient les étoiles. Ce qu'il voyait n'était pas l'habituelle perspective archaïque qu'on a depuis la terre, un ciel plein d'étoiles mortes depuis longtemps et en train de disparaître. Il voyait l'univers tel qu'il était au moment exact où il était tombé dans la crevasse. Il voyait le présent.

Après s'être cogné d'un côté et de l'autre, le crampon de sa chaussure gauche se ficha dans la glace et la corde se tendit à la manière d'un nœud coulant, stoppant sa chute. Depuis son arrivée, il avait vu quelques militaires glisser dans ces gouffres mouvants et être secourus en quatre minutes chrono. C'était le but de la manœuvre. Au-dessus, sur le glacier, le balai des pics à glace avait commencé. Rana avait la sensation magique de regarder la scène telle qu'elle se déroulait à la surface. Son esprit s'était détaché de son corps. Il regardait les soldats agenouillés en file indienne, comptant à rebours jusqu'à zéro avant de tirer sur la corde.

Il avait l'impression d'être le chef opérateur et non l'acteur de sa vie. En tant que cameraman, il avait la possibilité d'appuyer sur pause et de tout observer – des météores dans l'espace au pic à glace planté de façon précaire au-dessus de lui, jusqu'au bleu impénétrable, loin en dessous, tout au fond de la crevasse. Dans la glace, Rana voyait des traces des cendres du Vésuve et du Krakatoa, des débris d'astéroïdes et des fossiles inconnus datant de diverses extinctions de masse, tous impeccablement conservés tels de beaux souvenirs.

La chaleur lui paraissait étouffante alors même que la sueur accrochée à sa barbe naissante se transformait en glace. Son corps était secoué de violents tremblements. Mais, dans son cœur, il ressentait une inexplicable sérénité. En apesanteur, libre de flotter dans une caverne opaque bleu-vert, Rana comprit que la gravité, comme le temps, l'avait également laissé en paix. Mais pas complètement.

Rana soupçonnait que son cœur n'était pas la seule chose à palpiter dans cet abîme. Percevant une pulsation étrangère, il demanda :

– Qui est là ?

– Girija, répondit une voix.

– Moi aussi, je m'appelle Girija. Girija Rana. Est-ce que ça veut dire que je parle tout seul ?

– Je m'appelle Girija Prasad Varma.

– Nana ! s'exclama-t-il.

Il avait envie de serrer son grand-père dans ses bras. Mais le fait de se trouver la tête en bas dans une position délicate l'en empêchait.

– Mon enfant, je suis désolé de ne pas avoir vécu assez longtemps pour te souhaiter la bienvenue en ce monde.

– Ce n'est pas grave, Nana. La mort n'est pas entre nos mains.

– Comment vas-tu ? demandèrent-ils en même temps.

– Je vais bien, mon enfant, comme tu peux le voir.

– En fait, je ne peux pas, répondit Rana.

– Ma résistance est aussi bonne que la tienne. Une chose très importante et très utile dans cette topographie et à une altitude aussi élevée que celle-ci.

– Que fais-tu ici ?

– Il n'y a pas meilleur endroit pour étudier les montagnes que de se mettre à quatre pattes et de gratter les rochers et la glace pour trouver des réponses. Si rester assis dans un fauteuil à boire une tasse de thé suffisait, je n'aurais pas quitté les îles. Mais je mourais d'envie de vérifier une vie entière de théories grâce à des preuves de première main... Comment vas-tu, mon enfant ? Je me faisais du souci pour toi. Il t'a fallu un moment pour t'adapter à la rareté de l'air et au terrain, surtout au niveau digestif. Mais tu as l'air en forme à présent.

– Tu as raison, mon corps semble faire face. Maintenant, ce sont mes recherches qui me font passer des nuits blanches. Ou alors c'est le mal des montagnes. J'espère que je ne me suis pas sérieusement blessé. Il ne manquerait plus que je me sois cassé quelque chose.

Rana se tend subitement.

– Est-ce que je suis mort, Nana ? Est-ce que je me suis rompu le cou en tombant ?

– Tu es aussi en forme et aussi vivant que quand tu t'es réveillé ce matin.

– Coup du lapin ?

– Ton bulbe rachidien va bien. C'est juste une petite secousse.

– Alors, pourquoi est-ce que je suis en train de te parler ?

– Ta grand-mère pouvait parler aux fantômes et aux arbres et à presque toutes les formes de vie. Je ne crois pas que ta mère en soit capable, tout comme moi. Peut-être que la clairvoyance, à l'instar du diabète, saute une génération.

– Ça ne m'est jamais arrivé jusqu'ici.

– C'est l'endroit le plus haut que l'humain puisse atteindre sur terre. Tu t'attendais à affronter une altitude et un isolement aussi vertigineux sans que cela affecte ton âme ?

– Dans ce cas, je suis dans de beaux draps. Je vais voir les fantômes d'un grand nombre de soldats indiens et pakistanais ici.

Son grand-père rit.

– Et de Chinois, ajouta-t-il.

– Ah ! Il y en a aussi ?

– Il y en a partout. Sur quoi portent tes recherches, mon enfant ?

– Sur la géodésie. L'axe de la chaîne transhimalayenne et l'Himalaya occidental, en particulier le Karakorum, est en train de basculer. Je soupçonne cette région d'être le pivot. Ça a commencé avec le tremblement de terre de Muzaffarabad, au Cachemire, où on a vu des sommets prendre entre deux et trois mètres de hauteur. Puis il y a eu la série de séismes de Gorkha, au Népal, où certains sommets ont grandi ou diminué de près de cinq mètres. Ces montagnes sont sous stéroïdes !

– C'est comme ça que grandissent les montagnes. C'est comme ça que l'Himalaya a commencé de se former, il y a cinquante millions d'années.

– Aucun gouvernement n'autorisera un scientifique excentrique à monter jusqu'ici pour étudier l'orogénie, si fascinant que puisse être le processus de formation des montagnes. Alors j'ai dû épicer un peu les choses. Mettre un peu de safran, si je puis dire.

Rana entendit pouffer son Nana.

– Apparemment, l'Everest ne restera pas la montagne la plus haute du monde au cours des mille ans à venir. D'après l'inclinaison de l'axe, on peut prédire celle qui le sera peut-être. J'espère que ce sera le Kangchenjunga. Si je parviens à prouver que le sommet le plus haut se trouvera en Inde, j'obtiendrai des subventions suffisantes de la part du gouvernement pour financer mes recherches pendant dix ans, marmonna Rana d'un ton plein d'espoir. Mais pour qu'une montagne dépasse l'Everest, elle doit défier les lois de l'isostasie. Il est impossible de maintenir l'équilibre de la croûte terrestre dans une telle hypothèse.

– L'Himalaya est une exception. La pression due à la collision des continents lui fait atteindre des hauteurs vertigineuses.

– C'est vrai, Nana, mais une montagne plus haute serait impossible du point de vue de la gravité, même pour une exception.

– Sauf si la gravité est plus faible ici.

Rana était sur le point de lever les yeux au ciel avant de se souvenir que la NASA avait établi une carte des variations de la gravité terrestre, surlignant les régions au-dessus du Karakorum en bleu afin d'indiquer une force plus faible. Il était impressionné.

Percevant l'excitation de son petit-fils, Girija Prasad poursuivit :

– La nature n'adhère pas aux lois de la science de la même manière que les scientifiques. Quand j'étais encore un jeune homme naïf, je me moquais de ta Nani lorsqu'elle accusait les fluctuations de la gravité d'avoir fait brûler son dal et son riz lorsqu'on habitait dans les îles. Il m'a fallu dix ans pour comprendre qu'on vivait sur une ligne de faille et que, là-bas, la gravité était une force capricieuse.

– Maman m'a dit que tu étais très en avance sur ton temps.

– Fiston, j'ai plus appris en observant ma femme qu'en lisant des revues scientifiques. De même que j'ai appris des choses sur les montagnes en étudiant les îles. Si tu y réfléchis, tu verras des liens et des relations illuminer les choses les plus disparates. La gravité définit le temps, l'espace et la mortalité. Comment peut-elle ne pas influencer notre état intérieur ?

– Mais c'est fascinant ! Dis-m'en plus, Nana.

– Eh bien, ta Nani se plaignait souvent que les îles étaient l'endroit le plus hanté qu'elle ait visité, et je me demandais pourquoi. Dans les îles Andaman, la force de la plaque indienne poussée sous un bloc continental plus lourd a augmenté la gravité situationnelle. Ceci a à son tour attiré toutes formes d'énergie dense, y compris des fantômes. Les zones de subduction, comme tu le sais peut-être, ont une gravité très forte.

– Alors, qu'est-ce que tu fais ici, en contradiction avec ta propre théorie ? l'interrompit son petit-fils.

– J'ai l'esprit d'un scientifique. Un scientifique ira toujours où ses recherches le mènent.

Ils rirent.

– Pourquoi as-tu mis aussi longtemps à me trouver ?

– Si j'étais venu te voir plus tôt, je t'aurais fait peur. Si j'étais venu te voir plus tard, tu m'aurais pris pour une hallucination et rejeté.

– Tu es mon inconscient qui me parle. Je pense.

– Est-ce que cela fait de toi ma conscience ?

– Je suis moi-même à peine conscient, répondit Rana en souriant. Parfois, j'ai l'impression que tout cela n'est qu'un rêve. Le glacier. Les dorsales. La tectonique. Et maintenant, toi… Parfois, j'ai l'impression que la glace et les vents essaient de dire quelque chose à travers moi. Que je suis juste une voix. Un moyen d'expression. Un reflet, qui scintille à des années-lumière de sa source.

– J'ai vu le coquillage dans tes mains l'autre jour, dit Girija Prasad. Celui que j'avais donné à ta mère.

– Oui. Elle me l'a offert avant mon départ pour l'Antarctique.

Dans un lieu aussi isolé que l'Antarctique, ce coquillage tenait lieu de temps. Rana serrait le temps entre ses mains, suivant du bout des doigts les pointes brunes qui dépassaient de ses courbes blanches. Il trouvait du réconfort dans le son creux montant de ses spires.

– Il a fallu des millions d'années pour créer chaque spire, dit Girija Prasad. Ce coquillage date de l'Éocène, quand la collision a commencé.

Les pensées de Rana retournèrent aux pages d'un livre datant de son enfance. Celui-ci comprenait un chapitre entier consacré aux fossiles de l'Éocène, trouvés dans une fosse quelque part en Europe. Séduites par la fécondité d'un lac de cratère, des centaines de formes de vie avaient été tuées par les gaz toxiques qui s'échappaient de ses profondeurs. Un primate aux yeux écarquillés, une jument naine enceinte, les prédécesseurs des huppes et des oiseaux-mouches, des scarabées aux couleurs métalliques et aux ailes intactes. Même une grenouille faisant des pirouettes. Enfant, Rana avait été particulièrement intrigué par les neuf couples de tortues fossilisées en plein acte de copulation. Le lac de cratère sur les rives de la Téthys était le Pompéi de l'Éocène.

Feuilletant les pages de sa mémoire, Rana découvrit quelque chose de nouveau. Il vit des restes partiels d'amours non consommées, des empreintes de pas de migrations interrompues, des vestiges d'évolutions ratées et, maintenant, une ère emprisonnée dans un coquillage.

Il se vit lui-même.

Lorsqu'il reprit ses esprits, son grand-père avait disparu. Rana était hissé sans cérémonie au rythme du décompte de la voix de baryton d'un soldat.

– À la prochaine ! cria-t-il dans l'obscurité.

À l'intérieur de la serre, le Projet Kalpavriksha, Rana a fini d'ajouter des fertilisants chimiques et de l'eau à tous les jeunes arbres lorsqu'un blizzard efface soudain le ciel vide. Il n'a d'autre choix que d'attendre. Si bien qu'il s'occupe en réajustant l'angle des lampes solaires.

Sur les quatre arbrisseaux, un est mort, deux sont dans un état critique et un seul a survécu. Ils partagent le sort des scientifiques, songe Rana en riant. En l'absence de compagnie, il a commencé à apprécier son propre sens de l'humour.

Il fait fondre de la neige sur son réchaud portatif, se prépare une tasse de chocolat chaud et mange une barre énergétique en guise de repas. Il essaie de dormir. Voyant qu'il n'y parvient pas, tournant et virant comme du bois flotté en haute mer, il sort son Rubik's Cube. Mais l'altitude a raison de sa concentration. Rana préfère parler aux plantes.

– J'espère que vous toutes qui participez à ce projet allez vous en sortir, dit-il. Le pays tout entier place ses espoirs dans votre survie. Même le Premier ministre demande de vos nouvelles avant d'en prendre des soldats. Oui, chacune d'entre vous, pas seulement le tulsi, leur assure-t-il.

Plante bénie présente dans tous les foyers hindous, le tulsi est capable de soigner les maux de gorge, de renforcer l'immunité, d'améliorer la circulation artérielle, et même de soigner l'homosexualité, si l'on en croit les babas.

Après la planète Mars, les glaciers sont l'endroit le plus inhospitalier où l'on peut s'attendre à faire pousser des plantes. Si ces expériences venaient à être un succès, le gouvernement indien utiliserait les directives de l'ONU sur les territoires faisant l'objet d'un différend pour revendiquer la propriété des glaciers. D'après une de ses clauses, la première personne à cultiver un morceau de terre peut en effet en revendiquer la propriété.

Le blizzard empire. Rana s'assoit. Il se détend et se met à chanter aux arbrisseaux de vieilles chansons de Bollywood. Il siffle les parties dont il a oublié les paroles. Il est ici depuis six heures déjà, et il y a des chances pour qu'il y reste plus longtemps. Il ajoute un rythme en tapant sur le bidon vide de fertilisant comme sur un tambour.

Il met un moment à s'apercevoir qu'il y a une autre voix dans l'air, comme si quelqu'un fredonnait par-dessus son épaule. Au début, Rana pense qu'il s'agit du vent. Lorsque la voix refuse de se taire, il change le tempo de sa chanson de façon imprévisible, accélérant par moments et ralentissant à d'autres. Il est stupéfait d'entendre que la voix suit le rythme. C'est un timbre distinct de baryton, similaire au chant diphonique mongol.

Rana se déplace furtivement à l'intérieur de la serre. Il grimpe sur une étagère pour regarder par le toit ouvrant translucide. Il frissonne en voyant une gigantesque ombre noire juste à l'extérieur, à moitié couverte de neige. Tout ce qui les sépare, c'est une cloison en préfabriqué. Rana a peur qu'un soldat pakistanais ait traversé la frontière dans le blizzard. Un de ces Pachtounes d'un mètre quatre-vingts, poilus et brûlés par le soleil, venant de la province du nord-ouest du pays. Ou un lointain descendant de Gengis Khan, pour peu que l'un d'eux ait maîtrisé le chant diphonique.

Tout à coup, l'ombre lève les yeux. Elle regarde Rana avec des yeux jaunes qui flamboient à travers la neige soulevée par le vent.

Les soldats trouvent Rana délirant de fièvre, après presque cinquante heures passées dans la serre. Il est évacué en hélicoptère et envoyé au camp de base pour récupérer. Le géologue, s'avère-t-il, est épuisé et gravement déshydraté. Tout ce qu'il lui faut, c'est du repos et de la nourriture fraîche, pas en conserve.

L'officier Raza, en charge des scientifiques, conseille à Rana de rentrer chez lui. Tout le monde ne supporte pas l'hiver, et celui-ci semble déterminé à être pire que les autres. Ce blizzard a déjà pris trois vies. La vie d'un scientifique, plaisante l'officier, vaut mille fois plus que celle d'un soldat. Car il y a plus d'un millier de soldats postés au Complexe glaciaire du Kshirsagar, et il n'y a qu'un seul scientifique.

– Revenez au printemps, suggère-t-il. Le froid, l'instabilité tectonique et cet enfer militaire n'auront pas disparu, je vous le promets.

Rana n'est pas convaincu.

– Vous savez dans quel état on vous a trouvé ? lui demande Raza. Vous étiez en train de pleurer. Je vous ai demandé "Pourquoi est-ce que vous pleurez ?" Vous m'avez répondu "Ce sont des larmes de joie." J'avais besoin que vous restiez conscient jusqu'à ce qu'on arrive ici, alors je vous ai demandé "Pourquoi êtes-vous heureux ?" Mais vous avez continué de pleurer. Comme vous avez failli vous endormir, j'ai dû vous stimuler à nouveau. "Pourquoi êtes-vous aussi heureux, Rana ? Allez, partagez un peu de cette joie avec vos camarades." Et, après, vous avez dit la plus belle chose que j'aie jamais entendue. "C'est l'amour, vous m'avez dit. Les visages changent. Parfois, il se peut qu'on ne reconnaisse pas la véritable personne parce que les visages sont trompeurs. Mais l'amour, c'est l'amour. Tant qu'on le ressent, qu'on en donne et qu'on en reçoit, c'est suffisant. On est lié par la force de l'amour à toute personne et à toute chose."

Des larmes ruissellent à nouveau sur les joues gercées de Rana. C'est le seul souvenir qu'il garde de son délire. La béatitude. Et les larmes qui l'avaient accompagnée.

Après en avoir réchappé tant de fois, il serait idiot de persister, lui dit sa sœur au téléphone. Mais il lui faut plus de temps. Il lui faut de meilleures preuves géologiques pour constituer un dossier en béton en faveur de la démilitarisation, plaide-t-il devant les voix contradictoires qui s'élèvent dans sa tête. Il n'a même pas dit au revoir à son Nana.

Et qu'en est-il de lui, ce mystère qui enflamme son corps ?

Le temps est inhabituellement brumeux pour un matin de juin. Les vents de la mousson ont atteint la terre, créant un vortex de tempêtes et d'inondations. À l'ombre du Karakorum, le village n'est que brouillard. Les arbres dans les vergers, le sarrasin qui se balance dans les champs, les maisons blotties les unes contre les autres et les murs tordus sont transformés en spectres. L'Indus, lui aussi, est un fleuve de brume rugissante.

Apo est assis dans le verger. Une chaise a été placée pour lui de façon permanente à l'ombre du noyer. Sa canne est appuyée dessus. Le monde extérieur ressemble au monde vague de l'intérieur. À quatre-vingt-huit ans, c'est une corvée que de mettre le doigt sur une pensée, de fixer son regard sur quelque chose et d'articuler un mot.

Tout à coup, les battements de son cœur deviennent erratiques. Un rythme irrégulier s'installe. Après toutes ces rencontres avec la mort, après toutes ces décennies passées à la chercher, est-ce ainsi que cela va se terminer ? Par un obscur sentiment d'être arrivé ? Une excitation ancienne coule dans ses veines.

Lorsqu'il était enfant, sa grand-mère avait prévenu ses parents que c'était un petit farceur. Que son âme tenterait de s'échapper par son derrière, à la recherche de sa queue disparue. Huit décennies se sont écoulées depuis. Et maintenant, alors que le moment est enfin là, Apo ressent une étrange sensation dans tout le corps. Comme si son âme s'évaporait par tous ses pores ridés et les racines mortes de ses cheveux. Ses sens diminués, sa conscience déclinante, ses couleurs et ses souvenirs s'écoulent dans la brume.

Elle, aussi, s'y est soumise en silence. Son souffle bruyant et sa démarche traînante, ses boucles d'oreilles et ses bracelets qui tintent doucement, la couleur aubergine de son caftan et son expression nerveuse, tout se perd dans le brouillard.

Il est réveillé par sa présence quand elle tend la main vers sa canne.

– J'ai vu le chemo, dit-elle en prenant appui dessus. Je lui ai offert des abricots et des amandes.

– Vous ne m'aviez pas cru ? – Apo est choqué. – Vous me preniez pour un colporteur d'histoires à dormir debout ?

Ghazala rougit. Elle a peur que sa joie ne se voie plus qu'elle ne le voudrait.

L'euphorie initiale d'Apo fait rapidement place à une blessure indélébile, nourrie par le silence des roches, le soulèvement fantôme des vagues et les fractures du cœur.

– Vous ne m'avez pas dit au revoir, dit-il.

L'année écoulée a donné à sa voix une douceur inhabituelle.

– Qui sommes-nous pour mettre Sa sagesse en doute ? demande-t-elle.

Pendant la guerre, Apo avait cessé de croire en dieu lorsqu'il avait tranché la gorge d'un ami afin qu'il puisse mourir avec dignité, pendant que son supérieur, incapable de le voir souffrir, était déjà parti.

– Je ne crois pas en Sa sagesse.

– Cela ne m'appartenait pas.

– Qu'est-ce qui vous appartient ?

– La séparation ne nous appartient pas. Mais cet instant, oui. Cet instant est une preuve de la compassion d'Allah.

– Qu'en est-il de la vôtre ?

– Ô Saki, verse-moi un gobelet de poison, récite Ghazala en souriant, et je l'avalerai avec joie. La mort a plus d'honneur que la pitié et la compassion d'un amant. Tout ce que recherche cette bouche assoiffée est une goutte d'amour céleste.

Apo est devenu plus frêle. Le plus loin qu'il puisse aller est le verger voisin. C'est au tour de Ghazala de se rendre chez lui, chose qu'elle fait quotidiennement. Maintenant qu'Ira s'est mariée et s'en est allée, c'est elle qui lui donne ses médicaments et l'assiste dans ses mouvements.

Son petit-fils se joint à eux pour ses repas de l'après-midi. Il a vu des gens plus jeunes et plus valides renoncer à leurs désirs pour beaucoup moins que ça, parfois pour rien du tout. Être en compagnie de sa grand-mère et d'Apo est un antidote bienfaisant.

– Le village a terminé sa moisson, annonce-t-il à sa grand-mère un matin alors qu'elle lui sert le thé. Les champs qui restent appartiennent à des gens qui ne veulent pas utiliser la machine.

Elle savait que ce moment arriverait. Comment aurait-il pu en être autrement ?

– Je te laisserai toutes mes cigarettes, dit-il.

– Mais cet endroit est un désert humain, répond-elle, paniquée. Comment puis-je vivre ici ? Même le postier ne vient pas jusqu'ici.

– Quelle nouvelle attends-tu ?

– Comment est-ce que je me procurerai du rhum ?

Il rit.

– Tu as l'air d'apprécier le chhang local. Tu as terminé toute la bouteille qu'Apo m'avait offerte.

Elle glousse.

– Et toi ? demande-t-elle, tandis qu'elle comprend la portée de ses paroles. C'est à peine si tu sais manger tout seul. Si je ne te réveille pas le matin, tu dors jusqu'à midi.

– Je vais grandir.

– Que va dire ton père ? Et mes autres fils et filles ?

– Ils diront au monde que tu es morte. Ils te pleureront pendant quelques mois. Puis ils passeront à autre chose. Mais si tu rentres avec moi, est-ce que toi, tu passeras à autre chose ?

Ghazala ne répond pas. Les hivers sont particulièrement rudes ici, encore plus qu'au Cachemire ou dans le reste du Ladakh. À quatre-vingt-quatre ans, elle craint qu'il ne soit trop tard pour s'adapter à des conditions aussi extrêmes.

Puis elle se rappelle ce qu'Apo lui a dit lorsqu'elle l'a retrouvé dans le verger.

Au début, il s'était cru en train de mourir. Son cœur avait manqué un battement à cette perspective. Puis il l'avait vue debout devant lui et avait retrouvé ses raisons de vivre.

Ghazala ne sait pas ce qui l'a réveillée. Un silence artificiel a envahi la pièce. Son mari ne ronfle pas. Alors elle tend la main pour prendre son pouls. Il est vivant, alhamdullilah.

Par une nuit d'hiver telle que celle-ci, la chambre la plus chaude du village est réservée au dernier couple de jeunes mariés. Le bukhari est bourré de charbon, le sol et les murs sont couverts de tapis, et les bouillottes sont un cadeau de l'armée indienne.

Les enfants d'Apo ont insisté pour qu'ils se marient, de peur que cela n'instaure un précédent fâcheux. Des dizaines d'années plus tôt, lorsqu'il était arrivé au village, les habitants n'avaient pas voulu qu'il s'installe ici.

– Et maintenant que je ne peux plus quitter mon lit, vous me harcelez pour que je me marie, s'est-il plaint.

Ghazala a été plus dure à convaincre. C'était un homme difficile à vivre. Plus difficile que l'hiver dans le désert.

Dans les moments de lucidité entrecoupant des bribes de sommeil, le bruit se fait entendre à nouveau. C'est un faible appel au secours.

– Tu entends ? murmure-t-elle dans sa bonne oreille.

– Toi ? Oui, je t'entends.

– Non, pas moi. Il y a un agneau qui pleure.

– Les agneaux bêlent. Les chiens aboient. Les oiseaux chantent. Je ronfle, dit-il. C'est la loi de la nature.

– Pourquoi y a-t-il un agneau dehors dans la neige ? Tu crois qu'il est perdu ?

– Ghazala, ne te laisse pas abuser par les vents. Les démons imitent des cris innocents pour attirer les femmes dehors et les capturer.

– Je suis inquiète pour le petit.

– Et pour moi ? Je serai peut-être mort demain matin.

– Pourquoi faut-il toujours que tu parles de la mort ? Tu avais promis d'arrêter.

Si elle avait été un de ses petits-enfants, Apo se serait tourné de l'autre côté et se serait remis à ronfler.

– Aide-moi à me lever, dit-il à la place. Donne-moi ma canne.

– Et si tu glisses ? Et si tu attrapes froid ? Il neige sans arrêt depuis trois jours, répond-elle.

– Tu me réveilles parce que tu es inquiète. Et après tu me dis de me rendormir. Qu'est censé faire le vieil homme que je suis ? Je ne peux pas parler de la mort. Alors pourquoi devrais-je cesser de vivre ?

À l'extérieur, la nuit est un fantôme, le fruit de l'imagination de la neige. Debout sur le seuil, ils oublient ce qu'ils font là. Déguisées en flocons, d'infinies possibilités tombent sur la terre, obliques et pleines de fioritures.

Ghazala sort. Elle se fraie un chemin dans cette blanche amnésie sans laisser de traces. Sous la lumière des étoiles, même un pas est un fardeau trop lourd à porter. Elle est transportée dans son enfance, lorsqu'elle se précipitait dehors pour danser sous la neige au grand désarroi de ses parents. Elle reste dans les fins flocons soulevés par le vent.

Tout à coup, elle se fige. Ceci n'est pas simplement le passé. Cet instant précède sa naissance. C'est une époque où l'esprit et le paysage ne faisaient qu'un. Où les pluies tropicales tombaient en douces chutes de neige et où les déserts s'exprimaient sous forme de tornades de poussière à la surface de la lune. Où les océans dormaient comme des étangs à l'intérieur des cratères volcaniques, bercés par les histoires que racontait le vent. Où la liberté n'était pas un fardeau, et où l'amour n'était pas compromis. Car ils ne faisaient qu'un.

Apo la regarde depuis le seuil. Elle a l'air si heureuse. Il fait un pas hésitant dans la neige fraîche. Sa canne glisse sur la glace. Pas un son ne lui échappe tandis que ses membres font des moulinets en l'air. Au-dessus de lui, les constellations hivernales créent de nouveaux motifs à partir des anciens. En dessous, il n'y a rien. Apo est léger et libre, comme une plume.

Une main l'attrape doucement par le poignet. Elle le soulève de plus en plus haut, puis le fait redescendre de plus en plus bas. Pour finir, elle le dépose bien à l'abri sous le porche de sa maison.

Apo se retrouve assis devant la porte. Il n'est pas seul. Il est en compagnie d'un fantôme, nu et voûté. Celui-ci est assis en équilibre au sommet de sa canne posée debout, fixant Apo d'un regard impatient. Il paraît plus jeune qu'Apo, et il a quelque chose de distingué. Il a les manières de quelqu'un qui reçoit un dignitaire pour un goûter dînatoire.

– Merci, mon garçon, dit Apo. Vous avez sauvé un homme mourant de la mort.

– Un homme doit s'acquitter de sa tâche, dans la vie comme dans l'au-delà.

Apo hoche la tête. Bien qu'il ne saisisse pas les mystères de cet homme, il ne veut pas se montrer impoli.

– Au cours des premiers mois de notre mariage, ma femme entendait une chèvre gémir au cœur de la nuit, dit le fantôme.

Cela pique la curiosité d'Apo.

– Les nuits de noces sont réservées aux jeunes mariés, dit-il. Elles doivent être occupées par les jeux malicieux de l'amour. Pas consacrées à parler d'agneaux et de chèvres.

Le fantôme glousse.

– Après toutes ces années passées en tant qu'esprit, je dois une confession à un gentilhomme tel que vous, dit-il. Nous vivions sous les tropiques, ma femme et moi. Après une journée passée à travailler dans la jungle chaude et humide, chaque heure de repos était si précieuse qu'elle valait son pesant d'or. Mais cette maudite créature persistait à se manifester en pleine nuit… quand tout homme est plongé dans un profond sommeil, à méditer sur ses rêves… J'avais à moitié envie de me lever pour aller la chercher, juste pour le plaisir de lui jeter une chaussure. Et j'avais aussi à moitié envie d'envoyer ma femme chez le médecin. Pour ce que nous en savions, elle entendait des bruits. Mais elle, feu madame Varma… c'était une telle beauté, je n'avais pas le courage de me montrer grossier.

Apo rit.

– Pour les jeunes, telles sont les tragédies de l'amour, dit-il. À mon âge, tout cela n'est qu'une comédie, mon garçon. On doit exécuter cent numéros de cirque avant de pouvoir embrasser sa bien-aimée.

Le fantôme rit avec lui. Il se lève brusquement.

– Ne bougez pas, dit-il à Apo avant d'utiliser le pilier pour grimper sur le toit.

Apo reste tout seul. Il a envie de dire à Ghazala qu'il a échappé à la mort par amour pour elle. Comme il la cherche dans la neige, ses yeux voilés par la cataracte assistent à quelque chose d'extraordinaire.

Chaque flocon a pris la taille d'un boulet de canon, occupant entièrement son champ de vision. En un clin d'œil, Apo se retrouve assis au pied de montagnes enneigées toisant l'horizon. En un clin d'œil, la neige a commencé de fondre. La glace fait place à des eaux cristallines, et la lumière des étoiles à des ondoiements de soleil. Apo est entouré de corail rose, qui se balance comme un champ en été sur le fond d'un océan. Il s'émerveille devant une ammonite rouille et or qui flotte au-dessus de lui. Devant sa coquille, hélicoïdale et robuste, semblable aux cornes d'Argali, le dieu-bélier. Et ses tentacules, qui dansent au gré des courants. Il tend la main vers elle. L'ammonite s'élève en voletant, de plus en plus ample et gracieuse. Elle dérive pareille à un nuage dans l'horizon liquide. Apo remonte jusqu'à elle. Il jaillit dans le ciel telle une île volcanique en train de naître.

Il se retrouve sur un pic incandescent, entouré de forêts émeraude et de mers indigo. Il n'a jamais vu un coucher de soleil aussi beau. Les couleurs du ciel définissent leurs êtres, leurs vies, même leur regard. Il se tourne vers elle. Elle rougit. Dans l'éclair d'un soleil couchant, la douceur du levant.

Sa vision est interrompue par un bruit qui s'élève de son giron. Le gémissement de l'agneau parvient à ses oreilles sous la forme d'un appel indéchiffrable.

– Le voilà, s'écrie Apo, tout excité.

– Il était sur le toit, explique le fantôme debout sous la neige. Il sourit.

Apo le regarde disparaître dans la nuit. Il berce le petit agneau dans ses bras.

– Il a dû s'échapper de la bergerie, dit Ghazala en s'asseyant à côté de lui. À peine une saison et déjà pressé de s'enfuir.

– C'est mon ancêtre, dit Apo. Il est venu de la bergerie de ma tribu pour faire la connaissance de ma nouvelle épouse.

Une fois à l'intérieur, Ghazala se réchauffe les mains au-dessus des charbons ardents avant de frictionner les pattes du bébé. Pelotonné sur ses genoux, l'agneau est sur le point de s'endormir. Désœuvré, Apo les regarde en tournant en rond. La température de la pièce a considérablement baissé, et ses vêtements sont couverts d'une fine pellicule de glace. Pourtant, il n'a pas à se plaindre.

– Ne dors pas dans des vêtements mouillés, dit-elle. – Pendant toutes les années de son précédent mariage, elle n'avait jamais eu le courage de donner des ordres à son mari. Cette fois-ci, Ghazala n'est pas une simple jeune mariée, c'est une personne nouvelle. – Et tu n'as pas pris tes médicaments du soir, poursuit-elle. Tu t'es tourné de l'autre côté et tu as fait semblant de dormir quand je te les ai apportés.

Ses mots n'ont aucun effet. Apo reste dans un coin, à savourer la lueur des braises sur le visage de Ghazala et la grâce avec laquelle elle est assise sur le sol. Au diable les médicaments du soir, il envisage de prendre autre chose.

– J'ai des pilules, dit-il. On doit en prendre tous les deux.

– Pourquoi ?

Il est nerveux. Il ne peut pas lui avouer la vérité tout de suite, de peur qu'elle ne se méprenne.

– Elles aident à soulager les douleurs, répond-il.

– Mais je n'ai mal nulle part, alhamdulillah. Tu n'as qu'à les prendre avec tes médicaments. Où sont-elles ?

– Elles t'aideront à dormir.

– Le rhum marche très bien sur moi. Je m'en servirai un verre avant d'aller me coucher.

– Oh, un vieil homme ne peut-il même plus dire un mensonge ? Ces pilules aident à faire l'amour, bafouille-t-il.

Bien qu'elle soit prise au dépourvu, Ghazala ne le montre pas. Rien ne peut la priver de sa dignité, certainement pas les propositions d'un jeune marié désespéré. Elle a eu cinq enfants, treize petits-enfants et bien davantage d'arrière-petits-enfants. Elle est aussi ancienne et évoluée que l'acte de procréation lui-même.

– Pourquoi avons-nous besoin de pilules ? demande-t-elle.

– Moi, j'en ai besoin.

– Alors, prends-en. Les grands-mères n'ont pas besoin de pilules pour faire l'amour.

– Ce Thapa, il ne comprenait absolument rien aux femmes, bougonne Apo. Ou, alors, il m'aurait donné une pilule pour qu'elles cessent d'asticoter continuellement les hommes.

Il se dirige vers la malle posée contre le mur. Celle-ci contient tous ses biens, cernés par les affaires envahissantes de sa femme. Il n'en revient toujours pas de voir tout ce que possède Ghazala, jadis une veuve conservatrice. Elle a beau se couvrir de la tête aux pieds et prier une dizaine de fois par jour, elle a plus de châles, de phérans, de flacons d'huiles parfumées et de bouteilles de rhum que tous les gens qu'il connaît.

– Si tu te penches trop vite, tu vas tomber en avant, l'avertit-elle en le voyant se courber au-dessus de la malle ouverte.

– Je suis tombé en avant une centaine de fois. Ce n'est pas une fois de plus qui me tuera.

– Tant d'exercice et tant d'efforts en plein hiver n'est pas bon pour toi.

– La neige ne durera pas éternellement. Moi non plus.

Ses mains émergent de la malle, victorieuses. Apo a trouvé la pochette de soie jaune dans laquelle il avait rangé les pilules. Mais il n'arrive plus à se redresser.

– J'ai le dos coincé, finit-il par admettre.

Elle pose l'agneau sur le tapis et se précipite à ses côtés. Elle lui masse le dos du bout des doigts jusqu'à ce qu'elle sente les nœuds se détendre.

– Tu parles de sexe et de la nature éphémère des choses, et tu ne sais même pas que tu ne peux pas te pencher.

– Moque-toi, ma femme, moque-toi. Un vieil homme tel que moi est habitué au chœur de rires qui suit partout ses malheurs.

Ghazala pose l'agneau sur un châle à côté du bukhari. Puis elle borde le jeune marié sous deux couvertures.

C'est l'heure où la lune et le soleil sont tous deux visibles dans le ciel et où la nuit elle-même flirte avec l'aube. Les Drokpas l'appellent l'Heure de la Parade nuptiale.

Le soleil et la lune sont les plus anciens amants. Bien qu'il y ait plus d'un millier de lunes et de satellites dans le système solaire, le soleil, à vrai dire, n'est attiré que par elle. Le centre de l'univers aspire à se réfugier dans le cratère de sa bien-aimée, tel un océan reposant dans le ventre d'un coquillage.

Quant à la lune, l'amour du soleil ne lui suffit pas. Il ne lui suffira jamais, s'il ne précède pas un inconditionnel consentement. La lune est une créature imparfaite. En fin de compte, elle n'est qu'un morceau de terre projeté dans l'espace.

L'univers, lui, est un témoin muet. Il les a vus passer des éternités ensemble en tant qu'amants inséparables, et des ères comme des étrangers hostiles coincés dans le même système solaire. Tous les quinze jours, les querelles des amants réduisent la lune à un quart de sa taille. Tous les quinze jours, l'amour lui donne une force renouvelée.

Mais c'est à cette heure-ci que tout est en équilibre. Les querelles sont oubliées, les chagrins pardonnés, la colère et les regrets bannis. On peut voir la lune et le soleil échanger des œillades à travers les flocons de neige, indifférents à tout le reste.

C'est à cette heure magique qu'une pensée primale pénètre dans un ventre ancien. Un nouveau monde est conçu, entièrement différent de celui-ci. Et dans ce monde nouveau, il n'y a pas d'étoiles, pas de satellites, pas de planètes, pas de constellations ni de poussière céleste pour encombrer l'espace. Dépourvu de mouvements tectoniques, d'évolutions et de toutes les autres transitions inexorables, le vide est la seule chose qui existe. Un vide hors de portée de cet univers en expansion et de l'emprise perpétuelle du temps.

Et, à l'intérieur, la possibilité de toi et moi.

Remerciements

Ce roman est ma première œuvre publiée, et je tiens à exprimer ma reconnaissance à tous ceux qui m'ont soutenue tout au long de cette aventure. Ma famille, mes amis et des étrangers m'ont aidée à tenir le coup, car mes muses et mes tyrans ne formaient souvent qu'un.

Ce roman est le fruit d'un effort collectif. Ma mère Sunanda et ma sœur Shubhra ont donné à chaque personnage et à chaque mouture l'amour inconditionnel qu'elles me donnent. Ma sœur Shaili est ma force émotionnelle. Le bureau avec une vue sur la mer, les innombrables tasses de thé et la patience stoïque nécessaires à la création sont tous des présents de mon père Govind. J'ai pu être heureuse, en dépit du doute et du désespoir qui font partie des risques du métier, grâce à Nikhil, mon compagnon – merci d'avoir soutenu l'écrivaine, ses mots et ses caprices. Je suis également reconnaissante envers tous les Swarup, les Hemrajani, les Marfatia et les Varma pour avoir supporté un membre de la famille qui était soit porté disparu, soit indifférent au monde qui l'entourait.

Recevoir la bourse Charles Pick a marqué un tournant. Je tiens à remercier Amit Chaudhuri et Henry Sutton d'avoir été mes mentors. Le soutien que j'ai reçu de la part de la famille Pick – Martin, Rachel et Sue – va bien au-delà du devoir. Je les considère, ainsi que Kevin Conroy Scott (mon agent littéraire honoraire), comme les parrains de ce roman. Je voudrais également remercier Manu Joseph de m'avoir conseillée en tant que journaliste, romancière et, par-dessus tout, en tant qu'écrivaine.

Dérive des âmes et des continents se déroule dans des lieux où je ne m'étais jamais rendue. La contribution de mes hôtes dans chacun de ces endroits est immense, d'autant plus que je me suis sans cesse retrouvée dans des situations épineuses. Je remercie donc M. et Mme Choudhary, Tanaz Noble, M. G.S. Srivastava, M. Mudit Kumar Singh, Sumati Rao, Promi Pradhan et Sanjay Madnani, Kalika Bro Jorgensson, le colonel Smanla et Tahira Smanla, Shubham Saha, Archana Tamang Lama, Sharmila Ragunathan. Les résidences de Sangam House et Jayanti, ainsi que ma maison de famille, Shivdham, m'ont procuré une solitude dont j'avais grandement besoin.

Beaucoup de recherches ont été nécessaires à l'écriture de ce roman, et j'ai énormément bénéficié des expériences, des conseils et de la compagnie des entités suivantes :

Le Service des forêts des îles Andaman et Nicobar, la communauté karen et la bibliothèque d'État de Port Blair, tous situés dans les îles Andaman.

Au Myanmar, je suis redevable à M. Aung Htaik, à M. Ko Bo Kyii et à l'Association pour l'Aide aux Prisonniers politiques, à Moe Thway et à tous les révolutionnaires libérés après les procès ayant suivi la désastreuse Opération Leech. Les retours détaillés de Ketyar Tun sur mon manuscrit l'ont sauvé de nombreux faux pas, et je le remercie également.

J'ai été énormément inspirée par les danseuses de bars à strip-tease que j'ai rencontrées dans l'un des centres d'accueil de Shakti Samuha à Katmandou, les familles mishmi vivant dans le parc national de Namdapha, les étudiants de l'école résidentielle nomade dans la vallée de Puga et les familles vivant dans les villages frontaliers du Ladakh, tous les géologues, sylviculteurs, militaires et ex-militaires que j'ai rencontrés, en particulier le géologue Mike Searle, le capitaine Raghu Raman, et par une rencontre fortuite avec Sgaran Thapa, un homme du district de Sindhulpalchok.

L'inspiration pour "Désert de Neige" m'est venue grâce à feu le major Noshir Marfatia, aux histoires qu'il racontait et à sa compagnie captivante. Il y a également un poème inspiré par un *sher* urdu que j'avais un jour entendu en passant, alors merci à toi aussi, poète mystérieux.

Dans le monde de l'édition, j'ai la chance d'avoir trouvé des personnes dont la foi en ce roman dépassait l'engagement professionnel. Laura Macdougall, mon agent, aborde le monde comme j'aborde la page. Je n'oublierai jamais les encouragements de Karthika V.K., Ajitha G.S. et Nilanjana S. Roy, qui ont renforcé ma foi à de nombreux égards. Sans oublier Jeet Thayil, dont l'enthousiasme pour les nouvelles formes d'écriture est aussi immense qu'il est particulier.

Chez HarperCollins India, ce roman n'aurait jamais vu le jour tel qu'il est sans la conviction d'Udayan Mitra, les conseils de Rahul Soni et l'œil de lynx de Ray Chaudhuri. Rahul, mon éditeur, a affûté la vision créative, parfois en dépit de l'auteur. Je tiens aussi à remercier le service artistique pour avoir offert à ce roman une couverture aussi évocatrice.

Sans oublier les amis : Conrad Clark, Megan Bradbury et Kate Griffin, Sameera, Minal, Smita, Mansi, Ananya, Nazia, Shivangi, Zasha, Nupur, Shirin, Rhea, Jehangir et bien d'autres. Vous remerciez pour une chose serait une injustice vis-à-vis de toutes celles que vous m'avez apportées.

La muse de ce roman est notre modeste planète, un être doté de plus de beauté, de magie et de résilience que notre esprit humain est capable de concevoir. En tant qu'écrivaine, je remercie le processus même de l'écriture, car cette œuvre de fiction m'a rapprochée de vérités que je ressentais au plus profond de mon cœur.

Bonjour, nous vous remercions d'avoir acheté ce livre et nous aimerions pouvoir vous connaître mieux, lire vos commentaires sur nos publications, vous informer de nos nouveautés, vous offrir la primeur des premiers chapitres de nos textes à paraître, vous prévenir quand nous organisons une rencontre près de chez vous. Pour ce faire il vous suffit de nous envoyer votre mail et la ville dans laquelle vous habitez à : **redaction@ metailie.fr**.

Rappelons aussi qu'en scannant le QR code ci-dessous ou en entrant **metailie.premierchapitre.fr** dans la barre d'adresse de votre navigateur (sur ordinateur, tablette ou smartphone), vous accédez directement aux derniers extraits de nos nouveautés à paraître. Gardez cette adresse dans vos favoris ou sur l'écran d'accueil de votre smartphone et vous serez constamment à la page !

Jennifer Nansubuga MAKUMBI
Kintu

Sally MORGAN
Talahue

Pat O'SHEA
Les Chiens de la Morrigan

Francine PROSE
Visites guidées de l'enfer
Blue Angel
Un homme changé

Vamba SHERIF
Borderland

Shubhangi SWARUP
Dérive des âmes et des continents

Mark WINKLER
Je m'appelle Nathan Lucius

Bibliothèque écossaise
dirigée par Keith Dixon

Chris Brookmyre
Sombre avec moi
Les Ombres de la toile

John Burnside
La Maison muette
Une vie nulle part
Les Empreintes du diable
Un mensonge sur mon père
Scintillation
L'Été des noyés
Le Bruit du dégel

Dominic Cooper
Le Cœur de l'hiver
Vers l'aube
Nuage de cendre

Meaghan Delahunt
Le Livre rouge

Chris Dolan
La Colonie
Une femme infréquentable

Jenni Fagan
La Sauvage
Le Buveurs de lumière

Lewis Grassic Gibbon
Sunset Song
La Vallée des nuages

Alasdair Gray
Lanark
Le Faiseur d'histoire

Jackie KAY
Poussière rouge

James KELMAN
Le Poinçonneur Hines
Le Mécontentement
Faut être prudent au pays de la liberté
Si tard, il était si tard
Mo a dit

Mick KITSON
Manuel de survie à l'usage des jeunes filles

Liam MCILVANNEY
Les Couleurs de la ville
Là où vont les morts
Le Quaker

James MEEK
Un acte d'amour
Nous commençons notre descente
Le Cœur par effraction

James ROBERTSON
Le Fanatique
Le Nègre de Dundee
Le Chercheur de vérité

Suhayl SAADI
Psychoraag

Alexander TROCCHI
Young Adam

Louise WELSH
Le Tour maudit
De vieux os
La Fille dans l'escalier

Imprimé en France par CPI
en janvier 2020

Cet ouvrage a été composé par
Atlant'Communication
au Bernard (Vendée)

N° d'édition : 2126001 – N° d'impression : 157095
Dépôt légal : mars 2020